ہتک

کلیاتِ منٹو ۔ 9/9

افسانے

سعادت حسن منٹو

Copyrights

Literary works of Saadat Hasan Manto are in public domain and therefore are free to to be published, reproduced, stored in a retrieval system, or transmitted in any form or by any means, electronic, mechanical, photocopying, recording, or otherwise. Reproduction of this book and this series with publisher name or logo, however is not permitted.

TITLE:	Hatak
FORMAT:	Paperback
SERIES:	Kulliyat e Manto
PART:	Part 9 of 9
AUTHOR:	Saadat Hasan Manto
PUBLISHED BY:	GhazalSara Dot Org, LLC
PUBLISHED:	May 2023
ISBN:	978-1-957756-56-1
CONTACT:	ghazalsara.org@outlook.com

Scan this QR Code with your phone now!

<u>Printed and bound in the U.S.A.</u>

کلیاتِ منٹو

منٹو کے تمام افسانوں کو نو کتابوں کی صورت میں شائع کیا جا رہا ہے۔ یہ کتب امریکہ میں غزل سرا کے آن لائن سٹور اور باقی تمام دنیا میں ایمازون اور ایسے ہی دوسرے سٹورز پر بآسانی دستیاب ہیں۔ اس کے علاوہ یہ کتب ای بک فارمیٹ میں ایپل بک سٹور، گوگل پلے بکس اور دوسرے ای بک پلیٹ فارمز پر دستیاب ہیں۔

فارمیٹ	آئی ایس بی این	ٹائٹل	#
ہارڈ کور	978-1-957756-71-4		
پیپر بیک	978-1-957756-48-6	ایک زاہدہ، ایک فاحشہ	1
ای بک	978-1-957756-57-8		
ہارڈ کور	978-1-957756-72-1		
پیپر بیک	978-1-957756-49-3	بلاؤز	2
ای بک	978-1-957756-58-5		
ہارڈ کور	978-1-957756-73-8		
پیپر بیک	978-1-957756-50-9	ٹھنڈا گوشت	3
ای بک	978-1-957756-59-2		
ہارڈ کور	978-1-957756-79-0		
پیپر بیک	978-1-957756-51-6	دھواں	4
ای بک	978-1-957756-60-8		
ہارڈ کور	978-1-957756-74-5		
پیپر بیک	978-1-957756-52-3	سودا بیچنے والی	5
ای بک	978-1-957756-61-5		
ہارڈ کور	978-1-957756-66-0		
پیپر بیک	978-1-957756-53-0	شہید ساز	6
ای بک	978-1-957756-62-2		
ہارڈ کور	978-1-957756-46-2		
پیپر بیک	978-1-957756-54-7	کھول دو	7
ای بک	978-1-957756-63-9		
ہارڈ کور	978-1-957756-77-6		
پیپر بیک	978-1-957756-55-4	موذیل	8
ای بک	978-1-957756-64-6		
ہارڈ کور	978-1-957756-78-3		
پیپر بیک	978-1-957756-56-1	ہتک	9
ای بک	978-1-957756-65-3		

فہرست

موسم کی شرارت

شام کو سیر کے لیے نکلا اور ٹہلتا ٹہلتا اُس سڑک پر ہو لیا جو کشمیر کی طرف جاتی ہے۔ سڑک کے چاروں طرف چیڑ اور دیودار کے درخت، اونچی اونچی پہاڑیوں کے دامن پر کالے فیتے کی طرح پھیلے ہوئے تھے۔ کبھی کبھی ہوا کے جھونکے اُس فیتے میں ایک کپکپاہٹ سی پیدا کر دیتے۔

میرے دائیں ہاتھ کو ایک اونچا ٹیلہ تھا جس کے ڈھلوانوں میں گندم کے ہرے پودے نہایت ہی مدھم سرسراہٹ پیدا کر رہے تھے یہ سرسراہٹ کانوں کو بہت بھلی معلوم ہوتی تھی۔ آنکھیں بند کر لو تو یوں معلوم ہوتا کہ تصور کے گُدگُدے قالینوں پر کئی کنواریاں، ریشمی ساڑی پہنے چل رہی ہیں۔ اُن ڈھلوانوں کے بہت اوپر، چیڑ کے اونچے درختوں کا ایک ہجوم تھا۔ بائیں طرف سڑک کے بہت نیچے ایک چھوٹا سا مکان تھا جس کو جھاڑیوں نے گھیر رکھا تھا اُس سے کچھ فاصلے پر پست قد جھونپڑے تھے، جیسے کسی حسین چہرے پر تل۔ ہوا گیلی اور پہاڑی گھاس کی بھینی بھینی باس سے لدی ہوئی تھی۔ مجھے اِس سیر میں ایک ناقابلِ بیان لذت محسوس ہو رہی تھی۔

سامنے ٹیلے پر دو بکریاں بڑے پیار سے ایک دوسری کو اپنے ننھے ننھے سینگوں سے ریل رہی تھیں۔ اُن سے کچھ فاصلے پر کتے کا ایک پلّا جو کہ جسامت میں میرے بوٹ کے برابر تھا، ایک بھاری بھرکم بھینس کی ٹانگ سے لپٹ لپٹ کر اسے ڈرانے کی کوشش کر رہا تھا۔ وہ شاید بھونکتا بھی تھا۔ کیوں کہ اس کا منہ بار بار کھلتا تھا۔ مگر اس کی آواز میرے کانوں تک نہیں پہنچتی تھی۔

میں یہ تماشا دیکھنے کے لیے ٹھہر گیا۔ کتے کا پلّا دیر تک بھینس کی ٹانگوں پر اپنے پنجے مارتا رہا مگر اُس کی اِن دھمکیوں کا اثر نہ ہوا۔ جواب میں بھینس نے دو تین مرتبہ اپنی دم ہلا دی اور بس ۔۔۔! لیکن ایکا ایکی جب کہ

پہلا حملے کے لیے آگے بڑھ رہا تھا، بھینس نے زور سے اپنی دم ہلائی۔ کسی سیاہ سی چیز کو اپنی طرف بڑھتے دیکھ کر وہ اس انداز سے اچھلا کہ مجھے بے اختیار ہنسی آگئی۔ میں اُن کو چھوڑ کر آگے بڑھا۔

آسمان پر بادل کے سفید ٹکڑے، پھیلے ہوئے بادبان معلوم ہوتے تھے جن کو ہوا اِدھر سے اُدھر دھکیل رہی تھی۔ سامنے پہاڑ کی چوٹی پر ایک قد آور درخت سَینٹری کی طرح اکڑا ہوا تھا، اُس کے پیچھے بادل کا ایک ٹکڑا جھوم رہا تھا۔ بادل، یہ دراز قد درخت اور پہاڑی ۔۔۔ تینوں مل کر بہت بڑے جہاز کا منظر پیش کر رہے تھے۔

مَیں نیچر کی اس تصویر کشی کو دم بخود ہو کر دیکھ رہا تھا کہ دفعتاً لاری کے ہارن نے مجھے چونکا دیا۔ خیالوں کی دنیا سے اتر کر میں آوازوں کی دنیا میں آ گیا، مَن کی آنکھیں بند ہو گئیں، مساموں کے سارے کان کھل گئے، میں فوراً سڑک کے ایک طرف ہٹ گیا۔

لاری، پَر کار کی طرح، بڑی تیزی سے موڑ کے نصف دائرے پر گھومی اور ہانپتی ہوئی میرے پاس سے گزر گئی۔ ایک اور لاری گزر نے پر موڑ کے عقب میں پانچ چھ گائیں نمودار ہوئیں، جو سر لٹکائے ہولے ہولے چل رہی تھیں، میں اپنی جگہ پر کھڑا رہا۔ جب یہ میرے آگے سے گزر گئیں تو میں نے قدم اٹھایا اور موڑ کی جانب بڑھا۔ چند گزوں کا فاصلہ طے کرنے پر جب میں سڑک کے بائیں ہاتھ والے ٹیلے کے ایک بہت بڑے پتھر کے آگے سے نکل گیا جو موڑ پر سنگین پردے کا کام دے کر، سڑک کے دوسرے حصّے کو بالکل اوجھل کیے ہوئے تھا تو دفعتاً میری نظریں ایک خُود رو پودے سے دو چار ہوئیں۔

وہ جوان تھی، اس گائے کی طرح جوان، جس کے پٹھے جوانی کے جوش سے پھڑک رہے تھے اور جو اس کے پاس سے اپنے اندر ہزاروں کپکپاہٹیں لیے گزر رہی تھی۔۔۔ میں ٹھہر گیا۔ وہ ایک ننھے سے بچھڑے کو ہانک رہی تھی۔ دو تین قدم چل کر بچھڑا ٹھہر گیا اور اپنی جگہ پر ایسا جما کہ ہلنے کا نام نہ لیا۔ لڑکی نے بہتیرے زور لگایا، لاکھ جتن کیے، وہ ایک قدم آگے نہ بڑھا اور کان سمیٹ کر ایسا خاموش ہوا گویا وہ کسی کی آواز ہی نہیں سنتا۔ یہ تیور دیکھ کر لڑکی نے اپنی چھڑی سے کام لینا چاہا مگر چِڑ کی تلی سی ٹہنی کار آمد ثابت نہ ہوئی۔

تھک ہار کر اس نے بڑی مایوسی اور انتہائی غصّے کی ملی جلی حالت میں اپنے دونوں پاؤں زمین پر زور سے مارے اور کاندھوں کو جُنبش دے کر اس انداز سے کھڑی ہو گئی گویا اس حیوان سے کہنا چاہتی ہے، لو اب ہم یہاں سے ایک انچ نہ ہلیں گے۔

میں ابھی لڑکی کی اس پیاری حرکت کو، مزا لینے کی خاطر ذہن میں دہرانے ہی والا تھا کہ دفعتاً بچھڑا خود بخود

اُٹھ بھاگا۔ وہ اِس تیزی کے ساتھ دوڑ رہا تھا کہ اُس کی کمزور ٹانگیں میز کے ڈھیلے پایوں کی طرح لڑکھڑا رہی تھیں۔ لڑکی بچھڑے کی اس شرارت پر بہت متحیر اور خشم ناک ہوئی۔ نہ جانے میں کیوں خوش ہوا۔ اِسی اَثنا میں اُس نے میری طرف دیکھا اور میں نے اُس کی طرف۔ ہم دونوں بیک وقت ہنس پڑے۔ فضا پر تاروں کا چھڑکاؤ سا ہو گیا۔

یہ سب کچھ ایک لمحے کے اندر اندر ہوا۔ اُس نے پھر میری طرف دیکھا مگر اِس دفعہ سوال کرنے والی لاج بھری آنکھوں سے۔۔۔ شاید اُس کو اب اِس بات کا احساس ہوا تھا کہ اُس کی مسکراہٹ کسی غیر مرد کے تبسم سے جا ٹکرائی ہے۔ وہ گہرے سبز رنگ کا دوپٹا اوڑھے ہوئے تھی۔ معلوم ہوتا تھا کہ آس پاس کی ہر یاول نے اپنی سبزی اُسی سے مُستَعار لی ہے۔ اُس کی شلوار بھی اُسی رنگ کی تھی۔ اگر وہ کرتہ بھی اُسی رنگ کا پہنے ہوتی تو دور سے دیکھنے والے یہی سمجھتے کہ سڑک کے درمیان ایک چھوٹا سا درخت اگ رہا ہے۔ ہوا کے مُلائم جھونکے اس کے سبز دوپٹے میں بڑی پیاری لہریں پیدا کر رہے تھے۔ خود کو بے کار کھڑی دیکھ کر اور مجھ کو اپنی طرف گھورتے پا کر وہ بے چین سی ہو گئی اور اِدھر اُدھر یوں ہی دیکھی، جیسے کسی کا انتظار کر رہی ہے۔ پھر اپنے دوپٹے کو سنوار کر اُس نے اُس طرف کا رُخ کیا جدھر گائیں آہستہ آہستہ جا رہی تھیں۔ میں اُس سے کچھ فاصلے پر بائیں ہاتھ ان پتھروں کے پاس کھڑا تھا جو سڑک کے کنارے دیوار کی شکل میں چنے ہوئے تھے۔ جب وہ میرے قریب آئی، تو غیر ارادی طور پر اُس نے میری طرف نگاہیں اٹھائیں لیکن فوراً اَسر کو جھٹک کر نیچے جھکالیں۔ گولھے مٹکاتی اور چھڑی ہلاتی میرے پاس سے یوں گزری جیسے کبھی کبھی میرا اپنا خیال میرے ذہن سے اپنا کاندھا گڑ کر گزر جایا کرتا ہے۔

اس کے سلیپر جو غالباً اس کے پاؤں میں کھلے تھے، سڑک پر گھسٹنے سے شور پیدا کر رہے تھے۔ تھوڑی دور جا کر اس نے اپنے قدم تیز کیے اور پھر دوڑنا شروع کر دیا۔ بیس پچیس گز کے فاصلے پر وہ پتھروں سے چنی ہوئی دیوار پر پُھرتی سے چڑھی اور مجھے ایک نظر دیکھ کر دوسری طرف کو دگئی۔ پھر دوڑ کر ایک جھونپڑے پر چڑھ کر، مُنڈیر پر بیٹھ گئی۔

اس کی یہ حرکات۔۔۔ یعنی۔۔۔ یعنی۔۔۔ میری طرف اُس کا تین بار دیکھنا۔۔۔ کیا اس کی مسکراہٹ کے ساتھ میرے تَبَسُّم کے کچھ ذرے تو نہیں چمٹ گئے تھے۔۔۔ اِس خیال نے میری نبض کی دھڑکن تیز کر دی۔ تھوڑی دیر کے بعد مجھے تھکاوٹ سی محسوس ہونے لگی۔ میرے پیچھے جھاڑیوں میں جنگل کے پنچھی گیت برسا رہے تھے۔ ہوا میں گھلی ہوئی موسیقی مجھے کس قدر پیاری معلوم ہوئی۔ نہ جانے میں کتنے گھونٹ اس

راگ ملی ہوئی ہوا کے، غٹاغٹ پی گیا۔

جھونپڑے سے کچھ دُور جھاڑیوں کے پاس لڑکی کی گائیں گھاس چر رہی تھیں۔ ان سے پرے پتھریلی پگڈنڈی پر ایک کشمیری مزدور گھاس کا گٹھا کمر پر لادے اوپر چڑھ رہا تھا۔ دُور۔۔۔ بہت دُور ایک ٹیلے سے دھواں بل کھاتا ہوا آسمان کی نیلاہٹ میں گھل مل رہا تھا۔ میرے گرد و پیش پہاڑیوں کی بلندیوں پر ہرے ہرے چیڑوں اور سانولے پتھروں کے چوڑے چکلے سینوں پر، ڈوبتے سورج کی زریں کرنیں، سیاہ اور سنہرے رنگ کے مخلوط سائے بکھیر رہی تھیں۔ کتنا سندر اور سہانا سَماں تھا۔ میں نے اپنے آپ کو عظیم الشان محبت میں گھرا ہوا پایا۔

وہ جوان تھی۔ اس کی ناک اس پنسل کی طرح سیدھی اور سَتواں تھی جس سے میں یہ سطریں لکھ رہا ہوں، اس کی آنکھیں۔۔۔ میں نے اس جیسی آنکھیں بہت کم دیکھی ہیں اس پہاڑی علاقے کی ساری گہرائیاں ان میں سمٹ کر رہ گئی تھیں۔ پلکیں گھنی اور لمبی تھیں۔ جب وہ میرے پاس سے گزری تھی تو دھوپ کی ایک لرزاں شعاع اس کی پلکوں میں الجھ گئی تھی۔ اس کا سینہ مضبوط اور کشادہ تھا۔ اس میں جوانی سانس لیتی تھی۔ کاندھے چوڑے، باہیں گول اور گُداراہٹ سے بھرپور، کانوں میں چاندی کے لمبے لمبے بُندے تھے، ان دیہاتیوں کی طرح سیدھی مانگ نکال کر گُندھے ہوئے تھے جس سے اس کے چہرے پر وقار پیدا ہو گیا تھا۔

وہ جھونپڑے کی ٹیالی چھت پر بیٹھی اپنی چھٹری سے مُنڈیر کوٹ رہی تھی اور میں سڑک پر کھڑا تھا۔ ''کس قدر بے وقوف ہوں۔'' دفعتاً میں نے ہوش سنبھالا اور اپنے دل میں کہا، اگر کوئی مجھے اس طرح اُس کو گھورتا ہوا دیکھ لے تو کیا کہے۔۔۔ اِس کے علاوہ یہ کیونکر ہو سکتا ہے۔''

''یہ کیونکر ہو سکتا ہے؟'' جب میں نے ان الفاظ پر غور کیا تو معلوم ہوا کہ میں کسی اور ہی خیال میں تھا۔ اِس احساس پر مجھے ہنسی آ گئی اور یونہی ایک بار اُس کو اور دیکھ کر سیر کے قصد سے آگے بڑھا۔ دو ہی قدم چل کر مجھے خیال آیا کہ یہاں بُت میں صرف چند روز قیام کرنا ہے کیوں نہ رخصت ہوتے وقت اُس کو سلام کر لوں۔ اِس میں ہرج ہی کیا ہے شاید میرے سلام کا ایک آدھ ذرّہ اُس کے حافظے پر ہمیشہ کے لیے جم جائے۔

میں ٹھہر گیا اور کچھ دیر منتظر رہنے کے بعد، میں نے سچ مچ اس کو سلام کرنے کے لیے اپنا ہاتھ ماتھے کی طرف بڑھایا مگر فوراً اِس احمقانہ حرکت سے باخبر ہو کر ہاتھ کو یوں ہی ہوا میں ہلا دیا اور سیٹی بجاتے

ہوئے قدم تیز کر دئے۔

مئی کا گرم دن شام کی خنکی میں آہستہ آہستہ گھل رہا تھا۔ سامنے پہاڑیوں پر ہلکا سا دھواں چھا گیا تھا، جیسے خوشی کے آنسو آنکھوں کے آگے ایک چادر سی تان دیتے ہیں۔ اُس دھند لکے میں چیڑ کے درخت تحتِ الشعُور میں چھپے ہوئے خیالات معلوم ہوئے، یہ ایک ہی قطار میں پھیلتے چلے گئے تھے۔

میرے پاس ہی ایک موٹا سا کوّا اپنے سیاہ اور چمکیلے پر پھیلائے ستارہ تھا۔ ہوا کا ہر جھونکا میرے جسم کے ان حصوں کے ساتھ چھو کر جو کپڑوں سے آزاد تھے ایک ایسی محبت کا پیغام دے رہا تھا جس سے میرا دل اِس سے قبل بالکل نا آشنا تھا۔ میں نے آسمان کی طرف نگاہیں اٹھائیں، اور مجھے ایسا محسوس ہوا کہ وہ میری طرف حیرت سے دیکھ کر یہ کہنا چاہتا ہے : سوچتے کیا ہو۔۔۔ جاؤ محبت کرو!

میں سڑک کے کنارے پتھروں کی دیوار پر بیٹھ گیا اور اُس۔۔۔ اُس کی طرف ڈرتے ڈرتے دیکھا کہ مبادا کوئی رہ گزار سارا معاملہ تاڑ جائے۔ وہ اسی طرح سر جھکائے اپنی جگہ پر بیٹھی تھی۔ اسے کھیل میں کیا لطف آتا ہے۔۔۔؟ وہ ابھی تھکی نہیں؟ کیا اس نے واقعی دوبارہ میری طرف مڑ کر دیکھا؟ کیا وہ جانتی ہے کہ میں اس کی محبت میں گرفتار ہوں۔۔۔؟ آخری سوال کس قدر مضحکہ خیز تھا۔۔۔ میں جھینپ گیا۔ لیکن۔۔۔ لیکن اِس کے باوجود اُس کو دیکھنے سے خود کو باز نہ رکھ سکا۔

ایک مرتبہ جب میں نے اس کو دیکھنے کے لیے اپنی گردن موڑی تو کیا دیکھتا ہوں کہ اُس کا منہ میری طرف ہے اور وہ مجھے دیکھ رہی ہے۔۔۔ میں مخمور ہو گیا۔ میرے اور اس کے درمیان گو فاصلہ کافی تھا مگر میری آنکھیں جن میں میرے دل کی بصارت بھی چلی آئی تھی، محسوس کر رہی تھیں کہ وہ سپنوں کا گھونگٹ کاڑھے میری طرف دیکھ رہی ہے۔ میری طرف۔۔۔ میری طرف!

میرے سینے سے بے اختیار آہ نکل گئی۔۔۔ عجیب بات ہے کہ سکھ اور چین کا ہاتھ بھی درد بھرے تاروں پر ہی پڑتا ہے۔ اِس آہ میں کتنی راحت تھی۔۔۔ کتنا سکون تھا۔ اُس لڑکی نے جو میرے سامنے جھونپڑے کی چھت پر بیٹھی تھی، میرے شباب کے ہر رنگ کو شوخ کر دیا تھا۔ میرے رویں رویں سے محبت پھوٹ رہی تھی۔ شعریت جو میرے سینے کے کسی نامعلوم کونے میں سوئی پڑی تھی، اب بیدار ہو چکی تھی کہ دو شیزگی اور شعریت، تو ام بہنیں ہیں؟

اگر اس وقت وہ مجھ سے ہم کلام ہوتی تو میں ایک لفظ تک اپنی زبان سے نہ نکالتا۔ خاموشی میری ترجمان ہوتی۔۔۔ میری گونگی زبان کتنی باتیں اُس تک پہنچا دیتی۔ میں اُس کو اپنی خاموشی میں لپیٹ لیتا۔۔۔ وہ

ضرور مُتَیّر ہوتی اور اِس حالت میں بڑی پیاری معلوم ہوتی۔ اس خیال سے کہ راستے میں یوں بے کار کھڑے رہنا ٹھیک نہیں، میں دیوار پر سے اٹھا۔۔۔میرے سامنے ٹیلے پر جانے کے لیے ایک پگڈنڈی تھی۔اوپر ٹیلے کے کسی پتھر پر بیٹھ کر میں اُس کو بخوبی دیکھ سکتا تھا۔ چنانچہ درختوں کی جڑوں اور جھاڑیوں کا سہارا لے کر میں نے اوپر چڑھنا شروع کیا۔راستے میں دو تین بار میرا پاؤں پھسلا اور نو کیلے پتھروں پر گرتے گرتے بچا۔

ٹیلے پر جہاں پتھر نہیں تھے، کہیں کہیں کے زمین کے چھوٹے چھوٹے ٹکڑوں میں آلو بوئے ہوئے تھے اِسی قسم کے ایک ننھے سے کھیت کو طے کر کے میں ایک پتھر پر بیٹھ گیا اور ٹوپی اتار کر ایک طرف رکھ دی۔ میرے دائیں ہاتھ کو زمین کا ایک چھوٹا سا ٹکڑا تھا جس میں گندم اگ رہی تھی۔

چڑھائی کی وجہ سے میرا دم پھول گیا مگر شام کی ٹھنڈی ہوا نے یہ تکان فوراً ہی دُور کر دی۔اور میں جس کام کے لیے آیا تھا، اس میں مشغول ہو گیا۔

اب وہ جھونپڑے کی چھت پر کھڑی تھی اور خدا معلوم وہ کیسی کیسی انوکھی آوازیں نکال رہی تھی۔ میرا خیال ہے کہ وہ ان دونوں بکریوں کو سڑک پر چڑھنے سے روک رہی تھی، جو گھاس چَرتی ہوئی آہستہ آہستہ اوپر کا رخ کر رہی تھیں۔ ہوا تیز تھی، گندم کے پکے ہوئے خوشے خُر خُر کرتی ہوئی بلی کی مونچھوں کی طرح تھرتھرا رہے تھے۔ جھاڑیوں میں ہوا کی سیٹیاں شام کی خاموش فضا میں ارتعاش پیدا کر رہی تھیں۔ مٹی کے ڈھیلوں کے ساتھ کھیلتا ہوا مَیں اس کی طرف بہت دیر تک دیکھتا رہا۔وہ اب جھونپڑے پر بڑے عجیب انداز سے ٹہل رہی تھی۔ ایک مرتبہ اس نے اپنے سر کو جُنبِش دی تو میں سمجھا کہ وہ میری موجودگی سے باخبر ہے۔۔۔مجھے دیکھ رہی ہے۔۔۔میری ہستی کے سارے دروازے کھل گئے۔

جانے کتنی دیر میں وہاں بیٹھا رہا۔۔۔ایکا ایکی بدلیاں گھر آئیں اور بارش شروع ہو گئی۔میرے کپڑے بھیگ رہے تھے لیکن میں وہاں سے کیونکر جا سکتا تھا جب کہ وہ۔۔۔وہیں چھت پر کھڑی تھی۔اِس خیال سے مجھے بڑی مسرت حاصل ہوئی کہ وہ صرف میری خاطر بارش میں بھیگ رہی ہے۔

یکا یک بارش تیز ہو گئی۔ وہ اٹھی اور میری طرف دیکھے بغیر۔۔۔ہاں، میری طرف نگاہ اٹھائے بغیر چھت پر سے نیچے اتری اور دوسرے جھونپڑے میں داخل ہو گئی۔۔۔مجھے ایسا محسوس ہوا کہ بارش کی بوندیں میری ہڈیوں تک پہنچ گئی ہیں۔ پانی سے بچاؤ کرنے کے لیے میں نے اِدھر اُدھر نگاہ دوڑائیں مگر پتھر اور جھاڑیاں پناہ کا کام نہیں دے سکتی تھیں۔

ڈاک بنگلے تک پہنچتے پہنچتے میرے کپڑے اور خیالات سب بھیگ گئے۔۔۔ جب وہاں سے سیر کو نکلا تھا تو ایک خشک آدمی تھا، راستے میں موسم نے شاعر بنا دیا۔ واپس آیا تو بھیگا ہوا آدمی تھا۔۔۔ صرف بھیگا ہوا۔۔۔ بارش ساری شاعری بہا لے گئی تھی!

ڈاک بنگلے تک پہنچتے پہنچتے میرے کپڑے اور خیالات سب بھیگ گئے۔۔۔ جب وہاں سے سیر کو نکلا تھا تو ایک خشک آدمی تھا، راستے میں موسم نے شاعر بنا دیا۔ واپس آیا تو بھیگا ہوا آدمی تھا۔۔۔ صرف بھیگا ہوا۔۔۔ بارش ساری شاعری بہا لے گئی تھی!

موم بتی کے آنسو

غلیظ طاق پر جو شکستہ دیوار میں بنا تھا، موم بتی ساری رات روتی رہی۔ موم پگھل پگھل کر کمرے کے گیلے فرش پر اوس کے ٹھہرے ہوئے دھندلے قطروں کے ماند بکھر رہا تھا۔ ننھی لاجو موتیوں کا ہار لینے پر ضد کرنے اور رونے لگی تو اس کی ماں نے موم بتی کے ان جمے ہوئے آنسوؤں کو ایک کچے دھاگے میں پرو کر اس کا ہار بنا دیا۔ ننھی لاجو اس ہار کو پہن کر خوش ہو گئی، اور تالیاں بجاتی ہوئی باہر چلی گئی۔

رات آئی۔ ۔ ۔ میل بھرے طاقچے میں نئی موم بتی روشن ہوئی اور اس کی کانی کانی آنکھ اس کمرے کی تاریکی دیکھ کر ایک لمحے کے لیے حیرت کے باعث چمک اٹھی۔ مگر تھوڑی دیر کے بعد جب وہ اس ماحول کی عادی ہو گئی تو اس نے خاموشی سے ٹکٹکی باندھ کر اپنے گرد و پیش کو دیکھنا شروع کر دیا۔

ننھی لاجو ایک چھوٹی سی کھٹیا پر پڑی سو رہی تھی، اور خواب میں اپنی سہیلی بندو سے لڑ رہی تھی کہ وہ اپنی گڑیا کا بیاہ اس کے گڈے سے کبھی نہیں کرے گی۔ اس لیے کہ وہ بدصورت ہے۔

لاجو کی ماں کھڑکی کے ساتھ لگی، خاموش اور نیم روشن سڑک پر پھیلی ہوئی پچکر کو حسرت بھری نگاہوں سے دیکھ رہی تھی، سامنے بھٹیارے کی بند دکان کے باہر چبوترے پر انگیٹھی میں سے کوئلوں کی چنگاریاں ضدی بچوں کی طرح مچل مچل کر نیچے گر رہی تھیں۔

گھنٹہ گھر نے غنودگی میں بارہ بجائے، بارہ کی آخری پکار دسمبر کی سرد رات میں تھوڑی دیر تک کانپتی رہی اور پھر خاموشی کا لحاف اوڑھ کر سو گئی۔ ۔ ۔ لاجو کی ماں کے کانوں کا بڑا سہانا پیغام گنگنایا مگر اس کی انتڑیاں اس کے دماغ تک کوئی اور بات پہنچا چکی تھیں۔

دفعتاً سرد ہوا کے جھونکے سے گھنگھروؤں کی مدھم جھنجھناہٹ اس کے کانوں تک پہنچی۔ اس نے یہ آواز اچھی

طرح سننے کے لیے کانوں میں اپنی سماعت کی طاقت بھرنی شروع کر دی ۔

گھنگھرو رات کی خاموشی میں مرتے ہوتے آدمی کے حلق میں اٹکے ہوئے سانس کی طرح بجنا شروع ہو گئے، لاجو کی ماں اطمینان سے بیٹھ گئی۔ گھوڑے کی تھکی ہوئی ہنہناہٹ نے رات کی خاموشی میں ارتعاش پیدا کر دیا اور ایک تانگہ لالٹین کے کھمبے کی بغل میں آ کھڑا ہوا۔ تانگہ والا نیچے اترا۔ گھوڑے کی پیٹھ پر تھپکی دے کر اس نے کھڑکی کی طرف دیکھا۔ جس کی چِق اٹھی ہوئی تھی اور تخت پر ایک دھندلا سایہ بھی پھیلا تھا۔ اپنے گِرد رے کمبل کو جسم کے گرد اچھی طرح لپیٹ کر تانگے والے نے اپنی جیب میں ہاتھ ڈالا۔ ساڑھے تین روپے کا کرایہ بنا تھا۔ اس میں سے اس نے ایک روپیہ چار آنے اپنے پاس رکھ لیے۔ اور باقی پیسے تانگے کی اگلی نشست کا گدا اٹھا کر اس کے نیچے چھپا دیئے۔ یہ کام کرنے کے بعد وہ کوٹھے کی سیڑھیوں کی طرف بڑھا۔

لاجو کی ماں چند و سنیاری اٹھی اور دروازہ کھول دیا۔ مادھو تانگے والا اندر داخل ہوا اور دروازے کی زنجیر چڑھا کر اس نے چند و سنیاری کو اپنے ساتھ لپٹا لیا، ''بھگوان جانتا ہے، مجھے تجھ سے کتنا پریم ہے ۔ ۔ ۔ اگر جوانی میں ملاقات ہوتی تو یاروں کا تانگہ گھوڑا ضرور بکتا!'' یہ کہہ کر اس نے ایک روپیہ اس کی ہتھیلی میں دبا دیا۔

چند و سنیاری نے پوچھا، ''بس؟''

''یہ لے ۔ ۔ ۔ اور،'' مادھو نے چاندی کی چونی اس کی دوسری ہتھیلی پر جما دی، ''تیری جان کی قسم! بس یہی کچھ تھا میرے پاس!''

رات کی سردی میں گھوڑا بازار میں کھڑا ہنہناتا رہا۔ لالٹین کا کھمبا ویسے ہی اونگھتا رہا۔

سامنے ٹوٹے ہوئے پلنگ پر مادھو بیہوش لیٹا تھا۔ اس کی بغل میں چند و سنیاری آنکھیں کھولے پڑی تھی اور پگھلتے ہوئے موم کے ان قطروں کو دیکھ رہی تھی جو گیلے فرش پر گر کر چھوٹے چھوٹے دانوں کی صورت میں جم رہے تھے۔ وہ ایکا ایکی دیوانہ وار اٹھی اور لاجو کی کھٹیا کے پاس بیٹھ گئی۔ ننھی لاجو کے سینے پر موم کے دانے دھڑک رہے تھے۔ چند و سنیاری کی دھندلی آنکھوں کو ایسا معلوم ہوا کہ موم بتی کے ان جمے ہوئے قطروں میں اس کی ننھی لاجو کی جوانی کے آنسو چھپ کر بیٹھ گئے ہیں۔ اس کا کانپتا ہوا ہاتھ بڑھا اور لاجو کے گلے سے وہ ہار جدا ہو گیا۔

پگھلے ہوئے موم پر سے موم بتی کا جلتا ہوا دھاگا پھسل کر نیچے فرش پر گرا اور اس کی آغوش میں سو گیا۔ ۔ کمرے میں خاموشی کے علاوہ اندھیرا بھی چھا گیا۔

میرا اور اس کا انتقام

گھر میں میرے سوا کوئی موجود نہیں تھا۔ پتا جی کچہری میں تھے اور شام سے پہلے کبھی گھر آنے کے عادی نہ تھے۔ ماتا جی لاہور میں تھیں اور میری بہن بملا اپنی کسی سہیلی کے ہاں گئی تھی۔ میں تنہا اپنے کمرے میں بیٹھا کتاب لیے اونگھ رہا تھا کہ دروازے پر دستک ہوئی، اٹھ کر دروازہ کھولا تو دیکھا کہ پاربتی ہے۔ دروازے کی دہلیز پر کھڑے کھڑے اس نے مجھ سے پوچھا، ''موہن صاحب! بملا اندر ہے کیا؟''

جواب دینے سے پیشتر ایک لمحے کے لیے پاربتی کی تمام شوخیاں میری نگاہوں میں پھر گئیں اور جب میں نے سوچا کہ گھر میں کوئی متنفس موجود نہیں تو مجھے ایک شرارت سوجھی، میں نے جھوٹ بولتے ہوئے بڑی بے پروائی کے انداز میں کہا، ''اپنے کمرے میں بلاؤز ٹانک رہی ہے۔'' یہ کہہ کر میں دروازے سے باہر نکل آیا۔ بملا کا کمرہ بالائی منزل پر تھا۔ جب میں نے گلی کے روشن دان سے پاربتی کو سیڑھیاں چڑھتے دیکھا، تو جھٹ سے دروازے میں داخل ہو کر اس کو بند کر دیا اور کنڈی چڑھا کر وہ قفل لگا دیا جو پاس ہی دیوار پر ایک کیل سے لٹک رہا تھا اور دروازے میں تالا لگانے کے بعد میں اپنے کمرے میں چلا آیا اور صوفے پر لیٹ کر اپنے دل کی دھڑکنوں کو سنتا رہا۔

پاربتی کے کردار کا ہلکا سا نقشہ یوں کھینچا جا سکتا ہے۔ وہ بیک وقت ایک شوخ چنچل اور شرمیلی لڑکی ہے۔ اگر اس گھڑی آپ سے بڑی بے تکلفی سے بات کر رہی ہے تو تھوڑے ہی عرصے کے بعد آپ اسے بالکل مختلف پائیں گے۔ شرارت اس کی رگ رگ میں کوٹ کوٹ کر بھری ہے لیکن بعض اوقات اتنی سنجیدہ اور متین ہو جاتی ہے کہ اس سے بات کرنے کی جرأت نہیں ہو سکتی۔ محلے بھر میں وہ اپنی قسم کی واحد لڑکی ہے۔ لڑکوں سے چھیڑ چھاڑ کرنے میں اسے خاص لطف آتا ہے۔ اگر کوئی لڑکا جواب میں معمولی سا مذاق بھی کر

دے تو اسے سخت ناگوار گزرتا ہے۔ گلی کے نوجوانوں کے نازک جذبات سے کھیلنے میں اسے خاص لطف آتا ہے۔ بلی کی طرح وہ چاہتی ہے کہ چوہا اس کے پنجوں کے نیچے دبکار ہے اور وہ اس کو اِدھر اُدھر پیچ پیچ کر کھیلتی رہے، جب اکتا جائے تو چھوڑ کر چلی جائے۔ کوٹھے پر چڑھ کر محلے کے لڑکوں کے پتنگ توڑ لینے میں اس کو خاص مہارت حاصل ہے۔

ہمارے گھر میں اکثر اس کا آنا جانا تھا، اس لیے میں اس کی شوخ طبیعت سے ایک حد تک واقف تھا۔ میرے ساتھ وہ کئی مرتبہ نوک جھونک کر چکی تھی۔ مگر میں دوسروں کی موجودگی میں جھینپ کر رہ جاتا تھا۔ مجھے اس سے نفرت نہ تھی۔ اس لیے کہ اس میں کوئی شے بھی ایسی نہیں جس سے نفرت کی جا سکے۔ البتہ اس کی طبیعت کسی قدر الجھی ہوئی تھی اور اس کی حد سے زیادہ شوخی بعض اوقات میرے جذبات پر بہت گراں گزرتی تھی۔ اگر میں سب کے سامنے اس کی پھلجھڑی ایسی زبان کو (جس سے کبھی تیز و تند اور کبھی نرم و نازک شرارے نکلتے تھے) اپنی گویائی کی قوت پر زور دے کر بند کر سکتا تو مجھے یہ شکایت ہرگز نہ ہوتی۔ بلکہ اس میں خاص لطف بھی حاصل ہوتا مگر یہاں موجودہ نظام کی موجودگی میں اس قسم کے خواب کیونکر پورے ہو سکتے ہیں!

پاربتی کے متناسب جسم میں جملہ خوبیاں بھری پڑی تھیں۔ دوشیزگی اس کے ہر عضو میں سانس لیتی تھی۔ آنکھوں میں دھوپ اور بارش کے تصادم کے تصادم ایسی چمک، گدرائے ہوئے جوبن کا دلکش ابھار، آواز میں صبح کی خاموش فضا میں مندر کی گھنٹیوں کی صدا ایسی حلاوت، اور چال ـ ـ ـ ایسے الفاظ نہیں ہیں کہ اس کے خرام کا نقشہ پیش کیا جا سکے۔

گھر خالی تھا، دوسرے لفظوں میں میدان صاف تھا، اس لیے میں نے موقع بہت مناسب خیال کیا اور اس سے انتقام لینے کی ٹھان لی۔ میری عرصے سے خواہش تھی کہ اس پھسل جانے والی مچھلی کو ایک بار پکڑ کر اتنا ستاؤں، اتنا ستاؤں کہ رو دے اور کچھ عرصے کے لیے اپنی تمام شوخیاں بھول جائے۔ میں کمرے میں بیٹھا تھا کہ وہ حسب توقع گھبرائی ہوئی آئی اور کہنے لگی، ''دروازے میں تالا لگا ہوا ہے۔'' میں بناوٹی حیرت سے مضطرب ہو کر یکایک اٹھ کھڑا ہوا گیا۔

'' کیا کہا؟''

''صدر دروازے میں تالا لگا ہوا ہے!''

''باہر سے گلی کے ان گندے انڈوں نے تالا لگا دیا ہو گا۔''

یہ کہتا ہوا میں اس کے پاس آ گیا۔

اس پر پاربتی نے کہا، ''نہیں، نہیں تالا تو اندر سے لگا ہوا ہے۔''

''اندر سے۔۔۔اور بملا کہاں ہے؟''

''اپنے کمرے میں تو نہیں۔ کونے کونے میں دیکھ آئی ہوں۔ کہیں بھی نہیں ملی۔''

''تو پھر اسی نے شرارت کی ہے۔ جا ؤ دیکھو باورچی خانے، غسل خانے میں یا اِدھر اُدھر کہیں چھپی ہو گی۔۔۔ تم نے تو مجھے ڈرا ہی دیا تھا۔'' یہ کہہ کر میں واپس مڑ کر صوفے پر لیٹ گیا اور وہ بملا کو ڈھونڈنے چلی گئی۔ پندرہ بیس منٹ کے بعد پھر آئی اور کہنے لگی، ''میں نے تمام گھر چھان مارا۔ پر ماتما جانے کہاں چھپی ہے۔ آج تک میرے ساتھ اس نے اس قسم کی شرارت نہیں کی لیکن آج جانے اسے کیا سوجھی ہے؟''

پاربتی صوفے کے پیچھے کھڑی تھی میں نے اس کی بات سنی اور پاس پڑے ہوئے اخبار کے اوراق کھولتے ہوئے کہا، ''مجھے خود تعجب ہو رہا ہے۔ صحن کے ساتھ والے کمروں میں جا کر تلاش کرو، وہیں کسی پلنگ کے نیچے کسی چھپی بیٹھی ہو گی۔'' یہ سن کر پاربتی یہ کہتی ہوئی چلی گئی، ''اسے میری شرارتوں کا علم نہیں۔ خیر سو نار کی، ایک لوہار کی!'' اس کو مضطرب دیکھ کر میرا جی باغ باغ ہو رہا تھا۔ اس تیتری کو اپنی ہوشیاری پر کتنا ناز تھا! میں ہنسا، اس لیے کہ اس کے پھڑ پھڑانے والے پر میری گرفت میں تھے اور میں بڑے مزے سے اس کے اضطراب کا تماشا کر سکتا تھا۔

میں اپنے ذہن میں اس ہونے والے ڈرامے کا تمام پلاٹ تیار کر چکا تھا اور اس پر عمل کر رہا تھا۔ تھوڑی ہی دیر کے بعد وہ پھر آئی۔ اس مرتبہ وہ سخت جھلائی ہوئی تھی۔ داہنے کان سے بہت نیچے بالوں کا ایک گچھا کلپ کی گرفت سے آزاد ہو کر ڈھلک آیا تھا۔ ساڑی سر پر سے اتر گئی تھی اور وہ بار بار اپنے گرد بھرے ہاتھوں کو ایک ننھے رومال سے پونچھ رہی تھی۔ کمرے میں داخل ہو کر میرے سامنے کرسی پر بیٹھ گئی۔ میں نے اس سے اس لیے لیے دریافت کیا، ''کیوں کامیابی ہوئی کیا؟'' اس نے تھکی ہوئی آواز میں جواب دیا، ''نہیں، میں اب یہاں بیٹھ کر اس کا انتظار کرتی ہوں۔''

''ہاں بیٹھو، میں ذرا اوپر ہو آؤں۔'' یہ کہہ کر میں اٹھا اور چلا گیا۔

بالائی منزل کی چھت پر میں پندرہ منٹ تک ٹہلتا رہا۔ چابی میری جیب میں تھی۔ اس لیے مجھے معلوم تھا کہ پاربتی کسی صورت میں بھی گھر سے باہر نہیں نکل سکتی اور یہ احساس میرے دل میں ایک ناقابل بیان مسرت پیدا کر رہا تھا۔ میدان بالکل صاف تھا اور میں اس موقع سے پورا فوراً فائدہ اٹھانا چاہتا تھا۔ میری

سب سے بڑی خواہش یہ تھی کہ پاربتی کی دوسروں پر ہنسنے والی آنکھوں کی چمک ایک لمحے کے لیے ماند پڑ جائے اور اس کو معلوم ہو جائے کہ مرد کے پاس نسوانی شرارتوں کا بہت کڑا جواب موجود ہے۔

یہ کھیل بہت خطر ناک تھا۔ کیونکہ اس بات کا ڈر تھا کہ وہ پِتا، ماتا جی یا بملا کو تمام بیتے ہوئے واقعات سنا دے گی۔ اس صورت میں گھر والوں کی نگاہوں میں میرے وقار کی تذلیل یقینی تھی۔ مگر چونکہ میرے سر پر اس دلچسپ انتقام کا بھوت سوار تھا جو میں نے اس شوخ لڑکی کے لیے تجویز کیا تھا، اس لیے کچھ عرصے کے لیے یہ تمام چیزیں میری آنکھوں سے اوجھل ہو گئی تھیں۔ میں اپنے دل سے سوال کرتا تھا کہ نتیجہ کیا ہو گا۔ لیکن اس کا جواب میری پوزیشن کی صحیح تصویر دکھانے کی بجائے پاربتی۔۔۔ شکست خوردہ پاربتی کی تصویر آنکھوں کے سامنے کھینچ دیتا تھا۔۔۔ میں بے حد مسرور تھا۔

کچھ عرصہ بالائی منزل پر ٹہلنے کے بعد میں نیچے آیا۔ پاربتی کرسی پر بیٹھی سخت اضطراب کی حالت میں اپنی خوبصورت ٹانگ ہلا رہی تھی جس پر ریشمی ساڑی کا کپڑا اِدھر اُدھر تھرک رہا تھا۔ میں نے کمرے میں داخل ہوتے ہوئے اس سے پوچھا، ”کیوں بملا ملی۔“

”نہیں! میں نے ایک بار پھر سب کمروں کو چھان مارا ہے لیکن وہ ایسی غائب ہوئی ہے جیسے گدھے کے سر سے سینگ۔“

میں مسکرا دیا، ”چلو ہم دونوں مل کر اس کو ڈھونڈیں۔ تم اس قدر گھبرا گئی ہو۔ تم تو بڑی نڈر اور بے باک لڑکی ہو۔“

”گھبرانے کی کوئی بات نہیں! لیکن مجھے بہت بہت جلد گھر واپس جانا تھا۔“ پاربتی کے لبوں پر ایک نہایت ہی پیارا تبسم پیدا ہوا۔

ہم دونوں ایک عرصے تک نیچے صحن میں پلنگوں کے نیچے، چار پائیوں کے پیچھے، چیزوں کے اِدھر اُدھر پردوں کو ہٹا ہٹا کر بملا کو تلاش کرتے رہے۔ مگر وہ گھر پر ہوتی تو ملتی۔ آخر کار میں نے خود کو سخت متعجب ظاہر کرتے ہوئے پاربتی سے کہا، ”حیرت ہے تمہیں بتاؤ آخر بملا گئی کہاں؟“

پاربتی جو بار بار جھنکی، اٹھنے اور بیٹھنے سے بہت تھک گئی تھی، اپنی پیشانی سے پسینہ کے ننھے ننھے قطروں کو پونچھتی ہوئی بولی، ”میں کیا جانوں، زمین کھا گئی یا بھوت پریت اٹھا کر لے گئے، یہ آپ ہی کی بہن کی کارستانی ہے، خیر کوئی ہرج کی بات نہیں، میں بھی ایسا ستاؤں گی کہ عمر بھر یاد رکھے گی! بملا ہزار ہو مجھ سے اڑ کر کہاں جائے گی۔“

میں خاموش رہا اور اطمینان سے کرسی پر بیٹھ گیا۔ اس وقت ہم ماتا جی کے کمرے میں تھے۔ پاربتی میرے سامنے ٹائیلٹ میز کے قریب کھڑی تھی۔ اس کے چہرے کو دیکھ کر یہ معلوم ہوتا تھا کہ قطعی طور پر خالی الذہن ہے۔ غیر ارادی طور پر وہ بار بار میز کے گول آئینے میں اپنا چہرہ دیکھ رہی تھی۔ اور ٹانگوں پر سے اپنی ساڑی کی شکنیں درست کر رہی تھی۔ دفعتاً کمرے کے مکمل سکوت سے باخبر ہو کر وہ سخت مضطرب ہو گئی اور مجھ سے کہنے لگی، ''موہن صاحب مجھے گھر جانا ہے، جتنا جلد جانا چاہتی ہوں اتنی دیر ہوتی جاتی ہے۔ بملا کے اب پَر لگ گئے ہیں۔ شاید میرے ہاتھوں اس کی شامت آئی ہے۔''

''ہاں، ہاں، مگر میں کیا کر سکتا ہوں، آپ جانیں اور وہ، اس میں میرا کیا قصور ہے، اور اگر آپ کو سچ مچ جلدی جانا ہے تو کہیے، میں آپ کی کمر میں رسی باندھ کر چھت سے لٹکا دوں، کہیے تو تالا توڑ دوں؟ اب آپ کی جو رائے ہو؟'' اس نے ایک لمحے کے لیے سوچا اور جواب دیا، ''مجبوری ہے تالا توڑنا ہی پڑے گا۔'' لیکن۔ میں نے کرسی پر سے اٹھتے ہوئے کہا، ''تالا بہت بڑا ہے اور اس کو توڑنے کے لیے بہت سی دقتیں پیش آئیں گی۔ اس کے علاوہ ہتھوڑے کی چوٹوں کی آواز سن کر لوگ کیا کہیں گے؟''

یہ سن کر وہ سنجیدہ ہو گئی اور کچھ دیر سوچنے کے بعد بولی، ''لیکن مجھے گھر بھی تو جانا ہے لوگ کیا کہیں گے، ہم کسی غیر کے گھر میں سیندھ تھوڑی لگا رہے ہیں، اپنے گھر کا تالا توڑ رہے ہیں۔''

''ہے ہے آج میں کس ساعت سے آئی تھی، اب کیا ہو گا۔ میں کس طرح جاؤں، ہائے رام کس بلا میں پھنس گئی۔''

میرا وار خالی گیا۔ دراصل میں یہ چاہتا تھا کہ وہ اس ماحول کی نزاکت سے اچھی طرح آگاہ ہو جائے جس میں کہ وہ اس وقت موجود تھی۔ چنانچہ میں نے بات کو ذرا وضاحت سے بیان کیا، ''ماتا جی لاہور گئی ہیں! پتا جی باہر ہیں اور بملا غائب ہے اس صورت میں۔۔۔'' میں یہ کہتے کہتے رک گیا اور پھر اس فقرے کو یوں پورا کر دیا، ''تالا توڑنا اچھا معلوم نہیں ہوتا۔''

اب کی دفعہ تیر نشانے پر بیٹھا۔ پاربتی کے سپید چہرے پر ہلکی سی سرخی چھا گئی اور ایک لمحے کے لیے ایسا معلوم ہوا کہ اس کے گالوں پر گلاب کی پتیاں بکھر گئی ہیں۔ وہ اپنی ریشمی ساڑی میں سمٹی، کانپی، تھرائی، پارے کی طرح تڑپی اور کچھ کہتی کہتی خاموش ہو گئی۔ میں نے اس موقع سے فائدہ اٹھایا اور ہمدردانہ لہجہ میں کہا، ''تم خود سوچ سکتی ہو۔ ویسے مجھے کوئی عذر نہیں۔''

وہ پیچ و تاب کھا کر رہ گئی۔ میں اس کو مضطرب دیکھ کر بہت مسرور ہو رہا تھا۔ کل کی چلبلی شوخ و شنگ اور طرّار

لڑکی کی جو آنکھ مچولی کھیلتی ہوئی بجلی کی طرح چمکا کرتی تھی، آج دِیے کی کرن بن کر رہ گئی تھی جو میری پھونک کے رحم پر تھی۔ ساحل کے پتھروں سے ٹکرا کر پلٹتی ہوئی لہر کی طرح اس نے اپنے آپ میں نئی تازگی پیدا کر کے کہا، ''میری تو جان پر بنی ہوئی ہے اور آپ ہیں کہ چیا چبا کر باتیں کیے جا رہے ہیں۔''

''کون سی بات؟''

''یہی، یہی کہ لوگ کیا کہیں گے؟'' اس نے اپنے شرمیلے جذبات پر پوری قوت سے قابو پاتے ہوئے کہا۔ میں کرسی پر بیٹھ گیا اور زیرِ لب گنگنانے لگا۔

''ماتا جی لاہور گئی ہیں، پتا جی باہر ہیں اور بملا گم ہے!''

''آپ کون سی نئی بات بتا رہے ہیں۔ یہ تو مجھے بھی معلوم ہے، سوال تو یہ ہے کہ بملا کہاں ہے؟''

''اوپر ہو گی اور کہاں؟''

''اوپر؟ اوپر کی خوب کہی۔ میں اوپر چپہ چپہ ڈھونڈ آئی ہوں۔''

''تم اسے نیچے ڈھونڈتی ہو گی۔ تو وہ دوسری سیڑھیوں سے اوپر چلی جاتی ہو گی۔ جب تم اوپر جاؤ گی تو وہ نیچے آ جائے گی۔ یہ ایک بات میرے ذہن میں آتی ہے اور۔۔۔۔''

''اس کا علاج ہو سکتا ہے،'' پاربتی نے اپنے دائیں گال پر انگلی سے ایک نہایت دلکش گڑھا بناتے ہوئے کہا، ''میں اوپر جاتی ہوں اور آپ ایسا کیجیے کہ دوسری سیڑھیوں پر کھڑے ہو جائیے اور جوں ہی وہ نیچے اترے اسے پکڑ لیجیے۔''

''میں نے اس کی تجویز کو سنا اور کہا، ''لیکن شاید وہ اصل میں یہاں موجود ہی نہ ہو گی۔''

''یہاں موجود نہ ہو۔'' میری بات سن کر پاربتی کا سر ضرور چکرا گیا۔ وہ کہنے لگی۔

''ہاں ہو سکتا ہے، اس لیے کہ اگر ہوتی تو مل نہ جاتی؟''

''کیا ہو سکتا ہے، وہ یہاں نہ ہو تو پھر دروازے کو تالا کس نے لگا دیا ہے۔ یہ کہیں آپ کی شرارت تو نہیں، سچ کہیے۔''

''مجھے کیا معلوم، میرا خیال ہے کہ بملا اپنی کسی سہیلی کے ہاں گئی ہو گی۔ یہ میں اس لیے کہہ رہا ہوں کہ وہ صبح اپنی ساڑی استری کر رہی تھی۔''

''آپ کیا کہہ رہے ہیں؟'' پاربتی کی حیرت لحظہ بہ لحظہ بڑھ رہی تھی، ''اگر وہ کسی سہیلی کے ہاں گئی ہے تو پھر تالا کس نے لگایا ہے۔۔۔ یہ کیا شرارت ہے؟''

’’حیران ہونے کی کوئی بات نہیں، مجھے اچھی طرح یاد ہے کہ وہ اپنی سہیلی ہی کے ہاں گئی ہے، اس لیے کہ جاتے وقت وہ سنتو کو ہمراہ لیتی گئی تھی، اب مجھے یاد آیا۔ باقی رہا میں، تو آپ ہی بتایئے میں آپ کو کیوں قید کرنے لگا۔ پر اتنا ضرور کہوں گا کہ بڑی دلچسپ مچھلی جال میں پھنسی ہے۔‘‘

’’آپ کیا کہہ رہے ہیں۔۔۔تو پھر۔۔۔تو پھر۔۔۔یہ شرارت۔۔۔‘‘ وہ اپنے فقرے کو پورا نہ کر سکی۔

’’ہاں یہ شرارت میں بھی تو کر سکتا ہوں۔‘‘ میں نے مسکرا کر جواب دیا، ’’آپ کا خیال ہے کہ میں اس کا اہل نہیں۔۔۔؟ شاید میں نے آپ سے کسی وقت کا بدلہ لیا ہو۔‘‘

پاربتی کی حالت عجیب و غریب تھی۔ بند ڈھاپ کی طرح وہ باہر نکلنے کے لیے بے قرار ہو رہی تھی۔ اس نے میری طرف تیز نگاہوں سے دیکھا، نخسے میرے سینے کے اسرار جاننا چاہتی ہے۔ لیکن میں ایک کامیاب ایکٹر کی طرح اپنا پارٹ نبھا رہا تھا۔ اس نے اپنی آنکھ کی پتلیوں کو نچاتے ہوئے دریافت کیا، ’’لیکن اس شرارت کی وجہ؟‘‘

’’مجھے معلوم نہیں۔‘‘

وہ خاموش ہو گئی۔ پھر یکایک جیسے اسے کچھ یاد آ گیا۔ کہنے لگی، ’’موہن صاحب! مجھے گھر جانا ہے۔‘‘

’’مجھے معلوم ہے، پر یہ تو بتایئے، کیا کسی نے آپ کا ہاتھ پکڑا ہے؟‘‘

’’تو دروازہ کھول دیجیے۔‘‘ یہ کہنے کے بعد اس نے کچھ سوچا اور کہا، ’’لیکن آپ کس طرح کہہ رہے ہیں کہ تالا آپ نے لگایا ہے، کیا بملا واقعی یہاں نہیں ہے؟‘‘

’’مجھے یقین ہے کہ وہ یہاں نہیں ہے۔ اس لیے کہ میں خود اسے رام گلی میں چھوڑ کر آیا ہوں اور میں نے ان ہاتھوں سے قفل لگایا ہے۔‘‘ میری گفتگو کا انداز نہایت متین اور سنجیدہ تھا۔

’’آپ نے قفل کیوں لگایا؟‘‘ پاربتی نے نہایت تیزی سے دریافت کیا، ’’دیکھا، میں نہ کہتی تھی، یہ آپ ہی کارستانی ہے۔‘‘

’’کیوں لگایا، اس لیے کہ میں نے لگا دیا۔ اور میں نے نہیں لگایا میرے ہاتھوں نے لگایا ہے۔‘‘

’’یہ بھی کوئی بات ہے؟‘‘

میں کرسی پر سے اٹھا اور جمائی لے کر کہا، ’’رات کو دیر تک باہر رہنے سے پوری نیند نہیں سو سکا۔ میرا خیال ہے، اب سونا چاہیے۔‘‘

’’چابی دے دیجیے، پھر آپ سو سکتے ہیں۔ ورنہ میں قیامت بر پا کر دوں گی۔‘‘

پاربتی نے سخت اضطراب کی حالت میں چابی کے لیے اپنا ہاتھ میری طرف بڑھا دیا۔

’’چابی۔۔۔ چابی،‘‘ میں نے اپنی قمیض کی جیب میں ہاتھ ڈال کر کہا، ’’مگر وہ تو گم ہو گئی ہو گی۔ نا معلوم کس نے اڑن چھو کر ڈالی۔ اب کیا ہو گا؟،‘‘

یہ سن کر پاربتی خشم آلود ہو کر بولی، ’’گم ہو گئی ہو گی، یعنی آپ کو پہلے سے ہی معلوم تھا کہ گم ہو جائے گی۔ موہن صاحب! دائیں ہاتھ سے چابی نکال کر دے دیجیے، یہ شرارتیں جوان لڑکیوں کے ساتھ اچھی معلوم نہیں ہوتیں، ورنہ میرا نام پاربتی ہے پاربتی، مجھے کوئی ایسی ویسی لڑکی نہ سمجھیے گا۔‘‘

’’چابی واقعی گم ہے!،‘‘ میں نے پہلی سی متانت کے ساتھ جواب دیا ’’اور تمہیں اس قدر تیز ہونے کی ضرورت نہیں، بے کار تم مجھ پر اس قدر گرم ہو رہی ہو۔‘‘

’’چابی گم کہاں ہوئی۔ مجھے بھی تو معلوم ہو؟‘‘ پاربتی اب ہوا سے لڑنا چاہتی تھی، ’’آخر آپ کی جیب سے کوئی جنات لے گیا۔‘‘

’’اگر تمہیں معلوم ہو جائے تو کیا کر لو گی، دروازہ بند ہے اور میں نے اسے گلی میں پھینک دیا ہے۔ لو اب صاف سنو میں دروازے کی درز سے دیکھا کہ جب میں نے گلی میں پھینکی تو کتے نے ہڈی سمجھ کر منہ میں دبوچ لیا اور نگل لیا۔ اب وہ کتا ڈھونڈا جائے، اس کا پیٹ چیرا جائے، تب کہیں ملے۔‘‘ یہ سن کر وہ جھلا کر رہ گئی اور زیادہ تیز آواز میں کہا، ’’آپ کو اس شرارت کا جواب دینا ہو گا؟‘‘

’’کسے؟‘‘

’’یہ بعد میں معلوم ہو جائے گا۔‘‘

میں نے اطمینان کا سانس لیا اور کہا، ’’تو پھر یہ بعد کی بات ہے، اس وقت دیکھا جائے گا۔ اب میں حال پر غور کرنا ہے۔ کتے کے پیٹ میں کہیں کنجی گھل نہ گئی ہو۔‘‘

وہ خاموش ہو گئی۔ اور میں بھی چپ ہو گیا۔ کمرے میں مکمل سکوت طاری تھا۔ وہ ٹائیلٹ میز کے قریب متحیر کھڑی تھی اور غالباً اپنی بے بسی پر کڑھ رہی تھی۔

’’آپ دروازہ نہیں کھولیں گے؟‘‘ اس نے کچھ دیر خاموش رہنے کے بعد کہا، ’’دیکھیے مجھے نہ ستائیے، ورنہ اس کا انجام اچھا نہ ہو گا۔‘‘

’’میرے پاس چابی نہیں، اس لیے مجبور ہوں، ہاں البتہ شام کو دروازہ کھولا جا سکتا ہے اس لیے کہ شاید

اس وقت تک تلاش کرنے پر مل جائے۔،،

،،اور میں اس وقت تک یہیں قید رہوں گی؟،،

،،نہیں، تم بڑی خوشی سے صحن میں، کمروں میں، کوٹھوں پر جہاں چاہو کو دسکتی ہو، گا سکتی ہو، مجھے کوئی عذر نہیں۔،،

،،پر ماما جانے آپ کو کیا ہو گیا ہے۔،، وہ میری گفتگو کے انداز پر سخت حیرت زدہ تھی۔

،،میں اچھا بھلا ہوں لیکن کبھی کبھی تفریح بھی تو ہونی چاہیے۔ کیا تم اس کی قائل نہیں ہو۔ کیا تم کبھی ایسا تفریح مذاق نہیں کرتیں۔،،

،،مجھے گھر جانا ہے موہن صاحب!،، اس نے میرے سوال کا جواب دیا۔

،،تم بالکل صحیح کہہ رہی ہو، تمہیں گھر جانا ہے۔ گھر گیا پانی سے بھر، اور اس میں بڑے بڑے کچھووٰں کا ڈر، لیکن بتاؤ میں کیا کر سکتا ہوں؟،،

،،چابی دے دیجیے، بہت ستا چکے اب نہ ستایئے۔،،

،،دیوی جی، مجھے افسوس ہے کہ وہ کم بخت ناشدنی گم ہو گئی ہے۔،،

،،گم ہو گئی ہے، گم ہو گئی ہے، آپ نے یہ کیا رٹ لگا رکھی ہے۔ آپ چابی کیوں نہیں دیتے؟،،

،،میرے پاس نہیں ہے سرکار، کتے کے پیٹ میں ہے۔،،

،،موہن صاحب! لڑکیوں سے اس طرح کا مذاق نہیں کرتے۔ کتے کا پیٹ، آپ کی جیب ہے۔،،

،،اچھا تو یوں ہی ہو گا۔،،

،،یوں ہی ہو گا، چابی لایئے میں جانا چاہتی ہوں۔،،

،،میں ایک بار نہیں سو بار کہہ چکا ہوں کہ چابی میرے پاس نہیں ہے، نہیں ہے، نہیں ہے۔،،

،،چابی آپ کے پاس ہے، آپ کے پاس ہے، آپ کے پاس ہے۔،،

،،میرے پاس نہیں، نہیں، نہیں ہے۔،،

،،نہیں آپ ہی کے پاس ہے، ہے، ہے۔،، ،،ہے،، اس نے ،،ہے،، کو سو مرتبہ دہراتے ہوئے کہا۔

،،اچھا نہیں تھی، تو ہے۔،،

،،تو لایئے جیب سے نکالیے۔،،

،،میں نہیں دوں گا۔،،

’’ آپ کو دینا پڑے گی۔ ‘‘

’’ کوئی زور ہے؟ ‘‘

’’ میں چلّانا شروع کر دوں گی۔ ‘‘ اس نے مجھ پر رعب گانٹھا۔

’’ بصد شوق۔ ‘‘ میں نے بڑے اطمینان سے جواب دیا، ’’ مگر تم کو معلوم ہونا چاہیے کہ ناحق اپنا گلا پھاڑو گی، حلق تھکاؤ گی۔۔۔ کچھ بھی نہ ہو گا، رو پیٹ کے دیکھ لو۔ میں جھوٹ نہیں کہتا۔۔۔ اس کمرے میں کوئی روشن دان نہیں۔ دروازوں پر جتنے پردے لٹک رہے ہیں سب کے سب دبیز ہیں۔ مجھے بچپن ہی میں اس کا کئی مرتبہ تلخ تجربہ ہو چکا ہے کہ یہاں سے بلند سے بلند آواز بھی باہر نہیں جا سکتی۔ ماتا جی احتیاطاً مجھے اس کمرے میں پیٹا کرتی تھیں۔ میں اس مار سے چھٹکارا حاصل کرنے کے لیے زور زور سے چلایا کرتا تھا کہ پتا جی میری آواز سن لیں مگر بے سود۔۔۔ تم بے کار چلاؤ گی۔ ‘‘

پاربتی نے میری بات سنی اور ہارے ہوئے انسان کی طرح کہا، ’’ لیکن آپ چابی نہیں دیں گے؟ ‘‘

’’ مجھے افسوس سے کہنا پڑتا ہے کہ نہیں۔ ‘‘

’’ کیوں؟ اس کا سبب؟ ‘‘

’’ پھر وہی مہمل سوال۔ ‘‘

’’ آپ کا مذاق حد سے بڑھ رہا ہے۔ ‘‘ اس نے اپنی ساڑی کے گرتے ہوئے پلو کو سنبھالتے ہوئے کہا، ’’ میں یہ سب معاملہ حرف بحرف جیسے کا تیسا بملا کو سنا دوں گی۔ ‘‘

’’ بڑے شوق سے، میں آج شام کو دھلی جا رہا ہوں۔ اس کے علاوہ بیچاری بملا کر بھی کیا سکے گی؟ ‘‘

’’ وہ آپ کے پتا جی سے شکایت کرے گی۔ ‘‘

’’ میری ایک خشم آلود جھڑ کی اس کی زبان بند کرنے کے لیے کافی ہو گی۔ ‘‘

’’ تو میں خود ان سے سب کچھ کہہ دوں گی۔ ‘‘

’’ جو دل میں آئے کر لینا۔ اس وقت اس کے اظہار کی ضرورت نہیں ہے۔ ‘‘

میں نے کہنے کو تو کہہ دیا۔ مگر دل میں بہت ڈرا۔ پتا جی گو نرم دل تھے مگر اس قسم کی شرارت کا سن کر ان کا رنجیدہ ہونا لازم تھا۔ بہر حال میں نے سوچ رکھا تھا کہ اگر پاربتی نے ان سے کہہ دیا تو میں سر جھکا کر ان کی لعن طعن سن لوں گا۔ دراصل میں کسی قیمت پر بھی اِدھر اُدھر کی چیزیں کتر کر جھٹ سے اپنے بل میں گھس جانے والی چوہیا کو اپنے دامِ انتقام سے باہر نہیں نکالنا چاہتا تھا۔

مجھے خاموش دیکھ کر وہ میرے فرض سے آگاہ کرنے کی خاطر بولی، ''آپ کو معلوم ہونا چاہیے کہ مجھے گھر جانا ہے۔ بس دل لگی ہو چکی۔ اب کنجی سیدھے من سے نکالیے۔''

''تم نہیں جا سکتی ہو۔''

''یہ بھی عجیب سکھا شاہی ہے۔''

''ہاں اس مکان میں میرا راج ہے اور سامنے والے مکان پر تمھارا۔ اپنے مکان کی چھت پر تم شیواجی ہو اور ہم تمھاری حکومت تسلیم کرتے رہے۔ تم نے ہزاروں مرتبہ چڑھے ہوئے پتنگوں کو کئی کئی ریل ڈور سمیت توڑ لیا ہے اور ہم خاموش رہے ہیں۔ آج ہماری بادشاہت میں ہو۔ اس لیے تمھیں دم مارنے کی مجال نہ ہونی چاہیے۔''

''میں نے آپ کے پتنگ کبھی نہیں توڑے، آپ غلط کہہ رہے ہیں۔''

''تم جھوٹ بول رہی ہو پارٹی، تمھیں معلوم ہونا چاہیے کہ اس وقت میرے ہاتھ بڑے بڑے اختیارات کی ڈور ہے، مردوں سے بات بات پر نوک جھونک کرنا تمھاری فطرت میں داخل ہو گیا ہے۔ مگر شاید تمھیں یہ معلوم نہیں کہ ہم لوگ بڑے سخت گیر ہوتے ہیں۔ بری طرح بدلہ لیتے ہیں۔۔۔ سمجھیں۔۔۔''

یہ سن کر وہ اور بھی گھبرا گئی، ''میں جاتی ہوں۔'' وہ دروازے کی طرف بڑھ رہی تھی کہ میں نے دوڑ کر دھلیز میں اس کا راستہ روک لیا، ''تم کمرے میں ہی رہو گی؟''

''ہٹیے، مجھے جانے دیجیے۔'' اس نے میرے بازو کو جھٹکا دیا۔ میں وہیں پر جما رہا۔ میں یہ دیکھ کر وہ ایک قدم پیچھے ہٹ گئی اور سخت غصے کی حالت میں کہا، ''آپ زبردستی کر رہے ہیں۔''

''ابھی تم نے زبردستی کا نصف بھی نہیں دیکھا۔''

''آپ مجھے نہیں جانے دیں گے؟''

''نہیں۔''

''میں رو دوں گی، موہن صاحب میں سر پیٹ لوں گی اپنا۔'' اور اس کی آنکھوں سے واقعی ٹپ ٹپ آنسو گرنے لگے، اسی حالت میں وہ رونی آواز میں دھمکیاں دیتی ہوئی آگے بڑھی۔ مجھے دھکا کر اس نے دروازے سے باہر نکلنا چاہا۔ اس کشمکش اور پریشانی میں مضطرب دیکھ کر مجھے اس پر ترس آ گیا۔ اور جب وہ تازہ حملے کے لیے آگے بڑھی تو میں نے بڑے آرام سے اس کے گیلے ہونٹوں کو اپنے لبوں سے چھو لیا۔ میرے لبوں کا اس کے ہونٹوں کو چھونا تھا کہ آفت برپا ہو گئی۔ یہ سمجھیے کہ کسی نے آتش بازی کی چھچھوندر کو

آگ دکھا دی ہے۔اس نے مجھے وہ موٹی موٹی گالیاں دیں کہ توبہ بھلی اور میرے سینے کو اپنے ہاتھوں سے دھڑا دھڑ پیٹنا شروع کر دیا۔لطف یہ ہے کہ آپ روتی جاتی تھی۔ آخر کار جب مجھے مار مار کر تھک گئی تو زمین پر بیٹھ کر اپنے سر کو گھٹنوں میں چھپا کر اور بھی زیادہ زور سے رونا شروع کر دیا۔نصف گھنٹے کی منت سماجت کے بعد اس نے اپنی آنکھوں سے آنسو بہانے بند کیے۔اس کے بعد میں نے جیب سے چابی نکالی اور صدر در دروازہ کھول کر اپنے کمرے کی طرف جاتے ہوئے کہا، ''دروازہ کھلا ہے اور آپ جا سکتی ہیں۔''
اس شام کو میں دہلی چلا گیا اور پندرہ روز کے بعد واپس آیا۔ چونکہ گھر میں کسی نے اس شرارت کے متعلق مجھ سے استفسار نہ کیا۔اس لیے معلوم ہوا کہ میرا پارتی نے میرا چیلنج قبول کر لیا ہے، ظاہر تھا کہ وہ انتقام ضرور لے گی۔

ایک روز میں نے میز کا دراز کھول کر اپنی بڑی تصویر نکالی، اس لیے کہ مجھے اس کا فریم بنوانا تھا۔ یہ فوٹو خاکستری رنگ کے بڑے لفافے میں بند تھا۔ چنانچہ میں اس کو کھول کر دیکھے بغیر فریم ساز کے ہاں لے گیا۔اس کی دکان پر میں نے ڈیڑھ گھنٹے کے غور و فکر کے بعد فریم کے لیے ایک لکڑی انتخاب کی اور کچھ ہدایات دینے کے بعد تصویر والا لفافہ دکاندار کو دے دیا۔اس نے جب اسے کھول کر دیکھا تو کھلکھلا کر ہنس پڑا۔ میں نے جب تصویر پر نظر دوڑائی تو دیکھا، اس پر سیاہ پنسل سے موچھیں اور داڑھی بنی ہوئی ہے، ناک پر ایک سیاہ گولا سار کھا ہے اور چشمے کے شیشے بالکل سیاہ کر دیے گئے ہیں۔ یہ تصویر میری شبیہ تھی مگر اس مسخ حالت میں اس کو پہچاننا بہت دشوار تھا۔ پہلے پہل تو میں بہت متحیر ہوا کہ یہ کس کی حرکت ہے مگر فوراً ہی سب معاملہ صاف ہو گیا۔۔۔ شیواجی میری غیر حاضری میں اپنی ہمسایہ سلطنت پر نہایت کامیابی سے چھاپہ مار گئے تھے۔

میرا نام رادھا ہے

یہ اس زمانے کا ذکر ہے جب اس جنگ کا نام و نشان بھی نہیں تھا۔ غالباً آٹھ نو برس پہلے کی بات ہے۔ جب زندگی میں ہنگامے بڑے سلیقے سے آتے تھے؛ آج کی کل طرح نہیں۔ بے ہنگم طریقے پر پے درپے حادثے برپا ہو رہے ہیں، کسی ٹھوس وجہ کے بغیر۔

اُس وقت میں چالیس روپے ماہوار پر ایک فلم کمپنی میں ملازم تھا اور میری زندگی بڑے ہموار طریقے پر اُفتاں و خیزاں گزر رہی تھی؛ یعنی صبح دس بجے اسٹوڈیو گئے، نیاز محمد و لن کی بلیوں کو دو پیسے کا دودھ پلایا، چالو فلم کے لیے چالو قسم کے مکالمے لکھے، بنگالی ایکٹرس سے جو اس زمانے میں بلبلِ بنگال کہلاتی تھی، تھوڑی دیر مذاق کیا اور دادا گورے کی جو اُس عہد کا سب سے بڑا فلم ڈائریکٹر تھا، تھوڑی سی خوشامد کی اور گھر چلے آئے۔

جیسا کہ میں عرض کر چکا ہوں، زندگی بڑے ہموار طریقے پر اُفتاں و خیزاں گزر رہی تھی۔ اسٹوڈیو کا مالک 'ہرمزجی فرام جی' جو موٹے موٹے لال گالوں والا موجی قسم کا ایرانی تھا، ایک ادھیڑ عمر کی خوجا ایکٹرس کی محبت میں گرفتار تھا؛ ہر نو وارد لڑکی کے پستان ٹٹول کر دیکھنا اس کا شغل تھا۔ کلکتہ کے بازار کی ایک مسلمان رنڈی تھی جو اپنے ڈائریکٹر، ساؤنڈ ریکارڈسٹ اور اسٹوری رائٹر تینوں سے بیک وقت عشق لڑا رہی تھی؛ اس عشق کا مطلب یہ تھا کہ ان تینوں کا التفات اس کے لیے خاص طور پر محفوظ رہے۔

''بن کی سندری'' کی شوٹنگ چل رہی تھی۔ نیاز محمد و لن کی جنگلی بلیوں کو جو اس نے خدا معلوم اسٹوڈیو کے لوگوں پر کیا اثر پیدا کرنے کے لیے پال رکھی تھیں، دو پیسے کا دودھ پلا کر میں ہر روز اس ''بن کی سندری'' کے لیے ایک غیر مانوس زبان میں مکالمے لکھا کرتا تھا۔ اس فلم کی کہانی کیا تھی، پلاٹ کیسا تھا، اس کا علم جیسا کہ ظاہر ہے، مجھے بالکل نہیں تھا کیونکہ اس زمانے میں ایک منشی تھا جس کا کام صرف حکم ملنے پر

جو کچھ کہا جائے، غلط سلط اردو میں، جو ڈائریکٹر صاحب کی سمجھ میں آ جائے، پنسل سے ایک کاغذ پر لکھ کر دینا ہوتا تھا۔ خیر ''بَن کی سندری'' کی شوٹنگ چل رہی تھی اور یہ افواہ گرم تھی کہ دیمپ کا پارٹ ادا کرنے کے لیے ایک نیا چہرہ سیٹھ ہرمزجی فرام جی کہیں سے لا رہے ہیں۔ ہیرو کا پارٹ راج کشور کو دیا گیا تھا۔

راج کشور راولپنڈی کا ایک خوش شکل اور صحت مند نوجوان تھا۔ اس کے جسم کے متعلق لوگوں کا یہ خیال تھا کہ بہت مردانہ اور سڈول ہے۔ میں نے کئی مرتبہ اس کے متعلق غور کیا مگر مجھے اس کے جسم میں جو یقیناً کسرتی اور متناسِب تھا، کوئی کشش نظر نہ آئی۔۔۔ مگر اس کی وجہ یہ بھی ہوسکتی ہے کہ میں بہت ہی دبلا اور مریل قسم کا انسان ہوں اور اپنے ہم جنسوں کے متعلق اتنا زیادہ غور کرنے کا عادی نہیں جتنا ان کے دل و دماغ اور روح کے متعلق سوچنے کا عادی ہوں۔

مجھے راج کشور سے نفرت نہیں تھی، اس لیے کہ میں نے اپنی عمر میں شاذ و نادِر ہی کسی انسان سے نفرت کی ہے، مگر وہ مجھے کچھ زیادہ پسند نہیں تھا۔ اس کی وجہ میں آہستہ آہستہ آپ سے بیان کروں گا۔

راج کشور کی زبان، اس کا لب و لہجہ جو ٹھیٹ راولپنڈی کا تھا، مجھے بے حد پسند تھا۔ میرا خیال ہے کہ پنجابی زبان میں اگر کہیں خوبصورت قسم کی شیرینی ملتی ہے تو راولپنڈی کی زبان ہی میں آپ کو مل سکتی ہے۔ اس شہر کی زبان میں ایک عجیب قسم کی مردانہ نِسائیت ہے جس میں بیک وقت مٹھاس اور گھلاوٹ ہے۔ اگر راولپنڈی کی کوئی عورت آپ سے بات کرے تو ایسا لگتا ہے کہ لذیذ آم کا رس آپ کے منہ میں چُوایا جا رہا ہے۔۔۔ مگر میں آموں کی نہیں راج کشور کی بات کر رہا تھا جو مجھے آم سے بہت کم عزیز تھا۔

راج کشور جیسا کہ میں عرض کر چکا ہوں، ایک خوش شکل اور صحت مند نوجوان تھا۔ یہاں تک بات ختم ہو جاتی تو مجھے کوئی اعتراض نہ ہوتا مگر مصیبت یہ ہے کہ اسے یعنی کشور کو خود اپنی صحت اور اپنے خوش شکل ہونے کا احساس تھا۔ ایسا احساس جو کم از کم میرے لیے ناقابلِ قبول تھا۔

صحت مند ہونا بڑی اچھی چیز ہے مگر دوسروں پر اپنی صحت کو بیماری بنا کر عائد کرنا بالکل دوسری چیز ہے۔ راج کشور کو یہی مرض لاحق تھا کہ وہ اپنی صحت، اپنی تندرستی، اپنے متناسِب اور سڈول اعضاء کی غیر ضروری نمائش کے ذریعے ہمیشہ دوسرے لوگوں کو جو اس سے کم صحت مند تھے، مرعوب کرنے کی کوشش میں مصروف رہتا تھا۔

اس میں کوئی شک نہیں کہ میں دائی مریض ہوں، کمزور ہوں، میرے ایک پھیپھڑے میں ہوا کھینچنے کی طاقت بہت کم ہے مگر خدائے واحد شاہد ہے کہ میں نے آج تک اس کمزوری کا بھی پروپیگنڈا نہیں کیا،

حالانکہ مجھے اس کا پوری طرح علم ہے کہ انسان اپنی کمزوریوں سے اسی طرح فائدہ اٹھا سکتا ہے جس طرح کہ اپنی طاقتوں سے اٹھا سکتا ہے مگر میرا ایمان ہے کہ ہمیں ایسا نہیں کرنا چاہیے۔

خوبصورتی، میرے نزدیک، وہ خوبصورتی ہے جس کی دوسرے بلند آواز میں نہیں بلکہ دل ہی دل میں تعریف کریں۔ میں اس صحت کو بیماری سمجھتا ہوں جو نگاہوں کے ساتھ پتھر بن کر ٹکراتی رہے۔

راج کشور میں وہ تمام خوبصورتیاں موجود تھیں جو ایک نوجوان مرد میں ہونی چاہئیں۔ مگر افسوس ہے کہ اسے ان خوبصورتیوں کا نہایت ہی بھونڈا مظاہرہ کرنے کی عادت تھی: آپ سے بات کر رہا ہے اور اپنے ایک بازو کے پٹھے اکڑا رہا ہے، اور خود ہی داد دے رہا ہے؛ نہایت ہی اہم گفتگو ہو رہی ہے یعنی سوراج کا مسئلہ چھڑا ہے اور وہ اپنے کھادی کے کرتے کے بٹن کھول کر اپنے سینے کی چوڑائی کا اندازہ کر رہا ہے۔

میں نے کھادی کے کرتے کا ذکر کیا تو مجھے یاد آیا کہ راج کشور پکا کانگریسی تھا، ہو سکتا ہے وہ اسی وجہ سے کھادی کے کپڑے پہنتا ہو، مگر میرے دل میں ہمیشہ اس بات کی کھٹک رہی ہے کہ اسے اپنے وطن سے اتنا پیار نہیں تھا جتنا کہ اسے اپنی ذات سے تھا۔

بہت لوگوں کا خیال تھا کہ راج کشور کے متعلق جو میں نے رائے قائم کی ہے، سراسر غلط ہے۔ اس لیے کہ اسٹوڈیو اور اسٹوڈیو کے باہر ہر شخص اس کا مداح تھا: اس کے جسم کا، اس کے خیالات کا، اس کی سادگی کا، اس کی زبان کا جو خاص راولپنڈی کی تھی اور مجھے بھی پسند تھی۔ دوسرے ایکٹروں کی طرح وہ الگ تھلگ رہنے کا عادی نہیں تھا۔ کانگریس پارٹی کا کوئی جلسہ ہو تو راج کشور کو آپ وہاں ضرور پائیں گے۔۔۔ کوئی ادبی میٹنگ ہو رہی ہے تو راج کشور وہاں ضرور پہنچے گا اپنی مصروف زندگی میں سے وہ اپنے ہمسایوں اور معمولی جان پہچان کے لوگوں کے دکھ درد میں شریک ہونے کے لیے بھی وقت نکال لیا کرتا تھا۔

سب فلم پروڈیوسر اس کی عزت کرتے تھے کیونکہ اس کے کیریکٹر کی پاکیزگی کا بہت شہرہ تھا۔ فلم پروڈیوسروں کو چھوڑیئے، پبلک کو بھی اس بات کا اچھی طرح علم تھا کہ راج کشور ایک بہت بلند کردار کا مالک ہے۔ فلمی دنیا میں رہ کر کسی شخص کا گناہ کے دھبوں سے پاک رہنا، بہت بڑی بات ہے۔ یوں تو راج کشور ایک کامیاب ہیرو تھا مگر اس کی خوبی نے اسے ایک بہت ہی اونچے رتبے پر پہنچا دیا تھا۔ ناگ پاڑے میں جب میں شام کو پان والے کی دکان پر بیٹھتا تھا تو اکثر ایکٹر ایکٹرسوں کی باتیں ہوا کرتی تھیں۔ قریب قریب ہر ایکٹر اور ایکٹرس کے متعلق کوئی نہ کوئی سکینڈل مشہور تھا مگر راج کشور کا جب بھی ذکر آتا، شام لال پنواری بڑے فخریہ لہجے میں کہا کرتا، ''منٹو صاحب! راج بھائی ہی ایسا ایکٹر ہے جو لنگوٹ کا پکا ہے۔''

معلوم نہیں شام لال اسے راج بھائی کیسے کہنے لگا تھا۔اس کے متعلق مجھے اتنی زیادہ حیرت نہیں تھی، اس لیے کہ راج بھائی کی معمولی سے معمولی بات بھی ایک کارنامہ بن کر لوگوں تک پہنچ جاتی تھی مثلاً، باہر کے لوگوں کو اس کی آمدن کا پورا احساب معلوم تھا۔اپنے والد کو ماہوار خرچ کیا دیتا ہے، یتیم خانوں کے لیے کتنا چندہ دیتا ہے، اس کا اپنا جیب خرچ کیا ہے ؛ یہ سب باتیں لوگوں کو اس طرح معلوم تھیں جیسے انہیں اَز بَر کرائی گئی ہیں۔

شام لال نے ایک روز مجھے بتایا کہ راج بھائی کا اپنی سوتیلی ماں کے ساتھ بہت ہی اچھا سلوک ہے۔اس زمانے میں جب آمدن کا کوئی ذریعہ نہیں تھا، باپ اور اس کی نئی بیوی اسے طرح طرح کے دکھ دیتے تھے۔ مگر مرحبا ہے راج بھائی کا کہ اس نے اپنا فرض پورا کیا اور ان کو سر آنکھوں پر جگہ دی۔اب دونوں چھپر کھٹوں پر بیٹھے راج کرتے ہیں، ہر روز صبح سویرے راج اپنی سوتیلی ماں کے پاس جاتا ہے اور اس کے چَرَن چُھوتا ہے۔ باپ کے سامنے ہاتھ جوڑ کے کھڑا ہو جاتا ہے اور جو حکم ملے، فوراً بجالاتا ہے۔

آپ برا نہ مانیے گا، مجھے راج کشور کی تعریف و توصیف سن کر ہمیشہ الجھن سی ہوتی ہے، خدا جانے کیوں۔؟ میں جیسا کہ پہلے عرض کر چکا ہوں، مجھے اُس سے، حاشا و کَلّا، نفرت نہیں تھی۔اس نے مجھے کبھی ایسا موقع نہیں دیا تھا، اور پھر اس زمانے میں جب مُنشیوں کی کوئی عزت و وقعت ہی نہیں تھی وہ میرے ساتھ گھنٹوں باتیں کیا کرتا تھا۔ میں نہیں کہہ سکتا کیا وجہ تھی، لیکن ایمان کی بات ہے کہ میرے دل و دماغ کے کسی اندھیرے کونے میں یہ شک بجلی کی طرح کوند جاتا کہ راج بن رہا ہے۔۔۔راج کی زندگی بالکل مصنوعی ہے۔ مگر مصیبت یہ ہے کہ میرا کوئی ہم خیال نہیں تھا۔لوگ دیوتاؤں کی طرح اس کی پوجا کرتے تھے اور میں دل ہی دل میں اس سے کڑھتا رہتا تھا۔

راج کی بیوی تھی، راج کے چار بچے تھے، وہ اچھا خاوند اور اچھا باپ تھا۔اس کی زندگی پر سے چادر کا کوئی کونا بھی اگر ہٹا کر دیکھا جاتا تو آپ کو کوئی تاریک چیز نظر نہ آتی۔ یہ سب کچھ تھا، مگر اس کے ہوتے ہوئے بھی میرے دل میں شک کی گدگدی ہوتی ہی رہتی تھی۔

خدا کی قسم میں نے کئی دفعہ اپنے آپ کو لعنت ملامت کی کہ تم بڑے ہی واہیات ہو کہ ایسے اچھے انسان کو جسے ساری دنیا اچھا کہتی ہے اور جس کے متعلق تمہیں کوئی شکایت بھی نہیں، کیوں بے کار شک کی نظروں سے دیکھتے ہو۔اگر ایک آدمی اپنا سڈول بدن بار بار دیکھتا ہے تو یہ کون سی بری بات ہے۔تمہارا بدن بھی اگر ایسا ہی خوبصورت ہوتا تو بہت ممکن ہے کہ تم بھی یہی حرکت کرتے۔

کچھ بھی ہو، مگر میں اپنے دل و دماغ کو کبھی آمادہ نہ کر سکا کہ وہ راج کشور کو اسی نظر سے دیکھے جس سے

دوسرے دیکھتے ہیں۔ یہی وجہ ہے کہ میں دورانِ گفتگو میں اکثر اس سے الجھ جایا کرتا تھا۔ میرے مزاج کے خلاف کوئی بات کی اور میں ہاتھ دھو کر اس کے پیچھے پڑ گیا لیکن ایسی چقلشوں کے بعد ہمیشہ اس کے چہرے پر مسکراہٹ اور میرے حلق میں ایک ناقابل بیان تلخی رہی، مجھے اس سے اور بھی زیادہ الجھن ہوتی تھی۔

اس میں کوئی شک نہیں کہ اس کی زندگی میں کوئی سکینڈل نہیں تھا۔ اپنی بیوی کے سوا کسی دوسری عورت کا میلا یا اُجلا دامن اس سے وابستہ نہیں تھا۔ میں یہ بھی تسلیم کرتا ہوں کہ وہ سب ایکٹرسوں کو بہن کہہ کر پکارتا تھا اور وہ بھی اسے جواب میں بھائی کہتی تھیں۔ مگر میرے دل نے ہمیشہ میرے دماغ سے یہی سوال کیا کہ یہ رشتہ قائم کرنے کی ایسی اشد ضرورت ہی کیا ہے؟

بہن بھائی کا رشتہ کچھ اور ہے مگر کسی عورت کو اپنی بہن کہنا، اس انداز سے جیسے یہ بورڈ لگایا جا رہا ہے کہ ''سٹرک بند ہے ''، یا ''یہاں پیشاب کرنا منع ہے ''، بالکل دوسری بات ہے۔ اگر تم کسی عورت سے جنسی رشتہ قائم نہیں کرنا چاہتے تو اس کا اعلان کرنے کی ضرورت ہی کیا ہے۔ اگر تمہارے دل میں تمہاری بیوی کے سوا اور کسی عورت کا خیال داخل نہیں ہو سکتا تو اس کا اشتہار دینے کی کیا ضرورت ہے۔ یہی اور اسی قسم کی دوسری باتیں چونکہ میری سمجھ میں نہیں آتی تھیں، اس لیے مجھے عجیب قسم کی الجھن ہوتی تھی۔ خیر!

''بَن کی سندری''، کی شوٹنگ چل رہی تھی۔ اسٹوڈیو میں خاصی چہل پہل تھی، ہر روز ایکسٹرا لڑکیاں آتی تھیں، جن کے ساتھ ہمارا دن ہنسی مذاق میں گزر جاتا تھا۔ ایک روز نیاز محمد ولن کے کمرے میں میک اپ ماسٹر، جسے ہم استاد کہتے تھے، یہ خبر لے کر آیا کہ ویمپ کے رول کے لیے جو نئی لڑکی آنے والی تھی، آ گئی ہے اور بہت جلد اس کا کام شروع ہو جائے گا۔ اس وقت چائے کا دَور چل رہا تھا، کچھ اس کی حرارت تھی، کچھ اس خبر نے ہم کو گرما دیا۔ اسٹوڈیو میں ایک نئی لڑکی کا داخلہ ہمیشہ ایک خوش گوار حادثہ ہوا کرتا ہے، چنانچہ ہم سب نیاز محمد ولن کے کمرے سے نکل کر باہر چلے آئے تا کہ اس کا دیدار کیا جائے۔

شام کے وقت جب سیٹھ ہر مزرجی فرام جی، آفس سے نکل کر عیسیٰ طَبلجی کی چاندی کی ڈبیا سے دو خوشبودار تمباکو والے پان اپنے چوڑے کلّے میں دبا کر، بلیرڈ کھیلنے کے کمرے کا رخ کر رہے تھے کہ ہمیں وہ لڑکی نظر آئی۔ سانولے رنگ کی تھی، بس میں صرف اتنا ہی دیکھ سکا کیونکہ وہ جلدی جلدی سیٹھ کے ساتھ ہاتھ ملا کر اسٹوڈیو کی موٹر میں بیٹھ کر چلی گئی۔۔۔ کچھ دیر کے بعد مجھے نیاز محمد نے بتایا کہ اس عورت کے ہونٹ موٹے تھے۔ وہ غالباً صرف ہونٹ ہی دیکھ سکا تھا۔ استاد، جس نے شاید اتنی جھلک بھی نہ دیکھی تھی، سر ہلا

کر بولا، ''ہونہہ۔۔۔کنڈم۔۔۔''، یعنی بکواس ہے۔

چار پانچ روز گزر گئے مگر یہ نئی لڑکی اسٹوڈیو میں نہ آئی۔ پانچویں یا چھٹے روز جب میں گلاب کے ہوٹل سے چائے پی کر نکل رہا تھا، اچانک میری اور اس کی مڈ بھیڑ ہو گئی۔ میں ہمیشہ عورتوں کو چور آنکھ سے دیکھنے کا عادی ہوں۔ اگر کوئی عورت ایک دم میرے سامنے آجائے تو مجھے اس کا کچھ بھی نظر نہیں آتا۔ چونکہ غیر متوقع طور پر میری اس کی مڈ بھیڑ ہوئی تھی، اس لیے میں اس کی شکل و شباہت کے متعلق کوئی اندازہ نہ کر سکا، البتہ پاؤں میں نے ضرور دیکھے جن میں نئی وضع کے سلیپر تھے۔

لیبوریٹری سے اسٹوڈیو تک جو رَوِش جاتی ہے، اس پر مالکوں نے بجری بچھا رکھی ہے۔ اس بجری میں بے شمار گول گول بٹیاں ہیں جن پر سے جوتا بار بار پھسلتا ہے۔ چونکہ اس کے پاؤں میں کھلے سلیپر تھے، اس لیے چلنے میں اسے کچھ زیادہ تکلیف محسوس ہو رہی تھی۔

اس ملاقات کے بعد آہستہ آہستہ مس نیلم سے میری دوستی ہو گئی۔ اسٹوڈیو کے لوگوں کو تو خیر اس کا علم نہیں تھا مگر اس کے ساتھ میرے تعلقات بہت ہی بے تکلف تھے۔ اس کا اصلی نام راد ھا تھا۔ میں نے جب ایک بار اس سے پوچھا کہ تم نے اتنا پیارا نام کیوں چھوڑ دیا تو اس نے جواب دیا، ''یونہی۔''، مگر پھر کچھ دیر کے بعد کہا، ''یہ نام اتنا پیارا ہے کہ فلم میں استعمال نہیں کرنا چاہیے۔''

آپ شاید خیال کریں کہ راد ھا ہی خیال کی عورت تھی۔ جی نہیں، اسے مذہب اور اس کے توہمات سے دور کا بھی واسطہ نہیں تھا۔ لیکن جس طرح میں ہر نئی تحریر شروع کرنے سے پہلے کاغذ پر 'بسم اللہ' کے اعداد ضرور لکھتا ہوں، اسی طرح شاید اسے بھی غیر ارادی طور پر راد ھا کے نام سے بے حد پیار تھا۔ چونکہ وہ چاہتی تھی کہ اسے راد ھا نہ کہا جائے۔ اس لیے میں آگے چل کر اسے نیلم ہی کہوں گا۔

نیلم بنارس کی ایک طوائف زادی تھی۔ وَیس کا لب و لہجہ جو کانوں کو بہت بھلا معلوم ہوتا تھا۔ میرا نام سعادت ہے مگر وہ مجھے ہمیشہ صادق ہی کہا کرتی تھی۔ ایک دن میں نے اس سے کہا، ''نیلم! میں جانتا ہوں تم مجھے سعادت کہہ سکتی ہو، پھر میری سمجھ میں نہیں آتا کہ تم اپنی اصلاح کیوں نہیں کرتیں۔'' یہ سن کر اس کے سانولے ہونٹوں پر جو بہت ہی پتلے تھے، ایک خفیف سی مسکراہٹ نمودار ہوئی اور اس نے جواب دیا، ''جو غلطی مجھ سے ایک بار ہو جائے، میں اسے ٹھیک کرنے کی کوشش نہیں کرتی۔''

میرا خیال ہے کہ بہت کم لوگوں کو معلوم ہے کہ وہ عورت جسے اسٹوڈیو کے تمام لوگ ایک معمولی ایکٹرس سمجھتے تھے، عجیب و غریب قسم کی انفرادیت کی مالک تھی۔ اس میں دوسری ایکٹرسوں کا سا اوچھا پن بالکل نہیں

تھا۔اس کی سنجیدگی جسے اسٹوڈیو کا ہر شخص اپنی عینک سے غلط رنگ میں دیکھتا تھا، بہت پیاری چیز تھی۔اس کے سانولے چہرے پر جس کی جِلد بہت ہی صاف اور ہموار تھی؛ یہ سنجیدگی، یہ ملیح متانت موزوں و مناسب غازہ بن گئی تھی۔اس میں کوئی شک نہیں کہ اس سے اس کی آنکھوں میں، اس کے پتلے ہونٹوں کے کونوں میں، غم کی بے معلوم تلخیاں گھل گئی تھیں مگر یہ واقعہ ہے کہ اس چیز نے اسے دوسری عورتوں سے بالکل مختلف کر دیا تھا۔

میں اس وقت بھی حیران تھا اور اب بھی ویسا ہی حیران ہوں کہ نیلم کو ''بن کی سندری'' میں ویمپ کے رول کے لیے کیوں منتخب کیا گیا؟اس لیے کہ اس میں تیزی و طراری نام کو بھی نہیں تھی۔جب وہ پہلی مرتبہ اپنا واہیات پارٹ ادا کرنے کے لیے تنگ چولی پہن کر سیٹ پر آئی تو میری نگاہوں کو بہت صدمہ پہنچا۔ وہ دوسروں کا کردِعمل فوراً تاڑ جاتی تھی۔ چنانچہ مجھے دیکھتے ہی اس نے کہا، ''ڈائریکٹر صاحب کہہ رہے تھے کہ تمہارا پارٹ چونکہ شریف عورت کا نہیں ہے، اس لیے تمہیں اس قسم کا لباس دیا گیا ہے۔ میں نے ان سے کہا اگر یہ لباس ہے تو میں آپ کے ساتھ ننگی چلنے کے لیے تیار ہوں۔''

میں نے اس سے پوچھا، ''ڈائریکٹر صاحب نے یہ سن کر کیا کہا؟''

نیلم کے پتلے ہونٹوں پر ایک خفیف سی پراسرار مسکراہٹ نمودار ہوئی، ''انہوں نے تصور میں مجھے ننگی دیکھنا شروع کر دیا۔۔۔ یہ لوگ بھی کتنے احمق ہیں۔یعنی اس لباس میں مجھے دیکھ کر، بے چارے تصور پر زور ڈالنے کی ضرورت ہی کیا تھی؟''

ذہین قاری کے لیے نیلم کا اتنا تعارف ہی کافی ہے۔ اب میں ان واقعات کی طرف آتا ہوں جن کی مدد سے میں یہ کہانی مکمل کرنا چاہتا ہوں۔

بمبئی میں جون کے مہینے سے بارش شروع ہو جاتی ہے اور ستمبر کے وسط تک جاری رہتی ہے۔ پہلے دو ڈھائی مہینوں میں اس قدر پانی برستا ہے کہ اسٹوڈیو میں کام نہیں ہو سکتا۔ ''بن کی سندری'' کی شوٹنگ اپریل کے اواخر میں شروع ہوئی تھی۔ جب پہلی بارش ہوئی تو ہم اپنا تیسرا سیٹ مکمل کر رہے تھے۔ایک چھوٹا سا سین باقی رہ گیا تھا جس میں کوئی مکالمہ نہیں تھا، اس لیے بارش میں بھی ہم نے اپنا کام جاری رکھا۔مگر جب یہ کام ختم ہو گیا تو ہم ایک عرصے کے لیے بے کار ہو گئے۔

اس دوران میں اسٹوڈیو کے لوگوں کو ایک دوسرے کے ساتھ مل کر بیٹھنے کا بہت موقع ملتا ہے۔ میں تقریباً سارا دن گلاب کے ہوٹل میں بیٹھا چائے پیتا رہتا تھا۔ جو آدمی بھی اندر آتا تھا، یا تو سارے کا سارا

بھیگا ہوتا تھا یا آدھا۔۔۔ باہر کی سب مکھیاں پناہ لینے کے لیے اندر جمع ہو گئی تھی۔ اس قدر غلیظ فضا تھی کہ الاماں۔ ایک کرسی پر چائے نچوڑنے کا کپڑا پڑا ہے، دوسری پر پیاز کاٹنے کی بدبودار چھری پڑی جھک مار رہی ہے۔ گلاب صاحب پاس کھڑے ہیں اور اپنے گوشت خورہ لگے دانتوں تلے بمبئی کی ارد و چبا رہے ہیں، ''تم اِدھر جانے کو نہیں سکتا۔۔۔ ہم اِدھر سے جا کے آتا۔۔۔ بہت لفڑا ہو گا۔۔۔ ہاں۔۔۔ بڑا واندہ ہو جائیں گا۔۔۔ ''

اس ہوٹل میں جس کی چھت کو روگیٹیڈ اسٹیل کی تھی، سیٹھ ہرمزجی فرام جی، ان کے سالے ایڈل جی اور ہیروئنوں کے سوا سب لوگ آتے تھے۔ نیاز محمد کو تو دن میں کئی مرتبہ یہاں آنا پڑتا تھا کیونکہ وہ چنی منی نام کی دو بلیاں پال رہا تھا۔

راج کشور دن میں ایک چکر لگاتا تھا۔ جونہی وہ اپنے لمبے قد اور کسرتی بدن کے ساتھ دہلیز پر نمودار ہوتا، میرے سوا ہوٹل میں بیٹھے ہوئے تمام لوگوں کی آنکھیں تمتما اٹھتیں۔ اکسٹرا لڑکے اٹھ اٹھ کر راج بھائی کو کرسی پیش کرتے اور جب وہ ان میں سے کسی کی پیش کی ہوئی کرسی پر بیٹھ جاتا تو سارے پروانوں کی مانند اس کے گرد جمع ہو جاتے۔ اس کے بعد دو قسم کی باتیں سننے میں آتیں، اکسٹرا لڑکوں کی زبان پر پرانی فلموں میں راج بھائی کے کام کی تعریف کی، اور خود راج کشور کی زبان پر اس کے اسکول چھوڑ کر کالج اور کالج چھوڑ کر فلمی دنیا میں داخل ہونے کی تاریخ۔۔۔ چونکہ مجھے یہ سب باتیں زبانی یاد ہو چکی تھیں اس لیے جونہی راج کشور ہوٹل میں داخل ہوتا میں اس سے علیک سلیک کرنے کے بعد باہر نکل جاتا۔

ایک روز جب بارش تھمی ہوئی تھی اور ہرمزجی فرام جی کا ایلیکسیشین کتا، نیاز محمد کی دو بلیوں سے ڈر کر، گلاب کے ہوٹل کی طرف دُم دبائے بھاگا آ رہا تھا، میں نے مولسری کے درخت کے نیچے بنے ہوئے گول چبوترے پر نیلم اور راج کشور کو باتیں کرتے ہوئے دیکھا۔ راج کشور کھڑا حسبِ عادت ہولے ہولے جھول رہا تھا جس کا مطلب یہ تھا کہ وہ اپنے خیال کے مطابق نہایت ہی دلچسپ باتیں کر رہا ہے۔ مجھے یاد نہیں کہ نیلم سے راج کشور کا تعارف کب اور کس طرح ہوا تھا، مگر نیلم تو اسے فلمی دنیا میں داخل ہونے سے پہلے ہی اچھی طرح جانتی تھی اور شاید ایک دو مرتبہ اس نے مجھ سے بر سبیلِ تذکرہ اس کے متناسب اور خوبصورت جسم کی تعریف بھی کی تھی۔

میں گلاب کے ہوٹل سے نکل کر ریکاڈنگ روم کے چھجے تک پہنچا تو راج کشور نے اپنے چوڑے کاندھے پر سے کھادی کا تھیلہ ایک جھٹکے کے ساتھ اتارا اور اسے کھول کر ایک موٹی کاپی باہر نکالی۔ میں سمجھ گیا۔۔۔

یہ راج کشور کی ڈائری تھی۔

ہر روز تمام کاموں سے فارغ ہو کر، اپنی سوتیلی ماں کا آشیرواد لے کر، راج کشور سونے سے پہلے ڈائری لکھنے کا عادی ہے۔ یوں تو اسے پنجابی زبان بہت عزیز ہے مگر یہ روزنامچہ انگریزی میں لکھتا ہے جس میں کہیں ٹیگور کے نازک اسٹائل کی اور کہیں گاندھی کے سیاسی طرز کی جھلک نظر آتی ہے۔۔۔ اس کی تحریر پر شیکسپیئر کے ڈراموں کا اثر بھی کافی ہے۔ مگر مجھے اس مرکب میں لکھنے والے کا خلوص کبھی نظر نہیں آیا۔ اگر یہ ڈائری آپ کو کبھی مل جائے تو آپ کو راج کشور کی زندگی کے دس پندرہ برسوں کا حال معلوم ہو سکتا ہے؛ اس نے کتنے روپے چندے میں دیئے، کتنے غریبوں کو کھانا کھلایا، کتنے جلسوں میں شرکت کی، کیا پہنا، کیا اتارا۔۔۔ اور اگر میرا قیافہ درست ہے تو آپ کو اس ڈائری کے کسی ورق پر میرے نام کے ساتھ پینتیس روپے بھی لکھے نظر آ جائیں گے جو میں نے اس سے ایک بار قرض لیے تھے اور اس خیال سے ابھی تک واپس نہیں کیے کہ وہ اپنی ڈائری میں ان کی واپسی کا ذکر کبھی نہیں کرے گا۔

خیر۔۔۔ نیلم کو وہ اس ڈائری کے چند اوراق پڑھ کر سنا رہا تھا۔ میں نے دور ہی سے اس کے خوبصورت ہونٹوں کی جنبش سے معلوم کر لیا کہ وہ شیکسپیئرین انداز میں پربھو کی حمد کی بیان کر رہا ہے۔ نیلم، مولسری کے درخت کے نیچے گول سیمنٹ لگے چبوترے پر، خاموش بیٹھی تھی۔ اس کے چہرے کی میلیچ متانت پر راج کشور کے الفاظ کوئی اثر پیدا نہیں کر رہے تھے۔ وہ راج کشور کی ابھری ہوئی چھاتی کی طرف دیکھ رہی تھی۔ اس کے کرتے کے بٹن کھلے تھے، اور سفید بدن پر اس کی چھاتی کے کالے بال بہت ہی خوبصورت معلوم ہوتے تھے۔

اسٹوڈیو میں چاروں طرف ہر چیز دھلی ہوئی تھی۔ نیاز محمد کی دو بلیاں بھی جو عام طور پر غلیظ رہا کرتی تھیں، اس روز بہت صاف ستھری دکھائی دے رہی تھیں۔ دونوں سامنے بنچ پر لیٹی نرم نرم پنجوں سے اپنا منہ دھو رہی تھیں۔ نیلم جارجٹ کی بے داغ سفید ساڑھی میں ملبوس تھی، بلاؤز سفید لنین کا تھا جو اس کی سانولی اور سڈول بانہوں کے ساتھ ایک نہایت ہی خوش گوار اور مدھم سا تضاد پیدا کر رہا تھا۔

’’نیلم اتنی مختلف کیوں دکھائی دے رہی ہے؟‘‘

ایک لحظے کے لیے یہ سوال میرے دماغ میں پیدا ہوا اور ایک دم اس کی اور میری آنکھیں چار ہوئیں تو مجھے اس کی نگاہ کے اضطراب میں اپنے سوال کا جواب مل گیا۔ نیلم محبت میں گرفتار ہو چکی تھی۔ اس نے ہاتھ کے اشارے سے مجھے بلایا۔ تھوڑی دیر اِدھر اُدھر کی باتیں ہوئیں۔ جب راج کشور چلا گیا تو اس نے

مجھ سے کہا، ''آج آپ میرے ساتھ چلیے گا!''

شام کو چھ بجے میں نیلم کے مکان پر تھا۔ جونہی ہم اندر داخل ہوئے اس نے اپنا بیگ صوفے پر پھینکا اور مجھ سے نظر ملائے بغیر کہا، ''آپ نے جو کچھ سوچا ہے غلط ہے۔'' میں اس کا مطلب سمجھ گیا تھا۔ چنانچہ میں نے جواب دیا، ''تمہیں کیسے معلوم ہوا کہ میں نے کیا سوچا تھا؟''

اس کے پتلے ہونٹوں پر خفیف سی مسکراہٹ پیدا ہوئی۔

''اس لیے ہم دونوں نے ایک ہی بات سوچی تھی۔۔۔ آپ نے شاید بعد میں غور نہیں کیا۔ مگر میں بہت سوچ بچار کے بعد اس نتیجے پر پہنچی ہوں کہ ہم دونوں غلط تھے۔''

''اگر میں کہوں کہ ہم دونوں صحیح تھے۔''

اس نے صوفے پر بیٹھتے ہوئے کہا، ''تو ہم دونوں بے وقوف ہیں۔''

یہ کہہ کر فوراً ہی اس کے چہرے کی سنجیدگی اور زیادہ سنو لا گئی، ''صادق یہ کیسے ہو سکتا ہے۔ میں بچی ہوں جو مجھے اپنے دل کا حال معلوم نہیں۔۔۔ تمہارے خیال کے مطابق میری عمر کیا ہو گی؟''

''بائیس برس۔''

''بالکل درست۔۔۔ لیکن تم نہیں جانتے کہ دس برس کی عمر میں مجھے محبت کے معنی معلوم تھے۔۔۔ معنی کیا ہوئے جی۔۔۔ خدا کی قسم میں محبت کرتی تھی۔ دس سے لے کر سولہ برس تک میں ایک خطرناک محبت میں گرفتار رہی ہوں۔ میرے دل میں اب کیا خاک کسی کی محبت پیدا ہو گی۔۔۔'' یہ کہہ کر اس نے میرے منجمد چہرے کی طرف دیکھا اور مضطرب ہو کر کہا، ''تم کبھی نہیں مانو گے، میں تمہارے سامنے اپنا دل نکال کر رکھ دوں، پھر بھی تم یقین نہیں کرو گے، میں تمہیں اچھی طرح جانتی ہوں۔۔۔ بھی خدا کی قسم، وہ مر جائے جو تم سے جھوٹ بولے۔۔۔ میرے دل میں اب کسی کی محبت پیدا نہیں ہو سکتی، لیکن اتنا ضرور ہے کہ۔۔۔'' یہ کہتے کہتے وہ ایک دم رک گئی۔

میں نے اس سے کچھ نہ کہا کیونکہ وہ گہرے فکر میں غرق ہو گئی تھی۔ شاید وہ سوچ رہی تھی کہ ''اتنا ضرور'' کیا ہے؟

تھوڑی دیر کے بعد اس کے پتلے ہونٹوں پر وہی خفیف پراسرار مسکراہٹ نمودار ہوئی جس سے اس کے چہرے کی سنجیدگی میں تھوڑی سی عالمانہ شرارت پیدا ہو جاتی تھی۔ صوفے پر سے ایک جھٹکے کے ساتھ اٹھ کر اس نے کہنا شروع کیا، ''میں اتنا ضرور کہہ سکتی ہوں کہ یہ محبت نہیں ہے اور کوئی بلا ہو تو میں کہہ نہیں

سکتی۔۔۔صادق میں تمہیں یقین دلاتی ہوں۔،،

میں نے فوراً ہی کہا، ،،یعنی تم اپنے آپ کو یقین دلاتی ہو۔،،

وہ جل گئی، ،،تم بہت کمینے ہو۔۔۔کہنے کا ایک ڈھنگ ہوتا ہے۔ آخر تمہیں یقین دلانے کی مجھے ضرورت ہی کیا پڑی ہے۔۔۔میں اپنے آپ کو یقین دلا رہی ہوں، مگر مصیبت یہ ہے کہ آ نہیں رہا۔۔۔کیا تم میری مدد نہیں کر سکتے۔۔۔،، یہ کہہ کر وہ میرے پاس بیٹھ گئی اور اپنے داہنے ہاتھ کی چھنگلیا پکڑ کر مجھ سے پوچھنے لگی، ،،راج کشور کے متعلق تمہارا کیا خیال ہے۔۔۔میرا مطلب ہے تمہارے خیال کے مطابق راج کشور میں وہ کون سی چیز ہے جو مجھے پسند آئی ہے۔،، چھنگلیا چھوڑ کر اس نے ایک ایک کر کے دوسری انگلیاں پکڑنی شروع کیں۔

،،مجھے اس کی باتیں پسند نہیں۔۔۔مجھے اس کی ایکٹنگ پسند نہیں۔۔۔مجھے اس کی ڈائری پسند نہیں، جانے کیا خرافات سنا رہا تھا۔،،

خود ہی تنگ آ کر وہ اٹھ کھڑی ہوئی، ،،سمجھ میں نہیں آتا مجھے کیا ہو گیا ہے۔۔۔بس صرف یہ جی چاہتا ہے کہ ایک ہنگامہ ہو۔۔۔بلیوں کی لڑائی کی طرح شور مچے، دھول اڑے۔۔۔اور میں پسینہ پسینہ ہو جاؤں۔۔۔،، پھر ایک دم وہ میری طرف پلٹی، ،،صادق۔۔تمہارا کیا خیال ہے۔۔۔میں کیسی عورت ہوں؟،،

میں نے مسکرا کر جواب دیا، ،،بلیاں اور عورتیں میری سمجھ سے ہمیشہ بالاتر رہی ہیں۔،،

اس نے ایک دم پوچھا، ،،کیوں؟،،

میں نے تھوڑی دیر سوچ کر جواب دیا، ،،ہمارے گھر میں ایک بلی رہتی تھی، سال میں ایک مرتبہ اس پر رونے کے دورے پڑتے تھے۔۔۔اس کا رونا دھونا سن کر کہیں سے ایک بِلّا آ جایا کرتا تھا۔ پھر ان دونوں میں اس قدر لڑائی اور خون خرابہ ہوتا کہ الاماں۔۔۔مگر اس کے بعد وہ خالہ بلی چار بچوں کی ماں بن جایا کرتی تھی۔،،

نیلم کا جیسے منہ کا ذائقہ خراب ہو گیا، ،،تُھو۔۔۔تم کتنے گندے ہو۔،، پھر تھوڑی دیر بعد الائچی سے منہ کا ذائقہ درست کرنے کے بعد اس نے کہا، ،،مجھے اولاد سے نفرت ہے۔ خیر ہٹاؤ جی اس قصے کو۔،، یہ کہہ کر نیلم نے پاندان کھول کر اپنی تِلّی تِلّی انگلیوں سے میرے لیے پان لگانا شروع کر دیا۔ چاندی کی چھوٹی چھوٹی کلسیوں سے اس نے بڑی نفاست سے چمچی کے ساتھ چونا اور کتھا نکال کر گیں نکالے ہوئے پان پر پھیلایا اور گلوری بنا کر مجھے دی، ،،صادق! تمہارا کیا خیال ہے؟،،

یہ کہہ کر وہ خالی الذہن ہو گئی۔

میں نے پوچھا، ''کس بارے میں؟''

اس نے سروتے سے بھنی ہوئی چھالیا کاٹتے ہوئے کہا، ''اس بکواس کے بارے میں جو خواہ مخواہ شروع ہو گئی ہے۔۔۔ یہ بکواس نہیں تو کیا ہے، یعنی میری سمجھ میں کچھ آتا ہی نہیں۔۔۔خود ہی پھاڑتی ہوں، خود ہی رفو کرتی ہوں۔ اگر یہ بکواس اسی طرح جاری رہے تو جانے کیا ہو گا۔۔۔تم جانتے ہو، میں بہت زبردست عورت ہوں۔''

''زبردست سے تمہاری کیا مراد ہے؟''

نیلم کے پتلے ہونٹوں پر وہی خفیف پراسرار مسکراہٹ پیدا ہوئی، ''تم بڑے بے شرم ہو۔۔۔سب کچھ سمجھتے ہو مگر مہین مہین چٹکیاں لے کر مجھے اکساؤ گے ضرور۔'' یہ کہتے ہوئے اس کی آنکھوں کی سفیدی گلابی رنگت اختیار کر گئی۔

''تم سمجھتے کیوں نہیں کہ میں بہت گرم مزاج کی عورت ہوں۔'' یہ کہہ کر وہ اٹھ کھڑی ہوئی، ''اب تم جاؤ۔ میں نہانا چاہتی ہوں۔''

میں چلا گیا۔

اس کے بعد نیلم نے بہت دنوں تک راج کشور کے بارے میں مجھ سے کچھ نہ کہا۔ مگر اس دوران میں ہم دونوں ایک دوسرے کے خیالات سے واقف تھے۔ جو کچھ وہ سوچتی تھی، مجھے معلوم ہو جاتا تھا اور جو کچھ میں سوچتا تھا اسے معلوم ہو جاتا تھا۔ کئی روز تک یہی خاموش تبادلہ جاری رہا۔

ایک دن ڈائریکٹر کرپلانی جو ''بن کی سندری'' بنا رہا تھا، ہیروئن کی ریہرسل سن رہا تھا۔ ہم سب میوزک روم میں جمع تھے۔ نیلم ایک کرسی پر بیٹھی اپنے پاؤں کی جنبش سے ہولے ہولے تال دے رہی تھی۔ ایک بازاری قسم کا گانا مگر دھن اچھی تھی۔ جب ریہرسل ختم ہوئی تو راج کشور کاندھے پر کھادی کا تھیلا رکھے کمرے میں داخل ہوا۔ ڈائریکٹر کرپلانی، میوزک ڈائریکٹر گھوش، ساؤنڈ ریکارڈسٹ پی اے این موگھا۔۔۔ ان سب کو فرداً فرداً اس نے انگریزی میں آداب کیا۔ ہیروئن مس عیدن بائی کو ہاتھ جوڑ کر نمسکار کیا اور کہا، ''عیدن بہن! کل میں نے آپ کو کرافرڈ مارکیٹ میں دیکھا۔ میں آپ کی بھابھی کے لیے موسمبیاں خرید رہا تھا کہ آپ کی موٹر نظر آئی۔۔۔'' جھولتے جھولتے اس کی نظر نیلم پر پڑی جو پیانو کے پاس ایک پست قد کی کرسی میں دھنسی ہوئی تھی۔ ایک دم اس کے ہاتھ نمسکار کے لیے، اٹھے یہ دیکھتے

ہی نیلم اٹھ کھڑی ہوئی، ''راج صاحب! مجھے بہن نہ کہیے گا۔''

نیلم نے یہ بات کچھ اس انداز سے کہی کہ میوزک روم میں بیٹھے ہوئے سب آدمی ایک لحظے کے لیے مبہوت ہو گئے۔ راج کشور کھسیانا سا ہو گیا اور صرف اس قدر کہہ سکا، ''کیوں؟''

نیلم جواب دیے بغیر باہر نکل گئی۔

تیسرے روز، میں ناگ پاڑے میں سہ پہر کے وقت شام لال پنواڑی کی دکان پر گیا تو وہاں اسی واقعے کے متعلق چہ میگوئیاں ہو رہی تھیں۔۔۔ شام لال بڑے فخریہ لہجے میں کہہ رہا تھا، ''سالی کا اپنا من مَیلا ہو گا۔۔۔ ورنہ راج بھائی کسی کو بہن کہے، اور وہ برا مانے۔۔۔ کچھ بھی ہو، اس کی مراد کبھی پوری نہیں ہو گی۔ راج بھائی لنگوٹ کا بہت پکا ہے۔'' راج بھائی کے لنگوٹ سے میں بہت تنگ آ گیا تھا۔ مگر میں نے شام لال سے کچھ نہ کہا اور خاموش بیٹھا اس کی اور اس کے دوست گاہکوں کی باتیں سنتا رہا جن میں مبالغہ زیادہ اور اصلیت کم تھی۔

اسٹوڈیو میں ہر شخص کو میوزک روم کے اس حادثے کا علم تھا، اور تین روز سے گفتگو کا موضوع بس یہی چیز تھی کہ راج کشور کو مس نیلم نے کیوں ایک دم بہن کہنے سے منع کیا۔ میں نے راج کشور کی زبانی اس بارے میں کچھ نہ سنا مگر اس کے ایک دوست سے معلوم ہوا کہ اس نے اپنی ڈائری میں اس پر نہایت دلچسپ تبصرہ لکھا ہے اور پر ارتھنا کی ہے کہ مس نیلم کا دل و دماغ پاک و صاف ہو جائے۔ اس حادثے کے بعد کئی دن گزر گئے مگر کوئی قابل ذکر بات وقوع پذیر نہ ہوئی۔

نیلم پہلے سے کچھ زیادہ سنجیدہ ہو گئی تھی اور راج کشور کے کرتے کے گرتے کے بٹن اب ہر وقت کھلے رہتے تھے، جس میں سے اس کی سفید اور ابھری ہوئی چھاتی کے کالے بال باہر جھانکتے رہتے تھے۔ چوں کہ ایک دو روز سے بارش تھی ہوئی تھی اور ''بَن کی سندری'' کے چوتھے سیٹ کا رنگ خشک ہو گیا تھا، اس لیے ڈائریکٹر نے نوٹس بورڈ پر شوٹنگ کا اعلان چسپاں کر دیا۔ یہ سین جو اب لیا جانے والا تھا، نیلم اور راج کشور کے درمیان تھا۔ چونکہ میں نے ہی اس کے مکالمے لکھے تھے، اس لیے مجھے معلوم تھا کہ راج کشور باتیں کرتے کرتے نیلم کا ہاتھ چومے گا۔ اس سین میں چومنے کی بالکل گنجائش نہ تھی۔ مگر چونکہ عوام کے جذبات کو اُکسانے کے لیے عام طور پر فلموں میں عورتوں کو ایسے لباس پہنائے جاتے ہیں جو لوگوں کو ستائیں، اس لیے ڈائریکٹر کر پلانی نے، پرانے نسخے کے مطابق، دست بوسی کا یہ پَیچ رکھ دیا تھا۔

جب شوٹنگ شروع ہوئی تو میں بھی دھڑکتے ہوئے دل کے ساتھ سیٹ پر موجود تھا۔ راج کشور اور نیلم، دونوں

کار دِعمل کیا ہو گا، اس کے تصور ہی سے میرے جسم میں سنسنی کی ایک لہر دوڑ جاتی تھی۔ مگر سارا سین مکمل ہو گیا، اور کچھ نہ ہوا۔ ہر مکالمے کے بعد ایک تھکا دینے والی آہنگی کے ساتھ برقی لیمپ روشن اور گل ہو جاتے۔ اسٹارٹ اور کٹ کی آوازیں بلند ہوتیں اور شام کو جب سین کے کلائمیکس کا وقت آیا تو راج کشور نے بڑے رومانی انداز میں نیلم کا ہاتھ پکڑا مگر کیمرے کی طرف پیٹھ کر کے اپنا ہاتھ چوم کر، الگ ہو گیا۔

میرا خیال تھا کہ نیلم اپنا ہاتھ کھینچ کر راج کشور کے منہ پر ایک ایسا چانٹا جڑے گی کہ ریکارڈنگ روم میں پی این موگھا کے کانوں کے پردے پھٹ جائیں گے۔ مگر اس کے برعکس مجھے نیلم کے پتلے ہونٹوں پر ایک تخلیل شدہ مسکراہٹ دکھائی دی جس میں عورت کے مجروح جذبات کا شائبہ تک موجود نہ تھا۔ مجھے سخت ناامیدی ہوئی تھی۔ میں نے اس کا ذکر نیلم سے نہ کیا۔ دو تین روز گزر گئے اور اس نے بھی مجھ سے اس بارے میں کچھ نہ کہا۔۔۔ تو میں نے یہ نتیجہ اخذ کیا کہ اسے اِس ہاتھ چومنے والی بات کی اہمیت کا علم ہی نہیں تھا، بلکہ یوں کہنا چاہیے کہ اس کے ڈَکی اُلجس دماغ میں اس کا خیال تک بھی نہ آیا تھا اور اس کی وجہ یہ ہو سکتی ہے کہ وہ اس وقت راج کشور کی زبان سے جو عورت کو بہن کہنے کا عادی تھا، عاشقانہ الفاظ سن رہی تھی۔

نیلم کا ہاتھ چومنے کی بجائے راج کشور نے اپنا ہاتھ کیوں چوما تھا۔۔۔ کیا اس نے انتقام لیا تھا۔۔۔ کیا اس نے اس عورت کو ذلیل کرنے کی کوشش کی تھی، ایسے کئی سوال میرے دماغ میں پیدا ہوئے مگر کوئی جواب نہ ملا۔

چوتھے روز، جب میں حسبِ معمول ناگ پاڑے میں شام لال کی دکان پر گیا تو اس نے مجھ سے شکایت بھرے لہجے میں، ''منٹو صاحب! آپ تو ہمیں اپنی کمپنی کی کوئی بات سناتے ہی نہیں۔۔۔ آپ بتانا نہیں چاہتے یا پھر آپ کو کچھ معلوم ہی نہیں ہوتا؟ پتا ہے آپ کو، راج بھائی نے کیا کیا؟'' اس کے بعد اس نے اپنے انداز میں یہ کہانی شروع کی کہ ''بَن کی سندری'' میں ایک سین تھا جس میں ڈائریکٹر صاحب نے راج بھائی کو مس نیلم کا منہ چومنے کا آرڈر دیا لیکن صاحب، کہاں راج بھائی اور کہاں وہ سالی ٹکیائی۔ راج بھائی نے فوراً کہہ دیا، ''نا صاحب میں ایسا کام کبھی نہیں کروں گا۔ میری اپنی پتنی ہے، اس گندی عورت کا منہ چوم کر کیا میں اس کے پوتر ہونٹوں سے اپنے ہونٹ ملا سکتا ہوں۔۔۔ ''بس صاحب فوراً ڈائریکٹر صاحب کو سین بدلنا پڑا اور راج بھائی سے کہا گیا کہ اچھا بھئی تم منہ نہ چومو ہاتھ چوم لو، مگر راج صاحب نے بھی کچی گولیاں نہیں کھیلیں۔ جب وقت آیا تو اس نے اس صفائی سے اپنا ہاتھ چوما کہ دیکھنے والوں کو یہی معلوم ہوا کہ اس نے اس سالی کا ہاتھ چوما ہے۔''

میں نے اس گفتگو کا ذکر نیلم سے نہ کیا، اس لیے کہ جب وہ اس سارے قصے ہی سے بے خبر تھی، تو اسے

خواہ مخواہ رنجیدہ کرنے سے کیا فائدہ۔

بمبئی میں ملیریا عام ہے۔ معلوم نہیں، کون سا مہینہ تھا اور کون سی تاریخ تھی۔ صرف اتنا یاد ہے کہ ''بَن کی سندری'' کا پانچواں سیٹ لگ رہا تھا اور بارش بڑے زوروں پر تھی کہ نیلم اچانک بہت تیز بخار میں مبتلا ہو گئی۔ چونکہ مجھے اسٹوڈیو میں کوئی کام نہیں تھا، اس لیے میں گھنٹوں اس کے پاس بیٹھا اس کی تیمارداری کرتا رہتا۔ ملیریا نے اس کے چہرے کی سنولاہٹ میں ایک عجیب قسم کی درد انگیز زردی پیدا کر دی تھی۔۔۔اس کی آنکھوں اور اس کے پتلے ہونٹوں کے کونوں میں جو ناقابلِ بیان تلخیاں کھلی رہتی تھیں، اب ان میں ایک بے معلوم بے بسی کی جھلک بھی دکھائی دیتی تھی۔ کونین کے ٹیکوں سے اس کی سماعت کسی قدر کمزور ہو گئی تھی۔ چنانچہ اسے اپنی نحیف آواز اونچی کرنا پڑتی تھی۔ اس کا خیال تھا کہ شاید میرے کان بھی خراب ہو گئے ہیں۔

ایک دن جب اس کا بخار بالکل دور ہو گیا تھا، اور وہ بستر پر لیٹی نقاہت بھرے لہجے میں عیدن بائی کی بیمار پرسی کا شکریہ ادا کر رہی تھی؛ نیچے سے موٹر کے ہارن کی آواز آئی۔ میں نے دیکھا کہ یہ آواز سن کر نیلم کے بدن پر ایک سرد جھرجھری سی دوڑ گئی۔ تھوڑی دیر کے بعد کمرے کا دبیز ساگوانی دروازہ کھلا اور راج کشور کھادی کے سفید کرتے اور تنگ پاجامے میں اپنی پرانی وضع کی بیوی کے ہم راہ اندر داخل ہوا۔

عیدن بائی کو عیدن بہن کہہ کر سلام کیا۔ میرے ساتھ ہاتھ ملایا اور اپنی بیوی کو جو تیکھے تیکھے نقشوں والی گھریلو قسم کی عورت تھی، ہم سب سے متعارف کرا کے وہ نیلم کے پلنگ پر بیٹھ گیا۔ چند لمحات وہ ایسے ہی خلا میں مسکراتا رہا۔ پھر اس نے بیمار نیلم کی طرف دیکھا اور میں نے پہلی مرتبہ اس کی دھلی ہوئی آنکھوں میں ایک گرد آلود جذبہ تیرتا ہوا پایا۔

میں ابھی پوری طرح متحیر بھی نہ ہونے پایا تھا کہ اس نے کھلنڈرے آواز میں کہنا شروع کیا ''بہت دنوں سے ارادہ کر رہا تھا کہ آپ کی بیمار پرسی کے لیے آؤں، مگر اس کم بخت موٹر کا انجن کچھ ایسا خراب ہوا کہ دس دن کارخانے میں پڑی رہی۔ آج آئی تو میں نے (اپنی بیوی کی طرف اشارہ کر کے) شانتی سے کہا کہ بھئی چلو اسی وقت اٹھو۔۔۔ رسوئی کا کام کوئی اور کرے گا، آج اتفاق سے رکھشا بندھن کا تہوار بھی ہے۔۔۔ نیلم بہن کی خیر و عافیت بھی پوچھ آئیں گے اور ان سے رکھشا بھی بندھوائیں گے۔'' یہ کہتے ہوئے اس نے اپنے کھادی کے کرتے سے ایک ریشمی پھندنے والا گجرا نکالا۔ نیلم کے چہرے کی زردی اور زیادہ درد انگیز ہو گئی۔

راج کشور جان بوجھ کر نیلم کی طرف نہیں دیکھ رہا تھا، چنانچہ اس نے عیدن بائی سے کہا۔ مگر ایسے نہیں۔ خوشی

کا موقع ہے، بہن بیمار بن کر رکھشا نہیں باندھے گی۔ شانتی، چلو اٹھو، ان کو لپ اسٹک وغیرہ لگاؤ۔ ''

'' میک اپ بکس کہاں ہے؟ ''

سامنے مینٹل پیس پر نیلم کا میک اپ بکس پڑا تھا۔ راج کشور نے چند لمبے لمبے قدم اُٹھائے اور اسے لے آیا۔ نیلم خاموش تھی۔۔۔اس کے پتلے ہونٹ بھینچ گئے تھے جیسے وہ چیخیں بڑی مشکل سے روک رہی ہے۔ جب شانتی نے پتی ورتا استری کی طرح اٹھ کر نیلم کا میک اپ کرنا چاہا تو اس نے کوئی مزاحمت پیش نہ کی۔ عیدن بائی نے ایک بے جان لاش کو سہارا دے کر اٹھایا اور جب شانتی نے نہایت ہی غیر صنّاعانہ طریق پر اس کے ہونٹوں پر لپ اسٹک لگانا شروع کی تو وہ میری طرف دیکھ کر مسکرائی۔۔۔نیلم کی یہ مسکراہٹ ایک خاموش چیخ تھی۔

میرا خیال تھا۔۔۔نہیں، مجھے یقین تھا کہ ایک دم کچھ ہو گا۔۔۔نیلم کے بھینچے ہوئے ہونٹ ایک دھماکے کے ساتھ وا ہوں گے اور جس طرح برسات میں پہاڑی نالے بڑے بڑے مضبوط بند توڑ کر دیوانہ وار آگے نکل جاتے ہیں، اسی طرح نیلم اپنے رُکے ہوئے جذبات کے طوفانی بہاؤ میں ہم سب کے قدم اکھیڑ کر خدا معلوم کن گہرائیوں میں دھکیل لے جائے گی۔ مگر تعجب ہے کہ وہ بالکل خاموش رہی۔ اس کے چہرے کی درد انگیز زردی غازے اور سرخی کے غبار میں چھپتی رہی اور وہ پتھر کے بت کی طرح بے حس بنی رہی۔ آخر میں جب میک اپ مکمل ہو گیا تو اس نے راج کشور سے حیرت انگیز طور پر مضبوط لہجے میں کہا، '' لائیے! اب میں رکھشا باندھ دوں۔ ''

ریشمی پھندنوں والا گجرا تھوڑی دیر میں راج کشور کی کلائی میں تھا اور نیلم جس کے ہاتھ کانپنے چاہئیں تھے، بڑے سنگین سکون کے ساتھ اس کا تکمہ بند کر رہی تھی۔ اس عمل کے دوران میں ایک مرتبہ پھر مجھے راج کشور کی دھلی ہوئی آنکھ میں ایک گرد آلود جذبے کی جھلک نظر آئی جو فوراً ہی اس کی ہنسی میں تحلیل ہو گئی۔ راج کشور نے ایک لفافے میں رسم کے مطابق نیلم کو کچھ روپے دیئے جو اس نے شکریہ ادا کر کے اپنے تکیے کے نیچے رکھ لیے۔۔۔جب وہ لوگ چلے گئے، میں اور نیلم اکیلے رہ گئے تو اس نے مجھ پر ایک اجڑی ہوئی نگاہ ڈالی اور تکیے پر سر رکھ کر خاموش لیٹ گئی۔ پلنگ پر راج کشور اپنا تھیلا بھول گیا تھا۔ جب نیلم نے اسے دیکھا تو پاؤں سے ایک طرف کر دیا۔ میں تقریباً دو گھنٹے اس کے پاس بیٹھا اخبار پڑھتا رہا۔ جب اس نے کوئی بات نہ کی تو میں رخصت لیے بغیر چلا آیا۔

اس واقعہ کے تین روز بعد میں ناگ پاڑے میں اپنی نوری پے ماہوار کی کھولی کے اندر بیٹھا شیو کر رہا تھا اور

دوسری کھولی سے اپنی ہمسائی مسز فرنینڈیز کی گالیاں سن رہا تھا کہ ایک دم کوئی اندر داخل ہوا۔ میں نے پلٹ کر دیکھا، نیلم تھی۔ ایک لحظے کے لیے میں نے خیال کیا کہ نہیں، کوئی اور ہے۔۔۔اس کے ہونٹوں پر گہرے سرخ رنگ کی لپ اسٹک کچھ اس طرح پھیلی ہوئی تھی جیسے منہ سے خون نکل کر بہتا رہا اور اور پونچھا نہیں گیا۔۔۔سر کا ایک بال بھی صحیح حالت میں نہیں تھا۔سفید ساڑی کی بوٹیاں اڑی ہوئی تھیں۔ بلاوز کے تین چار ہک کھلے تھے اور اس کی سانولی چھاتیوں پر خراشیں نظر آرہی تھیں۔ نیلم کو اس حالت میں دیکھ کر مجھ سے پوچھا ہی نہ گیا کہ تمہیں کیا ہوا، اور میری کھولی کا پتہ لگا کر تم کیسے پہنچی ہو۔

پہلا کام میں نے یہ کیا کہ دروازہ بند کر دیا۔ جب میں کرسی کھینچ کر اس کے پاس بیٹھا تو اس نے اپنے لپ اسٹک سے لتھڑے ہوئے ہونٹ کھولے اور کہا، ''میں سیدھی یہاں آرہی ہوں۔''

میں نے آہستہ سے پوچھا، ''کہاں سے؟''

''اپنے مکان سے۔۔۔اور میں تم سے یہ کہنے آئی ہوں کہ اب وہ بکواس جو شروع ہوئی تھی، ختم ہو گئی ہے۔''

''کیسے؟''

''مجھے معلوم تھا کہ وہ پھر میرے مکان پر آئے گا، اس وقت جب اور کوئی نہیں ہو گا! چنانچہ وہ آیا۔۔۔اپنا تھیلا لینے کے لیے۔'' یہ کہتے ہوئے اس کے پتلے ہونٹوں پر جو لپ اسٹک نے بالکل بے شکل کر دیئے تھے، وہی خفیف سی پراسرار مسکراہٹ نمودار ہوئی، ''وہ اپنا تھیلا لینے آیا تھا۔۔۔میں نے کہا، چلیے، دوسرے کمرے میں پڑا ہے۔ میرا لہجہ شاید بدلا ہوا تھا کیونکہ وہ کچھ گھبرا سا گیا۔۔۔میں نے کہا گھبرائیے نہیں۔۔۔جب ہم دوسرے کمرے میں داخل ہوئے تو میں تھیلا دینے کی بجائے ڈریسنگ ٹیبل کے سامنے بیٹھ گئی اور میک اپ کرنا شروع کر دیا۔''

یہاں تک بول کر وہ خاموش ہو گئی۔۔۔سامنے، میرے ٹوٹے ہوئے میز پر، شیشے کے گلاس میں پانی پڑا تھا۔ اسے اٹھا کر نیلم غٹ غٹ پی گئی۔۔۔اور ساڑی کے پلو سے ہونٹ پونچھ کر اس نے پھر اپنا سلسلہ کلام جاری کیا، ''میں ایک گھنٹے تک میک اپ کرتی رہی۔ جتنی لپ اسٹک ہونٹوں پر تھپ سکتی تھی، میں نے تھوپی، جتنی سرخی میرے گالوں پر چڑھ سکتی تھی، میں نے چڑھائی۔ وہ خاموش ایک کونے میں کھڑا آئینے میں میری شکل دیکھتا رہا۔ جب میں بالکل چڑیل بن گئی تو مضبوط قدموں کے ساتھ چل کر میں نے دروازہ بند کر دیا۔''

''پھر کیا ہوا؟''

میں نے جب اپنے سوال کا جواب حاصل کرنے کے لیے نیلم کی طرف دیکھا تو وہ مجھے بالکل مختلف نظر آئی۔ ساڑی سے ہونٹ پونچھنے کے بعد اس کے ہونٹوں کی رنگت کچھ عجیب سی ہو گئی تھی۔ اس کے علاوہ اس کا لہجہ اتنا ہی تپا ہوا تھا جتنا سرخ گرم کیے ہوئے لوہے کا، جسے ہتھوڑے سے کوٹا جا رہا ہو۔ اس وقت تو وہ چڑیل نظر نہیں آ رہی تھی، لیکن جب اس نے میک اپ کیا ہو گا تو ضرور چڑیل دکھائی دیتی ہو گی۔

میرے سوال کا جواب اس نے فوراً ہی نہ دیا۔ ۔ ۔ ٹاٹ کی چارپائی سے اٹھ کر وہ میرے میز پر بیٹھ گئی اور کہنے لگی، ''میں نے اس کو جھنجوڑ دیا۔ ۔ ۔ جنگلی بلی کی طرح میں اس کے ساتھ چمٹ گئی۔ اس نے میرا منہ نوچا، میں نے اس کا۔ ۔ ۔ بہت دیر تک ہم دونوں ایک دوسرے کے ساتھ کشتی لڑتے رہے۔ او ہ ۔ ۔ ۔ اس میں بلا کی طاقت تھی۔ ۔ ۔ لیکن۔ ۔ ۔ لیکن۔ ۔ ۔ جیسا کہ میں تم سے ایک بار کہہ چکی ہوں۔ ۔ ۔ میں بہت زبردست عورت ہوں۔ ۔ ۔ میری کمزوری۔ ۔ ۔ وہ کمزوری جو ملیریا نے پیدا کی تھی، مجھے بالکل محسوس نہ ہوئی۔ میرا بدن تپ رہا تھا۔ میری آنکھوں سے چنگاریاں نکل رہی تھیں۔ ۔ ۔ میری ہڈیاں سخت ہو رہی تھیں۔ میں نے اسے پکڑ لیا۔ میں نے اس سے بلیوں کی طرح لڑنا شروع کیا۔ ۔ ۔ مجھے معلوم نہیں کیوں۔ ۔ ۔ مجھے پتا نہیں کس لیے۔ ۔ ۔ بے سوچے سمجھے میں اس سے بھڑ گئی۔ ۔ ۔ ہم دونوں نے کوئی بھی ایسی بات زبان سے نہ نکالی جس کا مطلب کوئی دوسرا سمجھ سکے۔ ۔ ۔ میں چیختی رہی۔ ۔ ۔ وہ صرف ہوں ہوں کرتا رہا۔ ۔ ۔ اس کے سفید کھادی کے کرتے کی کئی بوٹیاں میں نے ان انگلیوں سے نوچیں۔ ۔ ۔ اس نے میرے بال، میری کئی لٹیں جڑ سے نکال ڈالیں۔ ۔ ۔ اس نے اپنی ساری طاقت صرف کر دی۔ مگر میں نے تہیّہ کر لیا تھا کہ فتح میری ہو گی۔ ۔ ۔ چنانچہ وہ قالین پر مردے کی طرح لیٹا تھا۔ ۔ ۔ اور میں اس قدر ہانپ رہی تھی کہ ایسا لگتا تھا کہ میرا سانس ایک دم رک جائے گا۔ ۔ ۔ اتنا ہانپتے ہوئے بھی میں نے اس کے کرتے کو چندی چندی کر دیا۔ اس وقت میں نے اس کا چوڑا چکلا سینہ دیکھا تو مجھے معلوم ہوا کہ وہ بکواس کیا تھی۔ ۔ ۔ وہی بکواس جس کے متعلق ہم دونوں سوچتے تھے اور کچھ سمجھ نہیں سکتے تھے۔ ۔ ۔ ''

یہ کہہ کر وہ تیزی سے اٹھ کھڑی ہوئی اور اپنے بکھرے ہوئے بالوں کو سر کی جنبش سے ایک طرف ہٹاتے ہوئے کہنے لگی، ''صادق۔ ۔ ۔ کم بخت کا جسم واقعی خوبصورت ہے۔ ۔ ۔ جانے مجھے کیا ہوا۔ ایک دم میں اس پر جھکی اور اسے کاٹنا شروع کر دیا۔ ۔ ۔ وہ سی سی کرتا رہا۔ ۔ ۔ لیکن جب میں نے اس کے ہونٹوں سے اپنے لہو بھرے ہونٹ پیوست کیے اور اسے ایک خطرناک جلتا ہوا بوسہ دیا تو وہ انجام رسیدہ عورت کی طرح ٹھنڈا ہو گیا۔ میں اٹھ کھڑی ہوئی۔ ۔ ۔ مجھے اس سے ایک دم نفرت پیدا ہو گئی۔ ۔ ۔ میں نے

پورے غور سے اس کی طرف نیچے دیکھا۔۔۔اس کے خوبصورت بدن پر میرے لہو اور لپ اسٹک کی سرخی نے بہت ہی بدنما بیل بوٹے بنا دیے تھے۔۔۔میں نے اپنے کمرے کی طرف دیکھا تو ہر چیز مصنوعی نظر آئی۔ چنانچہ میں نے جلدی سے دروازہ کھولا کہ شاید میرا دم گھٹ جائے اور سیدھی تمہاری پاس چلی آئی۔ ''

یہ کہہ وہ خاموش ہو گئی۔۔۔مردے کی طرح خاموش۔ میں ڈر گیا، اس کا ایک ہاتھ جو چارپائی سے نیچے لٹک رہا تھا، میں نے چھوا۔۔۔آگ کی طرح گرم تھا۔

''نیلم۔۔۔نیلم۔۔۔''

میں نے کئی دفعہ اسے زور زور سے پکارا مگر اس نے کوئی جواب نہ دیا۔ آخر جب میں نے بہت زور سے خوف زدہ آواز میں نیلم کہا تو وہ چونکی، اور اٹھ کر جاتے ہوئے اس نے صرف اس قدر کہا، ''سعادت میرا نام رادھا ہے!''

میرا اہم سفر

پلیٹ فارم پر شہاب، سعید اور عباس نے ایک شور مچا رکھا تھا۔ یہ سب دوست مجھے اسٹیشن پر چھوڑنے کے لیے آئے تھے، گاڑی پلیٹ فارم کو چھوڑ کر آہستہ آہستہ چل رہی تھی کہ شہاب نے بڑھ کر پائدان پر چڑھتے ہوئے مجھ سے کہا:

’’عباس کہتا ہے کہ گھر جا کر اپنی ’’اُن‘‘ کی خدمت میں سلام ضرور کہنا۔‘‘

’’وہ تو پاگل ہے۔۔۔اچھا خدا حافظ۔‘‘ میں نے اُن علیگی دوستوں سے پیچھا چھڑاتے ہوئے یہ الفاظ جلدی میں ادا کیے اور شہاب سے ہاتھ ملا کر دروازہ بند کرنے کے بعد اپنی سیٹ پر بیٹھ گیا۔

علی گڑھ اور اُس کی حَسِین علمی فضا، جس میں مَیں اِس سے کچھ عرصہ پہلے سانس لے رہا تھا، اب مجھ سے ایک طویل عرصہ کے لیے دُور ہو رہی تھی۔ میرا دل سخت مَغُموم تھا۔ شہاب اگرچہ کالج میں بہت تنگ کرتا تھا مگر اُس سے جدا ہونے کا مجھے اب احساس ہوا، جب میں نے دفعتاً خیال کیا کہ امرتسر میں مجھے اُس ایسا دلچسپ دوست میسر نہ آ سکے گا۔ اسی خیال کے غم افزا اثر کے تحت میں نے سَر کو جُنبِش دیتے ہوئے اور اس عمل سے گویا اپنے ذہن سے اس تاریکی کو جھٹکتے ہوئے جیب میں سے سگریٹ کی ڈبیا نکالی اور اُس میں سے ایک سگریٹ نکال کر اُس کو سلگایا اور اطمینان سے نشست پر ٹھکانے سے بیٹھ کر اپنے سامان کا جائزہ لیا اور پھر اپنے ساتھی کی طرف جو سیٹ کے آخری حصے پر بیٹھا تھا، پیٹھ کر کے سگریٹ سے دھوئیں کے چھلّے بنانے کی بے سود کوشش میں مصروف ہو گیا۔

میں بالکل خَالی الذّہن تھا۔ معلوم نہیں کیوں؟ سگریٹ کا دھواں جس کو میں اپنے منہ سے چھلّوں کی صورت میں نکالنے کی کوشش کرتا تھا، ہوا کے تُند جھونکوں کی تاب نہ لا کر کھڑکی کے راستے کسی تِھرَکتی

ہوئی رقّاصہ کی طرح تڑپ کر باہر نکل رہا تھا۔ میں بہت عرصہ تک سگریٹ کے اُس لرزاں دھوئیں کو بڑے غور سے دیکھتا رہا۔۔۔ یہ رقص کی ایک تکمیل تھی۔

''رقص کی تکمیل۔'' یہ الفاظ دفعتاً میرے دماغ میں پیدا ہوئے اور میں اپنے اس اچھوتے خیال پر بہت مسرُور ہوا۔

'' کیا میں پاگل ہوں؟ ''

گاڑی پلیٹ فارم کو چھوڑ کر کھلے میدانوں میں دوڑ رہی تھی۔ آہنی پٹریوں کا بچھا ہوا جال بہت پیچھے رہ گیا تھا۔ پتھریلی روِش کے آس پاس اُگے ہوئے درخت ایک دوسرے کا تعاقب کرتے معلوم ہوتے تھے۔ میں '' رقص کی تکمیل،'' اور ان درختوں کی بھاگ دوڑ کا مشاہدہ کر رہا تھا کہ اِن حیران کن الفاظ نے مجھے چَونکا دیا جو غالباً میرے اُس ہم سفر نے ادا کیے تھے جو سِیٹ کے آخری حصے پر کونے میں بیٹھا تھا۔ اس نے یقیناً یہ عجیب سوال مجھ سے ہی پوچھا تھا۔

'' کیا آپ مجھ سے دریافت فرما رہے ہیں؟ ''

'' جی ہاں، کیا میں پاگل ہوں؟'' اس نے ایک بار پھر مجھ سے دریافت کیا۔

ٹرین کی روانگی پر جب میں نے شہاب سے یہ کہا تھا، ''وہ تو پاگل ہے۔ اچھا خدا حافظ۔'' تو شاید اس شریف آدمی نے یہ خیال کر لیا تھا کہ میں نے اُسی کو پاگل کہا ہے۔۔۔ میں کِھل کِھلا کر ہنس پڑا اور نہایت مؤدبانہ لہجہ میں کہا:

'' آپ کو غلط فہمی ہوئی ہے حضرت، گاڑی چلتے وقت میں نے اپنے کسی دوست کو پاگل کے نام سے پکارا تھا۔۔۔ وہ تو ہے ہی پاگل۔ میں معافی چاہتا ہوں کہ آپ کو خواہ مخواہ تکلیف ہوئی۔ ''

یہ معقول دلیل سن کر میرا ہم سفر جو غالباً کچھ اور کہنے کے لیے ذرا آگے سرک رہا تھا، خاموش ہو گیا۔ یہ دیکھ کر مجھے ایک گُونہ اطمینان ہوا کہ معاملہ نہیں بڑھا۔ اتفاق سے میری طبیعت کچھ اس قسم کی واقع ہوئی ہے کہ عموماً نکمی سے نکمی باتوں پر طیش آ جایا کرتا ہے۔ چوں کہ اس سے قبل کئی مرتبہ دورانِ سفر میں میرا مسافروں سے جھگڑا ہو چکا تھا، اور میں اِس کے تلخ نتائج سے اچھی طرح واقف تھا، اس لیے لازمی طور پر میں اس معاملہ کو اتنی جلدی بخیر و خوبی انجام پاتے دیکھ کر بہت خوش ہوا۔ چنانچہ میں نے اس مسافر سے خوش گوار تعلقات پیدا کرنے کے لیے اُس سے ایسے ہی گفتگو شروع کی۔۔۔ رسمی گفتگو جو عام طور پر گاڑیوں میں مسافروں کے ساتھ کی جاتی ہے۔

''آپ کہاں تشریف لے جا رہے ہیں؟'' میں نے اُس سے دریافت کیا۔

''میں۔۔۔'' یہ کہتے ہوئے وہ کونے سے سرکتا ہوا اٹھ کر میرے مقابلہ والی سیٹ پر بیٹھ گیا، ''میں دہلی جا رہا ہوں۔۔۔ آپ کہاں اتریں گے؟''

''مجھے کافی طویل سفر کرنا ہے۔۔۔ امرتسر جا رہا ہوں۔''

''امرتسر۔۔۔''

''جی ہاں۔''

''مجھے یہ شہر دیکھنے کا کئی مرتبہ اتفاق ہوا ہے۔ اچھی بارونق جگہ ہے۔ اس کپڑے کی تجارت کا مرکز ہے۔ کیا آپ وہاں کالج میں پڑھتے ہیں؟''

''جی ہاں۔'' میں نے جھوٹ بولتے ہوئے کہا۔ کیوں کہ اُس کا سوال میرے نزدیک بہت غیر دلچسپ تھا، اس کے علاوہ مجھے اندیشہ تھا کہ اگر میں نے اپنے ہم سفر سے یہ کہا ہوتا کہ میں علی گڑھ کی یونیورسٹی میں پڑھتا ہوں تو وہ کالج کی دلچسپیوں، اُس کی عمارت اور اُس کے خدا معلوم کن کن حصوں اور شعبوں کے متعلق مجھ پر سوالات کی بوچھاڑ شروع کر دیتا۔ اس سے قبل میرے ساتھ اس قسم کا واقعہ پیش آ چکا تھا۔ جب میرے ایک رفیق سفر نے سوال پوچھتے پوچھتے رات کی نیند مجھ پر حرام کر دی تھی۔

''کون سے کالج میں۔۔۔ میرے خیال میں وہاں کئی کالج ہیں۔'' اس نے مجھ سے دریافت کیا۔

میں نے جھٹ سے جواب دیا، ''خالصہ کالج میں۔''

''اچھا، وہی جو اینڈرسن نے تعمیر کرایا ہے۔''

''اینڈرسن نے، مگر وہ سکھوں کا کالج ہے حضرت۔'' میں نے حیران ہوتے ہوئے کہا۔

''مجھے معلوم ہے مسٹر، یہ اینڈرسن سِکھ ہو گیا تھا نا۔۔۔ آپ نے غالباً سکھ ہسٹری کا مطالعہ نہیں کیا۔''

''شاید۔'' یہ کہہ کر میں نے گفتگو کو دلچسپ نہ پاتے ہوئے منہ موڑ لیا اور کھڑکی کے سے باہر کی طرف دیکھنا شروع کر دیا۔ گاڑی اب یو۔ پی کے وسیع میدانوں میں دندناتی ہوئی چلی جا رہی تھی۔ لوہے کے پہیوں کی وزنی جھنکار اور چوبی شہتیروں کی کھٹ کھٹ فضا میں ایک عجیب یک آہنگ شور برپا کر رہی تھی۔ اُس شور کی صدائے بازگشت نے آس پاس کے دوڑتے ہوئے کھمبوں اور درختوں سے ٹکرا کر شام کی خنک ہوا میں ایک ارتعاش پیدا کر دیا تھا۔ میں نے ایسے ہی کھڑکی کے میں سے اپنا بازو باہر نکالا۔ منہ زور گاڑی کی تیز رفتار کی وجہ سے ہوا کے زبردست دھکے نے میرے بازو کو ریلا دے کر پیچھے دبا دیا۔۔۔ میں نے ٹھنڈی

ہوا کے اُس دباؤ کو بہت پیارا محسوس کیا۔ چنانچہ میں کھیل میں مصروف ہو گیا اور اپنے ہم سفر اور اس کی گفتگو کو بالکل بھول گیا۔ ہوا کے دباؤ کی دِلنوازی بہت مسرور کُن تھی۔

تھوی دیر کے بعد میں اپنے اس کھیل سے اکتا گیا۔ دراصل بار بار ہوا کو چیرنے سے میرا بازو تھک گیا تھا۔ اب میں نے مٹر کر میدانوں کی وُسعت کا نظارہ کرنا شروع کر دیا۔ ڈوبتے ہوئے سورج کی سرخ ۔۔۔ آتشیں سرخ کرنیں میدان کے گڑھوں میں بارش کے جمع شدہ پانیوں پر زر نگاری کا کام کر رہی تھیں۔ ایسا معلوم ہوتا تھا کہ خاکِستری زمین کے سینے پر کسی نے بڑے بڑے آئینے آویزاں کر دیئے ہیں۔ بجلی کے تاروں اور کھمبوں پر نیل کنٹھ اور ابابیلیں بُھد ک رہی تھیں۔ یہ منظر بہت سہانا تھا۔

’’ کیا میں پاگل ہوں؟ ‘‘

اِن الفاظ نے ایک بار پھر اُن رنگوں کو منتشر کر دیا جو میرے دل و دماغ پر ایک نہایت ہی پیاری تصویر کھینچ رہے تھے۔ میں چونک پڑا۔ میرے اُسی ہم سفر نے مجھ سے یہ سوال دریافت کیا تھا۔ میں مُڑا۔ وہ میری طرف مُستفسِرانہ نگاہوں سے دیکھ رہا تھا۔ یہ خیال کرتے ہوئے کہ شاید میرے کانوں کو دھوکا ہوا ہے، میں نے اس سے کہا:

’’ کیا ارشاد فرمایا آپ نے؟ ‘‘

وہ ایک لمحہ خاموش رہا اور پھر اپنے سَر کو جھٹکتے ہوئے کہا، ’’ کچھ بھی نہیں، شاید آپ نہ بتا سکیں گے! ‘‘ اب میں نے غور سے اُس کی طرف دیکھا۔ اُس کی عمر غالباً بیس بائیس برس کے قریب ہو گی۔ داڑھی کمال صفائی سے موُنڈی ہوئی تھی۔ اس کے گال گوشت سے بھرے ہوئے تھے، ان کی موٹائی میں بہت خفیف سا فرق تھا، جو صرف مجھ ایسا باریک بیں ہی دیکھ سکتا ہے۔ بال، جن میں سے کسی اچھے اور بڑھیا تیل کی خوشبو آرہی تھی، پیچھے کی طرف کنگھی کیے گئے تھے جس سے اس کی پیشانی بہت کشادہ ہو گئی تھی۔ وہ معمولی قسم کے کشمیرے کا کوٹ پہنے ہوئے تھا۔ کَلَف شُدہ کالر قمیض کے ساتھ لگا ہوا تھا مگر ٹائی موجود نہ تھی۔۔۔ یہ مجھے اچھی طرح یاد ہے۔

میں ابھی کچھ کہنے ہی والا تھا کہ وہ پھر بولا، ’’ آپ سے کچھ دریافت کرنا چاہتا ہوں؟ ‘‘ میں اس کے رازدارانہ لہجہ سے بہت مُتَّیر ہوا۔ آخر وہ مجھ سے کیا دریافت کرنا چاہتا ہے؟ یہ خیال کرتے ہوئے میں نے جھک کر گویا اس کے سوال کا جواب دینے کے لیے تیار ہو کر کہا، ’’ بصد شوق ۔۔۔ فرمائیے۔ ‘‘

’’ کیا میں پاگل ہوں؟ ‘‘

میری حیرت اور بھی بڑھ گئی۔ میں سمجھ نہ سکا کہ جواب کیا دوں۔ آپ ہی فرمائیے میں اس شخص کو کیا جواب دے سکتا تھا جو بظاہر نہایت ہی ہوش مند انسان معلوم ہوتا تھا۔۔۔ بالکل میری اور آپ کی طرح۔

''آپ۔۔۔؟ آپ۔۔۔؟ '' میں نے بتلاتے ہوئے کہا۔

''ہاں، ہاں میں۔ آپ فرمایئے نا۔'' اس نے بڑی سنجیدگی سے مجھ سے دریافت کیا۔

''مگر کیوں؟ آپ بڑے ہوش مند انسان ہیں۔۔۔!''

''آپ اپنی رائے مُرتَّب کرنے میں جلدی سے کام نہ لیجیے، پھر غور فرما کر جواب دیجیے، کیا میں واقعی پاگل ہوں۔'' اس میں غور کرنے کی بات ہی کوئی نہ تھی۔ لیکن پھر بھی میں نے اپنے ہم سفر کے چہرے کی طرف غور سے دیکھنا شروع کیا۔ دراصل میں دو چیزیں معلوم کرنا چاہتا تھا۔ اولاً یہ کہ کہیں وہ مجھ سے مذاق تو نہیں کر رہا۔ ثانیاً یہ کہ شاید اس کے چہرے کا اتار چڑھاؤ ظاہر کر دے کہ وہ سچ مچ پاگل ہی ہے۔ میں نے اپنے ایک دوست سے سنا تھا کہ عام طور پر پاگلوں کی آنکھوں میں سرخ ڈورے ابھرے ہوتے ہیں، مگر وہ آنکھیں جو میری طرف دیکھ رہی تھیں، غیر معمولی طور پر سفید تھیں۔ ایسا معلوم ہوتا تھا کہ وہ سفید چینی کی بنی ہوئی ہیں۔ میں کچھ معلوم نہ کر سکا۔

''آپ کو کسی نے بہت غلط طور پر شک میں ڈال دیا ہے۔'' یہ کہتے ہوئے میں نے خیال کیا کہ شاید کسی ڈاکٹر نے اُس کو وہم میں ڈال دیا ہے۔ کیوں کہ مجھے اچھی طرح معلوم تھا کہ آج کل کے سستے اور جاہل ڈاکٹر بغیر سوچے سمجھے نبض پر ہاتھ رکھ کر کسی کو دیوانہ کسی کو مدقوق اور کسی کو ضُعفِ اعصاب کا مریض ٹھہرا دیتے ہیں۔

''میرا بھی یہی خیال ہے۔۔۔ مگر آپ کو قطعی طور پر یقین ہے کہ میں واقعی پاگل نہیں ہوں۔'' اس نے کہا۔

''قطعی طور پر۔۔۔ جس شخص نے آپ کو اس وہم میں مبتلا کیا ہے۔ میرے خیال میں وہ خود پاگل ہے۔''

''خیر وہ تو پاگل نہیں، اچھا بھلا ہے۔''

''وہ کون بزرگ ہیں؟''

''میرا اپنا باپ بھی۔''

''آپ کا باپ؟''

''جی ہاں۔۔۔ وہ کہتا ہے کہ میں پاگل ہوں، حالانکہ میں خود اس قسم کی کوئی علامت نہیں پاتا۔ آج سے ایک سال قبل اس کی نظروں میں مَیں پاگل نہ تھا۔ لیکن جونہی میری شادی ہوئی میرے باپ نے یہ کہنا

شروع کردیا کہ موہن دیوانہ ہے۔ چنانچہ اس کا یہ نتیجہ ہوا کہ سسرال والوں نے ڈر کے مارے اپنی لڑکی کو گھر بلوالیا۔ اب وہ اس کو میرے حوالے نہیں کرتے۔ یہ کس قدر رنج افزا بات ہے کہ مجھے اپنی بیوی کے ساتھ دس پندرہ دن بھی بسر کرنے میسر نہیں ہوئے۔'' یہ کہتے ہوئے اس کے چہرے سے معلوم ہوتا تھا کہ واقعتاً وہ بہت مغموم ہے۔ میں بھی بہت متاثر ہوا لیکن مجھے یہ معلوم نہ ہوسکا کہ اُس کے باپ نے اُسے خواہ مخواہ پاگل بناکر اس کی زندگی کیوں تلخ کردی ہے۔

''مگر آپ کے والد صاحب نے یہ حرکت کیوں کی؟'' میں نے اس کی داستان میں گہری دلچسپی لیتے ہوئے کہا۔

''مسٹر، وہ یہودی ہے۔ــ پکّا یہودی ہے۔ اس کو صرف اپنے طلائی سِکّوں سے غرض ہے اور بس۔ میں اس کے خون کا ایک حصّہ ہوں مگر یہ چیز اس کے دل پر اثر نہیں کرسکتی ہے۔ اگر اس نے مجھے پاگل بنایا ہے تو اس میں بھی کوئی بڑا راز مُضمَر ہے۔ وہ اس قدر نَفس پرست ہے کہ مرنے کے بعد بھی وہ یہ نہیں چاہتا کہ اس کی جائداد اس کے اپنے لڑکے کے ہاتھوں میں چلی جائے۔ دیکھیے، میں نے تین سال ہوئے، ایے پاس کیا ہے، یہ علیحدہ بات ہے کہ میں کوئی نوکری حاصل نہیں کرسکا ہوں مگر میرے باپ کو یہ تو چاہیے کہ وہ مجھے اچھا خرچ دے۔''

''یقیناً،'' میں نے پُر زور تائید کی۔

''لیکن وہ مجھے صرف پانچ روپے ماہوار دیتا ہے۔ــ حقیقت تو یہ ہے کہ اس نے میرے شباب کی تمام رنگینیوں پر اپنی ہَوس پرستیوں کی سیاہی الٹ دی ہے۔ میں آگرہ میں پڑا ہوں، میری بیوی دہلی میں ہے۔ میرے اس یہودی باپ نے میرے اور اس کے درمیان ایک خلیج حائل کردی ہے۔ــ میں اس سے بے حد محبت کرتا ہوں۔ وہ خوبصورت اور پڑھی لکھی ہے، مگر وہ مجبور ہے۔ــ ہوسکتا ہے کہ وہ بھی مجھے پاگل سمجھتی ہو۔ اب میں اس کا فیصلہ کر دینا چاہتا ہوں، میں نے اپنی تین پتلونیں اور تین کوٹ بیچ دیے ہیں۔ اب میں دہلی جا رہا ہوں۔ دیکھا جائے گا جو ہوگا۔''

''آپ اپنی بیوی کے پاس جا رہے ہیں؟'' میں نے اس سے دریافت کیا۔

''جی ہاں۔ میں گھر میں بغیر اجازت لیے داخل ہو جاؤں گا اور وہاں سے اپنی بیوی کو لیے بغیر ہرگز ہرگز نہ ٹلوں گا۔ اگر میں پاگل ہوں، تو ہوں۔ــ مگر مجھے یقین ہے کہ سُشیلا (یہ کہتے ہوئے ذرا سا جھینپ گیا) میرے ساتھ چلنے کو تیار ہوگی۔ میں نے اس کے لیے نمائش میں سے ایک اونی سوئٹر خریدا ہے۔ وہ

اس کو یقیناً پسند کرے گی۔ کیا آپ اُسے دیکھنا پسند فرمائیں گے؟''

'' اگر آپ کو ٹرنک وغیرہ کھولنے کی زحمت نہ اٹھانا پڑے۔'' میں نے جواب دیا۔

'' نہیں صاحب، یہ تو میں نے قمیض کے اندر خود پہن رکھا ہے۔'' یہ کہہ کر وہ اٹھا اور کوٹ اتار دیا۔ پھر قمیض کو پتلون کی گرفت سے آزاد کر کے اس نے اسے بھی اتار دیا۔۔۔وہ واقعی ایک رنگ برنگی فیتوں والا زنانہ سوئٹر پہنے ہوئے تھا۔

'' کیا آپ کو پسند ہے۔۔۔؟ یہ میں نے اس لیے پہن رکھا ہے کہ اگر سُو شیلا نے اِس کو لینے سے انکار کر دیا تو میں اسے پہنے ہی رہوں گا۔''

اس زنانہ سوئٹر میں وہ کس قدر عجیب معلوم ہوتا تھا۔

نامکمل تحریر

میں جب بھی ذیل کا واقعہ یاد کرتا ہوں، میرے ہونٹوں میں سوئیاں سی چبھنے لگتی ہیں۔ ساری رات بارش ہوتی رہی تھی، جس کے باعث موسم خنک ہو گیا تھا۔ جب میں صبح سویرے غسل کے لیے ہوٹل سے باہر نکلا تو دھلی ہوئی پہاڑیوں اور نہائے ہوئے ہرے بھرے چیڑوں کی تازگی دیکھ کر طبیعت پر وہی کیفیت پیدا ہوئی جو خوبصورت کنواریوں کے جھرمٹ میں بیٹھنے سے پیدا ہوتی ہے۔

بارش بند تھی البتہ ننھی ننھی پھوار پڑ رہی تھی۔ پہاڑیوں کے اونچے اونچے درختوں پر آوارہ بدلیاں اونگھ رہی تھیں گویا رات بھر برسنے کے بعد تھک چور چور ہو گئی ہیں۔

میں چشمے کی طرف روانہ ہوا۔ کاندھے پر تولیہ تھا۔ ایک ہاتھ میں صابن دانی تھی، دوسرے میں نیکر۔ جب سٹرک کا موڑ طے کرنے لگا تو آنکھوں کے سامنے دھند ہی دھند نظر آئی۔ بادل کا ایک بھولا بھٹکا ٹکڑا تھا جو شاید آسمانی فضا سے اکتا کر ادھر آ نکلا تھا۔ اس بادل نے سٹرک کے دوسرے حصے کو آنکھوں سے بالکل اوجھل کر دیا تھا۔ میں نے اوپر آسمان کی طرف دیکھا۔ وہاں بھی سپیدی ہی سپیدی نظر آئی اور ایسا معلوم ہوا کہ اوپر سے کوئی دھنکی ہوئی روئی بکھیر رہا ہے۔

اتنے میں ہوا کے تیز جھونکوں نے اس سپیدی میں ارتعاش پیدا کیا اور اس دھند میں سے دو دو مثال بخارات علیحدہ ہونے لگے اور میری ننگی باہوں سے مس ہوئے۔ برف سے اٹھتے ہوئے دھوئیں کی سردی کے احساس سے وہی کیفیت پیدا ہوتی ہے جو ان بخارات نے پیدا کی۔

اس بادل میں سے گزرتے وقت سانس کے ذریعے سے یہ سپید سپید بخارات میرے اندر داخل ہو گئے جس سے پھیپھڑوں کو بڑی راحت محسوس ہوئی۔ میں نے جی بھر کے اس سے لطف اٹھایا۔ جب بادل کے

اس ٹکڑے کو طے کرکے میں باہر آیا تو آنکھوں کو کچھ سجھائی نہ دیا۔ میرے چشمے کے شیشے کاغذ کے مانند سفید ہو گئے تھے۔ پھر ایکا ایکی مجھے سردی محسوس ہونے لگی اور جب میں نے اپنے کپڑوں کی طرف دیکھا تو وہ شبنم آلود تکیے کی طرح گیلے ہو رہے تھے۔

میں غسل خانے کے معاملے میں بے حد سست ہوں اور سردیوں کے موسم میں تو روزانہ غسل کا میں بالکل قائل نہیں۔ دراصل نہانے دھونے کا فلسفہ میری سمجھ سے ہمیشہ بالاتر رہا ہے۔ غسل کا مطلب یہ ہے کہ غلاظت دور کی جائے اور روز نہانے کا یہ مطلب ہوا کہ آدمی رات میں غلیظ اور گندہ ہو جاتا ہے۔ ہاتھ منہ دھو لیا جائے، پیر صاف کر لیے جائیں، سر کے بال دھو لیے جائیں اس لیے کہ یہ سب چیزیں جلدی میلی ہو سکتی ہیں، مگر ہر روز بدن کیوں صاف کیا جائے جب کہ یہ بہت دیر کے بعد میلا ہوتا ہے۔

گرمیوں میں تو خیر نہانے کا مطلب سمجھ سکتا ہوں مگر سردیوں میں اس کا کوئی مصرف مجھے نظر نہیں آتا۔ آخر کیا مصیبت پڑی ہے کہ ہر روز صبح سویرے انسان غسل خانے میں جائے۔ سردی کے مارے پورے دو گھنٹوں تک دانت بجتے رہیں، انگلیاں سن ہو جائیں، ناک برف کی ڈلی بن جائے۔۔۔ غسل نہ ہوا، اچھی خاصی مصیبت ہوئی۔

غسل کے بارے میں اب بھی میرا یہی خیال ہے، لیکن جس پہاڑی گاؤں کا میں ذکر کر رہا ہوں، وہاں کی فضا ہی کچھ اس قسم کی تھی کہ جو چیزیں مجھے اب مہمل نظر آتی ہیں یا اس سے پہلے نظر آیا کرتی تھیں وہاں با معنی دکھائی دیتی تھیں۔۔۔ اس غسل ہی کو لیجیے۔ اس پہاڑی گاؤں میں جتنا عرصہ رہا ہر روز میرا پہلا کام یہ ہوتا تھا کہ نہاؤں اور دیر تک نہاتا رہوں۔

چشمے پر پہنچ کر میں نے کپڑے اتارے۔ نیکر پہنی اور جب پانی کی اس گرتی ہوئی دھار کے پاس گیا جو پتھروں پر گر کر ننھے ننھے چھینٹے اڑا رہی تھی تو پانی کی ایک سرد بوند میری پیٹھ پر آ پڑی۔ میں تڑپ کر ایک طرف ہٹ گیا۔ جہاں بوند گری تھی اس جگہ گدگدی پرکار کی نوک کی طرح چبھی اور سارے جسم پر پھیل گئی۔ میں سمٹا، کانپا اور سوچنے لگا۔ مجھے واقعی نہانا چاہیے یا کہ نہیں۔ قریب تھا کہ میں باغی ہو جاؤں لیکن آس پاس نگاہ دوڑائی تو ہر شے نہائی ہوئی نظر آئی چنانچہ جو باغیانہ خیال میرے دماغ میں اس سرد بوند نے پیدا کیے تھے ٹھنڈے ہو گئے۔

سرد پانی کی گدگدیاں شروع شروع میں تو مجھے بہت ناگوار گزریں مگر جب میں جی کڑا کر کے دھار کے نیچے بیٹھ گیا تو وہ لطف آیا کہ میں بیان نہیں کر سکتا۔ دونوں ہاتھوں کے ساتھ زور زور سے پانی کے چھینٹے اڑانے سے

سردی کی شدت کم ہو جاتی تھی، چنانچہ جب میں نے یہ گرمعلوم کر لیا تو پھر اس لطف میں اور بھی اضافہ ہو گیا۔ سر پر پانی کی موٹی دھار نے عجب کیفیت پیدا کر دی۔ پھر جب پانی کے دباؤ سے بال پیشانی پر سے نیچے لٹک آئے اور انہوں نے آنکھوں اور منہ میں گھسنا شروع کر دیا تو زور زور سے پھونکیں مار کر ان کو ہٹانے کی ناکام سعی نے مزا اور بھی دوبالا کر دیا۔ کبھی کبھی ڈوب کر ابھرتے ہوئے آدمی کا احساس بھی مجھے ہوا اور میں نے سوچا کہ جو لوگ ڈوب کر مر جاتے ہیں ان کو ایسی موت میں بے حد لطف آتا ہو گا۔ چشمے کا پانی آنسوؤں کی طرح شفاف تھا۔ مجھے ایسا محسوس ہو رہا تھا کہ میرے ارد گرد بلبلوں اور پانی کے چھینٹوں کا مشاعرہ ہو رہا ہے۔

غسل سے فارغ ہو کر میں نے تولیے سے بدن پونچھا اور سردی کا احساس کم کرنے کے لیے دھیمے دھیمے سروں میں ایک گیت گنگنانا شروع کر دیا۔ بکبھی کبھی یہ سریلی گنگناہٹ ہوا کے جھونکوں سے مرتعش ہو جاتی اور میں یہ سمجھتا کہ میرے بجائے کوئی اور آدمی بہت دور گا رہا ہے، اس پر میں تولیے کو زیادہ زور کے ساتھ بدن پر ملنے لگتا۔

بدن خشک ہو گیا تو میں نے کپڑے پہنے۔ اس اثنا میں بوندا باندی شروع ہو گئی۔ میں نے آسمان کی طرف دیکھا۔ میرے عین اوپر بادل کا ایک اسفنج نما ٹکڑا چھتری کی طرح پھیلا ہوا تھا۔ میں نے جلدی جلدی پہاڑی پر سے نیچے اترنا شروع کیا اور فوراً ہی کو د تا پھاند تا سڑک میں اتر آیا۔ متوقع بارش سے بچنے کے لیے میں نے قدم تیز کر دیئے۔ لیکن ابھی سڑک پر بمشکل ایک جریب کا فاصلہ طے کرنے کو پایا تھا کہ، ''اے بکری بکری'' کی آواز بلند ہوئی پھر اس کے ساتھ ہی دور پہاڑیوں نے اس آواز کو دبوچ کر دوبارہ ہوا میں اچھال دیا۔ میرے جی میں آئی کہ میں بھی اس آواز کو گیند کی طرح دبوچ لوں اور ہمیشہ کے لیے اپنی جیب میں ڈال لوں۔

میں ٹھہر گیا۔ وہی مانوس دل نواز صدا تھی جو اس سے قبل میں کئی مرتبہ سن چکا تھا۔ بظاہر ''اے بکری بکری'' تین معمولی لفظ ہیں اور کاغذ پر یہ کوئی ایسا تصور پیش نہیں کرتے جو انوکھا اور حسین ہو مگر واقعہ ہے کہ میرے لیے ان میں وہ سب کچھ تھا جو میری روح کو مسرور کر سکتا ہے۔ جونہی یہ آواز میری سماعت سے مس ہوتی مجھے یہ معلوم ہوتا کہ پہاڑ کی چھاتی میں سے صدیوں کی رکی ہوئی آواز نکلی ہے اور سیدھی آسمان تک پہنچ گئی ہے۔ ''اے'' بالکل دھیمی آواز میں اور '' بکری بکری'' بلند اور فلک رس سروں میں۔ ایک لمحہ کے لیے یہ نعرۂ شباب پہاڑیوں کی سنگین دیواروں میں گونجتا، ڈوبتا، ابھرتا، تھر تھراتا اور رباب کے تاروں کی آخری

لرزش کی طرح کانپتا فضا میں گھل مل جاتا۔

کالی کالی بدلیاں چھا رہی تھیں۔ فضا نم آلود تھی۔ ہوا کے جھونکوں میں اس نمی نے غنودگی کی سی کیفیت پیدا کر دی تھی۔ میں نے اوپر پہاڑی پر اگی ہوئی ہری ہری جھاڑیوں کی طرف دیکھا اور ان کے عقب میں مجھے دو تین سفید بکریاں نظر آئیں۔۔۔ میں نے اوپر چڑھنا شروع کر دیا۔ ایک منہ زور بکری وزیر کو گھسیٹے لیے جا رہی تھی اور وہ اس کو ڈانٹ بتانے کے لیے ''اے، بکری بکری'' پکار رہی تھی۔

اس کا منہ غصہ اور زور لگانے کے باعث پچھلے ہوئے تانبے کی رنگت اختیار کر گیا تھا۔ بکری کے گلے میں بندھی ہوئی رسی کو پوری طاقت سے کھینچنے میں اس کا سینہ غیر معمولی طور پر عریاں ہو گیا تھا۔ سر پیچھے جھکا تھا۔ دونوں ہاتھ آگے بڑھے ہوئے تھے، سر پر سے دوپٹہ اتر کر بانہوں میں چلا آیا تھا۔ پیشانی پر سیاہ بالوں کی لٹیں بل کھاتی ہوئی سنپولیاں معلوم ہو رہی تھیں۔

ایک سبز جھاڑی کے پاس پہنچ کر بکری دفعتاً ٹھہر گئی اور اس کے نرم نرم پتوں کو اپنی تھوتھنی سے سونگھنا شروع کر دیا۔ یہ دیکھ کر وزیر نے اطمینان کا سانس لیا اور اپنا اترا ہوا دوپٹہ ایک بڑے سے پتھر پر رکھ کر اس نے پاس والے درخت کے تنے سے بکری کے گلے میں بندھی ہوئی رسی باندھی اور دوسرے پیڑ کی جھکی ہوئی ٹہنی پکڑ کر جھولا جھولنے لگی۔

میں جھاڑیوں کے پیچھے کھڑا تھا۔ بازو اوپر اٹھانے کے باعث اس کی کھلی آستین نیچے ڈھلک آئی۔ کپڑے کے یہ چھلکے سے جب اترے تو اس کے بازو کندھوں تک عریاں ہو گئے۔ بڑی خوبصورت باہیں تھیں۔ یوں معلوم ہوتا تھا کہ ہاتھی کے دو بڑے دانت اوپر کو اٹھے ہوئے ہیں۔ بے داغ، ہموار اور زندگی سے بھر پور۔ وہ جھولا جھول رہی تھی اور اس کے دونوں بازو کچھ اس انداز سے اوپر کی جانب اٹھے ہوئے تھے کہ مجھے یہ اندیشہ لاحق ہوا کہ وہ آسمان کی طرف پرواز کر جائے گی۔ جھاڑیوں کے عقب سے نکل کر میں اس کے سامنے آ گیا۔ دفعتاً اس نے میری طرف نگاہیں اٹھائیں۔ سٹ پٹائی، ٹہنی کو اپنے ہاتھوں کی گرفت سے آزاد کر دیا۔ گری، سنبھلی اور حلق میں سے ایک مدھم چیخ نکالتی دوڑ کر دوپٹہ لینے کے لیے پتھر کی طرف بڑھی۔۔۔ مگر دوپٹہ میری بغل میں تھا۔

اس نے دوپٹہ کی تلاش میں یہ جانتے بوجھتے کہ وہ میری بغل میں ہے، اِدھر اُدھر دیکھا اور مسکرا دی۔ اس کی آنکھوں میں حیا کے گلابی ڈورے ابھر آئے۔ گال اور رخ ہو گئے اور وہ سمٹنے کی کوشش کرنے لگی۔ دونوں بازوؤں کی مدد سے اس نے اپنے سینے کی شوخیوں کو چھپالیا اور انہیں چھپانے کی کوشش کرتی وہ پتھر

پر بیٹھ گئی۔اس پر بھی جب اسے اطمینان نہ ہوا تو اس نے گھٹنے اوپر کر لیے اور بگڑ کر مجھ سے کہنے لگی۔

''یہ آپ کیا کر رہے ہیں۔میرا دوپٹہ لائیے۔''

میں بڑھا اور بغل میں سے دوپٹہ نکال کر اس کے گھٹنے پر رکھ دیا۔ مجھے اس کے بیٹھنے کا انداز بہت پسند آیا۔ چنانچہ میں بھی اسی طرح اس کے پاس بیٹھ گیا۔ اس کی طرف غور سے دیکھا تو مجھے ایسا معلوم ہوا کہ وزیر جوان آوازوں کا ایک بہت بڑا انبار ہے اور میں۔۔۔اور میں خدا معلوم کیا ہوں۔ اس کو ہاتھ لگاؤں گا تو وہ باجے کی طرح بجنا شروع ہو جائے گی۔ ایسے سر اس میں سے نکلیں گے جو مجھے اوپر بہت اوپر لے جائیں گے اور زمین اور آسمان کے درمیان کسی ایسی جگہ معلق کر دیں گے جہاں میں کوئی آواز نہ سن سکوں گا۔

وزیر نے مجھے جنگلی بلی کی طرح گھور کر دیکھا گویا کہنا چاہتی ہے۔ارے جاؤ یہاں دھرنا دے کر کیوں بیٹھ گئے ہو۔ میں نے اس کے اس خاموش حکم کی کوئی پروانہ کی اور کہا:

''چشمے سے واپس آ رہا تھا کہ تمہاری آواز سنی، بے اختیار کھنچا چلا آیا۔۔۔وزیر۔۔۔تمہاری یہ آواز مجھے یقیناً پاگل بنا دے گی۔۔۔جانتی ہو پاگل آدمی بڑے خطرناک ہوتے ہیں۔''

میری یہ بات سن کر اس کو حیرت ہوئی، ''یہ کیا پاگل پن ہے۔۔۔میری آواز کسی کو کیوں پاگل بنانے لگی۔''

میں نے کہا، ''جیسے کچھ جانتی ہی نہیں ہو۔۔۔دنیا میں یہ راگ راگنیاں کہاں سے آئی ہیں۔۔۔لیکن چھوڑو اس قصے کو۔ یہ بتاؤ، میری ایک بات مانو گی؟''

''مان لوں گی، پر آپ یہ تو کہیے بات کیا ہے؟''

''ایک دفعہ میری خاطر، اے، بکری بکری، کا نعرہ بلند کر دو۔''

مجھے ہاتھ سے دھکا دے کر اس نے تیز لہجہ میں کہا، ''یہ کیا پاگل پن ہے، بنانے کے لیے صرف ایک میں ہی رہ گئی ہوں۔''

''وزیر، بخدا میں تمہیں بنا نہیں رہا۔ مجھے تمہاری یہ آواز پسند ہے۔۔۔جھوٹ کہوں تو۔۔۔لے اب مان بھی جاؤ۔ ایک بار!''

''جی نہیں۔''

''میں تم سے التجا کرتا ہوں۔''

''میں نے یہ آواز نہ کبھی نکالی ہے اور نہ اب نکالوں گی۔''

''میں ایک بار پھر درخواست کرتا ہوں۔''

’’یا اللہ۔۔۔ یہ کیا مصیبت ہے۔‘‘ وزیر نے اپنا بدن سکیڑ لیا، ’’اور اگر نہ مانوں تو۔۔۔یعنی یہ بھی کیا ضروری ہے کہ میں اسی وقت آپ کے کہنے پر بے کار چلانا شروع کر دوں۔۔۔ آپ تو خواہ مخواہ چھیڑ خانی کر رہے ہیں اور میں نگوڑی جانے کیا سمجھ رہی ہوں۔۔۔بھئی ہو گا، ہمیں یہ مذاق اچھا نہیں لگتا۔‘‘

’’وزیر!‘‘ میں نے بڑی سنجیدگی کے ساتھ کہا، ’’میری طرف دیکھو۔۔۔میرے چہرے سے تم اس بات کا اطمینان کر سکتی ہو کہ میں ہنسی مذاق نہیں کر رہا۔‘‘

اس نے میرے چہرے کی طرف مصنوعی غور سے دیکھا اور میری ناک پر انگلی رکھ کر کہا، ’’آپ کی ناک پر یہ ننھا سا تِل کتنا بھلا دکھائی دیتا ہے۔‘‘

اس وقت میرے جی میں آئی کہ اس پتھر پر جس پر وہ بیٹھی ہوئی ہے میں ناک گھسنا شروع کر دوں تا کہ وہ ننھا سا تِل ہمیشہ کے لیے مٹ جائے۔ وزیر نے میری طرف دیکھا تو وہ یہ سمجھی کہ میں روٹھنے کا ارادہ کر رہا ہوں، چنانچہ اس نے فوراً اپنی بکریوں کی طرف دیکھا اور مجھ سے کہا، ’’بابا، آپ خفا نہ ہو جائیے۔۔۔‘‘ قریب تھا کہ وہ اپنی مخصوص آواز بلند کرے کہ ایکا ایکی جھجک اس پر غالب آ گئی۔ بہت زیادہ شرما کر اس نے اپنی گردن جھکا لی، ’’پر میں پوچھتی ہوں اس میں خاص بات ہی کیا ہے؟‘‘

میں نے بگڑ کر کہا، ’’وزیر، تم اب باتیں نہ بناؤ۔‘‘

دوسری طرف منہ کر کے اس نے ایکا ایکی بلند آواز میں ’’اے بکری بکری‘‘ پکارا۔ اس کے بعد شرمیلی ہنسی کا ایک فوارہ سا اس کے منہ سے چھوٹ پڑا۔ میں بلندیوں میں پرواز کر گیا۔۔۔ کتنی صاف اور شفاف آواز تھی۔ دھلی فضا میں اس کی گونج دیر تک دور، نظر سے اوجھل ہو جانے والے پرندوں کے پروں کی طرح چمکتی رہی۔ پھر جذب ہو گئی۔

وزیر کی طرف میں نے دیکھا۔ اب وہ خاموش تھی۔ اس کا چہرہ غیر معمولی طور پر صاف تھا۔ آنکھیں نہایتی ہوئی چڑیوں کی طرح بے قرار تھیں۔ ہنسنے کے باعث ان میں آنسو بھر آئے تھے۔ ہونٹ اس انداز سے کھلے ہوئے تھے کہ میرے ہونٹوں میں سرسراہٹ پیدا ہو گئی۔۔۔ خدا معلوم کیا ہوا میں نے وزیر کو اپنے بازوؤں میں لے لیا۔ اس کا سر میری گودی میں ڈول آیا۔۔۔ لیکن ایکا ایکی زور سے وہ اپنا بازو میرے بجھے

ہوئے سر اور اپنے متحیر چہرے کے درمیان لے آئی اور دھڑ کتے ہوئے لہجہ میں کہنے لگی، ''آہ، ہٹایئے، ہٹایئے ان ہونٹوں کو!''

میری گود سے نکل کر وہ بھاگ گئی اور میرے ہونٹوں کی تحریر نامکمل رہ گئی۔

اس واقعہ کو ایک زمانہ گزر چکا ہے، مگر جب کبھی میں اس کو یاد کرتا ہوں، میرے ہونٹوں میں سوئیاں سی چھبنے لگتی ہیں۔۔۔۔ یہ نامکمل بوسہ ہمیشہ میرے ہونٹوں پر اِنکار ہے گا۔

نطفہ

معلوم نہیں بابو گوپی ناتھ کی شخصیت درحقیقت ایسی ہی تھی جیسی آپ نے افسانے میں پیش کی ہے، یا محض آپ کے دماغ کی پیداوار ہے، پر میں اتنا جانتا ہوں کہ ایسے عجیب و غریب آدمی عام ملتے ہیں۔ میں نے جب آپ کا افسانہ پڑھا تو میرا دماغ فوراً ہی اپنے ایک دوست کی طرف منتقل ہو گیا۔۔۔ صادق کی طرف۔۔۔ آپ کے بابو گوپی ناتھ اور اس میں بظاہر کوئی مماثلت نہیں ہے ۔۔۔ لیکن میں ایسا محسوس کرتا ہوں کہ ان دونوں کا خمیر ایک ہی مٹی سے اٹھا ہے ۔۔۔ آپ کے بابو گوپی ناتھ کو دولت وراثت میں ملی ہے۔ میرے صادق کو اپنی محنت و مشقت اور ذہانت کے صلے میں۔ دونوں شاہ خرچ تھے ۔ آپ کا بابو گوپی ناتھ بظاہر بدھو تھا لیکن دراصل بہت ہوشیار اور باخبر آدمی تھا۔ میرا صادق اندر باہر سے بالکل ایک جیسا تھا۔ وہ بدھو تھا، نہ چالاک ۔۔۔ درمیانے درجے کی عقل و فہم کا آدمی تھا۔ اپنے کاموں میں آٹھوں گانٹھ ہوشیار۔ حساب کا پکا، لین دین کے معاملے میں بڑا با اصول۔

آپ کے بابو گوپی ناتھ کو لٹ جانے میں مزا آتا ہے، اسے دوسروں کو لوٹنے میں۔ بابو صاحب کو پیروں فقیروں کے تکیوں اور رنڈیوں کے کوٹھوں سے رغبت تھی۔ صادق کو ان سے کوئی دلچسپی نہیں تھی ۔۔۔ مگر ان تمام تفاوتوں کے باوجود میں جب بھی بابو گوپی ناتھ کو صادق کے ساتھ کھڑا کرتا ہوں تو مجھے ان کے خد و خال ایک جیسے نظر آتے ہیں، جیسے وہ جڑواں ہیں۔

میں تجزیہ نہیں کرنا چاہتا۔۔۔ ہو سکتا ہے آپ، جب صادق کا حال مجھ سے سنیں تو اس کو انسانوں کی کسی اور ہی صف میں کھڑا کر دیں۔ جس میں بابو گوپی ناتھ کی مونچھ کا ایک بال بھی نہ آ سکا ہو، لیکن میں سمجھوں گا کہ آپ کے تجزیے میں غلطی ہوئی ہے اور میں آپ سے درخواست کروں گا کہ اسے اس صف سے نکال کر

اس صف میں شامل کر دیجیے جس میں آپ کا بابو گوپی ناتھ موجود ہے۔

میں افسانہ نگار نہیں۔۔۔معلوم نہیں بابو گوپی ناتھ کے حالات آپ نے من وعن بیان کیے ہیں یا ان میں کچھ رد و بدل کیا ہے۔۔۔ بہر حال جو کچھ بھی ہے بہت خوب ہے۔ اور جو کچھ اس افسانے میں ہے اگر اس کے مطابق بابو گوپی ناتھ نہیں چلا تو لعنت ہے اس پر۔۔۔ اور اگر وہ ایسا ہی تھا جیسا کہ افسانے میں ہے تو اس پر خدا کی رحمت ہو۔۔یقین مانیے ایسے لوگ پرستش کے قابل ہوتے ہیں۔۔۔ اور صادق کا شمار بھی ایسے ہی لوگوں میں ہوتا ہے۔

اس سے میری ملاقات دلی میں ہوئی۔ جنگ کا زمانہ تھا۔ ٹھیکیداریاں بڑے زوروں پر تھیں۔ صادق کی پانچوں انگلیاں گھی میں تھیں اور سر محاورے کے مطابق کڑاہے میں۔ میل ملاپ اور اثر رسوخ کافی تھا اور رشاہ خرچ تھا ہی۔ دس بیس پر تکلف دعوتیں کرتا اور ایک کنٹریکٹ اپنی جیب میں ڈال لیتا۔

ایک بات ہے۔۔۔ بے شک اس نے بہت کمایا۔۔۔ دونوں ہاتھوں سے گورنمنٹ کا مال لوٹا۔ لیکن اس میں اس نے ان لوگوں کو برابر کا حصہ دیا جن کے ذریعے سے اس کو اس لوٹ کے مواقع بہم پہنچے تھے ۔۔۔اسی دوران میں اس کا گزر ان وادیوں میں ہوا جن کا بابو گوپی ناتھ ایک بہت بڑا زائر تھا۔ لیکن وہ ان میں بھٹکا نہیں۔ دوسروں کے ساتھ محض رواداری کی خاطر جاتا رہا اور واپس گھر آ کر اپنے جوتوں کی گرد جھاڑ کر بیٹھ جاتا رہا۔ اس نے بوتل سے بھی تعارف حاصل کیا مگر معلقے کی نوبت نہ آنے دی۔ ایک دو گھونٹ پی، صرف دوسروں کا ساتھ دینے کے لیے۔

ان کو ٹھوں پر جہاں آپ کے بابو گوپی ناتھ کے قول کے مطابق دھو کا ہی دھو کا ہوتا ہے۔۔۔ صادق نے خود کو دھو کا دینے کی کبھی کوشش نہ کی۔ ایک دو بار اسے اپنے ساتھیوں کی خوشی کے لیے رنڈیوں کا منہ چومنا پڑا تھا اور چند واہیات حرکتیں بھی کرنا پڑی تھیں، مگر اس نے ان سے کوئی لطف حاصل نہیں کیا تھا۔ وہ رنڈی کے متعلق کبھی سوچ ہی نہیں سکتا تھا۔۔۔ لیکن اگر ملٹری کے نوجوانوں کے لیے رنڈیاں فراہم کرنے کا ٹھیکا اسے مل جاتا تو وہ یقیناً ان کے متعلق بڑے غور و فکر سے سوچنا شروع کر دیتا۔۔۔ وہ کاروباری آدمی تھا۔ لیکن ایک دم حالات نے کچھ ایسا پلٹا کھایا کہ صادق وہ صادق ہی نہ رہا۔ جنگ ختم ہوئی تو ٹھیکے بھی ختم ہو گئے۔ پھر مقدموں کا کچھ ایسا تانتا بندھا کہ صادق پچھریوں کے چکر میں پھنس گیا۔ جو دولت پیدا کی تھی، سب مقدموں کی نذر ہو گئی۔ موٹر کے بجائے اب صادق ٹانگے پر ہوتا تھا یا سائیکل پر۔ پہلے نئے سانیا سوٹ اس کے بدن پر ہوتا تھا، اب اسے کپڑوں سے کوئی دلچسپی ہی نہیں رہتی تھی۔ پہلے اس کے خوشامدی

دوست اسے نواب صاحب کہہ کر پکارتے تھے۔اب وہ صرف ''صادقا۔۔۔اوئے صادقا''،رہ گیاتھا۔مگر ان کی اس تبدیلیِ تخاطب کو صادق نے قطعاً محسوس نہیں کیا تھا۔اس کو اپنے مقدموں کی اتنی فکرتھی کہ وہ ایسی فروعات کے بارے میں سوچ ہی نہیں سکتا تھا۔

کچہریوں کے اس چکر میں اس نے اپنی مرضی سے بوتل کی طرف ہاتھ بڑھایا اور تھوڑے ہی عرصے میں بڑے دھڑلے کا شرابی بن گیا۔۔۔اسی دوران میں اس کی ملاقات سرحد کے ایک خان سے ہوئی جس کو وہاں کی حکومت نے صوبہ بدر کر رکھا تھا۔یہ ملاقات رنڈی کے ایک کوٹھے پر ہوئی۔زندگی میں صادق پہلی مرتبہ کسی انسان کے خلوص سے متاثر ہوا۔

یہ خان اپنے علاقے کا بہت بڑا رئیس تھا۔بالکل ان پڑھ مگر جاہل نہیں تھا۔اس کا دل و دماغ قوم کی فلاح و بہبود کے لیے پوری طرح روشن تھا۔وہ ایک بہت بڑا انقلاب چاہتا تھا جو ظلم و ستم کو خس و خاشاک کی طرح بہا کر لے جائے۔وہ چاہتا تھا کہ سرمائے کی لعنت سے دنیا آزاد ہو جائے۔۔۔دنیا آزاد نہ ہو تو کم از کم اس کا صوبہ آزاد ہو جائے۔۔۔ان خیالات کی پاداش میں وہ اپنے وطن سے باہر نکال دیا گیا۔

میں آپ کی طرح افسانہ نگار نہیں ہوں۔مجھ سے حاشیہ آرائی نہیں ہوتی۔۔۔خان کا کیریکٹر بھی کم دلچسپ نہیں۔کسی زمانے میں وہ بڑا پر جوش سرخ پوش تھا۔اس تحریک سے وابستہ ہو کر اس نے کئی مرتبہ جیل دیکھی۔اپنی جائداد میں سے ہزاروں روپے خرچ کیے۔۔۔جب بٹوارہ ہوا تو وہ مسلم لیگی بن گیا۔قائدِاعظم محمد علی جناح سے اس کو والہانہ عشق ہو گیا۔مسلم لیگ کی تنظیم کے لیے اس نے قابل قدر خدمات سرانجام دیں،لیکن پھر کچھ ایسے حالات ہوئے کہ وہ جو تعلیم یافتہ تھے،اس سے آگے بڑھ گئے اور بڑے بڑے منصبوں پر جا بیٹھے۔۔۔خان جھنجھلا گیا۔اس جھنجھلاہٹ میں اس نے اپنے غیض و غضب کا بڑا خام مظاہرہ کیا اور نتیجہ یہ ہوا کہ آپ کو کان سے پکڑ کر باہر نکال دیا گیا۔

جس زمانے میں صادق کی ان سے ملاقات ہوئی،آپ کی حالت بالکل بچوں کی سی تھی۔ان بچوں کی سی جن کو معمولی سی شرارت پر سخت گیر ماسٹر نے بنچ پر کھڑا کر دیا ہو یا مرغا بنا کر کلاس کے ایک کونے میں کان پکڑنے کا حکم دے دیا ہو۔۔۔صادق جب بھی مجھ سے ان کی بات کرتا تو کہتا،''بڑا بیبا آدمی ہے،۔۔۔''

کچھ میں بھی اس خان کے متعلق جانتا ہوں۔یہ واقعہ ہے کہ صرف ''بیبا''ہی ایک ایسا لفظ ہے جو اس کی شخصیت کو پورے طور پر اپنے اندر سمیٹ لیتا ہے۔۔۔وطن سے دور تھا،سیکڑوں میل دور۔۔۔مگر وطن کی یاد اسے کبھی نہیں ستاتی تھی۔۔۔اپنے گاؤں میں ایک چھوڑ دو بیویاں تھیں،مگر ان کے متعلق اس نے کبھی

تردو کا اظہار نہیں کیا تھا۔اس لیے کہ اس کو اس طرف سے کامل یقین تھا کہ زمینداری سے جو کچھ وصول ہوتا ہے، ان کے اخراجات کے لیے کافی سے زیادہ ہے۔سات آٹھ سو روپیہ ماہوار اس کا مینجر اس سے روانہ کر دیتا تھا جو اس کی واکسہال موٹر کے پٹرول اور اس کی شراب پر اٹھ جاتا تھا۔

گھر اس کا ہیرامنڈی کے ایک کوٹھے پر تھا۔صوبہ بدر ہونے کے بعد اس نے کچھ دیر اس منڈی کے مختلف کوٹھوں پر جھک ماری۔ آخر کار ایک کوٹھا منتخب کر کے وہاں مستقل طور پر اپنے ڈیرے جما دیئے۔ ڈیڑھ دو مہینے کے بعد خان صاحب کو محسوس ہوا کہ آپ کو اس کوٹھے کی رنڈی سے عشق ہو گیا ہے۔ آپ نے صادق کو اس راز سے بڑے بھیّے پن کے ساتھ آگاہ کیا، ''صادق۔۔۔وہ رنڈی جس کے کوٹھے پر تم سے پہلی ملاقات ہوئی تھی، ہمارے دل کے اندر گھس گئی ہے ۔۔۔اس کو بدر کرنے کی کوئی ترکیب تمہارے دماغ کے اندر آتی ہو تو ہم کو بتاؤ۔''

صادق نے اس کو بہت سی ترکیبیں بتائیں۔ جن پر خان صاحب نے عمل بھی کیا مگر وہ اپنے دل کے اندر سے اس رنڈی کو ''شہر بدر'' نہ کر سکے۔ آخر کار انہوں نے ایک بار پھر اسی بھیّے پن کے ساتھ صادق سے کہا، ''صادق۔۔۔وہ رنڈی ہم پر سوار ہو گئی ہے ۔۔۔ہم اس کو اپنی بیوی بنا لے گا۔''

صادق نے ان کو بہت سمجھایا بجھایا مگر خان صاحب عشق کے ہاتھوں مجبور تھے۔ رنڈی کو بھی وہ پسند آ گئے تھے۔ چنانچہ ایک دن وہ میاں بیوی بن گئے۔ رنڈی کے گھر والوں کو یہ رشتہ بالکل پسند نہ آیا۔ بڑی گڑ بڑ ہوئی۔ آخر کار سمجھوتا ہو گیا۔۔۔رنڈی وہیں کوٹھے پر رہی اور خان صاحب اس کے شوہر کی حیثیت سے اس کے ساتھ رہنے لگے۔

صادق نے مجھ سے کہا، ''خان عجیب و غریب آدمی ہے ۔۔۔اتنے اونچے گھرانے سے تعلق رکھتا ہے۔ اخباری اور سیاسی دنیا میں نام رکھتا ہے، لیکن اسے کبھی اتنا خیال نہیں آتا کہ وہ ایک بدنام محلے میں رہتا ہے ۔ایک رنڈی جس کے ہزاروں گاہک تھے، اس کی بیوی ہے ۔۔۔ مجھے بعض اوقات حیرت ہوتی ہے کہ پٹھان ہو کر اس کی غیرت کہاں سو رہی ہے ۔۔۔سرحد میں دو بیویاں پڑی ہیں۔ اولاد موجود ہے مگر وہ کس اطمینان سے ہیرامنڈی کے کوٹھے میں ایک پچوڑی ہوئی ہڈی چوستا رہتا ہے ۔۔۔اس سے اس بارے میں کچھ کہتا ہوں تو اس کے بے ریا چہرے پر بیہی سی مسکراہٹ پیدا ہوتی ہے اور وہ مجھ سے کہتا ہے ۔۔۔ صادق۔۔۔وہ لوگ ادھر راضی خوشی ہے ۔۔۔ہمیں کوئی ترد نہیں۔۔۔اور یہ رنڈی بہت اچھا ہے ۔۔۔ ہم سے محبت کرتا ہے ۔۔۔جو عورت ادھر ہوتا ہے نا، محبت کرنا نہیں جانتا۔۔۔نازنخرہ نہیں جانتا۔۔۔اور

مجھے یقین آجاتا ہے ۔۔۔ مجھے اس کی ہر بات کا یقین آجاتا ہے۔''

اور یہ واقعہ ہے کہ صادق جس کو پہلے کسی بات کا یقین نہیں آتا تھا، اب اس خان کے کہنے پر چلتا تھا۔۔۔
جب وہ مقدموں سے فارغ ہوا تو اس کے کہنے پر اس نے ملٹری کی چھوڑی ہوئی بار کیں ڈھانے اور ان کا
ملبہ اٹھانے کا ٹھیکا لے لیا۔ اس کام سے اسے نفرت تھی، مگر خان صاحب کے مشورے کو وہ کیسے ٹال سکتا
تھا، چنانچہ ایک برس تک وہ کمہاروں اور ان کے گدھوں اور ملبے کے دھول غبار میں پھنسا رہا۔ لیکن اس
میں اس نے کافی کمایا۔ خوشامدی دوست یار، پھر اس کے گرد جمع ہو گئے۔ میرا خیال تھا کہ وہ انہیں منہ نہیں
لگائے گا۔ لیکن اس نے ان کو دھتکارنے کی کوئی کوشش نہ کی۔ پہلے صرف دسترخوان پر ان کی شمولیت ہوتی
تھی۔ اب بوتل میں بھی وہ اس کے شریک ہونے لگے۔

خان نے اس کو بتایا تھا کہ شراب بہت اچھی چیز ہے خصوصاً اس آدمی کے لیے جو صوبہ بدر کر دیا گیا ہو۔
بوتل سے منہ لگاتے ہی ایک نیا صوبہ اس کے دل و دماغ میں آباد ہو جاتا ہے۔ جس میں وہ ایک کونے سے
دوسرے کونے تک جہاں چاہے اسٹول پر کھڑا ہو کے باغیانہ سے باغیانہ تقریر کر سکتا ہے۔ سرمائے کی
تمام لعنتوں سے اس کو پاک کر سکتا ہے ۔۔۔ اور پھر رنڈی کا کوٹھا۔۔۔ اس سے بہترین گھر تو اور کوئی
ہو ہی نہیں سکتا۔ بیوی گھریلو اور سگی قسم کی ہو تو آدمی اسے گالی نہیں دے سکتا۔ اگر رنڈی ہو تو گندی سے
گندی گالی بھی اسے دی جا سکتی ہے ۔۔۔ اس کی ماں کے سامنے ۔۔۔ اس کی پھوپھی کے سامنے ۔۔۔
اس کی چچی کے سامنے ۔۔۔ اور اگر اس کا کوئی باپ موجود ہو تو اس کے بھی سامنے ۔۔۔ پھر وہ اسے اپنے
مخصوص خام اور ریہے انداز میں روزمرہ زندگی میں گالی کی اہمیت بیان کرنے لگتا اور اسے بتاتا کہ یہ بہت
ضروری چیز ہے ۔۔۔ اگر آدمی اسے وقتاً فوقتاً اپنے اندر سے باہر نہ نکالے تو تعفن پیدا ہو جاتا ہے جو بالآخر
دل و دماغ پر بہت برا اثر کرتا ہے ۔۔۔ رنڈی کا کوٹھا۔۔۔ اور گھریلو گھر۔۔۔ زمین و آسمان کا فرق ہے
۔۔۔ وہاں سو بکھیڑے ہوتے ہیں۔ اتنا ساز و سامان اور اتنے رشتے ہوتے ہیں کہ آدمی ان سے چھٹکارا
حاصل کرنا چاہے تو پوری زندگی اسی کوشش میں بسر ہو جائے مگر یہاں رنڈی کے کوٹھے پر ایسی کوئی مشکل
نہیں ۔۔۔ اپنا ہولڈال اور ٹرنک اٹھاؤ، اچکن کاندھے پر ڈالو اور کسی ہوٹل میں جا کر بڑے اطمینان سے
طلاق کا کاغذ لکھ کر روانہ کر دو۔

ایک بات اور بھی ہے ۔۔۔ رنڈی کو سمجھنے میں اگر دقت محسوس ہو تو اس کو استعمال کرنے والے ایسے کئی
آدمی موجود ہوں گے جن کے تجربوں سے فائدہ اٹھایا جا سکتا ہے ۔۔۔ پھر گانا بجانا مفت۔۔۔ عیاشی کی

عیاشی، شادی کی شادی۔۔۔جی اکتایا توچھوڑ کے چلتے بنے۔۔۔کوئی اعتراض نہیں کرے گا۔ کوئی برانہیں کہے گا۔۔۔بلکہ وہ جو شریف ہیں مرحبا کہیں گے کہ صبح کا بھولا شام کو گھر لوٹ آیا۔۔۔رنڈی کولعنتی کہیں گے جو چمٹ گئی تھی اور خداوند کریم کا شکر بجالائیں گے کہ اس نے اس سے نجات دلائی۔۔۔اور رنڈی کی زندگی میں بھی کوئی زلزلہ نہیں آتا۔۔۔اس کے لیے بندھے کا ایک موجود ہوتے ہیں۔۔۔تمہاری ٹھیکے داری ختم ہوتی ہے تو وہ اطمینان کا سانس لیتے ہیں کہ چلو ہمارا راستہ کھلا۔،،

صادق کو خان رنڈی سے شادی کے فوائد اکثر بتا تارہتا تھا۔۔۔بوتل سے بڑے خلوص کے ساتھ منہ لگا کر اب اس نے رنڈیوں کے کوٹھوں پر بھی آنا جانا شروع کر دیا تھا۔۔۔مگر اس نے ان میں وہ بات ابھی تک نہیں دیکھی تھی کے جن کے متعلق وہ اکثر اپنے پٹھان دوست سے سنا کرتا تھا۔

خان کو صادق کے دل کا حال اچھی طرح معلوم تھا۔اس کو پتاچل گیا تھا کہ وہ ہیرا منڈی سے اکتا گیا ہے۔ کاروبار اچھا ہے۔ آمدن کی معقول صورت پیدا ہو گئی ہے، اس لیے وہ اب اپنا گھر بنانا چاہتا ہے جس میں اس کی ایک عدد بیوی ہو۔دس عدد بچے ہوں۔۔۔کلموٹ ہوں، پوتڑے ہوں، چولھا ہو، چمٹا ہو، توا ہو۔۔۔وہ پھل خریدے تو سیدھا گھر پہنچے۔شراب کی بوتلوں کے بجائے، دودھ کی بوتلیں خریدے۔میراثیوں اور بھڑووں کے بجائے شریف شریف لوگوں سے ملے۔شروع شروع میں تو خان اپنے مخصوص انداز میں اسے ایسے واہیات اقدام سے روکنے کی نرم و نازک کوشش کرتا رہا۔لیکن جب اسے معلوم ہوا کہ اس نے اپنے محلے میں کسی سے کوئی مناسب و موزوں رشتہ ڈھونڈنے کے لیے کہا ہے تو اس کو بہت کوفت ہوئی۔

،،صادق۔۔۔یہ تم کیا حماقت کرنے والا ہے۔۔۔شادی وادی ہر گز مت کرنا۔۔۔یہ دنیا ایسی ہے جہاں کسی وقت بھی تم کو صوبہ بدر یا شہر بدر کر دیا جا سکتا ہے۔۔۔میں اتنے برس کانگریس میں رہا ہوں۔۔۔سرخ پوش تحریک چلانے میں اتنا کام میں نے کیا ہے کہ تم کو اس کا اندازہ ہی نہیں ہو سکتا۔۔۔میں نے اپنی پولیٹیکل لائف میں صرف یہ سیکھا ہے کہ زندگی میں تم جس کو بھی شریک بناؤ، اٹیچی کیس کی طرح ہونی چاہیے جس کو تم ہاتھ میں اٹھا کر چلتے بنو۔۔۔یا اسے وہیں چھوڑ دو۔۔۔وہ زیادہ قیمتی نہیں ہونی چاہیے۔۔۔قیمتی چیزوں کو چھوڑ دینے کا بڑا غم رہتا ہے۔۔۔سو برادر، تم شادی نہ کرو۔۔۔باز آؤ اس خیال سے۔۔۔وہ رنڈی جس کے پاس تم جاتے ہو، کیا بری ہے۔۔۔اس سے عشق کرنا شروع کر دو۔۔۔یہ کوئی مشکل کام نہیں۔۔۔تھوڑی سی پریکٹس کر لو تو سب ٹھیک ہو جائے گا۔،،

صادق نے گھریلو قسم کی عورت سے شادی کے حق میں اپنے دلائل پیش کیے مگر خان کے سامنے ان کی

کوئی پیش نہ چلی۔

’’صادق، تم الو ہے ۔۔۔خدا کی قسم الو ہے ۔۔۔تم ہماری بات نہیں مانتا، جس کے پاس دو بیویاں ہیں اپنے قبیلے کی۔۔۔تم ہماری بات مانو۔۔۔ہم تمہارا دوست ہے۔ پٹھان ہے۔ خدا کی قسم کھا کر کہتا ہے کہ ہم جھوٹ نہیں بولتا۔۔۔ یہ دنیا جس میں ہم جیسے مخلص آدمی کو صوبہ بدر کرنے والے حاکم موجود ہیں، اس میں رنڈی کے کوٹھے ہی کو اپنا گھر بنانا چاہیے ۔۔۔ہم کو تو یہاں بہت آرام ہے ۔۔۔تم بھی ہیرامنڈی میں اپنا گھر بنا لو اور آرام کرو۔‘‘

صادق عجیب مخمصے میں گرفتار تھا۔ مجھ سے مل کر وہ گھنٹوں باتیں کرتا رہتا۔ وہ ہیرامنڈی کے سخت خلاف تھا مگر تھوڑی دیر کے بعد میں نے محسوس کیا کہ وہ اس کا قائل ہوتا جا رہا ہے، کیونکہ اب وہ خان کی کہی ہوئی باتیں یوں سناتا تھا جیسے اس کے دل کو لگ چکی ہیں۔ چنانچہ ایک روز اس نے مجھ سے کہا:

’’میں نے ساری عمر ٹھیکے داری کی ہے ۔۔۔اور ٹھیکے داری سے بڑھ کے بے ایمانی کا اور کوئی کاروبار نہیں ہو سکتا۔ اس کا اول کھوٹ، اس کا آخر کھوٹ ۔۔۔ یہ ایسا بازار ہے جس میں کوئی کھرا سکہ نہیں چل سکتا۔۔۔سنا ہے ولایت میں ایسی مشینیں بنی ہیں جن میں اگر کھوٹے سکے ڈالے جائیں تو وہ باہر نکال دیتی ہیں۔۔۔لیکن ٹھیکے داری ایسی مشین ہے جس میں اگر کھرے سکے ڈالے جائیں تو قبول نہیں کرے گی ۔۔۔فوراً باہر نکال دے گی ۔۔۔مجھے ساری عمر یہی کاروبار کرنا ہے کہ مجھے صرف یہاں آتا ہے ۔۔۔تو کیوں نہ میں ہیرامنڈی میں ہی اپنا گھر بناؤں ۔۔۔وہاں کھرے سکے چلتے ہیں لیکن ان کے عوض جو مال ملتا ہے اس میں صرف کھوٹ ہی کھوٹ ہوتا ہے ۔۔۔میں سمجھتا ہوں، میری روحانی تسکین کے لیے وہاں کی فضا اچھی رہے گی۔‘‘

پھر ایک روز اس نے مجھے بتایا، ’’خان بہت خوش ہے ۔۔۔اس کی دونوں بیویاں وہاں سرحد میں اس کے گھر میں خوش ہیں۔ اس کی اولاد بھی خوش ہے ۔۔۔ان کی خیر خیریت اس کو اپنے مینیجر کے ذریعے سے معلوم ہوتی رہتی ہے ۔۔۔ یہاں ہیرامنڈی میں اس کی رنڈی بھی خوش ہے ۔۔۔اس کی ماں بھی خوش ہے ۔۔۔اس کی پھوپھی بھی خوش ہے ۔۔۔اس کے میراثی بھی خوش ہیں ۔۔۔اور سب سے بڑی بات تو یہ ہے کہ خان خوش ہے 2۔ کبھی کبھی ان حاکموں کے خلاف ایک بیان اخباروں میں شائع کر دیتا ہے جس نے اس کو صوبہ بدر کیا تھا اور اپنی رنڈی کو سنا دیتا ہے، وہ بھی خوش ہو جاتی ہے ۔۔۔اس رات گانے بجانے کی محفل گرم ہوتی ہے اور خان مسند پر گاؤ تکیے کا سہارا لے کر یوں بیٹھتا ہے جس طرح ایک تماش بین۔۔۔۔

استاد صاحب اور میراثیوں سے اس طرح باتیں کرتا ہے جیسے اس نے نئی نئی تماش بینی شروع کی ہے ۔۔۔اس کی رنڈی مجرا کرتی ہے اور وہ جیب میں ہاتھ ڈال کر اس کو دس روپے کا نوٹ دیتا ہے، پھر پانچ کا، پھر دو کا، پھر ایک روپے والا۔۔۔اس کے بعد وہ محفل برخواست کر دیتا ہے اور اس رنڈی کے ساتھ سو جاتا ہے اور اس منکوحہ عورت کے ساتھ ایسی رات بسر کرتا ہے جو گناہ آلود ہو۔۔۔ میں تو سمجھتا ہوں، یہ بڑے مزے کی چیز ہے۔۔۔''

لیکن جب اس رنڈی سے شادی کا سوال پیدا ہوا، یعنی خان صاحب نے سب معاملہ تیار کر دیا اور صرف ایجاب و قبول کی رسم باقی رہ گئی تو صادق پیچھے ہٹ گیا۔ خان آگ بگولا ہو گیا۔ میرے سامنے اس نے صادق کو بہت لعن طعن کی۔

''تمہاری سمجھ پر پتھر پڑ گئے ہیں صادق۔۔۔تم الو کے پٹھے ہو۔ شریف عورت سے شادی کر کے خدا کی قسم تم پچھتاؤ گئے ۔۔۔ یہ دنیا ایسی نہیں ہے پرورد گار کی قسم، جس میں شرافت سے شادی کی جائے ۔۔۔ اس میں رنڈی اچھی رہتی ہے ۔۔۔ تم شریف مت بنو۔ یاد رکھو اگر تم شریف بن گئے تو صوبہ بدر کر دیے جاؤ گے ۔۔۔ تم ہیرا منڈی میں رہو۔ یہاں صرف ایک صوبہ ہے جس میں سے تم بدر نہیں کیے جا سکتے اس لیے کہ اس کے ساتھ کوئی حاکم اپنا رشتہ قائم نہیں کرے گا۔۔۔ تم گدھے ہو۔۔۔ اپنا گھر یہیں بناؤ۔۔۔ اس سے بہتر جگہ تمہیں اور کوئی نہیں مل سکتی۔''

صادق نے اپنے محلے میں ایک جگہ بات پکی کر لی تھی۔ جب خان نے اس کو سمجھایا بجھایا تو اس نے اپنا ارادہ ترک کر دیا لیکن وہ رنڈی سے شادی کرنے پر آمادہ نہ ہوا۔ اس نے مجھ سے کہا، ''میں نے اب شادی کا خیال ہی چھوڑ دیا ہے ۔۔۔ میں خان کا کہنا ضرور مان لیتا مگر میرا دل نہیں مانتا۔۔۔ میں اب عیش کروں گا ۔۔۔ ایک رنڈی کے پاس نہیں کئی رنڈیوں کے پاس جایا کروں گا۔''

اور اس نے متعدد رنڈیوں کے ہاں جانا شروع کر دیا۔ اسے اب کئی ٹھیکے مل گئے تھے ۔۔۔ اس کے پاس دولت کی فراوانی تھی۔ ہیرا منڈی سے جب وہ موٹر میں گزرتا تو چاروں طرف کوٹھوں پر رنگین مسکراہٹیں تیتریوں کی طرح اڑنے لگتیں ۔۔۔ اب وہ پھر نواب صاحب تھا۔۔۔ ہیرا منڈی کا نواب صاحب۔ پورے تین برس تک وہ کھل کھیلتا رہا، میرا خیال ہے، یہ غالباً خان کی اس کوشش کا ردِّ عمل تھا جو اس نے صادق کو اپنے قالب میں ڈھالنے کے لیے کی تھی۔ وہ چاہتا تھا کہ اپنے تجربات کا نچوڑ اس کے حلق میں ڈال کر اس کو اپنے جیسا بنا لے، مگر اس کا نتیجہ یہ نکلا کہ صادق ادھر کا رہا نہ ادھر کا۔ وہ پورا اوباش بن گیا۔۔۔

جس راستے سے اس کو نفرت تھی، وہ اسی کاان تھک مسافر بن گیا۔

میں نے اس کو بار ہا سمجھایا کہ دیکھو صادق باز آؤ۔ اپنی جوانی، اپنی صحت اور اپنی دولت یوں برباد نہ کرو لیکن وہ نہ مانا۔ میری باتیں سنتا اور مسکرا دیتا، ''میری دنیا، کھوٹ کی دنیا ہے۔ اس میں ایک بٹا سو حصہ سیمنٹ ہوتا ہے۔ باقی سب ریت ۔۔۔۔اور وہ بھی جس میں آدھی مٹی ہوتی ہے ۔۔۔۔میری ٹھیکیداری میں جو عمارت بنتی ہے اس کی عمر اگر کاغذ پر پچاس سال ہے تو زمین پر دس سال ہوتی ہے ۔۔۔۔میں اپنے لیے پختہ گھر کیسے تعمیر کر سکتا ہوں ۔۔۔۔ رنڈیاں ٹھیک ہیں ۔۔۔۔ میں نے سوسائٹی کے اس ملبے کا بھی ٹھیکا لے رکھا ہے ۔۔۔۔ ہر روز ایک نہ ایک بوری ڈھو کر ٹھکانے لگا دیتا ہوں۔''

وہ بوریاں ڈھو ڈھو کر اپنی دانست میں ٹھکانے لگاتا رہا ۔۔۔۔ میں نے اس سے ملنا جلنا بند کر دیا۔ وہ بہت بد نام ہو چکا تھا ۔۔۔۔اس کو معلوم تھا کہ میں اس سے ناراض ہوں لیکن اس نے مجھے منانے کی کوشش نہ کی۔ ڈیڑھ برس کے بعد ایک دن اچانک وہ میرے پاس آیا۔ ایسا لگتا تھا کہ وہ بہت ضروری بات کہنا چاہتا ہے مگر نہیں کہہ سکتا۔ میں نے اس سے پوچھا، ''کچھ کہنے آئے ہو۔''

اس نے جواب دیا، ''ہاں ۔۔۔۔ میں شادی کر رہا ہوں۔''

''کس سے؟''

''ایک رنڈی سے۔''

مجھے بہت غصہ آیا، ''بکو نہیں۔''

اس نے بڑی سنجیدگی سے کہا، ''میں مجبور ہو گیا ہوں۔''

میں چڑ گیا، ''مجبوری کیسی؟''

صادق نے سر جھکا کر کہا، ''اس کے نطفہ ٹھہر گیا ہے۔''

یہ سن کر میں خاموش ہو گیا۔ اس سے کیا کہوں۔ کچھ سمجھ میں نہیں آتا تھا۔ صادق نے اپنا جھکا ہوا سر اٹھایا اور کہنا شروع کیا، ''میں مجبور ہو گیا ہوں ۔۔۔۔ شادی کے سوا اب اور کوئی چارہ نہیں۔''

صادق نے اس رنڈی سے شادی کر لی ۔۔۔۔ مگر اس کے کوٹھے کو اس نے اپنا گھر نہ بنایا ۔۔۔۔ان لوگوں نے، یہ رنڈی جن کی روزی کا ٹھیکرہ تھی، بہت دنگا فساد کیا۔ مگر اس نے کوئی پروانہ کی۔ ہزاروں روپے پانی کی طرح بہا دیئے اور آخر کام یاب ہو گیا ۔۔۔۔اس رنڈی کے بطن سے ایک لڑکی پیدا ہوئی۔ اس کی پیدائش کے چھ مہینے بعد صادق کے دل میں کیا آئی کہ اس نے رنڈی کو طلاق دے دی اور

اس سے کہا، ''تمہارا اصل مقام یہ گھر نہیں ۔۔۔ ہیرا منڈی ہے ۔۔۔ جاؤ اس لڑکی کو بھی اپنے ساتھ لے جاؤ ۔۔۔ اس کو شریف بنا کر میں تم لوگوں کے کاروبار کے ساتھ ظلم کرنا نہیں چاہتا ۔۔۔ میں خود کاروباری آدمی ہوں ۔۔۔ یہ نکتے اچھی طرح سمجھتا ہوں ۔۔۔ جاؤ، خدا میرے اس نطفے کے بھاگ اچھے کرے ۔۔۔ لیکن دیکھو اسے نصیحت دیتی رہنا کہ کسی سے شادی کی غلطی کبھی نہ کرے ۔۔۔ یہ غلط چیز ہے۔''

معلوم نہیں، جو کچھ میں نے بیان کیا ہے، صادقے کے متعلق زیادہ ہے یا خان کے متعلق ۔۔۔ بہر حال مجھے یہ دونوں اسی صف کے آدمی معلوم ہوتے ہیں جس میں آپ کا بابو گوپی ناتھ موجود ہے ۔۔۔ اور اس دنیا میں جہاں صوبہ بدر اور شہر بدر کیا جا سکتا ہو، ایسے آدمی ضرور موجود ہونے چاہئیں جن کو سوسائٹی اپنے اور اپنے بنائے ہوئے قوانین کے منہ پر طمانچے کے طور پر کبھی کبھی مار سکے۔

نعرہ

اسے یوں محسوس ہوا کہ اس سنگین عمارت کی ساتوں منزلیں اس کے کاندھوں پر دھر دی گئی ہیں۔وہ ساتویں منزل سے ایک ایک سیڑھی کر کے نیچے اترا اور تمام منزلوں کا بوجھ اس کے چوڑے مگر دبلے کاندھے پر سوار ہوتا گیا۔ جب وہ مکان کے مالک سے ملنے کے لیے اوپر چڑھ رہا تھا تو اسے محسوس ہوا تھا کہ اس کا کچھ بوجھ ہلکا ہو گیا ہے اور کچھ ہلکا ہو جائے گا۔اس لیے کہ اس نے اپنے دل میں سوچا تھا، مالک مکان جسے سب سیٹھ کے نام سے پکارتے ہیں اس کی بپتا ضرور سنے گا۔ اور کرایہ چکانے کے لیے اسے ایک مہینے اور مہلت بخش دے گا۔۔۔بخش دے گا۔۔۔! یہ سوچتے ہوئے اس کے غرور کو ٹھیس لگی تھی لیکن فوراً ہی اس کو اصلیت بھی معلوم ہو گئی تھی۔۔۔وہ بھیک مانگنے ہی تو جا رہا تھا۔ اور بھیک ہاتھ پھیلا کر، آنکھوں میں آنسو بھر کے، اپنے دکھ درد سنا کر اور اپنے گھاؤ دکھا کر ہی مانگی جاتی ہے۔اس نے یہی کچھ کیا۔ جب وہ اس سنگین عمارت کے بڑے دروازے میں داخل ہونے لگا، تو اس نے اپنے غرور کو، اس چیز کو جو بھیک مانگنے میں عام طور پر رکاوٹ پیدا کرتی ہے، نکال کر فٹ پاتھ پر ڈال دیا تھا۔

وہ اپنا دیا بجھا کر اور اپنے آپ کو اندھیرے میں لپیٹ کر مالک مکان کے اس روشن کمرے میں داخل ہوا، جہاں وہ اپنی دو بلڈنگوں کا کرایہ وصول کیا کرتا تھا اور ہاتھ جوڑ کر ایک طرف کھڑا ہو گیا۔سیٹھ کے تِلک لگے ماتھے پر کئی سلوٹیں پڑ گئیں۔اس کا بالوں بھرا ہاتھ ایک موٹی سی کاپی کی طرف بڑھا۔ دو بڑی بڑی آنکھوں نے اس کاپی پر کچھ حروف پڑھے اور ایک بھدی سی آواز گونجی، ''کیشو لال۔۔۔کھولی پانچویں، دوسرا مالا۔۔۔دو مہینوں کا کرایہ۔۔۔لے آئے ہو کیا؟''

یہ سن کر اس نے اپنا دل جس کے سارے پرانے اور نئے گھاؤ وہ سیڑھیاں چڑھتے ہوئے کرید کر گہرے

کر چکا تھا، سیٹھ کو دکھانا چاہا۔ اسے پورا پورا یقین تھا کہ اسے دیکھ کر اس کے دل میں ضرور ہمدردی پیدا ہو جائے گی۔ پر۔۔۔ سیٹھ جی نے کچھ سننا نہ چاہا اور اس کے سینے میں ایک ہلڑ سا مچ گیا۔

سیٹھ کے دل میں ہمدردی پیدا کرنے کے لیے اس نے اپنے وہ تمام دکھ، جو بیت چکے تھے، گزرے دنوں کی گہری کھائی سے نکال کر اپنے دل میں بھر لیے تھے اور ان تمام زخموں کی جلن جو مدت ہوئی مٹ چکے تھے، اس نے بڑی مشکل سے اکٹھی اپنی چھاتی میں جمع کی تھی۔ اب اس کی سمجھ میں نہیں آتا تھا کہ اتنی چیزوں کو کیسے سنبھالے؟

اس کے گھر میں بن بلائے مہمان آ گئے ہوتے، وہ ان سے بڑے روکھے پن کے ساتھ کہہ سکتا تھا، جاؤ بھئی میرے پاس اتنی جگہ نہیں ہے کہ تمہیں بٹھا سکوں اور نہ میرے پاس روپیہ ہے کہ تم سب کی خاطر مدارات کر سکوں۔ لیکن یہاں تو قصّہ ہی دوسرا تھا۔ اس نے تو اپنے بھولے بھٹکے دکھوں کو اِدھر اُدھر سے پکڑ کر اپنے آپ سینے میں جمع کیا تھا۔ اب بھلا وہ باہر نکل سکتے تھے؟

افراتفری میں اسے کچھ پتہ نہ چلا تھا کہ اس کے سینے میں کتنی چیزیں بھر گئی ہیں۔ پر جیسے جیسے اس نے سوچنا شروع کیا، وہ پہچاننے لگا کہ فلاں دکھ فلاں وقت کا ہے اور فلاں درد اسے فلاں وقت پر ہوا تھا اور جب یہ سوچ بچار ہوئی تو حافظے نے بڑھ کر وہ دھند ہٹا دی جو ان پر لپٹی ہوئی تھی۔ اور کل کے تمام دکھ درد آج کی تکلیفیں بن گئے اور اس نے اپنی زندگی کی باسی روٹیاں پھر انگاروں پر سینکنا شروع کر دیں۔

اس نے سوچا، تھوڑے سے وقت میں اس نے بہت کچھ سوچا۔ اس کے گھر کا اندھا لیمپ کئی بار بجلی کے اس بلب سے ٹکرایا جو مالک مکان کے گنجے سر کے اوپر مسکرا رہا تھا۔ کئی بار اس کے پیوند لگے کپڑے ان کھونٹیوں پر لٹک کر پھر اس کے میلے بدن سے چمٹ گئے، جو دیوار میں گڑی چمک رہی تھیں۔ کئی بار اسے ان داتا بھگوان کا خیال آیا جو بہت دور نہ جانے کہاں بیٹھا اپنے بندوں کا خیال رکھتا ہے۔ مگر اپنے سامنے سیٹھ کو کرسی پر بیٹھا دیکھ کر جس کے قلم کی جنبش کچھ کا کچھ کر سکتی تھی، وہ اس بارے میں کچھ بھی نہ سوچ سکا۔ کئی بار اسے خیال آیا۔ اور وہ سوچنے لگا کہ اسے کیا خیال آیا تھا۔ مگر وہ اس کے پیچھے بھاگ نہ دوڑ کر سکا۔

وہ سخت گھبرا گیا تھا۔ اس نے آج تک اپنے سینے میں اتنی کھلبلی نہیں دیکھی تھی۔ وہ اس کھلبلی پر ابھی تعجب ہی کر رہا تھا کہ مالک مکان نے غصّے میں آ کر اسے گالی دی۔۔۔ گالی۔۔۔ یوں سمجھیے کہ کانوں کے راستے پگھلا ہوا سیسہ شائیں شائیں کرتا اس کے دل میں اتر گیا، اور اس کے سینے کے اندر جو ہلڑ مچ گیا، اس کا تو کچھ ٹھکانہ ہی نہ تھا۔ جس طرح کسی گرم جلسے میں کسی شرارت سے بھگدڑ مچ جایا کرتی

ہے، ٹھیک اسی طرح اس کے دل میں ہلچل پیدا ہوگئی۔اس نے بہت جتن کیے کہ اس کے وہ دکھ درد جو اس نے سیٹھ کو دکھانے کے لیے اکٹھے کیے تھے، چپ چاپ رہیں۔ پر کچھ نہ ہوسکا۔ گالی کا سیٹھ کے منہ سے نکلنا تھا کہ تمام دکھ بے چین ہو گئے۔ اور اندھا دھند ایک دوسرے سے ٹکرانے لگے۔اب تو وہ یہ نئی تکلیف بالکل نہ سہ سکا، اور اس کی آنکھوں میں جو پہلے ہی تپ رہی تھیں، آنسو آگئے۔جس سے ان کی گرمی اور بھی بڑھ گئی اور ان سے دھواں نکلنے لگا۔

اس کے جی میں آئی کہ اس گالی کو جسے وہ بڑی حد تک نگل چکا تھا، سیٹھ کے جھریوں پڑے چہرے پر قے کر دے مگر وہ اس خیال سے باز آ گیا کہ اس کا غرور توفٹ پاتھ پر پڑا ہے۔اپولو بندر پر نمک لگی مونگ پھلی بیچنے والے کا غرور۔۔۔اس کی آنکھیں ہنس رہی تھیں اور ان کے سامنے نمک لگی مونگ پھلی کے وہ تمام دانے جو اس کے گھر میں ایک تھیلے کے اندر برکھا کے باعث گیلے ہو رہے تھے، ناچنے لگے۔اس کی آنکھیں ہنسیں، اس کا دل بھی ہنسا، یہ سب کچھ ہوا پر وہ کروا ہٹ دور نہ ہوئی جو اس کے گلے میں سیٹھ کی گالی نے پیدا کر دی تھی۔ یہ کروا ہٹ اگر صرف زبان پر ہوتی تو وہ اسے تھوک دیتا مگر وہ تو بہت بری طرح اس کے گلے میں اٹک گئی تھی۔اور نکالے نہ نکلتی تھی اور پھر ایک عجیب قسم کا دکھ جو اس گالی نے پیدا کر دیا تھا، اس کی گھبراہٹ کو اور بھی بڑھا رہا تھا۔اسے یوں محسوس ہوتا تھا کہ اس کی آنکھیں جو سیٹھ کے سامنے رونا فضول سمجھتی تھیں، اس کے سینے کے اندر اتر کر آنسو بہار رہی ہیں۔ جہاں ہر چیز پہلے ہی سے سوگ میں تھی۔ سیٹھ نے اسے پھر گالی دی۔ اتنی ہی موٹی جتنی اس کی چربی بھری گردن تھی، اور اسے یوں لگا کہ کسی نے اوپر سے اس پر کوڑا کرکٹ پھینک دیا ہے۔ چنانچہ اس کا ایک ہاتھ اپنے آپ چہرے کی حفاظت کے لیے بڑھا پر اس گالی کی ساری گرد اس پر پھیل چکی تھی۔۔۔اب اس نے وہاں ٹھہرنا اچھا نہ سمجھا۔ کیونکہ کیا خبر تھی۔۔۔کیا خبر تھی۔۔۔اسے کچھ خبر نہ تھی۔۔۔وہ صرف اتنا جانتا تھا کہ ایسی حالتوں میں کسی بات کی سُدھ بُدھ نہیں رہا کرتی۔

وہ جب نیچے اترا تو اسے ایسا محسوس ہوا کہ اس سنگین عمارت کی ساتوں منزلیں اس کے کندھوں پر دھر دی گئی ہیں۔ایک نہیں، دو گالیاں۔۔۔بار بار یہ دو گالیاں جو سیٹھ نے بالکل پان کی پیک کے مانند اپنے منہ سے اگل دی تھیں جو اس کے کانوں کے پاس زہریلی بھڑوں کی طرح بھنبھنانا شروع کر دیتی تھیں اور وہ سخت بے چین ہو جاتا تھا۔ وہ کیسے اس۔۔۔اس۔۔۔اس کی سمجھ میں نہیں آتا تھا کہ اس گڑ بڑ کا نام کیا رکھے، جو اس کے دل میں اور دماغ میں ان گالیوں نے مچار کھی تھی۔ وہ کیسے اس تپ کو دور کر سکتا تھا جس

میں وہ پھنکا جار ہا تھا۔ کیسے۔۔۔؟ پر وہ سوچ بچار کے قابل بھی تو نہیں رہا تھا۔ اس کا دماغ تو اس وقت ایک ایسا اکھاڑا بنا ہوا تھا جس میں بہت سے پہلوان کشتی لڑ رہے ہوں۔ جو خیال بھی وہاں پیدا ہوتا، کسی دوسرے خیال سے، جو پہلے ہی سے وہاں موجود ہوتا، بھڑ جاتا اور وہ کچھ سوچ نہ سکتا۔

چلتے چلتے جب ایکا ایکی اس کے دکھ تی کی صورت میں باہر نکلنے کو تھے، اس کے جی میں آئی۔ جی میں کیا آئی، مجبوری کی حالت میں وہ اس آدمی کو روک کر جو لمبے لمبے ڈگ بھرتا اس کے پاس سے گزر رہا تھا۔ یہ کہنے ہی والا تھا، ''بھیّا میں روگی ہوں،'' مگر جب اس نے اس راہ چلتے آدمی کی شکل دیکھی تو بجلی کا وہ کھمبا جو اس کے پاس ہی زمین میں گڑا تھا، اسے اس آدمی سے کہیں زیادہ حساس دکھائی دیا۔ اور جو کچھ وہ اپنے اندر سے باہر نکالنے والا تھا، ایک ایک گھونٹ کر کے پھر نگل گیا۔

فٹ پاتھ پر چوکور پتھر ایک ترتیب کے ساتھ جڑے ہوئے تھے۔ وہ ان پتھروں پر چل رہا تھا۔ آج تک کبھی اس نے ان کی سختی محسوس نہ کی تھی۔ مگر آج ان کی سختی اس کے دل تک پہنچ رہی تھی۔ فٹ پاتھ کا ہر ایک پتھر جس پر اس کے قدم پڑ رہے تھے، اس کے دل کے ساتھ ٹکرا رہا تھا۔۔۔ سیٹھ کے پتھر کے مکان سے نکل کر ابھی وہ تھوڑی دور ہی گیا ہو گا کہ اس کا بند بند ڈھیلا ہو گیا۔

چلتے چلتے اس کی ایک لڑکے سے ٹکر ہوئی اور اسے یوں محسوس ہوا کہ وہ ٹوٹ گیا ہے۔ چنانچہ اس نے جھٹ اس آدمی کی طرح جس کی جھولی سے بیر گر رہے ہوں، اِدھر اُدھر ہاتھ پھیلائے اور اپنے آپ کو اکٹھا کر کے ہولے ہولے چلنا شروع کیا۔

اس کا دماغ اس کی ٹانگوں کے مقابلے میں زیادہ تیزی کے ساتھ چل رہا تھا، چنانچہ کبھی کبھی چلتے چلتے اسے یہ محسوس ہوتا تھا کہ اس کا نچلا دھڑ سارے کا سارا بہت پیچھے رہ گیا ہے اور دماغ بہت آگے نکل گیا ہے۔ کئی بار اسے اس خیال سے ٹھہرنا پڑا کہ دونوں چیزیں ایک دوسرے کے ساتھ ساتھ ہو جائیں۔

وہ فٹ پاتھ پر چل رہا تھا جس کے اس طرف سڑک پر پوں کرتی موٹروں کا تانتا بندھا ہوا تھا۔ گھوڑے گاڑیاں، ٹرامیں، بھاری بھرکم ٹرک، لاریاں یہ سب سڑک کی کالی چھاتی پر دندناتی ہوئی چل رہی تھیں۔ ایک شور مچا ہوا تھا۔ پر اس کے کانوں کو کچھ سنائی نہ دیتا تھا۔ وہ تو پہلے ہی سے شائیں شائیں کر رہے تھے، جیسے ریل گاڑی کا انجن زائد بھاپ باہر نکال رہا ہے۔

چلتے چلتے ایک لنگڑے کتے سے اس کی ٹکر ہوئی۔ کتے نے اس خیال سے کہ شاید اس کا پیر اس کا پیر کچل دیا گیا ہے، ''چاؤں'' کیا اور پرے ہٹ گیا۔ اور وہ سمجھا کہ سیٹھ نے اسے پھر گالی دی ہے۔۔۔ گالی۔۔۔ گالی

ٹھیک اسی طرح اس سے الجھ کر رہ گئی تھی جیسے بیری کے کانٹوں میں کوئی کپڑا۔ وہ جتنی کوشش اپنے آپ کو چھڑانے کی کرتا تھا، اتنی ہی زیادہ اس کی روح زخمی ہوتی جا رہی تھی۔

اسے اس نمک لگی مونگ پھلی کا خیال نہیں تھا جو اس کے گھر میں برکھا کے باعث گیلی ہو رہی تھی اور نہ اسے روٹی کپڑے کا خیال تھا۔ اس کی عمر تیس برس کے قریب تھی، اور ان تیس برسوں میں جن کے پر ماتما جانے کتنے دن ہوتے ہیں، وہ کبھی بھوکا نہ سویا تھا اور نہ کبھی ننگا ہی پھرا تھا۔ اسے صرف اس بات کا دکھ تھا کہ اسے ہر مہینے کرایہ دینا پڑتا تھا۔ وہ اپنا اور اپنے بال بچوں کا پیٹ بھرے۔ اس بکرے جیسی داڑھی والے حکیم کی دوائیوں کے دام دے۔ شام کو تاڑی کی ایک بوتل کے لیے دو آنی پیدا کر لے، یا اس گنجے سیٹھ کے مکان کے ایک کمرے کا کرایہ ادا کرے۔

مکانوں اور کرایوں کا فلسفہ اس کی سمجھ سے سدا اونچا رہا ہاتھ۔ وہ جب بھی دس روپے گن کر سیٹھ یا اس کے منیم کی ہتھیلی پر رکھتا تو سمجھتا تھا کہ زبردستی اس سے یہ رقم چھین لی گئی ہے، اور اب اگر وہ پانچ برس تک برابر کرایہ دیتے رہنے کے بعد صرف دو مہینے کا حساب چکتا نہ کر سکا تو کیا سیٹھ کو اس بات کا اختیار ہو گیا کہ وہ اسے گالی دے؟ سب سے بڑی بات تو یہ تھی جو اسے کھائے جا رہی تھی، اسے ان بیس روپوں کی پروانہ تھی جو اسے آج نہیں کل ادا کر دینے تھے۔ وہ ان دو گالیوں کی بابت سوچ رہا تھا، جو ان بیس روپوں کے پیچ میں سے نکلتی تھیں۔ نہ وہ بیس روپے کا مقروض ہوتا اور نہ سیٹھ کے کٹھالی جیسے منہ سے یہ گند گی باہر نکلتی۔

مان لیا وہ دھن وان تھا۔ اس کے پاس دو بلڈ نگیں تھیں۔ جن کے ایک سو چوبیس کمروں کا کرایہ اس کے پاس آتا تھا۔ پر ان ایک سو چوبیس کمروں میں جتنے لوگ رہتے ہیں، اس کے غلام تو نہیں اور اگر غلام بھی ہیں تو وہ انہیں گالی کیسے دے سکتا ہے؟"

"ٹھیک ہے اسے کرایہ چاہیے۔ پر میں کہاں سے لاؤں؟ پانچ برس تک اس کو دیتا ہی رہا ہوں۔ جب ہو گا، دے دوں گا۔ پچھلے برس برسات کا سارا پانی ہم پر ٹپکتا رہا، پر میں نے اسے کبھی گالی نہ دی، حالانکہ مجھے اس سے کہیں زیادہ ہولناک گالیاں یاد ہیں۔ پر میں نے سیٹھ سے بار ہا کہا کہ سیڑھی کا ڈنڈا ٹوٹ گیا ہے، اسے بنوا دیجے، پر میری ایک نہ سنی گئی۔ میری پھول سی بچی گری۔ اس کا داہنا ہاتھ ہمیشہ کے لیے بے کار ہو گیا۔ میں گالیوں کے بجائے اسے بد دعائیں دے سکتا تھا، پر مجھے اس کا دھیان ہی نہیں آیا۔۔۔ دو مہینے کا کرایہ نہ چکانے پر میں گالیوں کے قابل ہو گیا۔ اس کو یہ خیال تک نہ آیا کہ اس کے بچے اپولو بندر پر میرے تھیلے سے مٹھیاں بھر بھر کے مونگ پھلی کھاتے ہیں۔"

اس میں کوئی شک نہیں کہ اس کے پاس اتنی دولت نہیں تھی جتنی کہ اس دو بلڈنگوں والے سیٹھ کے پاس تھی۔ اور ایسے لوگ بھی ہوں گے جن کے پاس اس سے بھی زیادہ دولت ہوگی، پر وہ غریب کیسے ہو گیا۔۔۔ اسے غریب سمجھ کر ہی تو گالی دی گئی تھی۔ ورنہ اس گنجے سیٹھ کی کیا مجال تھی کہ کرسی پر بڑے اطمینان سے بیٹھ کر اسے دو گالیاں سنا دیتا۔ گویا کسی کے پاس دھن دولت کا نہ ہونا بہت بری بات ہے۔ اب یہ اس کا قصور نہیں تھا کہ اس کے پاس دولت کی کمی تھی۔

سچ پوچھیے تو اس نے کبھی دھن دولت کے خواب دیکھے ہی نہ تھے۔ وہ اپنے حال میں مست تھا۔ اس کی زندگی بڑے مزے میں گزر رہی تھی۔ پر پچھلے مہینے ایکا ایکی اس کی بیوی بیمار پڑ گئی اور اس کے دوا دارو پر وہ تمام روپے خرچ ہو گئے جو کرائے میں جانے والے تھے۔ اگر وہ خود بیمار ہوتا تو ممکن تھا کہ وہ دواؤں پر روپیہ خرچ نہ کرتا لیکن یہاں تو اس کے ہونے والے بچے کی بات تھی جو ابھی اپنی ماں کے پیٹ ہی میں تھا۔ اس کو اولاد بہت پیاری تھی جو پیدا ہو چکی تھی اور جو پیدا ہونے والی تھی۔ سب کی سب اسے عزیز تھی۔ وہ کیسے اپنی بیوی کا علاج نہ کراتا۔۔۔؟ کیا وہ اس بچے کا باپ نہ تھا۔۔۔؟ باپ پتا۔۔۔ وہ تو صرف دو مہینے کے کرائے کی بات تھی۔ اگر اسے اپنے بچے کے لیے چوری بھی کرنا پڑتی تو وہ کبھی نہ چوکتا۔

چوری۔۔۔ نہیں نہیں وہ چوری کبھی نہ کرتا۔۔۔ یوں سمجھیے کہ وہ اپنے بچے کے لیے بڑی سے بڑی قربانی کرنے کے لیے تیار تھا مگر وہ چور کبھی نہ بنتا۔۔۔ وہ اپنی چھنی ہوئی چیز واپس لینے کے لیے لڑ مرنے کو تیار تھا پر وہ چوری نہیں کر سکتا تھا۔

اگر وہ چاہتا تو اس وقت جب سیٹھ نے اسے گالی دی تھی، آگے بڑھ کر اس کا ٹینٹوا دبا دیتا اور اس کی تجوری میں سے وہ تمام نیلے اور سبز نوٹ نکال کر بھاگ جاتا، جن کو وہ آج تک لاجونتی کے پتّے سمجھا کرتا تھا۔۔۔ نہیں نہیں وہ ایسا کبھی نہ کرتا۔ لیکن پھر سیٹھ نے اسے گالی کیوں دی۔۔۔؟ پچھلے برس چوپاٹی پر ایک گاہک نے اسے گالی دی تھی۔ اس لیے کہ دو پیسے کی مونگ پھلی میں چار دانے کڑوے چلے گئے تھے اور اس کے جواب میں اس کی گردن پر اس نے ایسی دھول جمائی تھی کہ دور بینچ پر بیٹھے آدمیوں نے بھی اس کی آواز سن لی تھی۔

مگر سیٹھ نے اسے دو گالیاں دیں اور وہ چپ رہا۔۔۔ کیشو لال کھاری سینگ والا، جس کی بابت یہ مشہور تھا کہ وہ ناک پر مکھی بھی نہیں بیٹھنے دیتا۔۔۔ سیٹھ نے ایک گالی دی اور وہ کچھ نہ بولا۔۔۔ دوسری گالی دی تو بھی خاموش رہا جیسے وہ مٹی کا پتلا ہے۔۔۔ پر مٹی کا پتلا کیسے ہوا۔ اس نے ان دو گالیوں کو سیٹھ کے تھوک بھرے منہ سے نکلتے دیکھا جیسے دو بڑے بڑے چوہے موریوں سے باہر نکلتے ہیں۔ وہ جان بوجھ کر خاموش

رہا۔اس لیے کہ وہ اپنا غرور نیچے چھوڑ آیا تھا۔۔۔مگر اس نے اپنا غرور اپنے سے الگ کیوں کیا؟ سیٹھ سے گالیاں لینے کے لیے؟

یہ سوچتے ہوئے اسے ایکا ایکی خیال آیا کہ شاید سیٹھ نے اسے نہیں کسی اور کو گالیاں دی تھیں۔۔۔نہیں، نہیں، گالیاں اسے ہی دی گئی تھیں۔اس لیے کہ دو مہینے کا کرایہ اسی کی طرف نکلتا تھا۔اگر اسے گالیاں نہ دی گئی ہوتیں تو اس سوچ بچار کی ضرورت ہی کیا تھی، اور یہ جو اس کے سینے میں ہلڑ سا مچ رہا تھا، کیا بغیر کسی وجہ کے اسے دکھ دے رہا تھا؟ اسی کو دو گالیاں دی گئی تھیں۔

جب اس کے سامنے ایک موٹر نے اپنے ماتھے کی بتیاں روشن کیں، تو اسے معلوم ہوا کہ وہ دو گالیاں پگھل کر اس کی آنکھوں میں دھنس گئی ہیں۔۔۔گالیاں۔۔۔گالیاں۔۔۔وہ جھنجھلایا۔۔۔وہ جتنی کوشش کرتا تھا کہ ان گالیوں کی بابت نہ سوچے اتنی ہی شدت سے اسے ان کے متعلق سوچنا پڑتا تھا اور یہ مجبوری اسے بہت چڑ چڑا بنا رہی تھی۔ چنانچہ اسی چڑ چڑے پن میں اس نے خواہ مخواہ دو تین آدمیوں کو جو اس کے پاس سے گزر رہے تھے، دل ہی دل میں گالیاں دیں۔ ''یوں اکڑ کے چل رہے ہیں جیسے ان کے باوا کا راج ہے!''

اگر اس کا راج ہوتا تو وہ سیٹھ کو مزا چکھا دیتا جو اسے اوپر تلے دو گالیاں سنا کر اپنے گھر میں یوں آرام سے بیٹھا تھا جیسے اس نے اپنی گدے دار کرسی میں سے دو کھٹمل نکال کر باہر پھینک دیئے ہیں۔۔۔سچ مچ اگر اس کا اپنا راج ہوتا تو چوک میں بہت سے لوگوں کو اکٹھا کر کے سیٹھ کو بیچ میں کھڑا کر دیتا۔اور اس کی گنجی چندیا پر اس زور سے دھپا مارتا کہ بلبلا اٹھتا، پھر وہ سب لوگوں سے کہتا کہ ہنسو، جی بھر کر ہنسو اور خود اتنا ہنستا کہ ہنستے ہنستے اس کا پیٹ دکھنے لگتا پر اس وقت اسے بالکل ہنسی نہیں آتی تھی۔۔۔کیوں۔۔۔؟ وہ اپنے راج کے بغیر بھی تو سیٹھ کے گنجے سر پر دھپا مار سکتا تھا۔اسے کس بات کی رکاوٹ تھی۔۔۔؟ رکاوٹ تھی۔۔۔رکاوٹ تھی تو وہ دو گالیاں سن کر خاموش ہو رہا۔

اس کے قدم رک گئے۔اس کا دماغ بھی ایک دو پل کے لیے ستایا اور اس نے سوچا کہ چلو بھی اس جھنجھٹ کا فیصلہ ہی کر دوں۔۔۔بھاگا ہوا جاؤں اور ایک ہی جھٹکے میں سیٹھ کی گردن مروڑ کر اس تجوری پر رکھ دوں جس کا ڈھکنا مگر مچھ کے منہ کی طرح کھلتا ہے۔۔۔لیکن وہ کھمبے کی طرح زمین میں کیوں گڑ گیا تھا؟ سیٹھ کے گھر کی طرف پلٹا کیوں نہیں تھا۔۔۔؟ کیا اس میں جرأت نہ تھی؟

اس میں جرأت نہ تھی۔۔۔کتنے دکھ کی بات ہے کہ اس کی ساری طاقت سرد پڑ گئی تھی۔۔۔یہ گالیاں۔۔۔وہ ان گالیوں کو کیا کہتا۔۔۔ان گالیوں نے اس کی چوڑی چھاتی پر رولسا پھیر دیا تھا۔۔۔صرف دو گالیوں

نے۔۔۔ حالانکہ پچھلے ہندو مسلم فساد میں ایک ہندو نے اسے مسلمان سمجھ کر لاٹھیوں سے بہت پیٹا تھا اور ادھ مُوا کر دیا تھا اور اسے اتنی کمزوری محسوس نہ ہوئی تھی جتنی کہ اب ہو رہی تھی۔۔۔ کیشولال کھاری سینگ والا جو دوستوں سے بڑے فخر کے ساتھ کہا کرتا تھا کہ وہ کبھی بیمار نہیں پڑا۔ آج یوں چل رہا تھا جیسے برسوں کا روگی ہے۔۔۔ اور یہ روگ کس نے پیدا کیا تھا۔۔۔؟ دو گالیوں نے!

گالیاں۔۔۔ گالیاں۔۔۔ کہاں تھیں وہ دو گالیاں۔۔۔؟ اس کے جی میں آئی کہ اپنے سینے کے اندر ہاتھ ڈال کر وہ ان دو پتھروں کو جو کسی حیلے کلتے ہی نہ تھے، باہر نکال لے اور جو کوئی بھی اس کے سامنے آئے اس کے سر پر دے مارے، پر یہ کیسے ہو سکتا تھا۔۔۔ اس کا سینہ مربے کا مرتبان تھوڑی تھا۔

ٹھیک ہے۔ لیکن پھر کوئی اور ترکیب بھی تو سمجھ میں آئے جس سے یہ گالیاں دور دفان ہوں۔۔۔ کیوں نہیں کوئی شخص بڑھ کر اسے دکھ سے نجات دلانے کی کوشش کرتا؟ کیا وہ ہمدردی کے قابل نہ تھا۔۔۔؟ ہو گا۔۔۔ پر کسی کو اس کے دل کے حال کا کیا پتہ تھا۔ وہ کھلی کتاب تھوڑی تھا، اور نہ اس نے اپنا دل باہر لٹکا رکھا تھا۔ اندر کی بات کسی کو کیا معلوم؟

نہ معلوم ہو۔۔۔! پر ماتما کرے کسی کو معلوم نہ ہو۔۔۔ اگر کسی کو اندر کی بات کا پتہ چل گیا تو کیشولال کھاری سینگ والے کے لیے ڈوب مرنے کی بات تھی۔۔۔ گالیاں سن کر خاموش رہنا معمولی بات تھی کیا؟ معمولی بات نہیں بہت بڑی بات ہے۔۔۔ ہمالیہ پہاڑ جتنی بڑی بات ہے۔ اس سے بھی بڑی بات ہے۔ اس کا غرور مٹی میں مل گیا ہے۔ اس کی ذلت ہوئی ہے۔ اس کی ناک کٹ گئی ہے۔۔۔ اس کا سب کچھ لٹ گیا ہے، چلو بھی چھٹی ہوئی۔ اب تو یہ گالیاں اس کا پیچھا چھوڑ دیں۔۔۔ وہ کمینہ تھا۔ رذیل تھا۔ نیچ تھا۔ گندگی صاف کرنے والا بھنگی تھا، کتا تھا۔۔۔ اس کو گالیاں ملنا ہی چاہیے تھیں۔ نہیں نہیں۔ کسی کی کیا مجال تھی کہ اسے گالیاں دے اور پھر بغیر کسی قصور کے، وہ اسے کچا نہ چبا جاتا۔۔۔ اماں ہٹاؤ یہ سب کہنے کی باتیں ہیں۔۔۔ تم نے تو سیٹھ سے یوں گالیاں سنیں جیسے میٹھی میٹھی بولیاں تھیں۔ میٹھی میٹھی بولیاں تھیں، بڑے مزے دار گھونٹ تھے، چلو یہی سہی۔۔۔ اب تو میرا پیچھا چھوڑ دو ورنہ سچ کہتا ہوں، دیوانہ ہو جاؤں گا۔۔۔ یہ لوگ جو بڑے آرام سے اِدھر اُدھر چل پھر رہے ہیں، میں ان میں سے ہر ایک کا سر پھوڑ دوں گا۔ بھگوان کی قسم مجھے اب زیادہ تاب نہیں رہی۔ میں ضرور دیوانے کتے کی طرح سب کو کاٹنا شروع کر دوں گا۔ لوگ مجھے پاگل خانے میں بند کر دیں گے۔ اور میں دیواروں کے ساتھ اپنا سر ٹکرا ٹکرا کر مر جاؤں گا۔۔۔ مر

جاؤں گا۔سچ کہتا ہوں، مر جاؤں گا۔۔۔مر جاؤں گا۔سچ کہتا ہوں، مر جاؤں گا۔اور میری راہ دھاوِ دھوا اور میرے بچے اناتھ ہو جائیں گے۔

یہ سب کچھ اس لیے ہو گا کہ میں نے سیٹھ سے دو گالیاں سنیں اور خاموش رہا جیسے میرے منہ پر تالا لگا ہوا تھا۔ میں لولا، لنگڑا، اپاہج تھا۔۔۔ پر ماتما کرے میری ٹانگیں اس موٹر کے نیچے آ کر ٹوٹ جائیں، میرے ہاتھ کٹ جائیں۔۔۔ میں مر جاؤں تا کہ یہ بک بک تو ختم ہو۔۔۔توبہ۔۔۔کوئی ٹھکانہ ہے اس دکھ کا۔۔۔ کپڑے پھاڑ کر ننگا ناچنا شروع کر دوں۔۔۔اس ٹرام کے نیچے سر دے دوں، زور زور سے چلانا شروع کر دوں۔۔۔کیا کروں کیا نہ کروں؟''

یہ سوچتے ہوئے اسے ایکا ایکی خیال آیا کہ بازار کے بیچ کھڑا ہو جائے، اور سب ٹریفک کو روک کر جو اس کی زبان پر آئے بکتا چلا جائے۔حتیٰ کہ اس کا سینہ سارے کا سارا خالی ہو جائے۔ یا پھر اس کے جی میں آئی کہ کھڑے کھڑے یہیں سے چلانا شروع کر دے، '' مجھے بچاؤ۔۔۔ مجھے بچاؤ!''

اتنے میں ایک آگ بجھانے والا انجن سڑک پر ٹن ٹن کرتا آیا اور ادھر اس موڑ میں گُم ہو گیا۔اس کو دیکھ کر وہ اونچی آواز میں کہنے ہی والا تھا، '' ٹھہرو۔۔۔میری آگ بجھاتے جاؤ۔'' مگر نہ جانے کیوں رک گیا۔ایکا ایکی اس نے اپنے قدم تیز کر دیئے۔اسے ایسا محسوس ہوا تھا کہ اس کی سانس رکنے لگی ہے اور اگر وہ تیز نہ چلے گا تو بہت ممکن ہے کہ وہ پھٹ جائے لیکن جونہی اس کی رفتار بڑھی۔اس کا دماغ آگ کا ایک چکر سا بن گیا۔اس چکر میں اس کے سارے پرانے اور نئے خیال ایک ہار کی صورت میں گندھ گئے۔۔۔ دو مہینے کا کرایہ، اس کا پتھر کی بلڈنگ میں درخواست لے کر جانا۔۔۔سات منزلوں کے ایک سو بارہ زینے، سیٹھ کی بھدی آواز، اس کے گنجے سر پر مسکراتا ہوا بجلی کا لیمپ اور۔۔۔ یہ موٹی گالی۔۔۔ پھر دوسری۔۔۔ اور اس کی خاموشی۔۔۔ یہاں پہنچ کر آگ کے اس چکر میں تڑ تڑ گولیاں سی نکلنا شروع ہو جاتیں اور اسے ایسا محسوس ہوتا کہ اس کا سینہ چھلنی ہو گیا ہے۔

اس نے اپنے قدم اور تیز کیے اور آگ کا یہ چکر اتنی تیزی سے گھومنا شروع ہوا کہ شعلوں کی ایک بہت

بڑی گیند سی بن گئی، جو اس کے آگے آگے زمین پر اچھلنے کو دنے لگی۔ وہ اب دوڑنے لگا۔ لیکن فوراً ہی خیالوں کی بھیڑ بھاڑ میں ایک نیا خیال بلند آواز میں چلایا، ''تم کیوں بھاگ رہے ہو؟ کس سے بھاگ رہے ہو؟ تم بزدل ہو!''

اس کے قدم آہستہ آہستہ اٹھنے لگے۔ بریک سی لگ گئی، اور وہ ہولے ہولے چلنے لگا۔۔۔ وہ سچ مچ بزدل تھا۔۔۔ بھاگ کیوں رہا تھا۔۔۔؟ اسے تو انتقام لینا تھا۔۔۔ انتقام۔۔۔ یہ سوچتے ہوئے اسے اپنی زبان پر لہو کا نمکین ذائقہ محسوس ہوا۔ اور اس کے بدن میں ایک جھر جھری سی پیدا ہوئی۔ لہو۔۔۔ اسے آسمان زمین سب لہو ہی میں رنگے ہوئے نظر آنے لگے۔۔۔ لہو۔۔۔ اس وقت اس میں اتنی قوت تھی کہ پتھر کی رگوں میں سے بھی لہو نچوڑ سکتا تھا۔

اس کی آنکھوں میں لال ڈورے ابھر آئے۔ مٹھیاں بھنچ گئیں اور قدموں میں مضبوطی پیدا ہو گئی۔۔۔ اب وہ انتقام پر تل گیا تھا! وہ بڑھا۔ آنے جانے والے لوگوں میں سے تیر کے مانند اپنا راستہ بناتا آگے بڑھتا رہا۔۔۔ آگے۔۔۔ آگے! جس طرح تیز چلنے والی ریل گاڑی چھوٹے چھوٹے اسٹیشنوں کو چھوڑ جایا کرتی ہے، اسی طرح وہ بجلی کے کھمبوں، دکانوں اور لمبے لمبے بازاروں کو اپنے پیچھے چھوڑتا آگے بڑھ رہا تھا۔ آگے۔۔۔ آگے۔۔۔ آگے۔۔۔ بہت آگے!

راستے میں ایک سینما کی رنگین بلڈ نگ آئی۔ اس نے اس کی طرف آنکھ اٹھا کر بھی نہ دیکھا۔ اور اس کے پاس سے بے پروا، ہَوا کے مانند بڑھ گیا۔۔۔ وہ بڑھتا گیا۔

اندر ہی اندر اس نے اپنے ہر ذرے کو ایک بم بنا لیا تھا۔ تا کہ وقت پر کام آئے۔ مختلف بازاروں سے زہریلے سانپ کے مانند پھنکارتا ہوا وہ اپولو بندر پہنچا۔۔۔ اپولو بندر۔۔۔ گیٹ وے آف انڈیا کے سامنے بے شمار موٹریں قطار اندر قطار کھڑی تھیں۔ ان کو دیکھ کر اس نے یہ سمجھا کہ بہت سے گدھ، پر 'جوڑے کسی کی لاش کے ارد گرد بیٹھے ہیں۔ جب اس نے خاموش سمندر کی طرف دیکھا تو اسے یہ ایک لمبی چوڑی لاش معلوم ہوئی۔۔۔ اس سمندر کے اس طرف ایک کونے میں لال لال روشنی کی لکیریں ہولے ہولے بل کھا رہی تھیں۔ یہ ایک عالی شان ہوٹل کی پیشانی کا برقی نام تھا جس کی لال روشنی سمندر کے پانی میں گدگدی پیدا کر رہی تھی۔

کیشولال کھاری سینگ والا اس عالی شان ہوٹل کے نیچے کھڑا ہو گیا۔

اس برقی بورڈ کے عین نیچے قدم گاڑ کر اس نے اوپر دیکھا۔۔۔ سنگین عمارت کی طرف۔۔۔ جس کے روشن

کمرے چمک رہے تھے اور۔۔۔اس کے حلق سے ایک نعرہ۔۔۔ کان کے پردے پھاڑ دینے والا نعرہ۔۔۔۔ پگھلے ہوئے گرم گرم لاوے کے مانند نکلا، ''ہت تیری!''

جتنے کبوتر ہوٹل کی منڈیروں پر اونگھ رہے تھے، ڈر گئے اور پھر پھڑانے لگے۔

نعرہ مار کر جب اس نے اپنے قدم زمین سے بڑی مشکل کے ساتھ علیحدہ کیے اور واپس مڑا تو اسے اس بات کا پورا یقین تھا کہ ہوٹل کی سنگین عمارت اڑا اڑا دھم نیچے گر گئی ہے۔

اور یہ نعرہ سن کر ایک شخص نے اپنی بیوی سے جو یہ شور سن کر ڈر گئی تھی، کہا، ''پگلا ہے!''

نفسیات شناس

آج میں آپ کو اپنی ایک پرلطف حماقت کا قصّہ سناتا ہوں۔

کرفیو کے دن تھے۔ یعنی اس زمانے میں جب بمبئی میں فرقہ وارانہ فساد شروع ہو چکے تھے۔ ہر روز صبح سویرے جب اخبار آتا تو معلوم ہوتا کہ متعدد ہندوؤں اور مسلمانوں کی جانیں ضائع ہو چکی ہیں۔ میری بیوی اپنی بہن کی شادی کے سلسلے میں لاہور جا چکی تھی۔ گھر بالکل سونا سونا تھا، اسے گھر تو نہیں کہنا چاہیے کیونکہ صرف دو کمرے تھے، ایک غسل خانہ، جس میں سفید چمکیلی ٹائلیں لگی تھیں۔ اس سے کچھ دور ہٹ کر ایک اندھیرا سا باورچی خانہ اور رہ بس۔

جب میری بیوی گھر میں تھی تو دو نوکر تھے۔ دونوں بھائی کم عمر تھے۔ ان میں سے جو چھوٹا تھا وہ مجھے قطعاً پسند نہیں تھا اس لیے کہ وہ اپنی عمر سے کہیں زیادہ چالاک اور مکار تھا چنانچہ میں نے موقع سے فائدہ اٹھاتے ہوئے اسے نکال باہر کیا اور اس کی جگہ ایک اور لڑکا ملازم رکھ لیا جس کا نام افتخار تھا۔

رکھنے کو تو میں نے اسے رکھ لیا لیکن بعد میں بڑا افسوس ہوا کہ وہ ضرورت سے زیادہ پھرتیلا تھا۔ میں کرسی پر بیٹھا ہوں اور کوئی افسانہ سوچ رہا ہوں کہ وہ باورچی خانہ سے بھاگا آیا اور مجھ سے مخاطب ہوا۔ ''صاحب آپ نے بلایا مجھے؟''

میں حیران کہ اس خردات کو میں نے کب بلایا تھا۔ چنانچہ میں نے شروع شروع میں تو اپنی حیرت کا اظہار کیا اور اس سے کہا، ''افتخار! تمہارے کان بجتے ہیں میں جب آواز دیا کروں اسی وقت آیا کرو۔'' افتخار نے مجھ سے کہا، ''لیکن صاحب آپ کی آواز مجھے سنائی دی تھی۔'' میں نے اس سے بڑے نرم لہجے میں کہا، ''نہیں، میں نے تمہیں نہیں بلایا تھا جاؤ اپنا کام کرو۔''

وہ چلا گیا لیکن جب ہر روز چھ چھ مرتبہ آ کر یہی پوچھتا صاحب آپ نے بلایا ہے ۔۔۔ مجھے تو تنگ آ کر اس سے کہنا پڑتا۔۔۔ تم بکواس کرتے ہو، تم ضرورت سے زیادہ چالاک ہو بھاگ جاؤ یہاں سے ۔۔۔ اور وہ بھاگ جاتا۔

گھر میں چونکہ اور کوئی نہیں تھا اس لیے میرا دوست راجہ مہدی علی خان میرے ساتھ ہی رہتا تھا، اس کو افتخار کی مستعدی بہت پسند تھی۔ وہ اس سے بہت متاثر تھا۔ اس نے کئی بار مجھ سے کہا، ''منٹو! تمہارا یہ ملازم کتنا اچھا ہے۔ ہر کام کتنی مستعدی سے کرتا ہے۔'' میں نے اس سے ہر بار یہی کہا، ''راجہ میری جان تم مجھ پر بہت بڑا احسان کرو گے۔ اگر اسے اپنے یہاں لے جاؤ، مجھے ایسے مستعد نوکر کی ضرورت نہیں۔ معلوم نہیں کہ راجہ کو افتخار پسند تھا تو اس نے اسے ملازم کیوں نہ رکھ لیا۔ میں نے راجہ سے کہا، ''دیکھو بھائی، یہ لڑکا بڑا خطرناک ہے، مجھے یقین ہے کہ چور ہے کبھی نہ کبھی میرے چونا ضرور لگائے گا۔''

راجہ میرا تمسخر اڑاتا، ''تم فرائڈ بن رہے ہو، ایسا نوکر زندگی میں مشکل سے ملتا ہے تم نے اسے سمجھا ہی نہیں۔''

''میں سوچ میں پڑ جاتا کہ میرا قیافہ یا اندازہ کہیں غلط تو نہیں۔ شاید راجہ ٹھیک ہی کہہ رہا ہو۔ ہو سکتا ہے افتخار ایماندار ہو اور جو میں نے اس کی ضرورت سے زیادہ پھرتی اور چالاکی کے متعلق فیصلہ کیا ہے، بہت ممکن ہے غلط ہو۔۔۔ مگر سوچ بچار کے بعد میں اس نتیجے پر پہنچتا کہ میں نے جو فیصلہ کیا ہے وہی درست ہے۔ مجھے اپنے متعلق یہ حسن ظن ہے کہ انسانی نفسیات کا ماہر ہوں۔ آپ یقین مانیے افتخار کے متعلق جو رائے میں نے قائم کی تھی درست نکلی۔۔۔ لیکن۔۔۔ ''

''یہ۔۔۔ لیکن ہی سارا قصہ ہے۔۔۔ ''

اور قصہ یوں ہے کہ میں جب بمبئی ٹاکیز سے واپس آیا کرتا تھا تو عادتاً ریل گاڑی کا ماہانہ ٹکٹ جو ایک کارڈ کی صورت میں ہوتا تھا جو سلو لائڈ کے کور میں بند رہتا تھا، اپنے میز کے ٹرے میں رکھا کرتا تھا۔ جتنے روپے پیسے اور آنے جیب میں ہوتے وہ بھی اس ٹرے میں رکھ دیتا۔ اگر کچھ نوٹ ہوں تو میں وہ ٹکٹ کے سلو لائڈ کے کور میں اڑس دیا کرتا۔

ایک دن جب میں بمبئی ٹاکیز سے واپس آیا تو میری جیب میں ساٹھ روپے کی مالیت کے چھ نوٹ دس دس کے تھے، میں نے حسب عادت جیب میں سے ٹرین کا پاس نکالا اور سلو لائڈ کور میں چھ نوٹ اڑس سے اور برانڈی پینے لگا۔ کھانا کھانے کے بعد میں سو گیا۔

صبح جلد بیدار ہوتا ہوں یعنی یہی کوئی 5 بجے۔ سارھے پانچ کے قریب اخبار آ جاتے تھے ان کا جلدی

جلدی مطالعہ کرتے کرتے چھ بجے میں اٹھ کر غسل کرتا اس کے بعد پھر برانڈی پیتا اور کھانا کھا کر سو جاتا۔ اس شام بھی ایسا ہی ہوا۔ افتخار نے بڑی پھرتی سے میز پر کھانا لگایا جب میں کھا کر فارغ ہوا تو اس نے بڑی پھرتی سے برتن اٹھائے۔ میز صاف کی اور مجھ سے کہا، ''صاحب آپ کو سگریٹ چاہئیں۔'' میں اس سے کباب تھا، چنانچہ میں نے اس سے بڑے درشت لہجے میں کہا کہ، ''سگریٹ تو مجھے چاہئیں۔ لیکن تم لاؤ گے کہاں سے؟ جانتے نہیں ہو آج کرفیو ہے۔ نو بجے سے صبح چھ بجے تک۔''

افتخار خاموش ہو گیا۔

میں حسبِ معمول صبح پانچ بجے اٹھا لیکن سمجھ میں نہ آیا کہ کیا کروں، نو کر سو رہے تھے۔ کرفیو کا وقت چھ بجے تک تھا۔ اس وقت کوئی اخبار نہیں آیا تھا صوفے پر بیٹھا اونگھتا رہا۔ تھوڑی دیر کے بعد اکتا کر میں نے کھڑکی سے باہر جھانکا تو بازار سنسان تھا وہ بازار جو صبح تین بجے ہی ٹرالوں کی کھٹر کھٹر کھڑاہٹ اور مل میں کام کرنے والی عورتوں اور مردوں کی تیز رفتاری سے زندہ ہو جاتا تھا۔

کھڑکی کی ایک ہی تھی۔ اس کے پاس ہی میری میز پر جو ٹرے پڑی تھی میری نظر اتفاقیہ اس پر پڑی۔ شام کو ہر روز میں اس میں اپنا ریل کا پاس اور روپے پیسے رکھا کرتا تھا اس لیے کہ یہ معاملہ عادت بن کر طبیعت بن گیا تھا۔ جب میں نے ٹرے کو اتفاقیہ دیکھا تو مجھے وہ پاس نظر نہ آیا جس کے کور میں نے دس دس کے چھ کرنسی نوٹ رکھے تھے پہلے تو میں نے سمجھا کہ شاید میں نے کاغذوں کے نیچے رکھ دیا ہو گا لیکن جب کاغذ اٹھائے تو کچھ بھی نہ تھا۔

بڑی حیرت ہوئی۔ ایک ایک کاغذ الٹ پلٹ کیا مگر وہ پاس نہ ملا۔ دونوں نو کر باورچی خانے میں سو رہے تھے۔ میں بڑا متحیر تھا کہ یہ قصہ کیا ہے۔ میں نے اگر گھر آنے سے پہلے شراب پی ہوتی تو میں سمجھتا کہ میرا حافظہ جواب دے گیا ہے یا جیب سے رومال نکالتے وقت مجھ سے وہ چھ نوٹ کہیں گر گئے۔ لیکن معاملہ اس کے برعکس تھا۔ میں نے بمبئی ٹاکیز سے واپس گھر آتے ہوئے راستے میں ایک قطرہ بھی نہیں پیا تھا اس لیے کہ گھر میں برانڈی کی پوری بوتل موجود تھی۔ میں نے اِدھر اُدھر تلاش شروع کی تو دیکھا میرا ریلوے پاس دس کے چھ نوٹوں سمیت میز کے نچلے دراز میں فائلوں کے نیچے پڑا ہے۔ میں دیر تک سوچتا رہا لیکن کچھ سمجھ میں نہ آیا اس لیے کہ میں نے اسے چھپا کر نہیں رکھا تھا۔

میں نے سوچا کہ یہ افتخار کی حرکت ہے۔ جب کہ میں سو رہا تھا باورچی خانے کے کام سے فارغ ہو کر ٹرے میں وہ پاس دیکھا اور اس کو میز کے نیچے والی دراز میں فائلوں کے اندر چھپا دیا۔ رات کرفیو تھا اس لیے

وہ باہر نہیں جاسکتا تھا۔اس کی غالباً یہ اسکیم تھی کہ جب صبح کر فیو اٹھے تووہ پاس نوٹوں سمیت لے کر چمپت
ہو جائے، مگر میں بھی ایک کائیاں تھا۔ میں نے پاس فائلوں کے نیچے سے اٹھایا اور پھر ٹرے میں رکھ دیا
تا کہ میں افتخار کی پریشانی دیکھ سکوں۔

مجھے مقررہ وقت پر بمبئی ٹاکیز جانا تھا، چنانچہ حسبِ معمول میں نے کرتہ اور پاجامہ نکالا۔ پاجامہ میں ازار بند
ڈالا اور تولیہ لے کر غسل خانے میں چلا گیا لیکن میرے دل و دماغ میں صرف ایک ہی خیال تھا، اور وہ افتخار
کو رنگے ہاتھوں پکڑنے کا۔ مجھے یقین تھا کہ وہ میری میز کے نچلے دراز میں چھپایا ہوا پاس بڑے و شوق سے
نکالے گا پھر جب اسے نہیں ملے گا تووہ اِدھر اُدھر دیکھے گا۔ جب اسے ناکامی ہوگی تووہ اٹھے گا۔اس کی نظر
ٹرے پر پڑے گی وہ کس قدر حیران ہوگا لیکن وہ پاس کو اٹھائے گا اور اپنے نیفے میں اڑس کر چلتا بنے گا۔
میں نے اپنے دماغ میں اسکیم بنائی تھی کہ غسل خانے کا دروازہ تھوڑا سا کھلا رکھوں گا۔غسل خانہ میرے کمرے
کے بالکل سامنے تھا ذرا سا دروازہ کھلا رہتا اور میں تاک میں رہتا تو افتخار کو رنگے ہاتھوں پکڑ لینے میں کوئی
شبہ ہی نہیں ہو سکتا۔ میں جب غسل خانے میں داخل ہوا تو بہت مسرور تھا۔ بزعم خود نفسیاتی ماہر ہونے کی
وجہ سے اور بھی زیادہ خوش تھا کہ آج میری قابلیت مسلم ہو جائے گی۔

افتخار کو پکڑ کر میں راجہ کے سامنے پیش کرنا چاہتا تھا۔ میرا یہ ارادہ نہیں تھا کہ اسے پولیس کے حوالے کروں
مجھے صرف اپنا دلی اور ذہنی اطمینان ہی تو مطلوب تھا۔ چنانچہ میں نے غسل خانے میں داخل ہو کر جب
اپنے کپڑے اتارے تو دروازہ ذرا سا کھلا رکھا۔ پانی کے دو ڈونگے اپنے بدن پر ڈال کر میں نے صابن ملنا
شروع کیا اس کے بعد کئی مرتبہ میں نے جھانک کر کمرے کی طرف دیکھا مگر افتخار پاس لینے نہ آیا۔ لیکن
مجھے یقین واثق تھا کہ وہ ضرور آئے گا اس لیے کہ اس وقت کر فیو اٹھ چکا تھا۔

میں فوارے کے نیچے بیٹھا اور اس کی تیز اور ٹھنڈی پھوار میں اپنا کام بھول گیا اور سوچنے لگا، افسانہ نگار ہونا
بھی بہت بڑی لعنت ہے۔ میں نے اسکیم کو افسانے کی شکل دینا شروع کر دی، ساتھ ساتھ نہاتا بھی رہا اتنا
مزا آیا کہ افسانے اور پانی میں غرق ہو گیا۔ میں نے پورا افسانہ صابن اور پانی سے دھو کر اپنے دماغ
میں صاف کر لیا۔ بہت خوش تھا۔اس لیے کہ اس افسانے کا انجام یہ تھا کہ میں نے اپنے نوکر کو رنگے ہاتھوں
پکڑ لیا ہے اور میری نفسیات شناسی کی چاروں طرف دھوم مچ گئی ہے۔

میں بہت خوش تھا، چنانچہ میں خلافِ معمول اپنے بدن پر ضرورت سے زیادہ صابن ملا ضرورت سے زیادہ
پانی استعمال کیا لیکن ایک بات تھی کہ افسانہ میرے دماغ میں اور زیادہ صاف اور زیادہ اجلا ہوتا گیا۔ جب نہا

کر باہر نکلا تو میں اور بھی زیادہ خوش تھا، اس لیے کہ پورا افسانہ میں نے صابن اور پانی کے ساتھ اپنے دماغ میں لکھ لیا تھا، اب صرف یہ کرنا تھا کہ یہ قلم اٹھاؤں اور یہ افسانہ لکھ کر کسی پرچے کو بھیج دوں۔

میں خوش تھا کہ چلو ایک افسانہ ہو گیا۔ کپڑے تبدیل کرنے کے لیے دوسرے کمرے میں گیا۔ میرے فلیٹ میں صرف دو کمرے تھے۔ ایک کمرے میں تو وہ معاملہ پڑا تھا۔ یعنی میرا ریلوے کا پاس جس میں دس دس کے چھ نوٹ ملفوف تھے۔ میں دوسرے کمرے میں کپڑے پہن رہا تھا۔ کپڑے پہن کر جب باہر نکلا تو یوں سمجھیے جیسے افسانوں کی دنیا سے باہر آیا۔ فوراً مجھے خیال آیا کہ میری اسکیم کیا تھی۔ لپک کر میں اپنی میز کے پاس پہنچا، ٹرے کو دیکھا تو میری ساری افسانہ نگاری ختم ہو گئی۔

میرا ریلوے پاس دس دس کے چھ نوٹوں سمیت غائب تھا۔

میں نے فوراً اپنے شریف نوکر کو طلب کیا اور اس سے پوچھا، ''کریم، افتخار کہاں ہے؟''

اس نے جواب دیا، ''صاحب وہ کوئلے لینے گیا ہے۔''

میں نے صرف اتنا کہا، ''تو اس نے اپنا منہ کالا کر لیا ہے۔''

کریم نے اس کی تلاش کی مگر وہ نہ ملا۔ میں غسل خانے میں انسانی نفسیات کو صابن اور پانی سے دھوتا اور صاف کرتا رہا۔ مگر افتخار مجھے صاف کر گیا۔ اس لیے کہ اسی صبح جب میں بمبئی ٹاکیز کی برقی ٹرین میں روانہ ہوا تو میرے پاس، پاس نہیں تھا ٹکٹ چیکر آیا تو میں پکڑا گیا۔۔۔ مجھے کافی جرمانہ ادا کرنا پڑا۔

نفسیاتی مطالعہ

مجھے چائے کے لیے کہہ کر، وہ اور ان کے دوست پھر اپنی باتوں میں غرق ہو گئے۔ گفتگو کا موضوع، ترقی پسند ادب اور ترقی پسند ادیب تھا۔ شروع شروع میں تو یہ لوگ اردو کے افسانوی ادب پر طائرانہ نظر دوڑاتے رہے۔ لیکن بعد میں یہ نظر گہرائی اختیار کر گئی اور جیسا کہ عام طور پر ہوتا ہے، گفتگو گرما گرم بحث میں تبدیل ہو گئی۔

میرے شوہر، ترقی پسند ہیں نہ رجعت پسند، لیکن بحث پسند ضرور ہیں، چنانچہ اپنے دوستوں کے مقابلے میں سب سے زیادہ گرم جوش وہی نظر آتے تھے۔ وہ اس اندیشے کے یکسر خلاف تھے کہ پاکستان میں ترقی پسند ادب کا مستقبل تاریک ہے۔

بحث کے دوران میں ایک مرتبہ انہوں نے بالکل ''تم آج شام کو ساڑی پہنو گی،'' کے سے فیصلہ کن انداز میں اپنے دوست حبیب سے کہا، ''تمہیں تسلیم کرنا پڑے گا کہ پاکستان میں ترقی پسند ادب کی تحریک زندہ رہے گی۔''

حبیب صاحب فوراً اسر تسلیم خم کر دینے والے نہیں تھے، چنانچہ بحث جاری رہی، اور جب میں چائے تیار کرنے کے لیے اٹھی تو حفیظ اللہ صاحب جن کو سب اُلّا کہہ کر پکارتے تھے، پچیسواں سگریٹ پھونکتے ہوئے ترقی پسند ادب پر کریملن کے اشتمالی اثر کو غلط ثابت کرنے کی کوشش شروع کرنے والے تھے۔ میں اٹھ کر باورچی خانے میں آئی تو نو کر غائب تھا اور چائے کا پانی چولہے پر دھرا بالکل غارت ہو چکا تھا۔ میں نے کیتلی کا پانی تبدیل کیا اور باہر نکل کر نو کر کو آواز دی۔ وہ جب آیا تو اس کے ہاتھ میں ''ادا کار'' کا پرچہ تھا جس کے سرورق پر منور ما کی نیم برہنہ تصویر چھپی ہوئی تھی۔ میں نے جھٹک کر پرچہ اس کے

ہاتھ سے لیا، ''جب دیکھو واہیات پرچے پڑھ رہا ہے۔۔۔ چائے کا پانی ابل ابل کر تیل بن چکا ہے اس کا کچھ خیال ہی نہیں۔۔۔ جاؤ، پیسٹری لے کر آؤ۔۔۔ منٹا منٹی میں آنا۔''

میں نے پرس میں سے ایک پانچ کا نوٹ اس کو دیا اور باورچی خانے میں لوہے کی کرسی پر بیٹھ کر ''اداکار'' کی تصویریں دیکھنا شروع کر دیں۔ تصویریں دیکھ چکنے کے بعد میں سوال جواب پڑھ رہی تھی کہ پیسٹری آ گئی۔ ''اداکار'' کا پرچہ میز پر رکھ کر میں نے سب دانے الگ الگ طشتریوں میں چنے اور نو کر سے یہ کہہ کر، وہ دودھ گرم کر کے جلدی چائے لے آئے، واپس بڑے کمرے میں چلی آئی۔

جب اندر داخل ہوئی تو وہ اور ان کے دوست قریب قریب خاموش تھے۔ میں سمجھی، شاید ان کی گفتگو ختم ہو چکی ہے لیکن اُلّا صاحب نے اپنے موٹے موٹے شیشوں والی عینک اتار کر رومال سے آنکھیں صاف کر کے میری طرف دیکھتے ہوئے کہا، ''بھابی جان سے پوچھنا چاہیے۔۔۔ شاید وہ اس پر کچھ روشنی ڈال سکیں؟''

میں کرسی پر بیٹھنے والی تھی۔ یہ سن کر قدرے رک گئی۔ اب حبیب صاحب مجھ سے مخاطب ہوئے، ''تشریف رکھیے!'' میں بیٹھ گئی۔ میرے شوہر اپنی جگہ سے اٹھے اور بالکل ''اس کو سینا پرونا نہیں آتا'' کے سے انداز میں اپنے دوست اُلّا سے کہا، ''یہ اس معاملے پر کوئی روشنی نہیں ڈال سکتی۔''

''پوچھنا مجھے تھا۔'' حبیب صاحب نے ان سے پوچھا، ''کیوں؟''

حسب عادت میرے شوہر گول کر گئے۔ ''بس۔۔۔!'' پھر مجھ سے مخاطب ہوئے، ''چائے کب آئے گی؟'' میں نے مسکرا کر جواب دیا، ''جب آپ مجھ سے روشنی ڈالنے کے لیے کہیں گے۔''

اُلّا صاحب نے چشمہ ناک پر جمایا اور تھوڑا سا مسکرائے، ''بات یہ ہے بھابی جان کہ۔۔۔ وہ ہیں نا آپ کی۔۔۔ میرا مطلب ہے۔۔۔'' حبیب صاحب نے ان کی بات کاٹ دی، ''اُلّے، خدا کی قسم تمہیں اپنا مطلب سمجھانے کا سلیقہ کبھی نہیں آئے گا۔'' یہ کہہ کر وہ مجھ سے مخاطب ہوئے، ''آپ یہ فرمائیے کہ آپ کا اپنی سہیلی بلقیس جہاں کے متعلق کیا خیال ہے؟'' سوال بڑا اوندھا سا تھا۔ میں جواب سوچنے لگی، ''میں آپ کا مطلب نہیں سمجھی۔''

اُلّا صاحب نے حبیب صاحب کی پسلیوں میں اپنی کہنی سے ایک ٹھونکا دیا، ''بھئی واللہ، اپنا مطلب واضح طور پر سمجھانے کا سلیقہ ایک فقط تمہیں ہی آتا ہے۔''

''ٹھہرو یار،'' حبیب جھنجھلا گئے۔ انہوں نے ٹائی کی گرہ ٹھیک کی اور جھنجھلاہٹ دور کرتے ہوئے مجھ سے کہا، ''ابھی ابھی بلقیس کی باتیں ہو رہی تھیں۔ اردو کے موجودہ ادب میں اس خاتون کا جو رتبہ ہے۔۔۔

میرا مطلب ہے کہ ان کا ایک خاص مقام ہے۔ افسانہ نگاری میں اپنے ہم عصروں کے مقابلے میں وہ بہت آگے ہیں۔ جہاں تک نفسیات کے مطالعے کا تعلق ہے ۔ ۔ ۔ ‘‘

حبیب صاحب جیسے یہ کہنے کے لیے بے تاب تھے، ’’ان کا مطالعہ بہت گہرا ہے۔‘‘

’’خاص طور پر مردوں کی جنسی نفسیات کا۔‘‘ میرے شوہر نے اپنے مخصوص انداز میں کہا اور میری طرف معنی خیز نظروں سے دیکھتے ہوئے اپنی کرسی پر بیٹھ گئے۔ حبیب نے مجھ سے مخاطب ہو کر میرے شوہر کے الفاظ دہرائے، ’’جی ہاں خاص طور پر مردوں کی جنسی نفسیات کا۔‘‘ اور یہ کہتے ہوئے دفعتاً مجھ سے دفعتاً مجذوب سے ہو گئے اور آنکھیں نیچی کر لیں۔ مجھے ان پر کچھ ترس آیا چنانچہ میں نے ذرا بے باکی سے کہا، ’’آپ کیا پوچھنا چاہتے ہیں؟‘‘

اُلّا صاحب خاموش رہے۔ ان کی جگہ حبیب بولے، ’’چونکہ آپ بلقیس صاحبہ کی سہیلی ہیں، اس لیے ظاہر ہے کہ آپ ان کو بہت اچھی طرح جانتی ہیں۔‘‘ میں نے صرف اتنا کہا، ’’ایک حد تک!‘‘ میرے شوہر نے کسی قدر بے چین ہو کر کہا، ’’بے کار ہے ۔ ۔ ۔ بالکل بے کار ہے ۔ ۔ ۔ عورتیں راز کی باتیں نہیں بتایا کرتیں، خاص طور پر جب وہ خود ان کی اپنی صنف سے متعلق ہوں۔‘‘ پھر وہ مجھ سے مخاطب ہوئے، ’’کیوں محترمہ، کیا میں جھوٹ کہتا ہوں؟‘‘

میرا خیال ہے ایک حد تک درست کہہ رہے تھے، لیکن میں نے کوئی جواب نہ دیا۔ اتنے میں چائے آ گئی اور گفتگو تھوڑے عرصے کے لیے ’’چائے کتنی ۔ ۔ دودھ کتنا ۔ ۔ شکر کتنے چمچ‘‘، میں تبدیل ہو گئی۔ اُلّا صاحب پانچویں کریم رول کی کریم اپنے ہونٹوں پر سے چوستے ہوئے پھر بلقیس جہاں کی طرف لوٹے اور بلند آواز میں کہا، ’’کچھ بھی ہو، یہ طے ہے کہ یہ محترمہ ہم مردوں کی جنسی نفیسات کو خوب سمجھتی ہیں۔‘‘

ان کا رویۂ سخن ہم سب کی طرف کم اور ساری دنیا کی طرف زیادہ تھا۔ میں ان کا یہ فیصلہ سن کر دل ہی دل میں مسکرائی۔ کیونکہ کم بخت بلقیس، اُلّا صاحب کی جنسی نفسیات خوب سمجھتی تھی۔ اس نے ایک مرتبہ مجھ سے کہا تھا، ’’بھپو، اگر یہ اُلّا صاحب تمہارے شوہر نیک اختر کے دوست نہ ہوتے تو خدا کی قسم میں انہیں ایسے چکر دیتی کہ ساری عمر یاد رکھتے ۔ ۔ ۔ اول درجے کے ریشہ خطمی انسان ہیں ۔ ۔ ۔ اسٹریم لائنڈ عاشق۔‘‘

مجھے معلوم نہیں بلقیس نے اُلّا صاحب کے متعلق یہ رائے کیسے قائم کی تھی۔ میں نے ان کی طرف غور سے دیکھا۔ عینک کے دبیز شیشوں کے پیچھے ان کی آنکھیں گڈمڈ سی ہو رہی تھیں ۔ ۔ ۔ اسٹریم لائنڈ عاشق کا کوئی خط مجھے ان کے چہرے پر نظر نہ آیا۔ میں نے سوچا ایسے معاملے جانچنے کے لیے ایک خاص قسم کی نگاہ کی

ضرورت ہوتی ہے جو قدرت نے صرف بلی ہی کو عطا کی تھی۔

اُلّاصاحب نے جب مجھے گھورتے دیکھا تو سٹپٹا سے گئے۔ چھٹے کریم رول کی کریم بہت بری طرح ان کے ہونٹوں سے لتھڑ گئی، ''معاف کیجیے گا۔'' یہ کہہ کر رومال سے اپنا منہ پونچھا، ''کیا آپ کی سہیلی بلقیس کے بارے میں میرا خیال غلط ہے۔'' میں نے اپنے لیے دوسرا کپ بنانا شروع کر دیا، ''میں اس بارے میں کچھ کہہ نہیں سکتی۔''

میرے شوہر ایک دم اٹھ کھڑے ہوئے اور بالکل، ''شلجم بن جلائے تم کبھی نہیں پکا سکتیں،'' کے سے انداز میں کہا، ''یہ اس بارے میں کبھی کچھ کہہ نہیں سکیں گی۔''

میں نے غیر ارادی طور پر ان کی طرف دیکھا۔ بلی کی ان کے بارے میں یہ رائے تھی کہ بنتے بنتے بننے کے فن میں بڑی مہارت حاصل کر گئے ہیں۔۔۔ بے حد خشک ہیں اور یہ خشکی انہوں نے اپنے وجود میں اِدھر اُدھر سے ملبہ ڈال ڈال کر پیدا کی ہے۔ بظاہر کسی عورت میں دلچسپی ظاہر نہیں کریں گے مگر ہر عورت کو ایک بار چور نظر سے ضرور دیکھیں گے۔۔۔ دفعتًا انہوں نے میری طرف چور نظر سے دیکھا۔ میں جھینپ گئی۔

اُلّاصاحب اپنے ہونٹ تسلی بخش طور پر صاف کر چکے تھے۔ ایک پیٹس اٹھا کر وہ میرے شوہر سے مخاطب ہوئے، ''یار تمہاری بیگم صاحبہ نے تو ہمیں بہت بری طرح ڈس اپائنٹ کیا ہے۔'' حبیب صاحب چائے کا آخری گھونٹ پی کر بولے، ''درست ہے۔۔۔ لیکن اس معاملے میں بیوی کے بجائے خاوند کسی حد تک رہبری کر سکتا ہے۔'' اُلّاصاحب نے پوچھا، ''تمہارا مطلب ہے، بلقیس صاحبہ کے بارے میں؟''

''جی ہاں۔'' یہ کہہ کر حبیب صاحب اٹھے، میرے شوہر کے کندھے پر ہاتھ رکھا اور میری طرف دیکھ کر مسکرائے، ''اپنی بیگم صاحبہ کے ذریعے سے آپ کو بلقیس کی عجیب و غریب شخصیت کے بارے میں کچھ نہ کچھ تو ضرور معلوم ہوا ہو گا۔'' میرے شوہر نے بڑی سنجیدگی کے ساتھ جواب دیا، ''صرف اسی قدر کہ اس کا مطالعہ کتابی نہیں۔'' یہ کہہ کر انہوں نے مجھ سے پوچھا، ''کیوں سعیدہ؟'' میں نے ذرا توقف کے بعد کہا، ''جی ہاں۔۔۔ اسے کتابوں کے مطالعے کا اتنا شوق نہیں!'' میرے شوہر نے ایک دم سوال کیا، ''تم اس کی وجہ بتا سکتی ہو؟''

مجھے اس کی وجہ معلوم نہیں تھی، اس لیے میں نے اپنی معذوری ظاہر کر دی لیکن میں سوچنے لگی کہ جب بلقیس کا کام ہی لکھنا ہے، پھر اسے پڑھنے سے لگاؤ کیوں نہیں۔۔۔ مجھے یاد ہے، ایک مرتبہ نمائش میں گھومتے ہوئے اس نے مجھ سے کہا تھا، ''بھپو، یہ نمائش نہیں ایک لائبریری ہے۔۔۔ زندہ اور متحرک کتابوں سے

بھری ہوئی۔۔۔غور تو کرو کتنے دلچسپ کردار چل پھر رہے ہیں۔،،

سوچتے سوچتے مجھے اس کی اور بہت سی باتیں یاد آ گئیں۔عورتوں کے مقابلے میں وہ مردوں سے کہیں زیادہ تپاک سے ملتی اور باتیں کرتی تھی۔ لیکن گفتگو کا موضوع ادب، شاذ و نادر ہی ہوتا تھا، میر ا خیال ہے کہ ادبی ذوق رکھنے والے مرد اس سے مل کر یقینی طور پر اس نتیجے پر پہنچتے ہوں گے کہ وہ بہت غیر ادبی قسم کی عورت ہے، کیونکہ عام طور پر وہ گفتگو کا رخ لٹریچر کی طرف آنے ہی نہیں دیتی تھی، لیکن اس کے باوجود اس سے ملاقات کرنے والے بہت خوش خوش جاتے تھے کہ انہوں نے اتنی بڑی ادبی شخصیت کے ایک بالکل نئے اور نرالے پہلو کی جھلک دیکھ لی ہے۔

جہاں تک میں سمجھتی ہوں، بلی اپنی شخصیت کے اس بظاہر بالکل نئے اور نرالے پہلو کی جھلک خود دکھاتی تھی، بقدرِ ضرورت اور وہ بھی صرف اپنے ملاقاتیوں کے کردار کی صحیح جھلک دیکھنے کے لیے۔ میرے ساتھ اس کو اپنا یہ محبوب اور مجرب نسخہ استعمال کرنے کی ضرورت محسوس نہ ہوئی تھی کیونکہ بقول اس کے ،، میں نے ایک نظر ہی میں تاڑ لیا تھا کہ تم بے حد سادہ اور چغد قسم کی لڑکی ہو۔ ،،

میں بے حد سادہ اور چغد قسم کی لڑکی تو نہیں ہوں۔ لیکن شاید بلی نے یہ رائے اس لیے اس کی تھی کہ میں نے اس کی بحث پسند، ضدی اور اڑیل طبیعت کے پیش نظر اس سے راہ و رسم بڑھانے سے پہلے ہی اپنے دل میں فیصلہ کر لیا تھا کہ میں اس کی طبیعت کے خلاف بالکل نہ چلوں گی۔ یہ وجہ بھی ہو سکتی ہے کہ اس کے بعض افسانے جو بڑے ٹھیٹ قسم کے جنسیاتی یا نفسیاتی ہوتے تھے، میری سمجھ سے عام طور پر اونچے ہی رہتے تھے۔ وہ اکثر ایسے افسانوں کے متعلق پوچھا کرتی تھی، ،، کہو بھپو، تم نے میرا فلاں افسانہ پڑھا۔،، اور پھر خود ہی کہا کرتی تھی، ،، پڑھا تو ضرور ہو گا، مگر سمجھ میں کیا آیا ہو گا۔۔۔۔ خاک۔ خدا کی قسم تم بے حد سادہ اور چغد قسم کی لڑکی ہو ! ،،

میں یہ افسانے سمجھنے کی کوشش ضرور کرتی، مگر مجھے اس بات سے بڑی الجھن ہوتی کہ بلی عورت ہو کر ایسی گہرائیوں میں کود جاتی ہے، جن میں اترنے سے مرد بھی گھبرائیں۔ میں نے کئی دفعہ اس سے کہا، ،، تم کیوں ایسی باتیں لکھتی ہو کہ مرد بیٹھ کر تمہارے متعلق طرح طرح کی افواہیں اڑاتے ہیں۔ ،، مگر اس نے ہر بار جواب کچھ اسی قسم کا دیا، ،، اڑانے دو۔۔۔ میں ان کیڑوں کی کیا پروا کرتی ہوں۔۔۔ایسی درگت بناؤں گی کہ یاد رکھیں گے ! ،،

وہ کتنے مردوں کی درگت بنا چکی تھی، اس کا مجھے کوئی علم نہیں، لیکن میرٹھ کے ایک ادھیڑ عمر کے شاعر جو

دو سال تک اسے عشقیہ خط لکھتے رہے تھے اور جسے دو سال تک یہ شہہ دیتی رہی تھی، انجام کار سب کچھ بھول کر ایک بہت ہی خفیہ خط میں اس کو اپنی بیٹی بنانے پر مجبور ہو گئے تھے۔ بلکہ یوں کہیے کہ مجبور کر دیئے گئے تھے۔۔۔اس نے مجھے ان کا آخری خط دکھایا تھا۔۔۔ خدا کی قسم مجھے بہت ترس آیا تھا بیچارے پر۔ اُلّا صاحب دوسرا پیٹیس ختم کر چکے تھے۔۔۔حبیب صاحب تفریحاً خالی پیالی میں چمچ ہلا رہے تھے۔ میں اٹھ کر چائے کے برتن جمع کرنے لگی تو اُلّا صاحب نے رسمیہ طور پر کہا، ''اتنی نفیس چائے کا بہت بہت شکریہ۔۔۔مگر یہ گلہ آپ سے ضرور رہے گا کہ آپ نے بلقیس جہاں صاحبہ کی جنسیات نگاری پر کوئی روشنی نہ ڈالی۔۔۔میں سچ عرض کرتا ہوں کہ بڑے بڑے ماہر جنسیات بھی حیران ہیں کہ ایک عورت میں اتنی گہری نگاہ کہاں سے آ گئی۔''

میں کچھ کہنے ہی والی تھی کہ ٹیلیفون کی گھنٹی بجنا شروع ہوئی، میرے شوہر نے ریسیور اٹھایا، ''ہلو۔۔۔ ہلو۔۔۔جی۔۔۔؟ جی. جی۔۔۔ آداب عرض۔۔۔جی ہاں ہے۔'' یہ کہہ کر انہوں نے مجھ سے کہا، ''تمہارا فون ہے۔'' پھر جیسے دفعتاً یاد آیا ہو، ''بلی ہے!''

اُلّا صاحب، حبیب اور میں بیک وقت بولے، ''بلقیس!''

میں نے بڑھ کر ریسیور لیا۔ گو بلقیس آنکھ سے اوجھل تھی، مگر مجھے ایسا محسوس ہوا کہ وہ جانتی ہے کہ اس کے متعلق یہاں باتیں ہو رہی تھیں۔۔۔اس احساس کے باعث میں بوکھلا گئی۔ جلدی جلدی میں اس سے چند باتیں کیں اور ریسیور رکھ دیا۔۔۔اس نے مجھے اپنے یہاں بلایا تھا۔

محفل جمی رہی۔۔۔میں گھر کے کام کاج سے جلدی جلدی فارغ ہو کر بلی کے ہاں روانہ ہو گئی۔ کوٹھی کے باہر بے شمار اسباب افراتفری کے عالم میں پڑا تھا، اس لیے کہ سفیدی ہو رہی تھی۔ وہ اپنے کمرے میں تھی، مگر اس کا سامان بھی درہم برہم تھا۔ میں ایک کرسی صاف کر کے اس پر بیٹھ گئی، بلی نے ادھر ادھر دیکھا اور مجھ سے کہا، ''میں ابھی آئی۔'' چند منٹ کے بعد ہی وہ واپس آ گئی اور مجھ سے کچھ دور اسٹول پر بیٹھ گئی۔

میں نے اس سے کہا، ''آج تمہارے متعلق بہت باتیں ہو رہی تھیں۔''

''اوہ!'' اس نے کوئی دلچسپی ظاہر نہ کی۔

''اُلّا صاحب بھی تھے۔''

''اچھا!''

''میں نے انہیں بہت غور سے دیکھا، مگر مجھے ان میں اسٹریم لائنڈ عاشق کے کوئی آثار نظر نہ آئے۔''

بلی نے مسکرانے کی ناکام کوشش کی، پھر سنجیدگی کے ساتھ کہا، ''مجھے تم سے ایک بات کرنا تھی۔''

''کیا؟''

''کوئی ایسی خاص نہیں۔''

لیکن اس کے لہجے نے چغلی کھائی کہ بات بہت خاص قسم کی ہے، چنانچہ میں نے فوراً سوچا کہ اس کے لیے خاص بات صرف ایک ہی ہو سکتی ہے۔۔۔کسی مرد کے عشق میں گرفتار ہو جانا۔

''آنکھ لڑ گئی ہے کسی سے؟''

بلقیس نے میرے اس سوال کا کوئی جواب نہ دیا۔۔۔ میں نے جب اس کی طرف غور سے دیکھا تو وہ مجھے بہت ہی متردد نظر آئی۔

''بات کیا ہے۔۔۔آج تم میں وہ شگفتگی نہیں۔''

اس نے پھر مسکرانے کی ناکام کوشش کی، ''شگفتگی۔۔۔؟نہیں تو سفیدی ہو رہی ہے نا۔ ساری پریشانی اسی کی ہے!'' یہ کہہ کر وہ دانتوں سے اپنے ناخن کاٹنے لگی۔ مجھے یہ دیکھ کر بہت تعجب ہوا کیونکہ وہ اس کو بہت ہی مکروہ سمجھتی تھی۔

چند لمحات خاموشی میں گزر گئے۔۔۔ میں بے چین ہو رہی تھی کہ وہ جلدی بات کرے، لیکن وہ خدا معلوم کن خیالات میں غرق تھی۔ بالآخر میں نے تنگ آ کر اس سے کہا، ''کیا تم میرا نفسیاتی مطالعہ تو نہیں کر رہی ہو۔۔۔ آخر کچھ کہو گی یا نہیں؟'' وہ بڑبڑائی، ''نفسیاتی مطالعہ۔۔۔'' اور اس کی آنکھوں سے ٹپ ٹپ آنسو گرنے لگے۔ میں ابھی اپنے تعجب کا اظہار بھی نہ کرنے پائی تھی کہ وہ اٹھ کر تیزی سے غسل خانے میں چلی گئی۔

بلی کی سدا تمسخر اڑانے والی آنکھیں اور آنسو۔۔۔؟ مجھے یقین نہیں آتا تھا مگر اس کا رونا نہایت کرب آلود تھا۔ اور تو کچھ میری سمجھ میں نہ آیا، سینے کے ساتھ لگا کر اس کو ڈھارس دی اور کہا، ''کیا بات ہے میری جان؟'' اس کے آنسو اور تیزی سے بہنے لگے، لیکن تھوڑی دیر بعد ایک دم آنسو رک گئے۔ مجھ سے دور ہٹ کر وہ دریچے کے باہر دیکھنے لگی، ''میں جانتی تھی کہ یہ کھیل خطرناک ہے، لیکن میں نے کوئی پروانہ کی۔۔۔ کیا دلچسپ اور مزیدار کھیل تھا!''

وہ دیوانوں کی طرح ہنسی، ''بہت ہی مزیدار کھیل۔۔۔ان کی فطری کمزوریوں سے فائدہ اٹھایا، چند روز بے وقوف بنایا اور ایک افسانہ لکھ دیا۔۔۔ کس کا افسانہ قسم۔۔۔بلقیس جہاں کا۔۔۔جنسی نفسیات کی ماہر کا۔۔۔''

اس نے پھر رونا شروع کر دیا اور مجھ سے لپٹ کر کہنے لگی، ''بھپو۔۔۔میری حالت قابل رحم!''

''کیا ہوا میری جان؟''

مجھ سے دور ہٹ کر وہ پھر دریچے کے باہر دیکھنے لگی، ''بلقیس جہاں کا خاتمہ۔۔۔کل اسی کمرے میں اس کا وجود ہمیشہ ہمیشہ کے لیے ختم ہو گیا۔''

''کیسے؟''

''یہ مجھ سے نہ پوچھو بھپو۔'' یہ کہہ کر وہ مجھ سے لپٹ گئی، ''لیکن نہیں۔۔۔میں تم سے نہیں چھپا سکتی۔۔۔ لو سنو۔۔۔چند دنوں سے میں سفیدی کرنے والے مزدور کا مطالعہ کر رہی تھی۔۔۔کل شام اسی وحشی نے اچانک۔۔۔''

بلقیس نے دھکا دے کر مجھے باہر نکال دیا اور غسل خانے کا دروازہ بند کر دیا۔

جب میں گھر پہنچی تو اُلّا صاحب اور حبیب صاحب کے علاوہ ایک اور صاحب بھی موجود تھے۔۔۔بلقیس جہاں کی حیرت انگیز جنسی نفسیات نگاری گفتگو کا موضوع تھا۔

نکی

طلاق لینے کے بعد وہ بالکل نجّت ہو گئی تھی۔ اب وہ ہر روز کی دنتا کِل کِل اور مار کٹائی نہیں تھی۔ نکی بڑے آرام و اطمینان سے اپنا گزر اوقات کر رہی تھی۔

یہ طلاق پورے دس برس کے بعد ہوئی تھی۔ نکی کا شوہر بہت ظالم تھا۔ پرلے درجے کا نکھٹو اور شرابی کبابی۔ بھنگ چرس کی بھی لت تھی۔ کئی کئی دن بھنگڑ خانوں میں اور تکیوں میں پڑا رہتا تھا۔ ایک لڑکا ہوا تھا۔ وہ پیدا ہوتے ہی مر گیا۔ برس کے بعد ایک لڑکی ہوئی جو زندہ تھی اور اب نو برس کی تھی۔

نکی سے اس کے شوہر گام کو اگر کوئی دلچپسی تھی تو صرف اتنی کہ وہ اس کو مار پیٹ سکتا تھا۔ جی بھر کے گالیاں دے سکتا تھا۔ طبیعت میں آئے تو کچھ عرصے کے لیے گھر سے نکال دیتا تھا۔ اس کے علاوہ نکی سے اس کو اور کوئی سرو کار نہیں تھا۔ محنت مزدوری کی جب تھوڑی سی رقم نکی کے پاس جمع ہوتی تھی تو وہ اس سے زبردستی چھین لیتا تھا۔

طلاق بہت پہلے ہو چکی ہوتی، اس لیے کہ میاں بیوی کے نباہ کی کوئی صورت ہی نہیں تھی۔ یہ صرف گام کی ضد تھی کہ معاملہ اتنی دیر لٹکا رہا۔ اس کے علاوہ ایک بات یہ تھی کہ نکی کے آگے پیچھے کوئی بھی نہ تھا۔ ماں باپ نے اس کو ڈولی میں ڈال کر گام کے سپرد کیا اور دو مہینے کے اندر اندر راہی ملکِ بقا ہوئے جیسے انہوں نے صرف اسی غرض کے لیے موت کو روک رکھا تھا۔ انہیں اپنی بیٹی کو ایک لمبی موت کے لیے گام کے حوالے کرنا تھا۔ بہت دور کے دو ایک رشتہ دار ہوں گے مگر نکی سے ان کا کوئی واسطہ نہیں تھا۔ انہوں نے خود کو اور زیادہ دور کر لیا تھا۔

گام کیسا ہے، یہ نکی کے ماں باپ اچھی طرح جانتے تھے۔ ان کی بیٹی ساری عمر روتی رہے گی، یہ بھی ان کو

اچھی طرح معلوم تھا۔ مگر انہیں تو اپنی زندگی میں ایک فرض سے سبکدوش ہونا تھا، اور ایسے سبکدوش ہوئے کہ سارا بوجھ نکی کے ناتواں کاندھوں پر ڈال گئے۔

طلاق لینے سے نکی کا یہ مطلب نہیں تھا کہ کسی شریف سے نکاح کرنا چاہتی تھی۔ دوسری شادی کا اس کو کبھی خیال تک بھی نہ آیا تھا۔ طلاق ہونے کے بعد وہ کیا کرے گی، کیا نہیں کرے گی، اس کے متعلق بھی نکی نے کبھی نہیں سوچا تھا۔ اصل میں وہ ہر روز کی بک بک اور جھک جھک سے صرف ایک اطمینان کا سانس لینا چاہتی تھی۔ اس کے بعد جو ہونے والا تھا اس کو نکی بخوشی برداشت کرنے کے لیے تیار تھی۔ لڑائی جھگڑے کا آغاز تو پہلے روز ہی سے ہو گیا تھا جب نکی دلہن بن کر گام کے گھر گئی تھی۔ لیکن طلاق کا سوال اس وقت پیدا ہوا تھا جب وہ گام کے سُدھار کے لیے دعائیں مانگ مانگ کر عاجز آ گئی تھی اور اس کے ہاتھ اپنی یا اس کی موت کے لیے اٹھنے لگے تھے۔ جب یہ حیلہ بھی بے اثر ثابت ہوا تو اس نے اپنے شوہر کی منت سماجت شروع کی کہ وہ اسے بخش دے اور علیحدہ کر دے، مگر قدرت کی ستم ظریفی دیکھیے کہ دس برس کے بعد تکیے میں ایک ادھیڑ عمر کی میراثن سے گام کی آنکھ لڑی اور ایک دن اس کے کہنے پر اس نے نکی کو طلاق دے دی اور بیٹی پر بھی اپنا کوئی حق نہ جتایا۔ حالانکہ نکی کو اس بات کا ہمیشہ دھڑکا رہتا تھا کہ اگر اس کا شوہر طلاق پر راضی بھی ہو گیا تو وہ بیٹی کبھی اس کے حوالے نہیں کرے گا۔ ۔ بہرحال نکی نجات ہو گئی۔ اور ایک چھوٹی سی کوٹھری کرائے پر لے کر چین کے دن گزارنے لگی۔

اس کے دس برس اداس خاموشی میں گزرے تھے۔ دل میں ہر روز اس کے بڑے بڑے طوفان جمع ہوتے تھے مگر وہ خاوند کے سامنے اُف تک نہیں کر سکتی تھی۔ اس لیے کہ اسے بچپن ہی سے یہ تعلیم ملی تھی کہ شوہر کے سامنے بولنا ایسا گناہ ہے جو کبھی بخشا ہی نہیں جاتا۔ اب وہ آزاد تھی اس لیے وہ چاہتی تھی کہ اپنے دس برس کی بھڑاس کسی نہ کسی طرح نکالے۔ چنانچہ ہمسایوں سے اس کی اکثر لڑائی بھڑائی ہونے لگی۔ معمولی تُو تُو مَیں مَیں ہوتی جو گالیوں کی جنگ میں تبدیل ہو جاتی۔ نکی پہلے جس قدر خاموش تھی، اب اسی قدر اس کی زبان چلتی تھی۔ منٹا منٹی میں وہ اپنے مدِّمقابل کی ساتوں پیڑھیاں پن کر رکھ دیتی۔ ایسی ایسی گالیاں اور سِٹھنیاں دیتی کہ حریف کے چھکے چھوٹ جاتے۔

آہستہ آہستہ سارے محلے پر نکی کی دھاک بیٹھ گئی۔ یہاں کاروباری قسم کے مرد رہتے تھے جو صبح سویرے اٹھ کر کام پر نکل جاتے اور رات دیر سے گھر لوٹتے۔ سارے دن میں عورتوں میں جو لڑائی جھگڑا ہوتا، اس سے وہ مرد بالکل الگ تھلگ رہتے تھے۔ ان میں سے شاید کسی کو پتا بھی نہیں تھا کہ نکی کون

ہے اور محلے کی ساری عورتیں اس سے کیوں دبتی ہیں۔

چرخہ کات کر، بچوں کے لیے گڈے گڑیاں بنا کر اور اسی طرح کے چھوٹے موٹے کام کر کے وہ گزر اوقات کے لیے کچھ نہ کچھ پیدا کر لیتی تھی۔ طلاق لیے اسے قریب قریب ایک برس ہو چلا تھا۔ اس کی بیٹی بھولی اب گیارہ کے لگ بھگ تھی اور بڑی سرعت سے جوان ہو رہی تھی، نکی کو اس کی شادی بیاہ کی بہت فکر تھی۔ اس کے اپنے زیور تھے جو ایک ایک کر کے گام نے چٹ کر لیے تھے۔ ایک صرف ناک کی کیل باقی رہ گئی تھی، وہ بھی گھس گھسا کر آدھی رہ گئی تھی۔

اسے بھولی کا پورا جہیز بنانا تھا اور اس کے لیے کافی روپیہ درکار تھا۔ تعلیم تھی، وہ اس نے اپنی طرف سے ٹھیک دی تھی۔ قرآن ختم کرا دیا تھا۔ معمولی حرف شناسی کر لیتی تھی۔ کھانا پکانا خوب آتا تھا۔ گھر کے دوسرے کام کاج بھی اچھی طرح جانتی تھی۔ چونکہ نکی کو اپنی زندگی میں بہت تلخ تجربہ ہوا تھا اس لیے اس نے بھولی کو خاوند کا اطاعت گزار ہونے کے لیے کبھی اشارتاً بھی نہیں کہا تھا۔ وہ چاہتی تھی کہ اس کی بیٹی سسرال میں چھپر کھٹ پر بیٹھی راج کرے۔

ماں کے ساتھ جو کچھ بیتا تھا اس کا سارا حال بھولی کو معلوم تھا مگر جب نکی کی لڑائی ہمسایوں کے ساتھ ہوتی تھی تو وہ پانی پی پی کر اسے کوستی تھیں اور یہ طعنہ دیتی تھیں کہ وہ مطلقہ ہے جس کو خاوند نے صرف اس لیے علیحدہ کیا تھا کہ اس غریب کے ناک میں دم کر رکھا تھا۔ اور بہت سی باتیں اپنی ماں کے کردار و اطوار کے متعلق اس کی سماعت میں آتی تھیں مگر وہ خاموش رہتی تھی۔ بڑے بڑے معرکے کی لڑائیاں ہوتیں مگر وہ کان سمیٹے اپنے کام میں لگی رہتی۔

جب سارے محلے پر نکی کی دھاک بیٹھ گئی تو کئی عورتوں نے مرعوب ہو کر اس کے پاس آنا جانا شروع کر دیا۔ کئی اس کی سہیلیاں بن گئیں۔ جب ان کی اپنی کسی پڑوسن سے لڑائی ہوتی تو نکی ساتھ دیتی اور ہر ممکن مدد کرتی۔ اس کے بدلے میں اس کو کبھی قمیض کے لیے کپڑا ملا جاتا تھا، کبھی پھل، کبھی مٹھائی اور کبھی کبھی کوئی بھولی کے لیے سوٹ بھی سلوا دیتا تھا۔

لیکن جب نکی نے دیکھا کہ ہر دوسرے تیسرے دن اسے محلے کی کسی نہ کسی عورت کی لڑائی میں شریک ہونا پڑتا ہے اور اس کے کام کاج کا ہرج ہوتا ہے تو اس نے پہلے دبی زبان سے پھر کھلے لفظوں میں اپنا معاوضہ مانگنا شروع کر دیا اور آہستہ آہستہ اپنی فیس بھی مقرر کر لی۔ معرکے کی جنگ ہو تو پچیس روپے، دن زیادہ لگیں تو چالیس۔ معمولی پچ کے صرف چار روپے اور دو وقت کا کھانا۔ درمیانے درجے کی لڑائی

کے پندرہ روپے ۔۔۔ کسی کی سفارش ہو تو وہ کچھ رعایت بھی کر دیتی تھی۔

اب چونکہ اس نے دوسروں کی طرف سے لڑنا اپنا پیشہ بنا لیا تھا، اس لیے اسے محلے کی تمام عورتوں اور ان کی بہو بیٹیوں کے تمام فضیحتے یاد رکھنے پڑتے تھے۔ ان کا تمام حسب و نسب معلوم کر کے اپنی یاد داشت میں محفوظ کرنا پڑتا تھا۔ مثال کے طور پر اس کو معلوم تھا کہ اونچی حویلی والی سوداگر کی بیوی جو اپنی ناک پر مکھی نہیں بیٹھنے دیتی، ایک موچی کی بیٹی ہے، اس کا باپ شہر میں لوگوں کے جوتے گانٹھتا پھرتا تھا اور اس کا خاوند جو جناب شیخ صاحب کہلاتا ہے معمولی قصائی تھا۔ اس کے باپ پر ایک رنڈی مہربان ہو گئی تھی، وہ اسی کے بطن سے تھا اور یہ اونچی حویلی اس طوائف نے اپنے یار کو بنوا کر دی تھی۔ کس لڑکی کا کس کے ساتھ معاشقہ ہے، کون کس کے ساتھ بھاگ گئی تھی، کون کتنے حمل گرا چکی ہے، اس کا حساب سب نکی کو معلوم تھا۔ یہ تمام معلومات حاصل کرنے میں وہ کافی محنت کرتی تھی۔ کچھ مسالا اس کو اپنے موکلوں سے مل جاتا تھا۔ اسے اپنی معلومات کے ساتھ ملا کر وہ ایسے ایسے بم بناتی کہ مدِّ مقابل کے چھکے چھوٹ جاتے تھے۔

ہوشیار و کیلوں کی طرح وہ سب سے وزنی ضرب صرف اسی وقت استعمال کرتی تھی جب لوہا پوری طرح سرخ ہوتا، چنانچہ یہ ضرب سولہ آنے فیصلہ کن ثابت ہوتی تھی۔

جب وہ اپنے موکل کے ساتھ کسی محاذ پر جاتی تھی تو گھر سے پوری طرح کیل کانٹے سے لیس ہو کے جاتی تھی، طعنے مہنوں اور گالیوں اور سٹّھنیوں کو مؤثر بنانے کے لیے مختلف اشیا بھی استعمال کرتی تھی۔ مثال کے طور پر گھسا ہوا جوتا، پھٹی ہوئی قمیض، چمٹا، پھکنی وغیرہ وغیرہ۔ کوئی خاص تشبیہ دینی ہو یا کوئی خاص الخاص اشارہ یا کنایہ مطلوب ہو تو وہ اس غرض کے لیے کار آمد شے گھر ہی سے لے کر چلتی تھی۔

بعض اوقات ایسا بھی ہوتا کہ آج وہ حنتے کے لیے خیراں سے لڑی ہے، تو دو ڈھائی مہینے کے بعد اسی خیراں سے ڈبل فیس لے کر اسے حنتے سے لڑنا پڑتا تھا۔ ایسے موقعوں پر وہ گھبراتی نہیں تھی۔ اسے اپنے فن میں اس قدر مہارت ہو گئی تھی اور اس کی پریکٹس میں وہ اتنی مخلص تھی کہ اگر کوئی فیس دیتا تو وہ اپنی بھی دھجیاں بکھیر دیتی۔

نکی اب فارغ البال تھی۔ ہر مہینے اسے اب اتنی آمدن ہونے لگی تھی کہ اس نے پس انداز کر کے اپنی بیٹی بھولی کا جہیز بنانا شروع کر دیا تھا۔ تھوڑے ہی عرصے میں اتنے گہنے پاتے اور کپڑے لتے ہوئے گئے تھے کہ وہ کسی بھی وقت اپنی بیٹی کو ڈولی میں ڈال سکتی تھی۔

اپنے ملنے والیوں سے وہ بھولی کے لیے کوئی اچھا سا بر تلاش کرنے کی بات کئی مرتبہ کر چکی تھی۔ شروع

شروع میں تو اس کو کوئی اتنی جلدی نہیں تھی، مگر بھولی سولہ برس کی ہوگئی۔ بَوٹھا کی بَوٹھا۔ قد کاٹھ کی چونکہ اچھی تھی، اس لیے چودھویں برس ہی میں پوری جوان عورت بن گئی تھی۔ سترھویں میں تو ایسا لگتا تھا کہ وہ اس کی چھوٹی بہن ہے، چنانچہ اب نکی کو دن رات اس کے بیاہ کی فکر ستانے لگی۔

نکی نے بڑی دوڑ دھوپ کی۔ کوئی صاف انکار تو نہیں کرتا تھا مگر دل سے ہامی بھی نہیں بھرتا تھا۔ اس نے محسوس کیا کہ ہو نہ ہو لوگ اس سے ڈرتے ہیں۔ اس کی یہ صفت کہ لڑنے کے فن میں اپنا جواب نہیں رکھتی تھی، دراصل اس کے آڑے آ رہی تھی۔ بعض گھروں میں تو وہ خود ہی سلسلۂ جنبانی نہ کرتی کہ اس کی کسی عورت کا اس نے کبھی ناطقہ بند کیا تھا۔ دن پر دن چڑھتے جا رہے تھے اور گھر میں پہاڑ سی جوان بیٹی کنواری بیٹھی تھی۔

نکی کو اپنے پیشے سے اب گھن آنے لگی، اس نے سوچا کہ ایسا ذلیل کام کیوں اس نے اختیار کیا۔ مگر وہ کیا کرتی، محلے میں آرام چین کی جگہ پیدا کرنے کے لیے اسے پڑوسنوں کا مقابلہ کرنا ہی تھا۔ اگر وہ نہ کرتی تو اسے دب کے رہنا پڑتا۔ پہلے خاوند کے جوتے کھاتی تھی، پھر ان کی پیزار کی غلامی کرنی پڑتی۔ یہ عجیب بات تھی کہ برسوں دَبیل رہنے کے بعد جب اس نے اپنا جھکا ہوا سر اٹھایا اور مخالف قوتوں کا مقابلہ کر کے ان کو شکست دی، یہ قوتیں جھک کر اس کی امداد کی طالب ہوئیں کہ دوسری قوتوں کو شکست دیں اور اس کو اس امداد پر کچھ اس طرح راغب کیا گیا کہ اس کو چسکا ہی پڑ گیا۔

اس کے متعلق وہ سوچتی تو اس کا دل نہ مانتا تھا، کیونکہ اس نے صرف بھولی کی خاطر اس پیشے کو جسے اب لوگ ذلیل سمجھنے لگے تھے اختیار کیا تھا۔ یہ بھی کم عجیب چیز نہیں تھی۔ نکی کو روپے دے کر کسی عورت پر انگلی رکھ دی جاتی تھی، اور اس سے کہا جاتا تھا کہ وہ اس کی ساتوں پیڑھیاں پن ڈالے ۔۔۔۔ اس کے آباؤ اجداد کی ساری کمزوریاں ماضی کے ملبے سے کرید کر نکالے اور اس کے وجود پر چھید کر دے۔ نکی یہ کام بڑی ایمان داری سے کرتی، وہ گالیاں جو ان کے منہ میں ٹھیک نہیں بیٹھی تھیں اپنے منہ میں بٹھاتی، ان کی بہو بیٹیوں کے عیوب پر پردے ڈال کر وہ دوسروں کی بہو بیٹیوں میں کیڑے ڈالتی۔ غلیظ سے غلیظ گالیاں اپنے ان مؤکلوں کی خاطر خود بھی کھاتی ۔۔۔۔ پر اب کہ اس کی بیٹی کے بیاہ کا سوال آیا تھا، وہ کمینی نیچ اور رذیل بن گئی تھی۔

ایک دو مرتبہ تو اس کے جی میں آئی کہ محلے کی ان تمام عورتوں کو جنہوں نے اس کی بیٹی کو رشتہ دینے سے انکار کر دیا تھا، بیچ چوراہے میں جمع کرے اور ایسی گالیاں دے کہ ان کے دل کے پردے، ان کے کانوں کے پردے

پھٹ جائیں مگر وہ سوچتی کہ اگر اس نے یہ غلطی کردی تو غریب بھولی کا مستقبل بالکل تیرہ و تار ہو جائے گا۔ جب چاروں طرف سے مایوسی ہوئی تو نکی نے شہر چھوڑنے کا ارادہ کرلیا۔ ایک صرف یہی راستہ تھا جس سے بھولی کی شادی کا کٹھن مرحلہ طے ہو سکتا تھا۔ چنانچہ اس نے ایک روز بھولی سے کہا، ''بیٹا، میں نے سوچا ہے کہ اب کسی اور شہر میں جا رہیں۔''

بھولی نے چونک کر پوچھا، ''کیوں ماں؟''

''بس اب یہاں رہنے کو جی نہیں چاہتا۔'' نکی نے اس کی طرف ممتا بھری نظروں سے دیکھا اور کہا، ''تیرے بیاہ کی فکر میں گھلی جا رہی ہوں۔ یہاں بیل منڈھے نہیں چڑھے گی۔ تیری ماں کو سب رذیل سمجھتے ہیں۔''

بھولی کافی سیانی تھی، فوراً نکی کا مطلب سمجھ گئی، اس نے صرف اتنا کہا، ''ہاں ماں!''

نکی کو ان دو لفظوں سے سخت صدمہ پہنچا۔ بڑے دکھی لہجے میں اس نے بھولی سے سوال کیا، ''کیا تو بھی مجھے رذیل سمجھتی ہے؟''

بھولی نے جواب نہ دیا اور آٹا گوندھنے میں مصروف ہو گئی۔

اس دن نکی نے عجیب عجیب باتیں سوچیں۔ اس کے سوال کرنے پر بھولی خاموش کیوں ہو گئی تھی، کیا وہ اسے واقعی رذیل سمجھتی ہے، کیا وہ اتنا بھی نہ کہہ سکتی تھی کہ ''نہیں ماں۔'' کیا یہ باپ کے خون کا اثر تھا؟ بات میں سے بات نکل آتی اور وہ بہت بری طرح ان میں الجھ جاتی۔ اسے بیتے ہوئے دس برس یاد آتے۔ بیاہی زندگی کے دس برس جس کا ایک ایک دن مار پیٹ اور گالی گلوچ سے بھرا تھا۔ پھر وہ اپنی نظروں کے سامنے مطلقہ زندگی کے دن لاتی۔۔۔ان میں بھی گالیاں ہی گالیاں تھیں جو وہ دوسروں کی خاطر دوسروں کو دیتی رہی تھی۔ تھک ہار کر وہ بعض اوقات کوئی سہارا ٹٹولنے لگتی اور سوچتی، کیا ہی اچھا ہوتا کہ وہ طلاق نہ لیتی۔۔۔آج بیٹی کا بوجھ گام کے کندھوں پر ہوتا۔ نکھٹو تھا، پرلے درجے کا ظالم تھا، عیبی تھا مگر بیٹی کے لیے ضرور کچھ نہ کچھ کرتا۔ یہ اس کے عجز کی انتہا تھی۔

پرانی ماریں اور ان کے دیئے ہوئے درد آہستہ آہستہ نکی کے جوڑوں میں ابھرنے لگے۔ پہلے اس نے کبھی اُف تک نہیں کی تھی۔ بر اب اٹھتے بیٹھتے ہائے ہائے کرنے لگی۔ اس کے کانوں میں ہر وقت ایک شور سا بر پا ہونے لگا، جیسے ان کے پردوں پر وہ تمام گالیاں اور سٹھنیاں ٹکرا رہی ہیں جو ان گنت لڑائیوں میں اس نے استعمال کی تھیں۔

عمر اس کی زیادہ نہیں تھی۔ چالیس کے لگ بھگ تھی۔ مگر اب نکی کو ایسا محسوس ہوتا تھا کہ وہ بوڑھی ہو گئی ہے، اس کی کمر جواب دے چکی ہے، اس کی زبان جو قینچی کی طرح چلتی تھی، اب کند ہو گئی ہے۔ بھولی سے گھر کے کام کاج کے متعلق معمولی سی بات کرتے ہوئے اس کو مشقت کرنی پڑتی تھی۔

نکی بیمار پڑ گئی اور چارپائی کے ساتھ لگ گئی۔ شروع شروع میں تو وہ اس بیماری کا مقابلہ کرتی رہی۔ بھولی کو بھی اس نے خبر نہ ہونے دی کہ اندر ہی اندر کون سی دیمک اسے چاٹ رہی ہے۔ لیکن ایک دم وہ ایسی نڈھال ہوئی کہ اس سے اٹھا تک نہ گیا۔ بھولی کو بہت تشویش ہوئی۔ اس نے حکیم کو بلایا جس نے نبض دیکھ کر بتایا کہ فکر کی کوئی بات نہیں، پرانا بخار ہے، علاج سے دور ہو جائے گا۔

علاج باقاعدہ ہوتا رہا۔ بھولی سعادت مند بیٹیوں کی طرح ماں کی ہر ممکن خدمت بجا لا رہی تھی۔ اس سے نکی کے دکھی دل کو کافی تسکین ہوتی تھی مگر مرض دور نہ ہوا۔ بخار پہلے سے تیز ہو گیا اور آہستہ آہستہ نکی کی بھوک غائب ہو گئی جس کے باعث وہ بہت ہی لاغر اور نحیف ہو گئی۔

عورتوں میں ایک خداداد وصف ہوتا ہے کہ مریض کی شکل دیکھ کر ہی پہچان لیتی ہیں کہ وہ کتنے دن کا مہمان ہے۔ ایک دو عورتیں جب بیمار پرسی کے لیے نکی کے پاس آئیں تو انہوں نے اندازہ لگایا کہ وہ بمشکل دس روز نکالے گی چنانچہ یہ بات سارے محلے کو معلوم ہو گئی۔

کوئی بیمار ہو، مرنے کے قریب ہو تو عورتوں کے لیے ایک اچھی خاصی تفریح کا بہانہ نکل آتا ہے۔ گھر سے بن سنور کر نکلتی ہیں اور مریض کے سرہانے بیٹھ کر اپنے تمام مرحوم عزیزوں کو یاد کرتی ہیں، ان کی بیماریوں کا ذکر ہوتا ہے، وہ تمام علاج بیان کیے جاتے ہیں جو لاعلاج ثابت ہوئے تھے۔ گفتگو کا رخ پلٹ کر قمیضوں کے نئے ڈیزائنوں کی طرف آ جاتا ہے۔

نکی ایسی باتوں سے بہت گھبراتی تھی لیکن خود چونکہ وہ مریضوں کے سرہانے ایسی ہی باتیں کرتی رہی تھی اس لیے مجبوراً اسے یہ خرافات سننی پڑتی تھی۔۔۔ ایک روز جب محلے کی بہت سی عورتیں اس کے گھر میں جمع ہو گئیں تو اس احساس نے اس کو بہت مضطرب کیا کہ اب اس کا وقت آ چکا ہے۔ ان میں سے ہر ایک کے چہرے پر یہ فیصلہ مرقوم تھا کہ نکی کے دروازے پر موت دستک دے رہی ہے۔ جو عورت آتی، اپنے ساتھ یہ کھٹ کھٹ لاتی۔ تنگ آ کر کئی دفعہ نکی کے جی میں آئی کہ کنڈی کھول دے اور دستک دینے والے فرشتے کو اندر بلا لے۔

ان بیمار پرس عورتوں کو سب سے بڑا افسوس بھولی کا تھا۔ نکی سے وہ بار بار اس کا ذکر کرتیں کہ ہائے

اس بیچاری کا کیا ہوگا۔ دنیا میں غریب کی صرف ایک ماں ہے۔ وہ بھی چلی گئی تو اس کا کیا ہوگا۔ پھر وہ اللہ میاں سے دعا کرتیں کہ وہ نکی کی زندگی میں چند دنوں کا اضافہ کر دے تا کہ وہ بھولی کی طرف سے مطمئن ہو کر مرے۔

نکی کو اچھی طرح معلوم تھا کہ یہ دعا بالکل جھوٹی ہے۔ انہیں بھولی کا اتنا خیال ہوتا تو وہ اس کے رشتے سے انکار کیوں کرتیں۔ صاف انکار نہیں کیا تھا، اس لیے کہ یہ دنیا داری کے اصول کے خلاف تھا مگر کسی نے ہامی نہیں بھری تھی۔

وہ چھوٹا سا کمرہ جس میں نکی چارپائی پر پڑی تھی، بیمار پرس عورتوں سے بھرا ہوا تھا۔ ۔ ۔ بھولی نے ان کے بیٹھنے کا انتظام، ایسا معلوم ہوتا ہے پہلے ہی سے کر رکھا تھا۔ پیڑھیاں کم تھیں، اس لیے اس نے کھجور کے پتوں کی چٹائی بچھا دی تھی۔ بھولی کے اس اہتمام و انتظام سے نکی کو بڑا صدمہ پہنچا تھا گویا وہ بھی دوسری عورتوں کی طرح اس کی موت کے استقبال کے لیے تیار تھی۔

بخار تیز تھا، دماغ تپا ہوا تھا۔ نکی نے اوپر تلے بہت سی تکلیف دہ باتیں سوچیں تو بخار اور زیادہ تیز ہو گیا اور اس پر ہذیانی کیفیت طاری ہو گئی۔ جلدی جلدی بے جوڑ باتیں کرنے لگی۔ بیمار پرس عورتوں نے معنی خیز نظروں سے ایک دوسرے کی طرف دیکھا۔ وہ جو اٹھ کر جانے والی تھیں، نکی کا وقت قریب دیکھ کر پھر بیٹھ گئیں۔

نکی بکے جا رہی تھی۔ ایسا معلوم تھا کہ وہ کسی سے لڑ رہی ہے، ''میں تیری ہشت پشت کو اچھی طرح جانتی ہوں۔ ۔ ۔ جو کچھ تو نے میرے ساتھ کیا ہے، وہ کوئی دشمن کے ساتھ بھی نہیں کرتا۔ میں نے اپنے خاوند کی دس برس غلامی کی۔ اس نے مار مار کر میری کھال ادھیڑ دی، پر میں نے اف تک نہ کی۔ ۔ ۔ اب تو نے ۔ ۔ ۔ اب تو نے مجھ پر یہ ظلم شروع کیے ہیں۔ ۔ ۔''

پھر وہ کمرے میں جمع شدہ عورتوں کو پھٹی پھٹی نظروں سے دیکھتی، ''تم۔ ۔ تم۔ ۔ تم یہاں کیا کرنے آئی ہو۔ ۔ نہیں نہیں۔ ۔ ۔ میں کسی فیس پر بھی لڑنے کے لیے تیار نہیں۔ ۔ تم میں سے ہر ایک کے عیب وہی ہیں۔ ۔ پرانے۔ ۔ ۔ صدیوں کے پرانے، جو کیڑے۔ ۔ ۔ جو کیڑے پھاماں میں ہیں وہی تم سب میں ہیں۔ ۔ تم میں سے قریب قریب ہر ایک کا خصم رنڈی باز ہے۔ ۔ ۔ جو بری بیماری پھا تو کے خاوند کو لگی ہے وہی جنتے کے گھر والے کو چمٹی ہوئی ہے۔ ۔ تم سب کوڑھی ہو۔ ۔ ۔ اور یہ کوڑھ تم نے مجھے بھی دے دیا ہے۔ ۔ لعنت ہو تم سب پر خدا کی۔ ۔ خدا کی۔ ۔ خدا۔ ۔ ۔''اور وہ ہنسنے لگتی۔

’’میں اس خدا کو بھی جانتی ہوں۔۔۔اس کی ہشت پشت کو اچھی طرح جانتی ہوں۔۔۔ یہ کیا دنیا بنائی ہے تو نے۔۔۔ یہ دنیا جس میں گام ہیں، جس میں پھاماں ہے جو اپنے خاوند کو چھوڑ کر دوسروں کے بستر گرم کرتی ہے۔۔۔اور مجھے فیس دیتی ہے۔۔۔ بیس روپے گن کر میرے ہاتھ پر رکھتی ہے کہ میں نور فشاں کے پرانے یاروں کا پول کھولوں۔۔۔اور فشاں میرے پاس آتی ہے کہ نکی یہ پانچ زیادہ لو اور جاؤ امینہ سے لڑو۔ وہ مجھے ستاتی ہے۔۔۔ یہ کیا چکر چلایا ہوا ہے تو نے اپنی دنیا میں۔۔۔میرے سامنے آ۔۔ ۔ذرا میرے سامنے آ۔۔۔‘‘

آواز نکی کے حلق میں رکنے لگی۔ تھوڑی دیر کے بعد گھنگرو بجنے لگا۔ تشنج سے وہ پیچھے تاب کھا رہی تھی اور ہذیانی کیفیت میں چلا رہی تھی، ’’گام مجھے نہ مار۔۔۔او گام۔۔۔او خدا مجھے نہ مار۔۔۔او خدا۔۔۔او گام۔‘‘

او خدا او گام بڑبڑاتی آخر نکی بیمار پرس عورتوں کے اندازے کے عین مطابق مر گئی۔ بھولی جوان عورتوں کی خاطر داری میں مصروف تھی۔ پانی کا گلاس ہاتھ سے گرا کر دھڑا دھڑ اپنا سر پیٹنے لگی۔

ننگی آوازیں

بھولو اور گاما دو بھائی تھے۔ بے حد محنتی۔ بھولو قلعی گر تھا۔ صبح دھونکنی سر پر رکھ کر نکلتا اور دن بھر شہر کی گلیوں میں '' بھانڈے قلعی کرالو ،، کی صدائیں لگاتا رہتا۔ شام کو گھر لوٹتا تو اس کے تہہ بند کی ڈب میں تین چار روپے کا کرایہ نہ ضرور ہوتا۔

گاما خوانچہ فروش تھا۔ اس کو بھی دن بھر چھابڑی سر پر اٹھائے گھومنا پڑتا تھا۔ تین چار روپے یہ بھی کما لیتا تھا۔ مگر اس کو شراب کی لت تھی۔ شام کو دِینے کے بھٹیار خانے سے کھانا کھانے سے پہلے ایک پاؤ شراب اسے ضرور چاہیے تھی۔ پینے کے بعد وہ خوب چہکتا۔ دِینے کے بھٹیار خانے میں رونق لگ جاتی۔ سب کو معلوم تھا کہ وہ پیتا ہے اور اسی کے سہارے جیتا ہے۔

بھولو نے گاما کو، جو کہ اس سے دو سال بڑا تھا بہت سمجھایا کہ دیکھو یہ شراب کی لت بہت بری ہے۔ شادی شدہ ہو، بے کار پیسہ برباد کرتے ہو۔ یہی جو تم ہر روز ایک پاؤ شراب پر خرچ کرتے ہو بچا کر رکھو تو بھابی بھی ٹھاٹ سے رہا کرے۔ ننگی بُچی اچھی لگتی ہے تمہیں اپنی گھر والی؟ ۔۔۔ گاما نے اِس کان سے اُس کان سے نکال دیا۔ بھولو جب تھک ہار گیا تو اس نے کہنا سننا ہی چھوڑ دیا۔

دونوں مہاجر تھے۔ ایک بڑی بلڈنگ کے ساتھ سرونٹ کوارٹر تھے۔ ان پر جہاں اوروں نے قبضہ جما رکھا تھا، وہاں ان دونوں بھائیوں نے بھی ایک کوارٹر کو جو کہ دوسری منزل پر تھا اپنی رہائش کے لیے محفوظ کر لیا تھا۔ سردیاں آرام سے گزر گئیں۔ گرمیاں آئیں تو گاما کو بہت تکلیف ہوئی۔ بھولو تو اوپر کوٹھے پر کھاٹ بچھا کر سو جاتا تھا۔ گاما کیا کرتا۔ بیوی تھی اور اوپر پردے کا کوئی بندوبست ہی نہیں تھا۔ ایک گاما ہی کو یہ تکلیف نہیں تھی۔ کوارٹروں میں جو بھی شادی شدہ تھا اسی مصیبت میں گرفتار تھا۔

کلّن کو ایک بات سوجھی۔اس نے کوٹھے پر کونے میں اپنی اور اپنی بیوی کی چارپائی کے اردگرد ٹاٹ تان دیا۔اس طرح پردے کا انتظام ہوگیا۔ کلّن کی دیکھا دیکھی دوسروں نے بھی اس ترکیب سے کام لیا۔ بھولو نے بھائی کی مدد کی اور چند دنوں ہی میں بانس وغیرہ گاڑ کر ٹاٹ اور کمبل جوڑ کر پردے کا انتظام کر دیا۔ یوں ہوا تو رک جاتی تھی مگر نیچے کوارٹر کے دوزخ سے ہر حالت میں یہ جگہ بہتر تھی۔

اوپر کوٹھے پر سونے سے بھولو کی طبیعت میں ایک عجیب انقلاب پیدا ہوگیا۔وہ شادی بیاہ کا بالکل قائل نہیں تھا۔اس نے دل میں عہد کر رکھا تھا کہ یہ جنجال کبھی نہیں پالے گا۔ جب گاما کبھی اس کے بیاہ کی بات چھیڑتا تو وہ کہا کرتا: نا بھائی، میں اپنے نروئے پنڈے پر جونکیں نہیں لگوانا چاہتا۔لیکن جب گرمیاں آئیں اور اس نے اوپر کھاٹ بچھا کر سونا شروع کیا تو دس پندرہ دن ہی میں اس کے خیالات بدل گئے۔ایک شام کو دینے کے بھٹیار خانے میں اس نے اپنے بھائی سے کہا، ''میری شادی کردو، نہیں تو میں پاگل ہوجاؤں گا۔''

گاما نے جب یہ سنا تو اس نے کہا، ''یہ کیا مذاق سوجھا ہے تمہیں؟''

بھولو بہت سنجیدہ ہوگیا، ''تمہیں نہیں معلوم۔۔۔ پندرہ راتیں ہوگئی ہیں مجھے جاگتے ہوئے۔''

گاما نے پوچھا، ''کیوں کیا ہوا؟''

''کچھ نہیں یار۔۔۔دائیں بائیں جدھر نظر ڈالو کچھ نہ کچھ ہو رہا ہوتا ہے۔۔۔عجیب عجیب آوازیں آتی ہیں۔ نیند کیا آئے گی خاک!''

گاما زور سے اپنی گھنی مونچھوں میں ہنسا۔بھولو شرما گیا، ''وہ جو کلّن ہے، اس نے تو حد ہی کر دی ہے ۔۔۔ سالا رات بھر بکواس کرتا رہتا ہے۔اس کی بیوی سالی کی زبان بھی تالو سے نہیں لگتی۔۔۔ بچے پڑے رو رہے ہیں مگر وہ۔۔۔''

گاما حسبِ معمول نشے میں تھا۔بھولو گیا تو اس نے دینے کے بھٹیار خانے میں اپنے سب واقف کاروں کو خوب چھک چھک کر بتایا کہ اس کے بھائی کو آج کل نیند نہیں آتی۔اس کا باعث جب اس نے اپنے مخصوص انداز میں بیان کیا تو سننے والوں کے پیٹ میں ہنس ہنس کر بل پڑ گئے۔جب یہ لوگ بھولو سے ملے تو اس کا خوب مذاق اڑایا۔کوئی اس سے پوچھتا، ''ہاں بھئی، کلّن اپنی بیوی سے کیا باتیں کرتا ہے۔''کوئی کہتا، ''میاں مفت میں مزے لیتے ہو۔۔۔ساری رات فلمیں دیکھتے رہتے ہو۔۔۔سو فیصدی گالی بولتی۔''بعضوں نے گندے گندے مذاق کیے۔بھولو چڑ گیا۔گاما صوفی حالت میں تھا تو اس نے اس سے کہا، ''تم نے تو یار میرا مذاق بنا دیا ہے۔۔۔دیکھو جو کچھ میں نے تم سے یہ کہا جھوٹ نہیں۔ میں انسان ہوں۔خدا

کی قسم مجھے نیند نہیں آتی۔ آج بیس دن ہو گئے ہیں جاگتے ہوئے۔۔۔تم میری شادی کا بندوبست کردو، ورنہ قسم پنج تن پاک کی میرا خانہ خراب ہو جائے گا۔۔۔بھابھی کے پاس میرا پانسو روپیہ جمع ہے ۔۔۔جلدی کر دو بندوبست! ‘‘ گاما نے مونچھ مروڑ کر پہلے کچھ سوچا پھر کہا، ‘‘اچھا ہو جائے گا بندوبست۔ تمہاری بھابھی سے آج ہی بات کرتا ہوں کہ وہ اپنی ملنے والیوں سے پوچھ پچھ کرے ۔ ‘‘

ڈیڑھ مہینے کے اندر اندر بات پکی ہو گئی۔ صمد قلعی گر کی لڑکی عائشہ گاما کی بیوی کو بہت پسند آئی۔ خوبصورت تھی۔ گھر کا کام کاج جانتی تھی۔ ویسے صمد بھی شریف تھا۔ محلے والے اس کی عزت کرتے تھے۔ بھولو محنتی تھا۔ تندرست تھا۔ جون کے وسطے میں شادی کی تاریخ مقرر ہو گئی۔ صمد نے بہت کہا کہ وہ لڑکی اتنی گرمیوں میں نہیں بیاہے گا مگر بھولو نے جب زور دیا تو وہ مان گیا۔

شادی سے چار دن پہلے بھولو نے اپنی دلہن کے لیے اوپر کوٹھے پر ٹاٹ کے پردے کا بندوبست کیا۔ بانس بڑی مضبوطی سے فرش میں گاڑے۔ ٹاٹ خوب کس کر لگایا۔ چار پائیوں پر نئے کھیس بچھائے۔ نئی صراحی منڈیر پر رکھی، شیشے کا گلاس بازار سے خریدا۔ سب کام اس نے بڑے اہتمام سے کیے ۔

رات کو جب وہ ٹاٹ کے پردے میں گھر کر سویا تو اس کو عجیب سا لگا وہ کھلی ہوا میں سونے کا عادی تھا مگر اب اس کو عادت ڈالنی تھی۔ یہی وجہ ہے کہ شادی سے چار دن پہلے ہی اس نے یوں سونا شروع کر دیا۔ پہلی رات جب وہ لیٹا اور اس نے اپنی بیوی کے بارے میں سوچا تو وہ پسینے میں تر بتر ہو گیا۔ اس کے کانوں میں وہ آوازیں گونجنے لگیں جو اسے سونے نہیں دیتی تھیں اور اس کے دماغ میں طرح طرح کے پریشان خیالات دوڑاتی تھیں۔ کیا وہ بھی ایسی ہی آوازیں پیدا کرے گا۔۔۔؟ کیا اس کے پاس کے لوگ یہ آوازیں سنیں گے۔ کیا وہ بھی اسی کے مانند راتیں جاگ جاگ کر کاٹیں گے۔ کسی نے اگر جھانک کر دیکھ لیا تو کیا ہو گا؟ بھولو پہلے سے بھی زیادہ پریشان ہو گیا۔ ہر وقت اس کو یہی بات ستاتی رہتی کہ ٹاٹ کا پردہ بھی کوئی پردہ ہے، پھر چاروں طرف لوگ بکھرے پڑے ہیں۔ رات کی خاموشی میں ہلکی سی سرگوشی بھی دوسرے کانوں تک پہنچ جاتی ہے ۔۔۔لوگ کیسے یہ ننگی زندگی بسر کرتے ہیں۔۔۔ایک کوٹھا ہے۔ اس چارپائی پر بیوی لیٹی ہے۔ اس چارپائی پر خاوند پڑا ہے۔ سینکڑوں آنکھیں، سینکڑوں کان آس پاس کھلے ہیں۔ نظر نہ آنے پر بھی آدمی سب کچھ دیکھ لیتا ہے۔ ہلکی سی آہٹ پوری تصویر بن کر سامنے آ جاتی ہے ۔۔۔یہ ٹاٹ کا پردہ کیا ہے، سورج نکلتا ہے تو اس کی روشنی ساری چیزیں بے نقاب کر دیتی ہے۔ وہ سامنے کلن اپنی بیوی کی چھاتیاں دبا رہا ہے، وہ کونے میں اس کا بھائی گاما لیٹا ہے، تہہ بند کھل کر ایک طرف پڑا ہے۔ اُدھر عیدو

حلوائی کی کنواری بیٹی شاداں کا پیٹ چھدرے ٹاٹ سے جھانک جھانک کر دیکھ رہا ہے۔ شادی کا دن آیا تو بھولو کا جی چاہا کہ وہ کہیں بھاگ جائے مگر کہاں جاتا۔ اب تو وہ چکرا جا چکا تھا۔ غائب ہو جاتا تو صمد ضرور خود کشی کر لیتا۔ اس کی لڑکی پر جانے کیا گزرتی۔ جو طوفان مچتا وہ الگ۔

''اچھا جو ہوتا ہے ہونے دو۔۔۔ میرے ساتھی اور بھی تو ہیں۔ آہستہ آہستہ عادت ہو جائے گی۔ مجھے بھی۔۔۔۔'' بھولو نے خود کو ڈھارس دی اور اپنی نئی نویلی دلہن کی ڈولی گھر لے آیا۔

کوارٹروں میں چہل پہل پیدا ہو گئی۔ لوگوں نے بھولو اور گاما کو خوب مبارک بادیں دیں۔ بھولو کے جو خاص دوست تھے، انہوں نے اس کو چھیڑا اور پہلی رات کے لیے کئی کام یاب گُر بتائے۔ بھولو خاموشی سے سنتا رہا۔ اس کی بھابھی نے اوپر کوٹھے پر ٹاٹ کے پردوں کے پیچھے بستر کا بندوبست کر دیا۔ گاما نے چار موتیے کے بڑے بڑے ہار تکیے کے پاس رکھ دیئے۔ ایک دوست اس کے لیے جلیبیوں والا دودھ لے آیا۔ دیر تک وہ نیچے کوارٹر میں اپنی دلہن کے پاس بیٹھا رہا۔ وہ بے چاری شرم کی ماری، سر نیوڑھائے، گھونگٹ کاڑھے، سمٹی ہوئی تھی۔ سخت گرمی تھی۔ بھولو کا نیا کرتا اس کے جسم کے ساتھ چپکا ہوا تھا۔ پنکھا جھل رہا تھا مگر ہوا جیسے بالکل غائب ہی ہو چائی تھی۔ بھولو نے پہلے سوچا تھا کہ وہ اوپر کوٹھے پر نہیں جائے گا۔ نیچے کوارٹر ہی میں رات کاٹے گا مگر جب گرمی انتہا کو پہنچ گئی تو وہ اٹھا اور دلہن سے چلنے کو کہا۔

رات آدھی سے زیادہ گزر چکی تھی۔ تمام کوارٹر خاموشی میں لپٹے ہوئے تھے۔ بھولو کو اس بات کی تسکین تھی کہ سب سو رہے ہوں گے۔ کوئی اس کو نہیں دیکھے گا۔ چپ چاپ دبے قدموں سے وہ اپنے ٹاٹ کے پردے کے پیچھے اپنی دلہن سمیت داخل ہو جائے گا اور صبح منہ اندھیرے نیچے اتر جائے گا۔

جب وہ کوٹھے پر پہنچا تو بالکل خاموش تھی۔ دلہن نے شرمائے ہوئے قدم اٹھائے تو پازیب کے نُقرئی گھنگھرو بجنے لگے۔ ایک دم بھولو نے محسوس کیا کہ چاروں طرف جو نیند بکھری ہوئی تھی چونک کر جاگ پڑی ہے۔ چارپائیوں پر لوگ کروٹیں بدلنے لگے، کھانسنے، کھنکارنے کی آوازیں اِدھر اُدھر ابھریں۔ دبی دبی سرگوشیاں اس تپی ہوئی فضا میں تیرنے لگیں۔ بھولو نے گھبرا کر اپنی بیوی کا ہاتھ پکڑا اور تیزی سے ٹاٹ کی اوٹ میں چلا گیا۔ دبی دبی ہنسی کی آواز اس کے کانوں کے ساتھ ٹکرائی۔ اس کی گھبراہٹ میں اضافہ ہو گیا۔ بیوی سے بات کی تو پاس ہی کھسر پھسر شروع ہو گئی۔

دور کونے میں جہاں کلن کی جگہ تھی، وہاں چارپائی کی چرچوں چرچوں ہونے لگی، یہ دھیمی پڑی تو گاما کی لوہے کی چارپائی بولنے لگی۔۔۔ عید و حلوائی کی کنواری لڑکی شاداں نے دو تین بار اٹھ کر پانی پیا۔ گھڑے کے

ساتھ اس کا گلاس ٹکراتا تو ایک چھناکا سا پیدا ہوتا۔ خیرے قصائی کے لڑکے کی چارپائی سے بار بار ماچس جلانے کی آواز آتی تھی۔

بھولو اپنی دلہن سے کوئی بات نہ کر سکا۔ اسے ڈر تھا کہ آس پاس کے کھلے ہوئے کان فوراً اس کی بات نگل جائیں گے۔ اور ساری چارپائیاں چرچوں چرچوں کرنے لگیں گی۔ دم سادھے وہ خاموش لیٹا رہا۔ کبھی کبھی سہمی ہوئی نگاہ سے اپنی بیوی کی طرف دیکھ لیتا جو گٹھری سی بنی دوسری چارپائی پر لیٹی تھی۔ کچھ دیر جاگتی رہی، پھر سوگئی۔ بھولو نے چاہا کہ وہ بھی سو جائے مگر اس کو نیند نہ آئی۔ تھوڑے تھوڑے وقفوں کے بعد اس کے کانوں میں آوازیں آتی تھیں۔۔۔ آوازیں جو فوراً تصویر بن کر اس کی آنکھوں کے سامنے سے گزر جاتی تھیں۔

اس کے دل میں بڑے ولولے تھے، بڑا جوش تھا۔ جب اس نے شادی کا ارادہ کیا تھا تو وہ تمام لذتیں جن سے وہ نا آشنا تھا اس کے دل و دماغ میں چکر لگاتی رہتی تھیں۔ اس کو گرمی محسوس ہوتی تھی، بڑی راحت بخش گرمی۔ مگر اب جیسے پہلی رات سے کوئی دلچسپی ہی نہیں تھی۔ اس نے رات میں کئی بار یہ دلچسپی پیدا کرنے کی کوشش کی مگر آوازیں۔۔۔ وہ تصویریں کھینچنے والی آوازیں سب کچھ درہم برہم کر دیتیں۔ وہ خود کو ننگا محسوس کرتا، الف ننگا، جس کو چاروں طرف سے لوگ آنکھیں پھاڑ پھاڑ کر دیکھ رہے ہیں اور ہنس رہے ہیں۔

صبح چار بجے کے قریب وہ اٹھا، باہر نکل کر اس نے ٹھنڈے پانی کا ایک گلاس پیا، کچھ سوچا، وہ جھجک جو اس کے دل میں بیٹھ گئی تھی اس کو کسی قدر دور کیا۔ اب ٹھنڈی ہوا چل رہی تھی جو کافی تیز تھی۔۔۔ بھولو کی نگاہیں کونے کی طرف مڑیں۔ کلّن کا گھسا ہوا ٹاٹ ہل رہا تھا۔ وہ اپنی بیوی کے ساتھ بالکل ننگ دھڑنگ لیٹا تھا۔ بھولو کو بڑی گھن آئی، ساتھ ہی غصہ بھی آیا کہ ہوا ایسے کوٹھوں پر کیوں چلتی ہے؟ چلتی ہے تو ٹاٹوں کو کیوں چھیڑتی ہے؟ اس کے جی میں آئی کہ کوٹھے پر جتنے ٹاٹ ہیں، سب نوچ ڈالے اور ننگا ہو کے ناچنے لگے۔

بھولو نیچے اتر گیا۔ جب کام پر نکلا تو کئی دوست ملے۔ سب نے اس سے پہلی رات کی سرگزشت پوچھی۔ پھوجے درزی نے اس کو دور ہی سے آواز دی، ''کیوں استاد بھولو، کیسے رہے، کہیں ہمارے نام پر بٹہ تو نہیں لگا دیا تم نے؟'' چھاگے ٹین ساز نے اس سے بڑے رازدارانہ لہجے میں کہا، ''دیکھو اگر کوئی گڑ بڑ ہے تو بتا دو۔ ایک بڑا اچھا نسخہ میرے پاس موجود ہے۔'' بالے نے اس کے کاندھے پر زور سے دھپا مارا، ''کیوں پہلوان، کیسا رہا دنگل؟''

بھولو خاموش رہا۔

صبح اس کی بیوی میکے چلی گئی۔ پانچ چھ روز کے بعد واپس آئی تو بھولو کو پھر اسی مصیبت کا سامنا کرنا پڑا۔ کوٹھے پر سونے والے جیسے اس کی بیوی کی آمد کے منتظر تھے۔ چند راتیں خاموش رہیں لیکن جب وہ اوپر سوئے تو وہی کھسر پھسر وہی چرچوں چرچوں، وہی کھانسنا کھنکارنا۔۔۔وہی گھڑے کے ساتھ گلاس کے ٹکرانے کے چھناکے۔۔۔کروٹوں پر کروٹیں، دبی دبی ہنسی۔۔۔بھولو ساری رات اپنی چارپائی پر لیٹا آسمان کی طرف دیکھتا رہا۔ کبھی کبھی ایک ٹھنڈی آہ بھر کر اپنی دلہن کو دیکھ لیتا اور دل میں کڑھتا، ''مجھے کیا ہو گیا ہے۔۔۔یہ مجھے کیا ہو گیا ہے۔۔۔یہ مجھے کیا ہو گیا ہے۔'' سات راتوں تک یہی ہوتا رہا، آخر تنگ آ کر بھولو نے اپنی دلہن کو میکے بھیج دیا۔ بیس پچیس دن گزر گئے تو گاما نے بھولو سے کہا، ''یار تم بڑے عجیب و غریب آدمی ہو۔ نئی شادی اور بیوی کو میکے بھیج دیا۔ اتنے دن ہو گئے ہیں اسے گئے ہوئے، تم اکیلے سوتے کیسے ہو؟''

بھولو نے صرف اتنا کہا، ''ٹھیک ہے۔''

گاما نے پوچھا، ''ٹھیک کیا ہے۔۔۔جو بات ہے بتاؤ۔ کیا تمہیں پسند نہیں آئی عائشہ؟''

''یہ بات نہیں ہے۔''

''یہ بات نہیں ہے تو اور کیا ہے؟''

بھولو بات گول کر گیا۔ تھوڑے ہی دنوں کے بعد اس کے بھائی نے پھر بات چھیڑی۔ بھولو اٹھ کر کوارٹر کے باہر چلا گیا۔ چارپائی پڑی تھی اس پر بیٹھ گیا۔ اندر سے اس کو اپنی بھابھی کی آواز سنائی دی۔ وہ گاما سے کہہ رہی تھی، ''تم جو کہتے ہونا کہ بھولو کو عائشہ پسند نہیں، یہ غلط ہے۔''

گاما کی آواز آئی، ''تو اور کیا بات ہے۔۔۔بھولو کو اس سے کوئی دلچسپی ہی نہیں۔''

''دلچسپی کیا ہو۔''

''کیوں؟''

گاما کی بیوی کا جواب بھولو کا سن نہ سکا مگر اس کو ایسا محسوس ہوا کہ اس کی ساری ہستی کسی نے ہاون میں ڈال کر کوٹ دی ہے۔ ایک دم گاما اونچی آواز میں بولا، ''نہیں نہیں۔۔۔یہ تم سے کس نے کہا؟''

گاما کی بیوی بولی، ''عائشہ نے اپنی کسی سہیلی سے ذکر کیا۔۔۔بات اڑتی اڑتی مجھ تک پہنچ گئی۔''

بڑی صدمہ زدہ آواز میں گاما نے کہا، ''یہ تو بہت برا ہوا!''

بھولو کے دل میں چھری سی پیوست ہو گئی۔ اس کا دماغی توازن بگڑ گیا۔ اٹھا اور کوٹھے پر چڑھ کر جتنے ٹاٹ گئے تھے اکھیڑنے شروع کر دیئے۔ کھٹ کھٹ پھٹ پھٹ سن کر لوگ جمع ہو گئے۔ انہوں نے اس کو روکنے کی کوشش کی تو وہ لڑنے لگا۔ بات بڑھ گئی۔ کلن نے بانس اٹھا کر اس کے سر پر دے مارا۔ بھولو چکرا کر گرا اور بے ہوش ہو گیا۔ جب ہوش آیا تو اس کا دماغ چل چکا تھا۔

اب وہ الف ننگا، بازاروں میں گھومتا پھرتا ہے؛ کہیں ٹاٹ لٹکا دیکھتا ہے تو اس کو اتار کر ٹکڑے ٹکڑے کر دیتا ہے۔

نواب سلیم اللہ خان

نواب سلیم اللہ خان بڑے ٹھاٹ کے آدمی تھے۔ اپنے شہر میں ان کا شمار بہت بڑے رئیسوں میں ہوتا تھا۔ مگر وہ عیاش نہیں تھے، نہ عیش پرست۔ بڑی خاموش اور سنجیدہ زندگی بسر کرتے تھے۔ گنتی کے چند آدمیوں سے ملنا اور بس وہ بھی جوان کی پسند کے ہیں۔ دعوتیں عام ہوتی تھیں۔ شراب کے دور بھی چلتے تھے مگر حدِ اعتدال تک۔ وہ زندگی کے ہر شعبے میں اعتدال کے قائل تھے۔

ان کی عمر پچپن برس کے لگ بھگ تھی۔ جب وہ چالیس برس کے تھے تو ان کی بیوی دل کے عارضے کے باعث انتقال کر گئی، ان کو بہت صدمہ ہوا، مگر مشیتِ ایزدی کو یہی منظور تھا۔ چنانچہ اس صدمے کو برداشت کرلیا۔ ان کے اولاد نہیں ہوئی تھی۔۔۔ اس لیے وہ بالکل اکیلے تھے۔۔۔۔ بہت بڑی کوٹھی جس میں وہ رہتے تھے، چار نوکر تھے جوان کی آسائش کا خیال رکھتے اور مہمانوں کی تواضع کرتے۔ اپنی بیوی کی وفات کے پندرہ برس بعد اچانک ان کا دل اپنے وطن سے اچاٹ ہو گیا۔ انہوں نے اپنے چہیتے ملازم معظم علی کو بلایا اور اس سے کہا، ''دیکھو کوئی ایسا ایجنٹ تلاش کرو جو ساری جائداد مناسب داموں پر بِکوا دے۔''

معظم علی بہت حیران ہوا، ''نواب صاحب! آپ یہ کیا فرما رہے ہیں۔ حضور کو کس بات کی کمی ہے جو اپنی ساری جائداد بیچنا چاہتے ہیں۔ آپ کے سر پر کوئی قرض بھی نہیں۔''

نواب صاحب نے بڑی سنجیدگی سے کہا، ''معظم علی، اس ماحول سے ہمارا جی اکتا گیا ہے۔۔۔۔ ایک ایک گھڑی، ایک ایک برس معلوم ہوتی ہے۔۔۔۔ میں یہاں سے کہیں اور جانا چاہتا ہوں۔''

''کہاں جائیے گا حضور؟''

میرا خیال ہے بمبئی جاؤں گا۔۔۔۔ جب میں ولایت سے واپس آیا تھا تو مجھے یہ شہر پسند آیا تھا۔ اس لیے ارادہ

ہے کہ میں وہیں جاکے رہوں۔۔۔تم میری جائداد فروخت کرنے کا بندوبست کرو۔''

جائداد فروخت کرنے میں ایک مہینہ لگ گیا۔ساڑھے دس لاکھ وصول ہوئے۔نواب صاحب کے بنک میں دو اڑھائی لاکھ تھے۔جو ساڑھے دس لاکھ وصول ہوئے وہ انہوں نے اپنے بنک میں جمع کروا دیئے۔اور نوکروں کو انعام و اکرام دے کر رخصت کیا اور خود اپنا ضروری سامان لے کر بمبئی روانہ ہو گئے۔وہاں پہنچ کر وہ تاج محل ہوٹل میں رہے لیکن وہ کشادہ جگہ کے عادی تھے اس لیے انہوں نے تھوڑے ہی عرصے کے بعد باندرہ میں ایک مکان خرید لیا اور اس کو مناسب و موزوں طریقے سے سجاکر اس میں رہنے لگے۔ ایک دو ماہ کے اندر ہی ان کی وہاں کافی واقفیت ہو گئی۔ ریڈیو کلب کے ممبر بن گئے۔ جہاں اونچی سوسائٹی کے لوگ ہر شام کو جمع ہوتے، وہ برج کھیلتے اور اپنی نئی کار میں واپس آ جاتے۔ان کو باہر کا کھانا پسند نہیں تھا۔۔۔گھر میں وہ اپنی منشا کے مطابق کھانا پکواتے۔ باورچی اچھا مل گیا تھا اس لیے وہ اپنے دوستوں کو ایک ہفتے میں ضرور کھانے پر مدعو کرتے تھے۔

ایک دن انہوں نے سوچا کہ یہاں بمبئی میں اچھی سے اچھی گورنس مل سکتی ہے۔عورتیں زیادہ تن دہی اور نفاست سے کام کرتی ہیں۔ان میں ایک خاص سلیقہ اور قرینہ ہوتا ہے، وہ گھر کی دیکھ بھال مردوں سے کہیں اچھی طرح کرتی ہیں۔ چنانچہ انہوں نے ٹائمز آف انڈیا کے علاوہ اور کئی اخبارات میں اشتہار دیا کہ انہیں ایک اچھی گورنس کی ضرورت ہے۔ کئی درخواستیں آئیں۔انہوں نے ان کا انٹرویو بھی لیا، مگر کوئی پسند نہ آئی، بڑی چھچھوری اور بھڑکیلی قسم کی تھیں، جو آنکھیں مٹکا مٹکا اور کولھے ہلا ہلا کر باتیں کرتی تھیں۔ نواب صاحب نے ان سب کو بڑی شائستگی سے کہا، ''میں اپنے فیصلے سے آپ کو بہت جلد مطلع کر دوں گا۔ ۔۔اس وقت کوئی فیصلہ نہیں کر سکتا۔''

جو آئی تھیں، ایک ایک کرکے رخصت کر دی گئیں۔نواب صاحب نے اپنا ''ہوانا'' سگار سلگایا اور صوفے پر بیٹھ کر صبح کا پڑھا ہوا اخبار دوبارہ پڑھنے لگے۔اتنے میں نوکر نے اطلاع دی کہ ایک اور عورت اسی ملازمت کے سلسلے میں آئی ہے۔

نواب صاحب نے اخبار تپائی پر رکھا اور کہا، ''اس کو اندر بھیج دو۔''

وہ عورت اندر آئی۔۔۔گوا کی رہنے والی تھی، اس لیے اس کے خد و خال ٹھیٹ گوائی تھے۔ رنگ سانولا، مضبوط جسم، قد میانہ۔۔۔اندر آتے ہی اس نے نواب صاحب کو بڑی صاف اردو میں سلام عرض کیا۔ نواب صاحب اٹھ کھڑے ہوئے۔ اس کو کرسی پیش کی۔ انگریزی ادب کے متعلق، موسم کے متعلق چند

باتیں کیں پھر اس سے پوچھا، ''آپ پہلے بھی کہیں کام کر چکی ہیں؟''
اس عورت نے جس کی عمر تیس برس کے قریب ہو گی، بڑی شائستگی سے جواب دیا، ''جی ہاں ۔ ۔ ۔ دو تین جگہ بڑے اچھے گھرانوں میں ۔ ۔ ۔ یہ ان کی اسناد موجود ہیں۔'' یہ کہہ کر اس نے اپنا پرس کھولا اور چند کاغذات نکال کر نواب صاحب کو دیئے، ''آپ ملاحظہ فرما سکتے ہیں۔''
نواب صاحب نے یہ کاغذات سرسری نظر سے دیکھ کر واپس کر دیئے ۔ ۔ ۔ اور اس عورت سے پوچھا، ''آپ کا نام؟''
''جی میرا
نام مسز لوجوائے ہے۔''
''لوجوائے آپ کے ۔ ۔ ۔''
''جی ہاں وہ میرے شوہر تھے۔''
نواب صاحب نے سگار کا لمبا کش لیا اور مسز لوجوائے سے کہا، ''کیا کام کرتے ہیں؟''
مسز لوجوائے نے جواب دیا، ''جی وہ فوج میں سیکنڈ لیفٹیننٹ تھے، مگر تین برس ہوئے لڑائی میں مارے گئے ۔ ۔ ۔ یہی وجہ ہے کہ میں نے یہ پیشہ اختیار کیا۔''
سگار کے دھوئیں میں سے نواب صاحب نے مسز لوجوائے کا آخری جائزہ لیا اور کہا، ''آپ کب سے کام شروع کر سکتی ہیں۔''
''جی میں تو ابھی سے کر سکتی ہوں ۔ ۔ ۔ مگر مجھے اپنا سامان لانا ہے ۔ ۔ ۔ کل صبح حاضر ہو جاؤں گی۔''
''بہتر ۔ ۔ ۔ فی الحال آپ کو سو روپیہ ماہوار ملے گا۔ اگر آپ کا کام اچھا ہوا تو اس میں اضافہ کر دیا جائے گا۔''
مسز لوجوائے نے مناسب و موزوں الفاظ میں نواب صاحب کا شکریہ ادا کیا اور سلام کر کے چلی گئی۔ نواب صاحب سوچنے لگے کہیں ان کا انتخاب غلط تو نہیں ۔ ۔ ۔؟ لیکن وہ ایک مہینے کے امتحان کے بعد دوسرے مہینے کی تنخواہ دے کر اسے بڑی آسانی سے برخاست کر سکتے ہیں۔ معلوم نہیں مسز لوجوائے صبح کس وقت آئی، لیکن نواب صاحب بیدار ہوئے تو دروازے پر ہلکی سی دستک ہوئی۔ نواب صاحب نے سوچا کہ شاید ان کا بیرا ہو گا جو بیڈ ٹی لایا ہے۔ انہوں نے آواز دی، ''دروازہ کھلا ہے، آ جاؤ۔''
دروازہ کھلا اور مسز لوجوائے اندر داخل ہوئی۔ صبح کا سلام کیا، ''چائے بیرا لا رہا ہے ۔ ۔ ۔ میں نے آپ کے غسل کے لیے گرم پانی تیار کر دیا ہے ۔ ۔ ۔ آپ چائے پی کر فارغ ہو جائیں اور غسل کر لیں، تو میں آپ

کے کپڑے نکال کر تیار رکھوں گی۔۔۔آپ کا وارڈ روب کھلا ہے نا؟''نواب صاحب نے جواب دیا''
ہاں کھلا ہے۔''مسز لوجوائے نے وارڈ روب کھولا۔۔۔نواب صاحب کے سارے کپڑوں کا جائزہ لیا اور
ان سے پوچھا، ''میرا خیال ہے آپ گیبر ڈین کا سوٹ پہنیں گے۔''نواب صاحب نے ایک لحظے کے
لیے سوچا، ''ہاں میرا ارادہ بھی یہی سوٹ پہننے کا تھا۔''

بیرا چائے لے آیا۔اسے پی کر وہ اٹھے اور غسل خانہ میں چلے گئے جس کی سفید ٹائلیں شیشے کے ماند چمک رہی
تھیں۔ پہلے وہ کبھی اتنا اتنا انصاف نہیں ہوا کرتا تھا۔نواب صاحب بہت خوش ہوئے،اس لیے کہ صفائی میں یقیناً
مسز لوجوائے کا ہاتھ تھا۔غسل سے فارغ ہو کر وہ بیڈ روم میں آئے،انہوں نے دیکھا کہ ان کے تمام کپڑے
بستر پر پڑے تھے سلیقے سے، ٹائی بھی وہی تھی جو خاص طور پر گیبر ڈین کے سوٹ کے ساتھ پہنتے تھے۔
جب انہوں نے کپڑے پہن لیے تو مسز لوجوائے آئی اور نواب صاحب سے کہا، ''چلیے تشریف لے چلیے
۔۔۔ناشتا تیار ہے۔''نواب صاحب ڈرائنگ روم میں چلے گئے۔ناشتا خود مسز لوجوائے نے لگایا۔گردے
تھے، پنیر تھا، بہت اچھے سنکے ہوئے ٹوسٹ، بالائی پو چڑ،انڈے اور ایک گلاس دودھ ۔مسز لوجوائے تھوڑے
ہی عرصے میں نواب صاحب کے گھر پر چھائی گئی۔ان کے دوستوں کو بھی اس نے موہ لیا۔اس کو معلوم
ہوتا کہ کون سی چیز ان کے کس دوست کو مرغوب ہے، مرغ کا کون سا حصہ کس کو پسند ہے، کون سی شراب
کس کس کو من بھاتی ہے۔چنانچہ جب بھی دعوت ہوتی وہ کھانا خود میز پر لگاتی اور خود ہی فرداً فرداً سارے
مہمانوں کو پیش بھی کرتی۔اس کے کام کرنے کے انداز میں تمکنت تھی، مگر وہ بڑے ادب سے ہر ایک
کے ساتھ پیش آتی۔اس میں پُھرتی تھی مگر گلہریوں ایسی نہیں۔ہر کام اپنے مقررہ وقت کے اندر اندر ہو
جاتا۔جب نواب صاحب کا کوئی دوست مسز لوجوائے کی تعریف کرتا تو وہ بڑے فخریہ انداز میں کہتے، ''یہ
انتخاب میرا ہے۔۔۔سو عورتیں آئی تھیں۔۔۔انٹرویو کے لیے، لیکن میں نے سب میں سے اسی کو چُنا۔''
مسز لوجوائے سے گھر کے نوکر بھی خوش تھے، اس لیے کہ ان کا کام بہت ہلکا ہو گیا تھا۔البتہ اتوار کو سارا
بوجھ ان کے کندھوں پر آ پڑتا تھا کہ مسز لوجوائے اس دن چھٹی مناتی تھی، چرچ جاتی، وہاں اپنی سہیلیوں
سے ملتی۔ان کے ساتھ پکچر دیکھنے چلی جاتی اور کسی ایک سہیلی کے ہاں رات کاٹ کر صبح پھر ڈیوٹی پر حاضر
ہو جاتی۔نواب صاحب کو اس کی اتوار کی غیر موجودگی ضرور محسوس ہوتی، مگر وہ باصول آدمی تھے۔وہ نہیں
چاہتے تھے کہ کسی نوکر کو چوبیس گھنٹے کا غلام بنا کے رکھا جائے۔مسز لوجوائے اگر ہفتے میں ایک چھٹی کرتی
تھی تو یہ اس کا جائز حق تھا۔

دن بہ دن مسز لوجوائے نواب صاحب اور ان کے تمام دوستوں کے دل میں گھر کرتی گئی۔سب اس کے شیدائی تھے۔ایک دن ان میں سے ایک نے نواب صاحب سے کہا، ''میری ایک درخواست ہے۔''

''فرمایئے۔''

''مسز لوجوائے اگر آپ مجھے عنایت فرما دیں تو میں ساری عمر آپ کا شکر گزار رہوں گا۔۔ مجھے گورنس کی اشد ضرورت ہے۔''

نواب صاحب نے سگار کا کش لگایا اور زور سے نفی میں سر ہلایا، ''نہیں قبلہ یہ نہیں ہو سکتا۔۔ ایسی گورنس مجھے کہاں سے ملے گی۔''

ان کے دوست نے چاپلوسی کے انداز میں کہا، ''نواب صاحب، آپ کی نگاہِ انتخاب یقیناً اس سے بھی اچھی ڈھونڈ لے گی۔۔ ہم ایسی نگاہ کہاں سے لائیں؟''

نواب صاحب نے سگار کا دوسرا کش لگایا، ''نہیں جناب۔۔ مسز لوجوائے کو میں کسی قیمت میں کسی کے حوالے نہیں کر سکتا۔''

ایک رات جب مسز لوجوائے نواب صاحب کا شب خوابی کا لباس استری کر کے لائی تو انہوں نے اس کی طرف غور سے دیکھا۔وہ جلدی سونا نہیں چاہتے تھے۔چنانچہ انہوں نے اس سے کہا، ''مسز لوجوائے میں آج دیر سے سوؤں گا۔۔ میرا جی چاہتا ہے کہ سیکنڈ شو میں کوئی پکچر دیکھوں۔۔ تمہارے خیال میں کون سی اچھی پکچر آج کل شہر میں دکھائی جا رہی ہے؟''

مسز لوجوائے نے تھوڑی دیر سوچنے کے بعد کہا، ''میونٹی اون دی بونٹی کی بہت تعریف سنی ہے۔۔ میٹرو میں چھ ہفتوں سے برابر رش لے رہی ہے۔''

نواب صاحب نے از راہِ مہربانی اس کو دعوت دی، ''تم بھی ساتھ چلو گی؟''

''آپ کی بڑی نوازش ہے۔۔۔ آپ لے چلیں تو چلی چلوں گی۔''

نواب صاحب نے اٹھ کر قدِ آدم آئینے میں اپنے آپ کا سر تا پا جائزہ لیا اور مسز لوجوائے سے مخاطب ہوئے ''تو چلو۔۔۔ کھانا آج باہر ہی کھائیں گے۔''

مسز لوجوائے نے کہا، ''اگر آپ اجازت دیں تو کپڑے تبدیل کرلوں۔۔ اس لباس میں آپ کے ساتھ جانا کچھ مناسب معلوم نہیں ہوتا۔ مجھے زیادہ سے زیادہ دس منٹ لگیں گے۔۔ ابھی حاضر ہوئی۔''

تھوڑی دیر بعد جب وہ آئی تو بڑی اسمارٹ دکھائی دے رہی تھی۔ نواب صاحب نے اس سے کہا،

’’چلیے۔‘‘

آگے آگے مسز لوجوائے تھیں۔۔۔باہر صدر دروازے پر جاکر وہ رک گئی۔نواب صاحب سمجھ گئے کہ اب وہ خود کو ملازم نہیں سمجھتی۔ چاہتی ہے کہ اس کے لیے دروازہ کھولا جائے۔جیسا کہ انگریزی قاعدہ ہے کہ احتراماً وہ خواتین کے لیے آگے بڑھ کر دروازہ کھولتے ہیں۔نواب صاحب نے دروازہ کھولا۔مسز لوجوائے باہر نکلیں اس کے بعد نواب صاحب۔موٹر باہر کھڑی تھی۔شوفر بھی موجود تھا لیکن نواب صاحب نے اسے رخصت کر دیا۔ پہلے مسز لوجوائے کو بٹھایا۔ پھر آپ بیٹھے اور کار ڈرائیو کرنا شروع کر دی۔

جب موٹر مرین ڈرائیو سے گزر رہی تھی تو نواب صاحب مسز لوجوائے سے مخاطب ہوئے جو خاموش اپنی سیٹ پر بیٹھی تھی، ’’کس ہوٹل میں کھانا کھائیں؟‘‘

’’میرا خیال ہے ایروز سینما کے اوپر جو ہوٹل ہے اچھا ہے گا۔ آپ کو وہاں اپنی پسند کی چیزیں مل جائیں گی۔‘‘

نواب صاحب نے کہا، ’’بالکل ٹھیک ہے۔۔۔لیکن ایسا کیوں نہ کریں۔۔۔اوپر کھانا بڑے اطمینان سے کھائیں اور ایروز میں پکچر دیکھیں۔‘‘مسز لوجوائے نے تھوڑی دیر سوچا، ’’جی ہاں۔۔۔ایروز میں ایک اچھی پکچر دکھائی جا رہی ہے۔گڈ ارتھ۔۔۔میری چند سہیلیوں نے دیکھی ہے۔ بہت تعریف کر رہی تھیں۔۔۔کہتی تھیں پال منی نے اس میں کمال کر دیا ہے۔‘‘

نواب صاحب اور مسز لوجوائے ایروز پہنچے۔ اوپر کی منزل پر لفٹ کے ذریعے سے پہنچے۔ ڈانسنگ ہال میں مشہور موسیقار بیتھون کی ایک سمفنی بجائی جا رہی تھی۔نواب صاحب نے مینیو دیکھا اور کھانے کے لیے آرڈر دیا۔ جو کچھ دیر بعد سرو کر دیا گیا۔لیکن اس سے پہلے وہ دو پیگ وہسکی کے ختم کر چکے تھے اور مسز لوجوائے نے شیری کا ایک گلاس پیا تھا۔ وہ دونوں ہلکے ہلکے سرور میں تھے۔ جب ڈنر سے فارغ ہوئے تو ڈانس شروع ہو گیا۔نواب صاحب کو انگلستان کا وہ زمانہ یاد آ گیا جب ان کا دل جوان تھا اور انہوں نے انگریزی رقص کی باقاعدہ تعلیم لی تھی۔اس یاد نے انہیں اکسایا کہ وہ بھی تھوڑی دیر کے لیے ذرا ناچ لیں۔ چنانچہ انہوں نے مسز لوجوائے سے کہا، ’’کیا آپ میری پارٹنر بن سکتی ہیں؟‘‘مسز لوجوائے نے جواب دیا، ’’مجھے کوئی عذر نہیں۔‘‘

دونوں دیر تک ناچتے رہے۔نواب صاحب مسز لوجوائے کے قدموں کی روانی سے بہت متاثر ہوئے۔ یہ سلسلہ جب ختم ہوا تو پکچر دیکھنے چلے گئے۔۔۔جب شو ختم ہوا تو گھر کا رخ کیا۔۔۔رات کا وقت تھا،

میرین ڈرائیو کی وسیع و عریض سڑک پر جس کے ایک طرف سمندر ہے ۔ ۔ ۔ اور ساحل کے ساتھ ساتھ بجلی کے قمقمے دوڑتے چلے گئے ہیں، خنک ہوا کے جھونکے ان دونوں کے سُرور میں اضافہ کر رہے تھے جب گھر پہنچے۔ تو نواب صاحب نے مسز لوجوائے کے لیے دروازہ کھولا اور غیر ارادی طور پر اس کی کمر میں اپنا بازو حمائل کر کے اندر داخل ہوئے۔ مسز لوجوائے نے کوئی اعتراض نہ کیا۔ دوسرے روز خلافِ معمول نواب صاحب چھ بجے جاگے۔ ایک دم اٹھ کر انہوں نے اپنے سامگوانی پلنگ کو اس طرح دیکھنا شروع کیا جیسے ان کی کوئی چیز گم ہو گئی ہے اور وہ اسے تلاش کر رہے ہیں۔

موسم سرد تھا لیکن ان کی پیشانی عرق آلود ہو گئی۔ ان کے تکیے کے ساتھ ایک تکیہ تھا جس پر مسز لوجوائے کے سر کا دباؤ موجود تھا۔ نواب صاحب دل ہی دل میں پشیمان ہوئے کہ انہوں نے، جن کی لوگ اتنی عزت کرتے ہیں، جن کا مقام سوسائٹی میں بہت اونچا ہے، یہ کیا ذلیل حرکت کی۔ اس قسم کے خیال ان کے دماغ میں اوپر تلے آ رہے تھے اور ندامت کی گہرائیوں میں ڈوبتے چلے جا رہے تھے کہ مسز لوجوائے اندر آئی اور اس نے حسبِ معمول بڑے مؤدبانہ انداز میں کہا، ''جناب! میں نے آپ کے غسل کے لیے گرم پانی تیار کر دیا ہے۔ بیرا آپ کی بیڈ ٹی لے کر آ رہا ہے۔ آپ پی کر فارغ ہو جائیں تو غسل کے لیے تشریف لے جائیں، میں اتنی دیر میں آپ کے کپڑے نکالتی ہوں۔ '' نواب صاحب نے اطمینان کا سانس لیا اور بیڈ ٹی پیئے بغیر غسل خانے میں چلے گئے جہاں ان کے لیے گرم پانی تیار تھا۔

نیا سال

کیلنڈر کا آخری پتا جس پر موٹے حروف میں 31 دسمبر چھپا ہوا تھا، ایک لمحہ کے اندر اس کی پتلی انگلیوں کی گرفت میں تھا۔ اب کیلنڈر ایک ٹنڈ مُنڈ درخت سا نظر آنے لگا جس کی ٹہنیوں پر سے سارے پتے خزاں کے پھونکوں نے اڑا دیئے ہوں۔ دیوار پر آویزاں کلاک ٹِک ٹِک کر رہا تھا۔ کیلنڈر کا آخری پتا جو ڈیڑھ مربع انچ کاغذ کا ایک ٹکڑا تھا، اس کی پتلی انگلیوں میں یوں کانپ رہا تھا گویا سزائے موت کا قیدی پھانسی کے سامنے کھڑا ہے۔

کلاک نے بارہ بجائے، پہلی ضرب پر انگلیاں متحرک ہوئیں اور آخری ضرب پر کاغذ کا وہ ٹکڑا ایک ننھی سی گولی بنا دیا گیا۔ انگلیوں نے یہ کام بڑی بے رحمی سے کیا اور جس شخص کی یہ انگلیاں تھیں اور بھی زیادہ بے رحمی سے اس نے گولی کو نگل گیا۔ اس کے لبوں پر ایک تیزابی مسکراہٹ پیدا ہوئی اور اس نے خالی کیلنڈر کی طرف فاتحانہ نظروں سے دیکھا اور کہا، ''میں تمہیں کھا گیا ہوں۔۔۔بغیر چبائے نگل گیا ہوں۔''

اس کے بعد ایک ایسے قہقہے کا شور بلند ہوا جس میں ان توپوں کی گونج دب گئی جو نئے سال کے آغاز پر کہیں دور داغی جا رہی تھیں۔ جب تک ان توپوں کا شور جاری رہا، اس کے سوکھے ہوئے حلق سے قہقہے آتشیں لاوے کی طرح نکلتے رہے، وہ بے حد خوش تھا، بے حد خوش، یہی وجہ تھی کہ اس پر دیوانگی کا عالم طاری تھا۔ اس کی مسرت آخری درجہ پر پہنچی ہوئی تھی، وہ سارے کا سارا ہنس رہا تھا۔ مگر اس کی آنکھیں رو رہی تھیں اور جب اس کی آنکھیں ہنستیں تو آپ اس کے سکڑے لبوں کو دیکھ کر یہی سمجھتے کہ اس کی روح کسی نہایت ہی سخت عذاب میں سے گزر رہی ہے۔

بار بار وہ نعرہ بلند کرتا، ''میں تمہیں کھا گیا ہوں۔۔۔بغیر چبائے نگل گیا ہوں۔۔۔ایک ایک کر کے تین

سو چھیاسٹھ دنوں کو، لیپ دن سمیت!،،

خالی کیلنڈر اس کے اس عجیب و غریب دعوے کی تصدیق کر رہا تھا۔

آج سے ٹھیک چار برس پہلے جب وہ اپنے کاندھوں پر مصیبتوں کا پہاڑ اٹھا کر اپنی روٹی آپ کمانے کے لیے میدان میں نکلا تو کتنے آدمیوں نے اس کا مضحکہ اڑایا تھا۔۔۔ کتنے لوگ اس کی ''ہمت،، پر زیرِ لب ہنستے تھے۔ مگر اس نے ان باتوں کی کوئی پروا نہ کی تھی اور اسے اب بھی کسی کی کیا پروا تھی، اس کو صرف اپنے آپ سے غرض تھی اور بس، دوسروں کی جنت پر وہ ہمیشہ اپنی دوزخ کو ترجیح دیتا رہا تھا اور اب بھی اسی چیز پر پابند تھا۔ وہ ان دنوں گدھوں کی سی مشقت کر رہا تھا، کتوں سے بڑھ کر ذلیل زندگی بسر کر رہا تھا مگر یہ چیزیں اس کے راستے میں حائل نہ ہوتی تھیں۔

کئی بار اسے ہاتھ پھیلانا پڑا۔۔۔ اس نے ہاتھ پھیلایا، لیکن ایک شان کے ساتھ۔ وہ کہا کرتا تھا، ''یہ سب بھکاری جو سڑکوں پر جھولیاں پھیلائے اور کشکول بڑھائے پھرتے رہتے ہیں، گولی مار کر اڑا دینے چاہئیں۔ بھیک لے کر یہ ذلیل کتے شکر گزار نظر آتے ہیں۔۔۔ حالانکہ انہیں شکریہ گالیوں سے ادا کرنا چاہیے۔ ۔۔ جو بھیک مانگتے ہیں وہ اتنے لعنتی نہیں جتنے کہ یہ لوگ جو دیتے ہیں۔ دان پُن کے طور پر۔۔۔ جنت میں ایک ٹھنڈی کوٹھری بک کرانے والے سودا گر!

اس کو کئی مرتبہ روپے پیسے کی امداد حاصل کرنے کی خاطر شہر کے دھن والوں کے پاس جانا پڑا۔ ۔۔ اس نے ان دولت مندوں سے امداد حاصل کی۔۔۔ ان کی کمزوریاں انہیں کے پاس بیچ کر۔۔۔ اور اس نے یہ سودا کبھی اناڑی دکاندار کی طرح نہیں کیا۔

آپ شہر کی صحت کے محافظ مقرر کیے گئے ہیں۔ لیکن در حقیقت آپ بیماریاں فراہم کرنے کے ٹھیکے دار ہیں۔ حکومت کی کتابوں میں آپ کے نام کے سامنے ہیلتھ آفیسر لکھا جاتا ہے، مگر میری کتاب میں آپ کا نام امراض فروشوں کی فہرست میں درج ہے۔۔۔ پرسوں مارکیٹ میں آپ نے سنگتروں کے دو سو ٹوکرے پاس کر کے بھجوائے جو طبی اصول کے مطابق صحتِ عامہ کے لیے سخت مضر تھے۔ دس روز پہلے آپ نے قریباً دو ہزار کیلوں پر اپنی آنکھیں بند کر کے لیس جن میں سے ہر ایک ہیضہ کی پڑیا تھی۔۔۔ اور آج آپ نے اس بوسیدہ اور غلیظ عمارت کو بچا لیا جہاں بیماریاں پرورش پاتی ہیں اور۔۔۔

اسے عام طور پر آگے کہنے کی ضرورت ہی نہ پیش آتی تھی۔۔۔ اس لیے کہ اس کا سودا بہت کم گفتگو ہی سے طے ہو جاتا تھا۔

وہ ایک سستے اور بازاری قسم کے اخبار کا ایڈیٹر تھا۔جس کی اشاعت دو سو سے زیادہ نہ تھی۔۔۔دراصل وہ اشاعت کا قائل ہی نہ تھا۔۔۔وہ کہا کرتا تھا، ''جو لوگ اخبار پڑھتے ہیں بے وقوف ہیں اور جو لوگ اخبار پڑھ کر اس میں لکھی باتوں پر یقین کرتے ہیں، سب سے بڑے بے وقوف ہیں۔جن لوگوں کی اپنی زندگی ہنگامے سے پُر ہو، ان کو اِن چھپے ہوئے چیتھڑوں سے کیا مطلب؟''

وہ اخبار اس لیے نہیں نکالتا تھا کہ اسے مضامین لکھنے کا شوق تھا۔ یا وہ اخبار کے ذریعے سے شہرت حاصل کرنا چاہتا تھا۔۔۔نہیں، بالکل نہیں۔۔۔ایک دو گھنٹے کی مصروفیت کے سوا جو اس کے اخبار کی اشاعت کے لیے ضروری تھی وہ اپنا بقیہ وقت ان خوابوں کی تعبیر دیکھنے میں گزارا کرتا تھا جو ایک زمانہ سے اس کے ذہن میں موجود تھے۔وہ اپنے لیے ایک ایسا مقام بنانا چاہتا تھا جہاں اسے کوئی نہ چھیڑ سکے۔۔۔جہاں وہ اطمینان حاصل کر سکے۔۔۔خواہ وہ دو سیکنڈ ہی کا کیوں نہ ہو۔

''جنگ کے میدان میں فتح، برلبِ گور ہی نصیب ہو۔۔۔مگر ہو ضرور۔۔۔اور اگر شکست ہو جائے، پِٹنا پڑے تو بھی کیا ہرج ہے۔۔۔شکست کھائیں گے لیکن فتح حاصل کرنے کی کوشش کرتے ہوئے۔۔۔موت ان کی ہے جو موت سے ڈر کر جان دیں، اور جو زندہ رہنے کی کوشش میں موت سے لپٹ جائیں زندہ ہیں اور ہمیشہ زندہ رہیں گے۔۔۔کم از کم اپنے لیے!''

دنیا اس کے خلاف تھی۔ جو شخص بھی اس سے ملتا تھا اس سے نفرت کرتا تھا۔ وہ خوش تھا۔نفرت میں محبت سے زیادہ تیزی ہوتی ہے۔۔۔اگر سب لوگ مجھ سے محبت کرنا شروع کر دیں تو میں اس پہیے کے مانند ہو جاؤں جس میں اندر باہر، اوپر نیچے سب جگہ تیل دیا گیا ہو۔۔۔میں کبھی اس گاڑی کو آگے نہ دھکیل سکوں گا جسے لوگ زندگی کہتے ہیں۔

قریب قریب سب اس کے خلاف تھے اور وہ اپنے ان مخالفین کی طرف یوں دیکھا کرتا تھا گویا وہ موٹر کے انجن میں لگے ہوئے پرزوں کو دیکھ رہا ہے، ''یہ کبھی ٹھنڈے نہیں ہونے چاہئیں۔۔۔''اور اس نے اب تک ان کو ٹھنڈا نہ ہونے دیا تھا۔وہ اس الاؤ کو جلائے رکھتا تھا جس پر وہ ہاتھ تاپ کر اپنا کام کیا کرتا تھا۔جس روز وہ اپنے مخالفین میں کسی نئے آدمی کا اضافہ کرتا تو اپنے دل سے کہا کرتا تھا، ''آج میں نے الاؤ میں ایک اور سوکھی لکڑی جھونک دی ہے جو دیر تک جلتی رہے گی۔''

اس کے ایک مخالف نے ایک جلسے میں اس کے خلاف بہت زہر اگلا۔۔۔اسے بہت برا بھلا کہا۔حتیٰ کہ اسے ننگی گالیاں بھی دیں۔اس کے مخالف کا خیال تھا کہ یہ سب کچھ سن کر اسے نیند نہ آئے گی مگر اس کے برعکس

وہ تو اس روز معمول کے خلاف بہت آرام سے سویا اور اسے خود ساری رات آنکھوں میں کاٹنا پڑی۔ شب بھر اس کا ضمیر اسے ستاتا رہا۔ حتیٰ کہ صبح اٹھ کر وہ اس کے پاس آیا اور بہت بڑے ندامت بھرے لہجہ میں اس سے معذرت طلب کی۔

'' مجھے بہت افسوس ہے کہ میں نے آپ جیسے بلند اخلاق انسان کو برا بھلا کہا۔ گالیاں دیں۔ ۔ ۔ دراصل ۔ ۔ ۔ دراصل میں نے یہ سب کچھ بہت جلد بازی میں کیا۔ سوچے سمجھے بغیر۔ ۔ ۔ ۔ مجھے اکسایا گیا تھا۔ ۔ ۔ میں اپنے کیے پر نادم ہوں۔ اور مجھے امید ہے کہ آپ مجھے معاف فرمادیں گے۔ مجھ سے سخت غلطی ہوئی !''

بلند اخلاق۔ ۔ ۔ ! اسے اس لفظ اخلاق سے بہت چڑ تھی۔ ۔ ۔ اخلاق رُخِ انسانیت کا غازہ۔ ۔ ۔ اخلاق۔ ۔ ۔ اخلاق، اخلاق۔ ۔ ۔ یعنی۔ ۔ ۔ ؟ یہ نہ کرو، وہ نہ کرو کی بے معنی گردان۔ ۔ ۔ انسان کی آزادانہ سرگرمیوں پر بٹھایا ہوا سینسر !

اس کو معلوم تھا کہ اس کے کمزور دل مخالف نے جھوٹ بولا۔ مگر نہ معلوم اس کے دل میں غصہ کیوں نہ پیدا ہوا۔ ۔ ۔ بخلاف اس کے اسے ایسا محسوس ہوا کہ جو شخص اس کے سامنے بیٹھا معافی مانگ رہا ہے اس کی کوئی نہایت ہی عزیز شے فنا ہو گئی ہے۔ وہ غایت درجہ بے رحم تصور کیا جاتا تھا اور اصل میں وہ تھا بھی بے رحم، نرم و نازک جذبات سے اس کا سینہ بالکل پاک تھا۔ مگر اس پتھر پر سے کوئی چیز رینگتی ہوئی نظر آئی۔ اسے اس شخص پر رحم آنے لگا۔

'' آج تم روحانی طور پر مر گئے ہو۔ ۔ ۔ اور مجھے تمہاری اس موت پر افسوس ہے !''

یہ سن کر اس کے مخالف کو پھر گالیاں دینا پڑیں مگر اس کے کانوں تک کوئی آواز نہ پہنچ سکی۔ مدت ہوئی وہ اس کو کسی دور دراز قبرستان میں دفن کر چکا تھا۔

چار برس سے وہ اسی طرح جی رہا تھا، زبردستی، دنیا کی مرضی کے خلاف۔ بہت سی قوتیں اس کو پسپا کر دینے پر تلی رہتی تھیں۔ مگر وہ اپنے وجود کا ایک ذرہ بھی جنگ کے بغیر ان کے حوالے کرنے کے لیے تیار نہ تھا۔

۔ ۔ جنگ، جنگ، جنگ۔ ۔ ۔ ہر مخالف قوت کے خلاف جنگ۔ رحم و ترحم سے نا آشنائی، عشق و محبت سے پرہیز۔ امید، خوف اور استقبال سے بیگانگی۔ ۔ ۔ اور پھر جو ہو سو ہو !

چار برس سے وہ زمانے کی تیز و تند ہوا میں ایک تناور اور مضبوط درخت کی طرح کھڑا تھا۔ موسموں کے تغیر و تبدل نے ممکن ہے اس کے جسم پر اثر کیا ہو مگر اس کی روح پر ابھی تک کوئی چیز اثر انداز نہ ہو سکی تھی۔ وہ ابھی تک ویسی ہی تھی۔ ۔ ۔ جیسی کہ آج سے چار برس پہلے تھی، فولاد کی طرح سخت، یہ سختی قدرت کی طرف

سے عطا نہیں کی گئی تھی بلکہ خود اس نے پیدا کی تھی۔

وہ کہتا تھا، ''نرم و نازک روح کو اپنے سینے میں دبا کر تم زمانے کی پتھریلی زمین پر نہیں چل سکو گے ۔ جو پھول کی پتی سے ہیرے کا جگر کاٹنا چاہے اسے پاگل خانے میں بند کر دینا چاہیے۔۔۔'' شاعرانہ خیالات کو اس نے اپنے دماغ میں کبھی داخل نہ ہونے دیا تھا اور اگر کبھی کبھار غیر ارادی طور پر وہ اس کے دماغ میں پیدا ہو جاتے تھے تو وہ ان ''حرامی بچوں'' کا فوراً گلا گھونٹ دیا کرتا تھا۔ وہ کہا کرتا تھا، ''میں ان بچوں کا باپ نہیں بننا چاہتا جو میرے کاندھوں کا بوجھ بن جائیں۔''

اس نے اپنے سازِ حیات سے ساری طربیں اتار دی تھیں۔ اس نے اس میں سے وہ تمام تار نوچ کر باہر نکال دیئے تھے جن میں سے نرم و نازک سُر نکلتے ہیں۔

''زندگی کا صرف ایک راگ ہے اور وہ رَجَز ہے۔ جو آگے بڑھنے، حملہ کرنے، مرنے اور مارنے کا جذبہ پیدا کرتا ہے۔ اس کے سوا باقی تمام راگنیاں فضول ہیں جو اعضا پر تھکاوٹ طاری کرتی ہیں۔''

اس کا دل شباب کے باوجود عشق و محبت سے خالی تھا۔ اس کی نظروں کے سامنے سے ہزار ہا خوبصورت لڑکیاں اور عورتیں گزر چکی تھیں، مگر ان میں سے کسی ایک نے بھی اس کے دل پر اثر نہ کیا تھا۔۔۔ وہ کہا کرتا تھا، ''اس پتھر میں عشق کی جونک نہیں لگ سکتی!''

وہ اکیلا تھا، بالکل اکیلا۔۔۔ کھجور کے اس درخت کے مانند جو کسی تپتے ہوئے ریگستان میں تنہا کھڑا ہو۔۔۔ مگر وہ اس تنہائی سے کبھی نہ گھبرایا تھا۔ دراصل وہ کبھی تنہا رہتا ہی نہ تھا۔

''جب میں کام میں مشغول ہوتا ہوں تو وہی میر اساتھی ہوتا ہے۔ اور جب میں اس سے فارغ ہو جاتا ہوں تو میرے دوسرے خیالات و افکار میرے گرد و پیش جمع ہو جاتے ہیں۔۔۔ میں ہمیشہ اپنے دوستوں کے جمگھٹے میں رہتا ہوں۔''

وہ اپنے دن یوں بسر کرتا تھا جیسے آم کھا رہا ہے۔ شام کو جب وہ بستر پر دراز ہوتا تھا تو ایسا محسوس کیا کرتا تھا کہ اس نے دن کو، چوسی ہوئی گٹھلی کے مانند پھینک دیا ہے۔ اگر آپ اس کے کمرے کی ایک دیوار ہوتے تو کئی بار آپ کے ساتھ یہ الفاظ ٹکراتے جو کبھی کبھی سوتے وقت اس کی زبان سے نکلا کرتے تھے، ''آج کا دن کتنا کھٹا تھا۔۔۔ اس برس کے ٹوکرے میں اگر بقایا دن بھی اسی قسم کے ہوئے تو مزا آ جائے گا!'' اور راتیں۔۔۔ خواہ تاریک ہوں یا منور۔ اس کی نظر میں داشتائیں تھیں۔ جن کو وہ روز طلوعِ آفتاب کے ساتھ ہی بھول جاتا تھا۔

چار برس سے وہ اسی طرح زندگی بسر کر رہا تھا۔ ایسا معلوم ہوتا تھا کہ وہ ایک اونچے چبوترے پر بیٹھا ہے۔ ہاتھ میں ہتھوڑا لیے۔ زمانہ کا آہنی فیتہ اس کے سامنے سے گزر رہا ہے اور وہ اس فیتے پر ہتھوڑے کی ضربوں سے اپنا ٹھپا لگائے جا رہا ہے۔ ایک دن جب گزرنے لگتا ہے تو وہ فیتے کو تھوڑی دیر کے لیے تھام لیتا ہے۔ اور پھر اسے چھوڑ کر کہتا ہے، ''اب جاؤ، میں تمہیں اچھی طرح استعمال کر چکا ہوں۔''

بعض لوگوں کو افسوس ہوا کرتا ہے کہ ہم نے فلاں کام فلاں وقت پر کیوں نہیں کیا۔ اور یہ پچھتاوا وہ دیر تک محسوس کیا کرتے ہیں۔ مگر اسے آج تک اس قسم کا افسوس یا رنج نہیں ہوا۔ ۔ جو وقت سوچنے میں ضائع ہوتا ہے وہ اس سے بغیر سوچے سمجھے فائدہ اٹھانے کی کوشش کیا کرتا تھا۔ ۔ خواہ انجام کار اسے نقصان ہی کیوں نہ پہنچے۔ اگر سوچ سمجھ کر چلنے ہی میں فائدہ ہوتا تو ان پیغمبروں اور نیکو کاروں کی زندگی تکلیفوں اور ناکامیوں سے بھری ہوئی ہرگز نہ ہوتی، جو ہر کام بڑے غور و فکر سے کیا کرتے تھے۔ اگر سوچ بچار کے بعد بھی نقصان ہو یا ناکامی کا منہ دیکھنا پڑے تو کیا اس سے یہ بہتر نہیں کہ غور و فکر میں پڑنے کے بغیر ہی نتائج کا سامنا کر لیا جائے۔

اسے ان چار برسوں میں ہزار ہا ناکامیوں کا منہ دیکھنا پڑا تھا۔ صرف منہ ہی نہیں بلکہ ان کو سر سے پیر تک دیکھنا پڑا تھا مگر وہ اپنے اصول پر اسی طرح قائم تھا جس طرح طرح تُند لہروں میں ٹھوس چٹان کھڑی رہتی ہے۔ آج رات بارہ بجے کے بعد نیا سال اس کے سامنے آ رہا تھا۔ اور پرانے سال کو وہ ہضم کر گیا تھا۔ بغیر ڈکار لیے۔

نئے سال کی آمد پر وہ خوش تھا جس طرح اکھاڑے میں کوئی نام ور پہلوان اپنے نئے مدِّ مقابل کی طرف خم ٹھونک کر بڑھتا ہے۔ اسی طرح وہ نئے سال کے مقابلے میں اپنے ہتھیاروں سے لیس ہو کر کھڑا ہو گیا تھا۔ اب وہ بلند آواز میں کہہ رہا تھا، ''میں تم جیسے پہلوانوں کو پچھاڑ چکا ہوں۔ اب تمہیں بھی چاروں شانے چت گرا دوں گا۔''

جی بھر کر خوشی منانے کے بعد وہ نئے کیلنڈر کی طرف بڑھا جو میلی دیوار پر اوپر کی طرف سمٹ رہا تھا۔ تاریخ نما سے اس نے اوپر کا کاغذ ایک جھٹکے سے علاحدہ کر دیا اور کہا، ''ذرا نقاب ہٹاؤ تو۔ ۔ دیکھو تمہاری شکل کیسی ہے۔ میں ہوں تمہارا آقا۔ ۔ تمہارا مالک۔ ۔ تمہارا سب کچھ !'' یکم جنوری کی تاریخ کا پتا عریاں ہو گیا۔ ایک قہقہہ بلند ہوا اور اس نے کہا:

''کل رات تم فنا کر دیئے جاؤ گے !''

نیا قانون

منگو کو چوان اپنے اڈے میں بہت عقل مند آدمی سمجھا جاتا تھا۔ گو اُس کی تعلیمی حیثیت صفر کے برابر تھی اور اُس نے کبھی اسکول کا منہ بھی نہیں دیکھا تھا لیکن اِس کے باوجود اُسے دنیا بھر کی چیزوں کا علم تھا۔ اڈے کے وہ تمام کو چوان جن کو یہ جاننے کی خواہش ہوتی تھی کہ دنیا کے اندر کیا ہو رہا ہے، استاد منگو کی وسیع معلومات سے اچھی طرح واقف تھے۔

پچھلے دنوں جب استاد منگو نے اپنی ایک سواری سے اسپین میں جنگ چھڑ جانے کی افواہ سنی تھی تو اُس نے گاما چودھری کے چوڑے کاندھے پر تھپکی دے کر مُدبّرانہ انداز میں پیش گوئی کی تھی، ''دیکھ لینا گاما چودھری، تھوڑے ہی دنوں میں اسپین کے اندر جنگ چھڑ جائے گی۔''

جب گاما چودھری نے اُس سے یہ پوچھا تھا کہ اسپین کہاں واقع ہے تو استاد منگو نے بڑی متانت سے جواب دیا تھا، ''ولایت میں اور کہاں؟''

اسپین کی جنگ چھڑی۔ اور جب ہر شخص کو پتہ چل گیا تو اسٹیشن کے اڈے میں جتنے کو چوان حُقّہ پی رہے تھے دل ہی دل میں استاد منگو کی بڑائی کا اعتراف کر رہے تھے۔ اور استاد منگو اُس وقت مال روڈ کی چمکیلی سطح پر تانگہ چلاتے ہوئے کسی سواری سے تازہ ہندو مسلم فساد پر تبادلۂ خیال کر رہا تھا۔

اُس روز شام کے قریب جب وہ اڈے میں آیا تو اُس کا چہرہ غیر معمولی طور پر تمتمایا ہوا تھا۔ حُقّے کا دَور چلتے چلتے جب ہندو مسلم فساد کی بات چھڑی تو استاد منگو نے سَر سے خاکی پگڑی اتاری اور بغل میں داب کر بڑے مفکِّرانہ لہجے میں کہا، ''یہ کسی پیر کی بد دعا کا نتیجہ ہے کہ آئے دن ہندوؤں اور مسلمانوں میں چاقو، چھریاں چلتی رہتی ہیں۔ اور مَیں نے اپنے بڑوں سے سنا ہے کہ اکبر بادشاہ نے کسی درویش کا

دل دُکھایا تھا۔ اور اُس درویش نے جَل کر یہ بد دعا دی تھی، 'جا، تیرے ہندستان میں ہمیشہ فساد ہی ہوتے رہیں گے ' اور دیکھ لو جب سے اکبر بادشاہ کا راج ختم ہوا ہے ہندستان میں فساد پر فساد ہوتے رہتے ہیں۔ '' یہ کہہ کر اُس نے ٹھنڈی سانس بھری۔ اور پھر حُقّے کا دَم لگا کر اپنی بات شروع کی، ' یہ کانگرس ہندستان کو آزاد کرانا چاہتے ہیں۔ مَیں کہتا ہوں اگر یہ لوگ ہزار سال بھی سَر پیٹتے رہیں تو کچھ نہ ہو گا۔ بڑی سے بڑی بات یہ ہو گی کہ انگریز چلا جائے گا اور کوئی اٹلی والا آ جائے گا۔ یا وہ روس والا جس کی بابت مَیں نے سنا ہے کہ بہت تگڑا آدمی ہے۔ لیکن ہندستان سَدا غلام رہے گا۔ ہاں مَیں یہ کہنا بھول ہی گیا کہ پیر نے یہ بد دعا بھی دی تھی کہ ہندستان پر ہمیشہ باہر کے آدمی راج کرتے رہیں گے۔ ''

استاد منگو کو انگریزوں سے بڑی نفرت تھی۔ اور اُس نفرت کا سبب تو وہ یہ بتلایا کرتا تھا کہ وہ ہندستان پر اپنا سِکّہ چلاتے ہیں۔ اور طرح طرح کے ظلم ڈھاتے ہیں۔ مگر اُس کے تَنفُّر کی سب سے بڑی وجہ یہ تھی کہ چھاؤنی کے گورے اُسے بہت ستایا کرتے تھے۔ وہ اُس کے ساتھ ایسا سلوک کرتے تھے گویا وہ ایک ذلیل کتا ہے۔ اُس کے علاوہ اُسے اُن کا رنگ بھی بالکل پسند نہ تھا۔ جب کبھی وہ گورے کے سرخ و سَپید چہرے کو دیکھتا تو اُسے متلی آ جاتی۔ نہ معلوم کیوں وہ کہا کرتا تھا کہ اُن کے لال جھریوں بھرے چہرے دیکھ کر مجھے وہ لاش یاد آ جاتی ہے جس کے جسم پر سے اوپر کی جھلّی گل گل کر جھڑ رہی ہو۔ جب کسی شرابی گورے سے اُس کا جھگڑا ہو جاتا تو سارا دن اُس کی طبیعت مُکدّر رہتی۔ اور وہ شام کو اڈے میں آ کر ہل مارکہ سگرٹ پیتے یا حُقّے کے کش لگاتے ہوئے اس، ' گورے ، ' کو جی بھر کر سنایا کرتا۔

'' ۔۔۔ ''

یہ موٹی گالی دینے کے بعد وہ اپنے سَر کو ڈھیلی پگڑی سمیت جھٹکا دے کر کہا کرتا تھا، '' آگ لینے آئے تھے۔ اب گھر کے مالک ہی بن گئے ہیں۔ ناک میں دم کر رکھا ہے ان بندروں کی اولاد نے۔ یوں رعب گانٹھتے ہیں گویا ہم اِن کے باوا کے نوکر ہیں۔ ''

اِس پر بھی اُس کا غصہ ٹھنڈا نہیں ہوتا تھا۔ جب تک اُس کا کوئی ساتھی اُس کے پاس بیٹھا رہتا وہ اپنے سینے کی آگ اگلتا رہتا، '' شکل دیکھتے ہو نا تم اس کی ۔۔۔ جیسے کوڑھ ہو رہا ہے ۔۔۔ بالکل مردار، ایک دھبّے کی مار اور گِٹ پِٹ یوں بک رہا تھا جیسے مار ہی ڈالے گا۔ تیری جان کی قسم، پہلے پہل جی میں آئی کہ ملعون کی کھوپڑی کے پرزے اُڑا دوں لیکن اِس خیال سے ٹل گیا کہ اِس مردود کو مارنا اپنی ہتک ہے ۔۔۔ '' یہ کہتے کہتے وہ تھوڑی دیر کے لیے خاموش ہو جاتا۔ اور ناک کو خاکی قمیض سے صاف کرنے

کے بعد پھر بڑبڑانے لگ جاتا، ''قسم ہے بھگوان کی اِن لاٹ صاحبوں کے ناز اٹھاتے اٹھاتے تنگ آ گیا ہوں۔ جب کبھی اُن کا منحوس چہرہ دیکھتا ہوں رگوں میں خون کھولنے لگ جاتا ہے۔ کوئی نیا قانون وانون بنے تو ان لوگوں سے نجات ملے۔ تیری قسم جان میں جان آ جائے۔''

اور جب ایک روز استاد منگو نے اپنی کچہری سے اپنے تانگے پر دو سواریاں لادِیں اور اُن کی گفتگو سے اُسے پتہ چلا کہ ہندوستان میں جدید آئین کا نِفاذ ہونے والا ہے تو اُس کی خوشی کی کوئی انتہا نہ رہی۔

دو مارواڑی جو کچہری میں اپنے دیوانی مقدمے کے سلسلے میں آئے تھے گھر جاتے ہوئے جدید آئین یعنی انڈیا ایکٹ کے متعلق آپس میں بات چیت کر رہے تھے، ''سنا ہے کہ پہلی اپریل سے ہندوستان میں نیا قانون چلے گا۔۔۔ یا ہر چیز بدل جائے گی؟''

''ہر چیز تو نہیں بدلے گی۔ مگر کہتے ہیں کہ بہت کچھ بدل جائے گا اور ہندستانیوں کو آزادی مل جائے گی؟''

''کیا بیاج کے متعلق بھی کوئی نیا قانون پاس ہو گا؟''

''یہ پوچھنے کی بات ہے کل کسی وکیل سے دریافت کریں گے۔'' اُن مارواڑیوں کی بات چیت استاد منگو کے دل میں ناقابلِ بیان خوشی پیدا کر رہی تھی۔ وہ اپنے گھوڑے کو ہمیشہ گالیاں دیتا تھا۔ اور چابک سے بہت بری طرح پیٹا کرتا تھا۔ مگر اُس روز وہ بار بار پیچھے مڑ کر مارواڑیوں کی طرف دیکھتا۔ اور اپنی بڑھی ہوئی مونچھوں کے بال ایک انگلی سے بڑی صفائی کے ساتھ اونچے کر کے گھوڑے کی پیٹھ پر باگیں ڈھیلی کرتے ہوئے بڑے پیار سے کہتا، ''چل بیٹا۔۔۔ ذرا ہوا سے باتیں کر کے دکھا دے۔''

مارواڑیوں کو اُن کے ٹھکانے پہنچا کر اُس نے انارکلی میں دینو حلوائی کی دکان پر آدھ سیر دہی کی لسّی پی کر ایک بڑی ڈکار لی۔ اور مونچھوں کو منہ میں دبا کر اُن کو چوستے ہوئے ایسے ہی بلند آواز میں کہا، ''ہت تیری ایسی تیسی۔''

شام کو جب وہ اڈے کو لَوٹا تو خلافِ معمول اُسے وہاں اپنی جان پہچان کا کوئی آدمی نہ مل سکا۔ یہ دیکھ کر اُس کے سینے میں ایک عجیب و غریب طوفان برپا ہو گیا۔ آج وہ ایک بڑی خبر اپنے دوستوں کو سنانے والا تھا۔۔۔ بہت بڑی خبر، اور اس خبر کو اپنے اندر سے نکالنے کے لیے وہ سخت مجبور ہو رہا تھا لیکن وہاں کوئی تھا ہی نہیں۔

آدھ گھنٹے تک وہ چابک بغل میں دبائے اسٹیشن کے اڈے کی آہنی چھت کے نیچے بیقراری کی حالت میں ٹہلتا رہا۔ اُس کے دماغ میں بڑے اچھے اچھے خیالات آ رہے تھے۔ نئے قانون کے نِفاذ کی خبر نے

اُس کو ایک نئی دنیا میں لاکر کھڑا کر دیا تھا۔ وہ اُس نئے قانون کے متعلق جو پہلی اپریل کو ہندستان میں نافذ ہونے والا تھا اپنے دماغ کی تمام بتیاں روشن کر کے غور و فکر کر رہا تھا۔ اُس کے کانوں میں مارواڑی کا یہ اندیشہ ’’ کیا بیاج کے متعلق بھی کوئی نیا قانون پاس ہو گا؟ ‘‘ بار بار گونج رہا تھا۔ اور اُس کے تمام جسم میں مَسَرّت کی ایک لہر دوڑ رہی تھی۔ کئی بار اپنی اگھنی موچھوں کے اندر ہنس کر اُس نے مارواڑیوں کو گالی دی۔۔۔ ’’ غریبوں کی کھٹیا میں گھسے ہوئے کھٹمل۔۔۔ نیا قانون اُن کے لیے کھولتا ہوا پانی ہو گا۔ ‘‘

وہ بے حد مسرور تھا، خاص کر اُس وقت اُس کے دل کو بہت ٹھنڈک پہنچتی جب وہ خیال کرتا کہ گوروں۔۔۔ سفید چوہوں (وہ ان کو اِسی نام سے یاد کیا کرتا تھا) کی تھوتھنیاں نئے قانون کے آتے ہی بلوں میں ہمیشہ کے لیے غائب ہو جائیں گی۔

جب نَتّھو گنجا، پگڑی بغل میں دبائے، اڈے میں داخل ہوا تو استاد منگو بڑھ کر اُس سے ملا اور اُس کا ہاتھ اپنے ہاتھ میں لے کر بلند آواز سے کہنے لگا، ’’ لا ہاتھ اِدھر۔۔۔ ایسی خبر سناؤں کہ جی خوش ہو جائے۔۔۔ تیری اِس گنجی کھوپڑی پر بال اُگ آئیں۔ ‘‘ اور یہ کہہ کر منگو نے بڑے مزے لے لے کر نئے قانون کے متعلق اپنے دوست سے باتیں شروع کر دیں۔ دورانِ گفتگو میں اُس نے کئی مرتبہ نَتّھو گنجے کے ہاتھ پر زور سے اپنا ہاتھ مار کر کہا، ’’ تُو دیکھتا رہ، کیا بتا ہے، یہ روس والا بادشاہ کچھ نہ کچھ ضرور کر کے رہے گا۔ ‘‘

استاد منگو موجودہ سوویت نظام کی اشتراکی سرگرمیوں کے متعلق بہت کچھ سن چکا تھا۔ اور اُسے وہاں کے نئے قانون اور دوسری نئی چیزیں بہت پسند تھیں۔ اِسی لیے اُس نے روس والے بادشاہ ’’ کو انڈیا ایکٹ ‘‘ یعنی جدید آئین کے ساتھ ملا دیا۔ اور پہلی اپریل کو پرانے نظام میں جو نئی تبدیلیاں ہونے والی تھیں۔ وہ انہیں ’’ روس والے بادشاہ ‘‘ کے اثر کا نتیجہ سمجھتا تھا۔

کچھ عرصے سے پشاور اور دیگر شہروں میں سرخ پوشوں کی تحریک جاری تھی۔ منگو نے اُس تحریک کو اپنے دماغ میں ’روس والے بادشاہ‘ اور پھر نئے قانون کے ساتھ خَلَط مَلَط کر دیا تھا۔ اِس کے علاوہ جب کبھی وہ کسی سے سنتا کہ فلاں شہر میں بم ساز پکڑے گئے ہیں۔ یا فلاں جگہ اتنے آدمیوں پر بغاوت کے الزام میں مقدمہ چلایا گیا ہے۔ تو اُن تمام واقعات کو نئے قانون کا پیش خیمہ سمجھتا اور دل ہی دل میں خوش ہوتا۔ ایک روز اُس کے تانگے میں دو بیرسٹر بیٹھے نئے آئین پر بڑے زور سے تبادلۂ خیال کر رہے تھے۔ اور وہ خاموشی سے اُن کی باتیں سن رہا تھا اُن میں سے ایک، دوسرے سے کہہ رہا تھا، ’’ جدید آئین کا دوسرا حصّہ

فیڈریشن ہے جو میری سمجھ میں ابھی تک نہیں آسکا۔ فیڈریشن دنیا کی تاریخ میں آج تک نہ سنی نہ دیکھی گئی۔ سیاسی نظر یہ سے بھی یہ فیڈریشن بالکل غلط ہے۔ بلکہ یوں کہنا چاہیے کہ یہ کوئی فیڈریشن ہے ہی نہیں! ''

اُن بیرسٹروں کے درمیان جو گفتگو ہوئی اُس میں بیشتر الفاظ انگریزی کے تھے۔ اِس لیے استاد منگو صرف اوپر کے جملے ہی کو کسی قدر سمجھا اور اُس نے کہا، ''یہ لوگ ہندوستان میں نئے قانون کی آمد کو بُرا سمجھتے ہیں۔ اور نہیں چاہتے کہ اُن کا وطن آزاد ہو۔ '' چنانچہ اِس خیال کے زیر اثر اُس نے کئی مرتبہ اُن دو بیرسٹروں کو حقارت کی نگاہوں سے دیکھ کر کہا، ''ٹوڈی بچے! ''

جب کبھی وہ کسی کو دبی زبان میں ''ٹوڈی بچہ '' کہتا تو دل میں یہ محسوس کر کے بڑا خوش ہوتا کہ اُس نے اِس نام کو صحیح جگہ استعمال کیا ہے اور یہ کہ وہ شریف آدمی اور ''ٹوڈی بچے '' کی تمیز کرنے کی اہلیت رکھتا ہے۔

اِس واقعے کے تیسرے روز وہ گورنمنٹ کالج کے تین طلبا کو اپنے تانگے میں بٹھا کر مزنگ جا رہا تھا کہ اُس نے اُن تین لڑکوں کو آپس میں یہ باتیں کرتے سنا، ''نئے آئین نے میری امیدیں بڑھا دی ہیں اگر۔۔۔ صاحب اسمبلی کے ممبر ہو گئے۔ تو کسی سرکاری دفتر میں ملازمت ضرور مل جائے گی۔ ''

''ویسے بھی بہت سی جگہیں اور نکلیں گی۔ شاید اسی گڑبڑ میں ہمارے ہاتھ بھی کچھ آ جائے۔ ''

''ہاں ہاں کیوں نہیں۔ ''

''وہ بے کار گریجویٹ جو مارے مارے پھر رہے ہیں۔ اُن میں کچھ تو کمی ہو گی۔ ''

اِس گفتگو نے استاد منگو کے دل میں جدید آئین کی اہمیت اور بھی بڑھا دی۔ وہ اُس کو ایسی ' چیز ' سمجھنے لگا جو بہت چمکتی ہو۔ 'نیا قانون۔۔۔! ' وہ دن میں کئی بار سوچتا، 'یعنی کوئی ، نئی چیز ! ' اور ہر بار اُس کی نظروں کے سامنے اپنے گھوڑے کا وہ ساز آ جاتا۔ جو اُس نے دو برس ہوئے چودھری خدا بخش سے اچھی طرح ٹھونک بجا کر خریدا تھا۔ اُس ساز پر جب وہ نیا تھا۔ جگہ جگہ لوہے کی چڑھی ہوئی کیلیں چمکتی تھیں اور جہاں جہاں پیتل کا کام تھا وہ سونے کی طرح دمکتا تھا۔ اِس لحاظ سے بھی ، نئے قانون ' کا درخشاں و تاباں ہونا ضروری تھا۔

پہلی اپریل تک استاد منگو نے جدید آئین کے خلاف اور اُس کے حق میں بہت کچھ سنا۔ مگر اُس کے متعلق جو تصور وہ اپنے ذہن میں قائم کر چکا تھا۔ بدل نہ سکا۔ وہ سمجھتا تھا کہ پہلی اپریل کو نئے قانون کے آتے ہی سب معاملہ صاف ہو جائے گا۔ اور اُس کو یقین تھا کہ اُس کی آمد پر جو چیزیں نظر آئیں گی اُن سے اُس کی آنکھوں کو ٹھنڈک پہنچے گی۔

آخر کار مارچ کے اکتیس دن ختم ہو گئے اور اپریل کے شروع ہونے میں رات کے چند خاموش گھنٹے باقی رہ گئے۔موسم خلافِ معمول سرد تھا۔ اور ہوا میں تازگی تھی۔ پہلی اپریل کو صبح سویرے استاد منگو اٹھا اور اصطبل میں جاکر گھوڑے کو جوتا اور باہر نکل گیا۔ اُس کی طبیعت آج غیر معمولی طور پر مسرور تھی۔۔۔وہ نئے قانون کو دیکھنے والا تھا۔

اُس نے صبح کے سرد دھند لکے میں کئی تنگ اور کھلے بازاروں کا چکر لگایا۔مگر اسے ہر چیز پرانی نظر آئی۔ آسمان کی طرح پرانی۔ اُس کی نگاہیں آج خاص طور پر نیا رنگ دیکھنا چاہتی تھیں۔مگر سوائے اُس کلغی کے جو رنگ برنگ کے پروں سے بنی تھی۔اور اُس کے گھوڑے کے سر پر جمی ہوئی تھی۔اور سب چیزیں پرانی نظر آتی تھیں۔ یہ نئی کلغی اُس نے نئے قانون کی خوشی میں کیم مارچ کو چودھری خدا بخش سے ساڑھے چودہ آنہ میں خریدی تھی۔

گھوڑے کی ٹاپوں کی آواز، کالی سٹرک اور اُس کے آس پاس تھوڑا تھوڑا فاصلہ چھوڑ کر لگائے ہوئے بجلی کے کھمبے، دکانوں کے بورڈ، اُس کے گھوڑے کے گلے میں پڑے ہوئے گھنگھرو کی جھنجھناہٹ، بازار میں چلتے پھرتے آدمی۔۔۔اُن میں سے کون سی چیز نئی تھی؟ ظاہر ہے کہ کوئی بھی نہیں لیکن استاد منگو مایوس نہیں تھا۔ ''ابھی بہت سویرا ہے دکانیں بھی تو سب کی سب بند ہیں۔'' اِس خیال سے اُسے تسکین تھی۔ اُس کے علاوہ وہ یہ بھی سوچتا تھا، ''ہائی کورٹ میں نو بجے کے بعد ہی کام شروع ہوتا ہے۔اب اِس سے پہلے نئے قانون کا کیا نظر آئے گا؟''

جب اُس کا تانگہ گورنمنٹ کالج کے دروازے کے قریب پہنچا۔تو کالج کے گھڑیال نے بڑی رعونت سے نو بجائے۔جو طلبا کالج کے بڑے دروازے سے باہر نکل رہے تھے۔خوش پوش تھے۔مگر استاد منگو کو نہ جانے اُن کے کپڑے میلے میلے سے کیوں نظر آئے۔شاید اِس کی وجہ یہ تھی، کہ اُس کی نگاہیں آج کسی خیرہ کُن جلوے کا نظارہ کرنے والی تھیں۔

تانگے کو دائیں ہاتھ موڑ کر وہ تھوڑی دیر کے بعد پھر انار کلی میں تھا۔ بازار کی آدھی دکانیں کھل چکی تھیں۔اور اب لوگوں کی آمد و رفت بھی بڑھ گئی تھی۔حلوائی کی دکانوں پر گاہکوں کی خوب بھیڑ تھی۔ مَنِہاری والوں کی نمائشی چیزیں شیشے کی الماریوں میں لوگوں کو دعوتِ نظارہ دے رہی تھیں۔اور بجلی کے تاروں پر کئی کبوتر آپس میں لڑ جھگڑ رہے تھے۔ مگر استاد منگو کے لیے اُن تمام چیزوں میں کوئی دلچسپی نہ تھی۔۔۔وہ نئے قانون کو دیکھنا چاہتا تھا۔ٹھیک اسی طرح جس طرح وہ اپنے گھوڑے کو دیکھ رہا تھا۔

جب استاد منگو کے گھر میں بچہ پیدا ہونے والا تھا۔ تو اُس نے چار پانچ مہینے بڑی بے قراری سے گزارے تھے۔ اُس کو یقین تھا کہ بچہ کسی نہ کسی دن ضرور پیدا ہو گا مگر وہ انتظار کی گھڑیاں نہیں کاٹ سکتا تھا۔ وہ چاہتا تھا کہ وہ اپنے بچے کو صرف ایک نظر دیکھ لے۔ اِس کے بعد وہ پیدا ہوتا رہے۔ چنانچہ اسی غیر مغلوب خواہش کے زیرِ اثر اس نے کئی بار اپنی بیمار بیوی کے پیٹ کو دبا دبا کر اور اُس کے اوپر کان رکھ کر اپنے بچے کے متعلق کچھ جاننا چاہا تھا مگر ناکام رہا تھا۔ ایک مرتبہ وہ انتظار کرتے کرتے اِس قدر تنگ آ گیا تھا کہ اپنی بیوی پر برس پڑا تھا، ''تو ہر وقت مردے کی طرح پڑی رہتی ہے۔ اُٹھ ذرا چل پھر، تیرے انگ میں تھوڑی سی طاقت تو آئے۔ یوں تختہ بنے رہنے سے کچھ نہ ہو سکے گا۔ تُو سمجھتی ہے کہ اِس طرح لیٹے لیٹے بچّہ جن دے گی؟''

استاد منگو طبعاً بہت جلد باز واقع ہوا تھا۔ وہ ہر سبب کی عملی تشکیل دیکھنے کا خواہش مند تھا بلکہ متجسّس تھا۔ اُس کی بیوی گنگا دیوی اُس کی اس قسم کی بے قراریوں کو دیکھ کر عام طور پر یہ کہا کرتی تھی، ''ابھی کنواں کھودا نہیں گیا اور پیاس سے نڈھال ہو رہے ہو۔''

کچھ بھی ہو مگر استاد منگو نئے قانون کے انتظار میں اتنا بیقرار نہیں تھا۔ جتنا کہ اُسے اپنی طبیعت کے لحاظ سے ہونا چاہیے تھا۔ وہ نئے قانون کو دیکھنے کے لیے گھر سے نکلا تھا، ٹھیک اُسی طرح جیسے وہ گاندھی یا جواہر لال کے جلوس کا نظارہ کرنے کے لیے نکلا کرتا تھا۔

لیڈروں کی عظمت کا اندازہ اُستاد منگو ہمیشہ اُن کے جلوس کے ہنگاموں اور اُن کے گلے میں ڈالے ہوئے پھولوں کے ہاروں سے کیا کرتا تھا اگر کوئی لیڈر گیندے کے پھولوں سے لدا ہو تو استاد منگو کے نزدیک، وہ بڑا آدمی تھا۔ اور اگر کسی لیڈر کے جلوس میں بھیڑ کے باعث دو تین فساد ہوتے ہوتے رہ جائیں۔ تو اُس کی نگاہوں میں وہ اور بھی بڑا تھا۔ اب نئے قانون کو وہ اپنے ذہن کے اُسی ترازو میں تولنا چاہتا تھا۔ انار کلی سے نکل کر وہ مال روڈ کی چمکیلی سطح پر اپنے تانگے کو آہستہ آہستہ چلا رہا تھا کہ موٹروں کی دکان کے پاس اُسے چھاؤنی کی ایک سواری مل گئی۔ کرایہ طے کرنے کے بعد اُس نے اپنے گھوڑے کو چابک دکھایا۔ اور دل میں خیال کیا، ''چلو یہ بھی اچھا ہوا۔۔۔ شاید چھاؤنی ہی سے نئے قانون کا کچھ پتہ چل جائے۔''

چھاؤنی پہنچ کر استاد منگو نے سواری کو اُس کی منزلِ مقصود پر اتار دیا۔ اور جیب سے سگریٹ نکال کر بائیں ہاتھ کی آخری دو انگلیوں میں دبا کر سلگایا۔ اور پچھلی نشست کے گدّے پر بیٹھ گیا۔۔۔ جب استاد منگو کو کسی سواری کی تلاش نہیں ہوتی تھی۔ یا اسے کسی بِیتے ہوئے واقعے پر غور کرنا ہوتا تھا۔ تو وہ عام

طور پر اگلی نشست چھوڑ کر پچھلی نشست پر بڑے اطمینان سے بیٹھ کر اپنے گھوڑے کی بائیں دائیں ہاتھ کے گرد لپیٹ لیا کرتا تھا۔ ایسے موقعوں پر اُس کا گھوڑا تھوڑا تھوڑا سا ہنہنانے کے بعد بڑی دھیمی چال چلنا شروع کر دیتا تھا۔ گویا اسے کچھ دیر کے لیے بھاگ دوڑ سے چھٹی مل گئی ہے۔

گھوڑے کی چال اور استاد منگو کے دماغ میں خیالات کی آمد بہت سست تھی۔ جس طرح گھوڑا آہستہ آہستہ قدم اٹھار ہا تھا۔ اسی طرح استاد منگو کے ذہن میں نئے قانون کے متعلق نئے قیاسات داخل ہو رہے تھے۔ وہ نئے قانون کی موجودگی میں میونسپل کمیٹی سے تانگوں کے نمبر ملنے کے طریقے پر غور کر رہا تھا۔ وہ اُس قابلِ غور بات کو آئینِ جدید کی روشنی میں دیکھنے کی سعی کر رہا تھا۔ وہ اِس سوچ بچار میں غرق تھا۔ اُسے یوں معلوم ہوا جیسے کسی سواری نے اُسے بلایا ہے۔ پیچھے پلٹ کر دیکھنے سے اُسے سڑک کے اُس طرف دُور بجلی کے کھمبے کے پاس ایک ‘‘گورا’’ کھڑا نظر آیا۔ جو اُسے ہاتھ سے بلا رہا تھا۔

جیسا کہ بیان کیا جا چکا ہے استاد منگو کو گوروں سے بیحد نفرت تھی۔ جب اُس نے اپنے تازہ گاہک کو گورے کی شکل میں دیکھا تو اُس کے دل میں نفرت کے جذبات بیدار ہو گئے۔ پہلے تو اُس کے جی میں آئی کہ بالکل توجہ نہ دے اور اُس کو چھوڑ کر چلا جائے مگر بعد میں اُس کو خیال آیا اِن کے پیسے چھوڑنا بھی بیوقوفی ہے۔ کلغی پر جو مفت میں ساڑھے چودہ آنے خرچ کر دیئے ہیں، اِن کی جیب ہی سے وصول کرنے چاہئیں۔ چلو چلتے ہیں۔

خالی سڑک پر بڑی صفائی سے تانگا موڑ کر اُس نے گھوڑے کو چابک دکھایا اور آنکھ جھپکنے میں وہ بجلی کے کھمبے کے پاس تھا۔ گھوڑے کی بائیں کھینچ کر اُس نے تانگہ ٹھہرایا اور پچھلی نشست پر بیٹھے بیٹھے گورے سے پوچھا، ‘‘صاحب بہادر کہاں جانا مانگٹا ہے؟’’ اِس سوال میں بلا کا طنزیہ انداز تھا، صاحب بہادر کہتے وقت اُس کا اوپر کا مونچھوں بھرا ہونٹ نیچے کی طرف کھنچ گیا۔ اور پاس ہی گال کے اُس طرف جو مدھم سی لکیر ناک کے نتھنے سے ٹھوڑی کے بالائی حصے تک چلی آ رہی تھی، ایک لرزش کے ساتھ گہری ہو گئی، گویا کسی نے نوکیلے چاقو سے شیشم کی سانولی لکڑی میں دھاری ڈال دی ہے۔ اُس کا سارا چہرہ ہنس رہا تھا، اور اپنے اندر اُس نے اُس ‘‘گورے’’ کو سینے کی آگ میں جلا کر بھسم کر ڈالا تھا۔

جب ‘‘گورے’’ نے جو بجلی کے کھمبے کی اوٹ میں ہوا کا رُخ بچا کر سگرٹ سلگا رہا تھا مڑ کر تانگے کے پائیدان کی طرف قدم بڑھایا تو اچانک استاد منگو کی اور اُس کی نگاہیں چار ہوئیں۔ اور ایسا معلوم ہوا کہ بیک وقت آمنے سامنے کی بندوقوں سے گولیاں خارج ہوئیں۔ اور آپس میں ٹکرا کر ایک آتشیں بگولا

بن کر اوپر کو اڑ گئیں۔

استاد منگو جو اپنے دائیں ہاتھ سے باگ کے بل کھول کر تانگے پر سے نیچے اُترنے والا تھا۔ اپنے سامنے کھڑے ، گورے ، کو یوں دیکھ رہا تھا گویا وہ اُس کے وجود کے ذرّے ذرّے کو اپنی نگاہوں سے چبا رہا ہے۔ اور گورا اپنے اس طرح اپنی نیلی پتلون پر سے غیر مرئی چیزیں جھاڑ رہا ہے، گویا وہ استاد منگو کے اِس حملے سے اپنے وجود کے کچھ حصے کو محفوظ رکھنے کی کوشش کر رہا ہے۔

گورے نے سگریٹ کا دھواں نگلتے ہوئے کہا، ''جانا مانگٹا یا پھر گڑ بڑ کرے گا؟''

''وہی ہے ،'' یہ لفظ استاد منگو کے ذہن میں پیدا ہوئے اور اُس کی چوڑی چھاتی کے اندر ناچنے لگے ۔

''وہی ہے ۔'' اُس نے یہ لفظ اپنے منہ کے اندر ہی اندر دہرائے اور ساتھ ہی اُسے پورا یقین ہو گیا کہ وہ گورا جو اُس کے سامنے کھڑا تھا وہی ہے جس سے پچھلے برس اُس کی جھڑپ ہوئی تھی، اور اُس خواہ مخواہ کے جھگڑے میں جس کا باعث گورے کے دماغ میں چڑھی ہوئی شراب تھی۔ اُسے طوعاً کرہاً بہت سی باتیں سہنا پڑی تھیں۔ استاد منگو نے گورے کا دماغ درست کر دیا ہوتا بلکہ اُس کے پرزے اڑا دیئے ہوتے، مگر وہ کسی خاص مصلحت کی بِنا پر خاموش ہو گیا تھا۔ اُس کو معلوم تھا کہ اِس قسم کے جھگڑوں میں عدالت کا نزلہ عام طور پر چوانوں ہی پر گرتا ہے۔

استاد منگو نے پچھلے برس کی لڑائی اور پہلی اپریل کے نئے قانون پر غور کرتے ہوئے گورے سے کہا، '' کہاں جانا مانگٹا ہے؟'' استاد منگو کے لہجے میں چابک ایسی تیزی تھی۔ گورے نے جواب دیا۔

''ہیرامنڈی۔''

'' کرایہ پانچ روپے ہو گا،'' ۔استاد منگو کی موچھیں تھرتھرائیں۔

یہ سن کر گورا حیران ہو گیا۔ وہ چلّایا۔ '' پانچ روپے ۔ کیا تم ۔۔۔؟''

''ہاں، ہاں، پانچ روپے،'' یہ کہتے ہوئے استاد منگو کا دہنا بالوں بھرا ہاتھ بھنچ کر ایک وزنی گھونسے کی شکل اختیار کر گیا۔ '' کیوں جاتے ہو یا بے کار باتیں بناؤ گے؟'' استاد منگو کا لہجہ زیادہ سخت ہو گیا۔

گورا پچھلے برس کے واقعے کو پیش نظر رکھ کر استاد منگو کے سینے کی چوڑائی نظر انداز کر چکا تھا۔ وہ خیال کر رہا تھا کہ اُس کی کھوپڑی پھر کھجلا رہی ہے۔ اِس حوصلہ افزا خیال کے زیرِ اثر وہ تانگے کی طرف اکڑ کر بڑھا اور اپنی چھڑی سے استاد منگو کو تانگے پر سے نیچے اُترنے کا اشارہ کیا۔ بید کی یہ پالش کی ہوئی پتلی چھڑی استاد منگو کی موٹی ران کے ساتھ دو تین مرتبہ چھوئی۔ اُس نے کھڑے کھڑے اوپر

سے پست قد گورے کو دیکھا گویا وہ اپنی نگاہوں کے وزن ہی سے اُسے نیچے ڈالنا چاہتا ہے۔ پھر اُس کا گھونسہ کمان میں سے تیر کی طرح سے اوپر کو اٹھا اور چشم زدن میں گورے کی ٹھڈی کے نیچے جم گیا۔ دھکا دے کر اُس نے گورے کو پرے ہٹا دیا۔ اور نیچے اتر کر اُسے دھڑا دھڑ پیٹنا شروع کر دیا۔

ششدر و متحیر گورے نے اِدھر اُدھر سمٹ کر استاد منگو کے وزنی گھونسوں سے بچنے کی کوشش کی۔ اور جب دیکھا کہ اُس کے مخالف پر دیوانگی کی سی حالت طاری ہے۔ اور اُس کی آنکھوں میں سے شرارے برس رہے ہیں۔ تو اُس نے زور زور سے چلّانا شروع کیا۔ اس کی چیخ پکار نے استاد منگو کی بانہوں کا کام اور بھی تیز کر دیا۔ وہ گورے کو جی بھر کے پیٹ رہا تھا۔ اور ساتھ ساتھ یہ کہتا جاتا تھا، ''پہلی اپریل کو بھی وہی اکڑ فوں۔۔۔پہلی اپریل کو بھی وہی اکڑ فوں۔۔۔اب ہمارا راج ہے بچہ!''

لوگ جمع ہو گئے۔ اور پولیس کے دو سپاہیوں نے بڑی مشکل سے گورے کو استاد منگو کی گرفت سے چھڑایا۔ استاد منگو اُن دو سپاہیوں کے درمیان کھڑا تھا اُس کی چوڑی چھاتی پھولی سانس کی وجہ سے اوپر نیچے ہو رہی تھی۔ مُنہ سے جھاگ بہہ رہا تھا۔ اور اپنی مسکراتی ہوئی آنکھوں سے حیرت زدہ مجمع کی طرف دیکھ کر وہ ہانپتی ہوئی آواز میں کہہ رہا تھا۔''

''وہ دن گزر گئے۔ جب خلیل خاں فاختہ اڑایا کرتے تھے۔۔۔اب نیا قانون ہے میاں۔۔۔نیا قانون!''

اور بیچارا گورا اپنے بگڑے ہوئے چہرے کے ساتھ بے وقوفوں کے مانند کبھی استاد منگو کی طرف دیکھتا تھا اور کبھی ہجوم کی طرف۔

استاد منگو کو پولیس کے سپاہی تھانے میں لے گئے۔ راستے میں اور تھانے کے اندر کمرے میں وہ ''نیا قانون نیا قانون'' چلّاتا رہا۔ مگر کسی نے ایک نہ سنی۔

''نیا قانون، نیا قانون۔ کیا بک رہے ہو۔۔۔قانون وہی ہے پُرانا!''

ہار تا چلا گیا

لوگوں کو صرف جیتنے میں مزا آتا ہے لیکن اسے جیت کر ہار دینے میں لطف آتا ہے۔ جیتنے میں اسے کبھی اتنی دِقّت محسوس نہیں ہوئی لیکن البتہ اسے کئی دفعہ کافی تگ و دو کرنا پڑی۔ شروع شروع میں بینک کی ملازمت کرتے ہوئے جب اسے خیال آیا کہ اس کے پاس بھی دولت کے انبار ہونے چاہئیں تو اس کے عزیز و اقارب اور دوستوں نے اس خیال کا مضحکہ اڑایا تھا مگر جب وہ بینک کی ملازمت چھوڑ کر بمبئی چلا گیا تو تھوڑے ہی عرصہ کے بعد اس نے اپنے دوستوں اور عزیزوں کی روپے پیسے سے مدد کرنا شروع کر دی۔

بمبئی میں اس کے لیے کئی میدان تھے مگر اس نے فلم کے میدان کو منتخب کیا۔ اس میں دولت تھی، شہرت تھی۔ اس میں چل پھر کر وہ دونوں ہاتھوں سے دولت سمیٹ سکتا تھا اور دونوں ہی ہاتھوں سے لٹا بھی سکتا تھا۔ چنانچہ ابھی تک اسی میدان کا سپاہی ہے۔ لاکھوں نہیں کروڑوں روپیہ اس نے کمایا اور لٹا دیا۔ کمانے میں اتنی دیر نہ لگی جتنی لٹانے میں۔ ایک فلم کے لیے گیت لکھے۔ لاکھ روپے دھروا لیے لیکن ایک لاکھ روپوں کو رنڈیوں کے کوٹھوں پر، بھٹرووں کی محفلوں میں، گھوڑ دوڑ کے میدانوں اور قمار خانوں میں ہارتے ہوئے اسے کافی دیر لگی۔

ایک فلم بنایا۔ دس لاکھ کا منافع ہوا۔ اب اس رقم کو اِدھر اُدھر لٹانے کا سوال پیدا ہوا۔ چنانچہ اس نے اپنے ہر قدم میں لغزش پیدا کر لی۔ تین موٹریں خرید لیں۔ ایک نئی اور دو پرانی جن کے متعلق اسے اچھی طرح علم تھا کہ بالکل ناکارہ ہیں۔ یہ اس کے گھر کے باہر گلنے سڑنے کے لیے رکھ دیں۔ جو نئی تھی اس کو گیراج میں بند کرا دیا۔ اس بہانے سے کہ پٹرول نہیں ملتا۔ اس کے لیے ٹیکسی ٹھیک تھی۔ صبح لی، ایک میل کے بعد

رکوالی، کسی قمار خانے میں چلے گئے۔ دو ڈھائی ہزار روپے ہار کر دوسرے روز باہر نکلے، ٹیکسی کھڑی تھی۔ اس میں بیٹھے اور گھر چلے گئے اور جان بوجھ کر کرایہ ادا کرنا بھول گئے۔ شام کو باہر نکلے اور ٹیکسی کھڑی دیکھ کر کہا، '' ارے نابکار، تو ابھی تک یہیں کھڑا ہے۔۔۔۔ چل میرے ساتھ دفتر۔ تجھے پیسے دلوا دوں۔۔۔۔ دفتر پہنچ کر پھر کرایہ چکانا بھول گئے اور۔۔۔۔۔۔

اوپر تلے دو تین فلم کام یاب ہوئے جتنے ریکارڈ تھے سب ٹوٹ گئے۔ دولت کے انبار لگ گئے۔ شہرت آسمان تک جا پہنچی۔ جھنجھلا کر اس نے اوپر تلے دو تین ایسے فلم بنائے جن کی ناکامی اپنی مثال آپ ہو کے رہ گئی۔ اپنی تباہی کے لیے کئی دوسروں کو بھی تباہ کر دیا۔ لیکن فوراً ہی آستینیں چڑھائیں۔ جو تباہ ہو گئے ان کو حوصلہ دیا۔ اور ایک ایسا فلم تیار کر دیا جو سونے کی کان ثابت ہوا۔

عورتوں کے معاملے میں بھی ان کی ہار جیت کا یہی چکر کار فرما رہا ہے۔ کسی محفل سے یا کسی کوٹھے پر سے ایک عورت اٹھائی۔ اس کو بنا سنوار کر شہرت کی اونچی گدی پر بٹھا دیا اور اس کی ساری نسوانیت مسخر کرنے کے بعد اسے ایسے موقعے بہم پہنچائے کہ وہ کسی دوسرے کی گردن میں اپنی بانہیں حمائل کر دے۔

بڑے بڑے سرمایہ داروں اور بڑے بڑے عشق پیشہ خوبصورت جوانوں سے مقابلہ ہوا۔ سر دھڑ کی بازیاں لگیں۔ سیاست کی بساطیں بچھیں۔ لیکن وہ ان تمام خار دار جھاڑیوں میں ہاتھ ڈال کر اپنا پسندیدہ پھول نوچ کر لے آیا۔ دوسرے دن ہی اس کو اپنے کوٹ میں لگایا اور کسی رقیب کو موقع دے دیا کہ وہ جھپٹا مار کر لے جائے۔

ان دنوں جب وہ فارس روڈ کے ایک قمار خانے میں لگا تار دس روز سے جا رہا تھا، اس پر ہارنے ہی کی دھن سوار تھی۔ یوں تو اس نے تازہ تازہ ایک بہت ہی خوبصورت ایکٹرس ہاری تھی اور دس لاکھ روپے ایک فلم میں تباہ کر دیئے تھے۔ مگر ان دو حادثوں سے اس کی طبیعت سیر نہیں ہوئی تھی۔ یہ دو چیزیں بہت ہی اچانک طور پر اس کے ہاتھ سے نکل گئی تھیں۔ اس کا اندازہ اس دفعہ غلط ثابت ہوا تھا چنانچہ یہی وجہ ہے کہ وہ روز فارس روڈ کے قمار خانے میں ناپ تول کر ایک مقررہ رقم ہار رہا تھا۔

ہر روز شام کو اپنی جیب میں دو سو روپے ڈال کر وہ پونا پل کا رخ کرتا۔ اس کی ٹیکسی ٹکھپائیوں کی جنگلہ لگی دکانوں کی قطار کے ساتھ ساتھ چلتی اور وہ جا کر بجلی کے ایک کھمبے کے پاس رک جاتی۔ اپنی ناک پر موٹے موٹے شیشوں والی عینک اچھی طرح جماتا۔ دھوتی کی لانگ ٹھیک کرتا اور ایک نظر دائیں جانب دیکھ کر جہاں لوہے کے جنگلے کے پیچھے ایک نہایت ہی بد شکل عورت ٹوٹا ہوا آئینہ رکھے سنگھار میں مصروف

ہوتی اور پر بیٹھک میں چلا جاتا۔

دس روز سے وہ متواتر فارس روڈ کے اس قمار خانے میں دو سو روپیہ ہارنے کے لیے آ رہا تھا۔ کبھی تو یہ روپے دو تین ہاتھوں ہی میں ختم ہو جاتے اور کبھی ان کو ہارتے ہارتے صبح ہو جاتی۔

گیارہویں روز بجلی کے کھمبے کے پاس جب ٹیکسی رکی تو اس نے اپنی ناک پر موٹے موٹے شیشوں والی عینک جما کر اور دھوتی کی لانگ ٹھیک کر کے ایک نظر دائیں جانب دیکھا تو اسے ایک دم محسوس ہوا کہ وہ دس روز سے اس بدشکل عورت کو دیکھ رہا ہے۔ حسب دستور ٹوٹا ہوا آئینہ سامنے رکھے لکڑی کے تخت پر بیٹھی سنگھار میں مصروف تھی۔

لوہے کے جنگلے کے پاس آ کر اس نے غور سے اس ادھیڑ عمر کی عورت کو دیکھا۔ رنگ سیاہ، جلد چکنی، گالوں اور ٹھوڑی پر نیلے رنگ کے چھوٹے چھوٹے سوئی سے گندھے ہوئے دائرے جو چمڑی کی سیاہی میں قریب قریب جذب ہو گئے تھے۔ دانت بہت ہی بدنما، مسوڑھے پان اور تمباکو سے گلے ہوئے۔ اس نے سوچا اس عورت کے پاس کون آتا ہو گا؟

لوہے کے جنگلی کی طرف جب اس نے ایک قدم اور بڑھایا تو وہ بدشکل عورت مسکرائی۔ آئینہ ایک طرف رکھ کر اس نے بڑے ہی بھونڈے پن سے کہا، '' کیوں سیٹھ رہے گا؟''

اس نے اور زیادہ غور سے اس عورت کی طرف دیکھا جسے اس عمر میں بھی امید تھی کہ اس کے گاہک موجود ہیں۔ اس کو بہت حیرت ہوئی۔ چنانچہ اس نے پوچھا، ''بائی تمہاری کیا عمر ہو گی؟''

یہ سن کر عورت کے جذبات کو دھکا سا لگا۔ منہ بسور کر اس نے مراٹھی زبان میں شاید گالی دی۔ اس کو اپنی غلطی کا احساس ہوا۔ چنانچہ اس نے بڑے خلوص کے ساتھ اس سے کہا، ''بائی مجھے معاف کر دو۔ میں نے ایسے ہی پوچھا تھا۔ لیکن میرے لیے بڑے اچنبھے کی بات ہے۔ ہر روز تم سج دھج کر یہاں بیٹھتی ہو۔ کیا تمہارے پاس کوئی آتا ہے؟'' عورت نے کوئی جواب نہ دیا۔ اس نے پھر اپنی غلطی محسوس کی اور اس نے بغیر کسی تجسس کے پوچھا، ''تمہارا نام کیا ہے؟''

عورت جو پردہ ہٹا کر اندر جانے والی تھی رک گئی، ''گنگو بائی۔''

''گنگو بائی، تم ہر روز کتنا کماتی ہو؟'' اس کے لہجے میں ہمدردی تھی۔ گنگو بائی لوہے کے سلاخوں کے پاس آ گئی، ''چھ سات روپے۔۔۔ کبھی کچھ بھی نہیں۔''

''چھ سات روپے اور کبھی کچھ بھی نہیں۔'' گنگو بائی کے یہ الفاظ دہراتے ہوئے ان دو سو روپیوں کا خیال

آیا جو اس کی جیب میں پڑے تھے اور جن کو وہ صرف ہار دینے کے لیے اپنے ساتھ لایا تھا۔ اسے معاً ایک خیال آیا، ''دیکھو گنگو بائی، تم روزانہ چھ سات روپے کماتی ہو۔ مجھ سے دس لے لیا کرو۔''

''رہنے کے؟''

''نہیں۔۔۔ لیکن تم یہی سمجھ لینا کہ میں رہنے کے دے رہا ہوں۔'' یہ کہہ کر اس نے جیب میں ہاتھ ڈالا اور دس روپے کا ایک نوٹ نکال کر سلاخوں میں سے اندر گزار دیا، ''یہ لو۔''

گنگو بائی نے نوٹ لے لیا۔ لیکن اس کا چہرہ سوال بنا ہوا تھا۔

''دیکھو گنگو بائی، میں تمہیں ہر روز اسی وقت دس روپے دے دیا کروں گا لیکن ایک شرط پر۔''

''سرت؟''

''شرط یہ ہے کہ دس روپے لینے کے بعد تم کھانا وانا کھا کر اندر سو جایا کرو۔۔۔ رات کو میں تمہاری بتی جلتی نہ دیکھوں۔''

گنگو بائی کے ہونٹوں پر عجیب و غریب مسکراہٹ پیدا ہوئی، ''ہنسو نہیں۔ میں اپنے وچن کا پکا رہوں گا۔''

یہ کہہ کر وہ اوپر قمار خانے میں چلا گیا۔ سیڑھیوں میں اس نے سوچا مجھے تو یہ روپے ہارنے ہی ہوتے ہیں۔ دو سو نہ سہی ایک سو نے سہی۔''

کئی دن گزر گئے۔ ہر روز حسبِ دستور اس کی ٹیکسی شام کے وقت بجلی کے کھمبے کے پاس رکتی۔ دروازہ کھول کر وہ باہر نکلتا موٹے شیشوں والی عینک میں سے دائیں جانب گنگو بائی کو آہنی سلاخوں کے پیچھے تخت پر بیٹھی دیکھتا۔ اپنی دھوتی کی لانگ ٹھیک کرتا، جنگلے کے پاس پہنچتا اور دس روپے کا ایک نوٹ نکال کر گنگو بائی کو دے دیتا۔ گنگو بائی اس نوٹ کو ماتھے سے چھو کر سلام کرتی اور وہ ایک سو نے ہارنے کے لیے اوپر کوٹھے پر چلا جاتا۔ اس دوران میں دو تین مرتبہ روپیہ ہارنے کے بعد جب وہ رات کو گیارہ بجے یا دو تین بجے نیچے اترا تو اس نے گنگو بائی کی دکان بند پائی۔

ایک دن حسبِ معمول دس روپے دے کر جب وہ کوٹھے پر گیا تو دس بجے ہی فارغ ہو گیا۔ تاش کے پتے کچھ ایسے پڑے کہ چند گھنٹوں ہی میں ایک سو نے روپوں کا صفایا ہو گیا۔ کوٹھے سے نیچے اتر کر جب وہ ٹیکسی میں بیٹھنے لگا تو اس نے کیا دیکھا کہ گنگو بائی کی دکان کھلی ہے اور وہ لوہے کے جنگلے کے پیچھے تخت پر یوں بیٹھی ہے جیسے گاہکوں کا انتظار کر رہی ہے۔ باہر نکل کر وہ ٹیکسی میں سے اس کی دکان کی طرف بڑھا۔ گنگو بائی نے اسے دیکھا تو گھبرا گئی لیکن وہ پاس پہنچ چکا تھا۔

’’ گنگو بائی یہ کیا؟‘‘

گنگو بائی نے کوئی جواب نہ دیا۔

’’بہت افسوس ہے تم نے اپنا وچن پورا نہ کیا۔۔۔میں نے تم سے کہا تھا۔۔۔رات کو میں تمہاری بتی جلتی نہ دیکھوں۔۔۔لیکن تم یہاں اس طرح بیٹھی ہو۔‘‘اس کے لہجے میں دکھ تھا۔ گنگو بائی سوچ میں پڑ گئی۔

’’تم بہت بری ہو۔‘‘ یہ کہہ کر وہ واپس جانے لگا۔

گنگو بائی نے آواز دی، ’’ٹھہرو سیٹھ۔‘‘

وہ ٹھہر گیا۔ گنگو بائی نے ہولے ہولے ایک ایک لفظ چبا کر ادا کرتے ہوئے کہا، ’’میں بہت بری ہوں۔ پر یہاں چانگلی بھی کون ہے۔۔۔؟ سیٹھ تم دس روپے دے کر ایک کی بتی بجھاتے ہو۔۔۔ذرا دیکھو تو کتنی بتیاں جل رہی ہیں۔‘‘ اس نے ایک طرف ہٹ کر گلی کے ساتھ ساتھ دور تی ہوئی جنگلہ لگی دکانوں کی طرف دیکھا۔ ایک نہ ختم ہونے والی قطار تھی اور بے شمار بتیاں رات کی کثیف فضا میں سلگ رہی تھیں۔

’’ کیا تم یہ سب بتیاں بجھا سکتے ہو؟‘‘

اس نے اپنی عینک کے موٹے موٹے شیشوں میں سے پہلے گنگو بائی کے سر پر لٹکتے ہوئے روشن بلب کو دیکھا، پھر گنگو بائی کے مٹ میلے چہرے کو اور گردن جھکا کر کہا، ’’نہیں، گنگو بائی نہیں۔‘‘

جب وہ ٹیکسی میں بیٹھا تو اس کی جیب اس طرح کی طرح اس کا دل بھی خالی تھا۔

ہتک

دن بھر کی تھکی ماندی وہ ابھی ابھی اپنے بستر پر لیٹی تھی اور لیٹتے ہی سوگئی۔ میونسپل کمیٹی کا داروغہ صفائی، جسے وہ سیٹھ جی کے نام سے پکارا کرتی تھی، ابھی ابھی اُس کی ہڈیاں پسلیاں جھنجھوڑ کر شراب کے نشے میں چُور، گھر واپس گیا تھا۔ وہ رات کو یہیں پر ٹھہر جاتا مگر اُسے اپنی دھرم پتنی کا بہت خیال تھا، جو اُس سے بے حد پریم کرتی تھی۔

وہ روپے جو اُس نے اپنی جسمانی مَشَقّت کے بدلے اُس داروغہ سے وصول کیے تھے، اُس کی چُست اور تھوک بھری چولی کے نیچے سے اوپر کو اُبھرے ہوئے تھے۔ کبھی کبھی سانس کے اُتار چڑھاؤ سے چاندی کے یہ سِکّے کھنکھنانے لگتے اور اُس کی کھنکھناہٹ اُس کے دل کی غیر آہنگ دھڑکنوں میں کھل مل جاتی۔ ایسا معلوم ہوتا کہ اُن سِکّوں کی چاندی پگھل کر اُس کے دل کے خون میں ٹپک رہی ہے۔ اُس کا سینہ اندر سے تپ رہا تھا۔ یہ گرمی کچھ تو اُس برانڈی کے باعث تھی جس کا اڈّھا داروغہ اپنے ساتھ لایا تھا۔ اور کچھ اُس 'بیوڑا' کا نتیجہ تھی جس کا سوڈا ختم ہونے پر دونوں نے پانی ملا کر پیا تھا۔

وہ ساگوان کے لمبے اور چوڑے پلنگ پر اوندھے منہ لیٹی تھی۔ اُس کی بانہیں جو کاندھوں تک ننگی تھیں، پتنگ کی اُس کانپ کی طرح پھیلی ہوئی تھیں جو اوس میں بھیگ جانے کے باعث پتلے کاغذ سے جُدا ہو جائے۔ دائیں بازو کی بغل میں شِکن آلود گوشت اُبھرا ہوا تھا۔ جو بار بار مُڑنے کے باعث نیلی رنگت اختیار کر گیا تھا۔ جیسے نُچی ہوئی مرغی کی کھال کا ایک ٹکڑا وہاں پر رکھ دیا گیا ہے۔

کمرہ بہت چھوٹا تھا جس میں بے شمار چیزیں بے ترتیبی کے ساتھ بِکھری ہوئی تھیں۔ تین چار سوکھے سڑے چِپّل پلنگ کے نیچے پڑے تھے جن کے اوپر مُنہ رکھ کر ایک خارش زَدَہ کتا سو رہا تھا۔ اور نیند

میں کسی غیر مری چیز کو مُنہ چِڑا رہا تھا۔ اُس کتے کے بال جگہ جگہ سے خارش کے باعث اُڑے ہوئے تھے۔ دور سے اگر کوئی اُس کتے کو دیکھتا تو سمجھتا کہ پیر پونچھنے والا پرانا ٹاٹ دوہرا کر کے زمین پر رکھا ہے۔ اُس طرف چھوٹے سے دیوار گیر پر سنگار کا سامان رکھا تھا۔ گالوں پر لگانے کی سرخی، ہونٹوں کی سرخ بتی، پاوڈر، کنگھی اور لوہے کے پِن جو وہ غالباً اپنے جوڑے میں لگایا کرتی تھی۔ پاس ہی ایک لمبی کھونٹی کے ساتھ سبز طوطے کا پنجرہ لٹک رہا تھا، جو گردن کو اپنی پیٹھ کے بالوں میں چھپائے سو رہا تھا۔ پنجرہ کچے امرود کے ٹکڑوں اور گلے ہوئے سنگترے کے چھلکوں سے بھرا پڑا تھا۔ اُن بدبودار ٹکڑوں پر چھوٹے چھوٹے کالے رنگ کے مچھر یا پتنگ اڑ رہے تھے۔

پلنگ کے پاس ہی بید کی ایک کرسی پڑی تھی جس کی پُشت، سر ٹیکنے کے باعث بے حد میَلی ہو رہی تھی۔ اُس کرسی کے دائیں ہاتھ کو ایک خوبصورت تپائی تھی جس پر ہِز ماسٹرز وائس کا پورٹ ایبل گرامو فون پڑا تھا، اُس گرامو فون پر مَنڈھے ہوئے کالے کپڑے کی بہت بری حالت تھی۔ زنگ آلود سوئیاں تپائی کے علاوہ کمرے کے ہر کونے میں بکھری ہوئی تھیں۔ اُس تپائی کے عین اوپر دیوار پر چار فریم لٹک رہے تھے جن میں مختلف آدمیوں کی تصویریں جڑی تھیں۔

اِن تصویروں سے ذرا ہٹ کر یعنی دروازے میں داخل ہوتے ہی بائیں طرف کی دیوار کے کونے میں گنیش جی کی شوخ رنگ کی تصویر جو تازہ اور رسّوکھے ہوئے پھولوں سے لدی ہوئی تھی۔ شاید یہ تصویر کپڑے کے کسی تھان سے اتار کر فریم میں جڑائی گئی تھی۔ اُس تصویر کے ساتھ چھوٹے سے دیوار گیر پر جو کہ بے حد چکنا ہو رہا تھا، تیل کی ایک پیالی دھری تھی۔ جو دیے کو روشن کرنے کے لیے رکھی گئی تھی۔ پاس ہی دِیا پڑا تھا جس کی لَو ہوا بند ہونے کے باعث ماتھے کے تِلک کے مانند سیدھی کھڑی تھی۔ اُس دیوار گیر پر روئی کی چھوٹی بڑی مروڑیاں بھی پڑی تھیں۔

جب وہ بوہنی کرتی تھی تو دُور سے گنیش جی کی اُس مُورتی سے روپے چھوا کر اور پھر اپنے ماتھے کے ساتھ لگا کر اُنہیں اپنی چولی میں رکھ لیا کرتی تھی۔ اُس کی چھاتیاں چونکہ کافی اُبھری ہوئی تھیں اِس لیے وہ جتنے روپے بھی اپنی چولی میں رکھتی محفوظ پڑے رہتے تھے۔ البتہ کبھی کبھی جب مادھو پُونے سے چُھٹّی لے کر آتا تو اُسے اپنے کچھ روپے پلنگ کے پائے کے نیچے اُس چھوٹے سے گڑھے میں چھپانا پڑتے تھے جو اُس نے خاص اِس کام کی غرض سے کھودا تھا۔ مادھو سے روپے محفوظ رکھنے کا یہ طریقہ سوگندھی کو رام لال دلال نے بتایا تھا۔ اُس نے جب یہ سنا کہ مادھو پُونے سے آ کر سوگندھی پر دھاوے بولتا ہے تو کہا تھا،

’’اُس سالے کو تو نے کب سے یار بنایا ہے؟ یہ بڑی انوکھی عاشقی معشوقی ہے۔‘‘

’’ایک پیسہ اپنی جیب سے نکالتا نہیں اور تیرے ساتھ مزے اڑاتا رہتا ہے، مزے الگ رہے، تجھ سے کچھ لے بھی مرتا ہے۔۔۔ سوگندھی! مجھے کچھ دال میں کالا نظر آتا ہے۔ اُس سالے میں کچھ بات ضرور ہے جو تجھے بھا گیا ہے۔ سات سال سے یہ دھندا کر رہا ہوں۔ تم چھوکریوں کی ساری کمزوریاں جانتا ہوں۔‘‘

یہ کہہ کر رام لال دلال نے جو بمبئی شہر کے مختلف حصوں میں دس روپے سے لے کر سو روپے تک والی ایک سو بیس چھوکریوں کا دھندا کرتا تھا، سوگندھی کو بتایا؛ ’’سالی اپنا دھن یوں نہ برباد کر۔ تیرے انگ پر سے یہ کپڑا بھی اتار کر لے جائے گا۔۔۔ وہ تیری ماں کا یار۔۔۔ اُس پلنگ کے پائے کے نیچے چھوٹا سا گڑھا کھود کر اُس میں سارے پیسے دبا دیا کر اور جب وہ یار آیا کرے تو اُس سے کہہ کر۔۔۔ تیری جان کی قسم مادھو، آج صبح سے ایک دھیلے کا منہ نہیں دیکھا۔ باہر والے سے کہہ کر ایک کپ چائے اور افلاطون بسکٹ تو منگا۔ بھوک سے میرے پیٹ میں چوہے دوڑ رہے ہیں۔۔۔ سمجھیں! بہت ناز ک وقت آ گیا ہے میری جان۔۔۔ اِس سالی کانگرس نے شراب بند کر کے بازار بالکل مَندا کر دیا ہے۔ پر تجھے تو کہیں نہ کہیں سے پینے کو مل ہی جاتی ہے، بھگوان کی قسم، جب تیرے یہاں کبھی رات کی خالی کی ہوئی بوتل دیکھتا ہوں اور دارو کی باس سونگھتا ہوں تو جی چاہتا ہے تیری جون میں چلا جاؤں۔‘‘

سوگندھی کو اپنے جسم میں سب سے زیادہ اپنا سینہ پسند تھا۔ ایک بار جمنا نے اُس سے کہا تھا، ’’نیچے سے اِن بمب کے گولوں کو باندھ کے رکھا کر، انگیا پہنے گی تو ان کی سختائی ٹھیک رہے گی۔‘‘ سوگندھی یہ سن کر ہنس دی۔ ’’جمنا تُو سب کو اپنے سری کا سمجھتی ہے۔ دس روپے میں لوگ تیری بوٹیاں توڑ کر چلے جاتے ہیں۔ تُو تو سمجھتی ہے کہ سب کے ساتھ بھی ایسا ہی ہوتا ہو گا۔ کوئی مولا گائے تو ایسی ویسی جگہ ہاتھ۔۔۔ ارے ہاں، کل کی بات تجھے سناؤں، رام لال رات کے دو بجے ایک پنجابی کو لایا۔ رات کا تیس روپے طے ہوا۔ جب سونے لگے تو مَیں نے بتی بجھا دی۔ ارے وہ تو ڈرنے لگا۔ سُنتی ہو جمنا؟ تیری قسم اندھیرا ہوتے ہی اُس کا سارا اٹھا اٹھ کر کرا ہو گیا۔ وہ ڈر گیا۔ مَیں نے کہا چلو چلو دیر کیوں کرتے ہو۔ تین بجنے والے ہیں، اب دن چڑھ آئے گا۔ بولا۔۔۔ روشنی کرو، روشنی کرو۔۔۔ مَیں نے کہا، یہ روشنی کیا ہوا، بولا؛ لائٹ۔۔۔ لائٹ۔۔۔ اُس کی بھینچی ہوئی آواز سن کر مجھ سے ہنسی نہ رکی۔

’’بھئی مَیں تو لائٹ نہ کروں گی!‘‘ اور یہ کہہ کر مَیں نے اس کی گوشت بھری ران کی چٹکی لی۔ تڑپ کر اٹھ بیٹھا اور لائٹ اون کر دی مَیں نے جھٹ سے چادر اوڑھ لی، اور کہا، تجھے شرم نہیں آتی مَر دُوبے۔۔۔ وہ

پلنگ پر آیا تو مَیں اٹھی اور لپک کر لائٹ بجھا دی۔۔۔ وہ پھر گھبرانے لگا۔ تیری قسم بڑے مزے میں رات کٹی، کبھی اندھیرا، کبھی اُجالا، کبھی اُجالا، کبھی اندھیرا۔۔۔ ٹرام کی کھڑ کھڑ ہوئی تو پتلون وتلون پہن کر وہ اٹھ بھاگا۔۔۔ سالے نے تیس روپے سَیٹّے میں جیتے ہوں گے۔ جو یوں مفت دے گیا۔۔۔ جمنا تو بالکل اُلھّٹر ہے۔ بڑے بڑے گر یاد ہیں مجھے ان لوگوں کو ٹھیک کرنے کے لیے! ''

سوگندھی کو واقعی بہت سے گر یاد تھے جو اُس نے اپنی ایک دو سہیلیوں کو بتائے بھی تھے۔ عام طور پر وہ یہ گُر سب کو بتایا کرتی تھی، ''اگر آدمی شریف ہو، زیادہ باتیں نہ کرنے والا ہو تو اُس سے خوب شرارتیں کرو، اَن گِنت باتیں کرو، اُسے چھیڑو و ستاؤ، اُس کے گدگدی کرو۔ اُس سے کھیلو۔۔۔ اگر داڑھی رکھتا ہو تو اُس میں انگلیوں سے کنگھی کرتے کرتے دو چار بال بھی نوچ لو، پیٹ بڑا ہو تو تھپتھپاؤ۔۔۔ اُس کو اتنی مہلت ہی نہ دو کہ اپنی مرضی کے مطابق کچھ کرنے پائے۔ وہ خوش خوش چلا جائے گا اور رقم بھی بچی رہے گی۔ ایسے مرد جو چپ چپ رہتے ہیں بڑے خطرناک ہوتے ہیں بہن۔۔۔ ہڈی پسلی توڑ دیتے ہیں اگر ان کا داؤ چل جائے۔ ''

سوگندھی اتنی چالاک نہیں تھی جتنی خود کو ظاہر کرتی تھی۔ اُس کے گاہک بہت کم تھے۔ غایت درجہ جذباتی لڑکی تھی۔ یہی وجہ ہے کہ وہ تمام گر جو اسے یاد تھے اُس کے دماغ سے پھسل کر اُس کے پیٹ میں آجاتے تھے جس پر ایک بچہ پیدا کرنے کے باعث کئی لکیریں پڑ گئی تھیں۔۔۔ اُن لکیروں کو پہلی مرتبہ دیکھ کر اُسے ایسا لگا تھا کہ اُس کے خارش زدہ کتے نے اپنے پنجے سے یہ نشان بنا دیے ہیں۔

سوگندھی دماغ میں زیادہ رہتی تھی لیکن جو نہی کوئی نرم نازک بات، کوئی کومل بول اُس سے کہتا تو جھٹ پگھل کر وہ اپنے جسم کے دوسرے حصوں میں پھیل جاتی۔ گو مرد اور عورت کے جسمانی ملاپ کو اس کا دماغ بالکل فضول سمجھتا تھا مگر اُس کے جسم کے باقی اعضاء سب کے سب، اُس کے بہت بری طرح قائل تھے؛ وہ تھکن چاہتے تھے۔۔۔ ایسی تھکن جو انہیں جھنجھوڑ کر۔۔۔ اُنہیں مار کر سُلانے پر مجبور کر دے۔۔۔ ایسی نیند جو تھک کر چُور ہو جانے کے بعد آئے، کتنی مزے دار ہوتی ہے۔ وہ بے ہوشی جو مار کھا کر بند بند ڈھیلے ہو جانے پر طاری ہوتی ہے، کتنا آنند دیتی ہے! کبھی ایسا ہوتا ہے کہ تم ہو اور کبھی ایسا معلوم ہوتا ہے کہ تم نہیں ہو، اور اِس ہونے اور نہ ہونے کے بیچ میں کبھی کبھی ایسا بھی محسوس ہوتا ہے کہ تم ہوا میں بہت اونچی جگہ لٹکی ہوئی ہو۔ اوپر ہوا، نیچے ہوا، دائیں ہوا، بائیں ہوا، بس ہوا ہی ہوا! اور پھر اُس ہوا میں دم گھٹنا بھی ایک خاص مزا دیتا ہے۔

بچپن میں جب وہ آنکھ مچولی کھیلا کرتی تھی، اور اپنی ماں کا بڑا صندوق کھول کر اُس میں چُھپ جایا کرتی تھی، تو نا کافی ہوا میں دم گھٹنے کے ساتھ ساتھ پکڑے جانے کے خوف سے وہ تیز دھڑ کن جو اس کے دل میں پیدا ہو جایا کرتی تھی، کتنا مزا دیا کرتی تھی۔

سوگندھی چاہتی تھی کہ اپنی ساری زندگی کسی ایسے ہی صندوق میں چھپ کر گزار دے جس کے باہر ڈھونڈنے والے پھرتے رہیں۔ کبھی کبھی اُس کو ڈھونڈ نکالیں تا کہ وہ بھی اُن کو ڈھونڈنے کی کوشش کرے۔ یہ زندگی جو وہ پانچ برس سے گزار رہی تھی آنکھ مچولی ہی تو تھی۔ کبھی وہ کسی کو ڈھونڈ لیتی تھی اور کبھی کوئی اُسے ڈھونڈ لیتا تھا۔

بس یونہی اُس کا جیون بیت رہا تھا۔ وہ خوش تھی اِس لیے کہ اُس کو خوش رہنا پڑتا تھا۔ ہر روز رات کو کوئی نہ کوئی مرد اُس کے چوڑے ساگوانی پلنگ پر ہوتا تھا اور سوگندھی جس کو مردوں کے ٹھیک کرنے کے لیے بے شمار گُر یاد تھے، اِس بات کا بار بار تہیہ کرنے پر بھی کہ وہ اُن مردوں کی کوئی ایسی ویسی بات نہیں مانے گی اور اُن کے ساتھ بڑے روکھے پن کے ساتھ پیش آئے گی، ہمیشہ اپنے جذبات کے دھارے میں بہہ جایا کرتی تھی اور فقط ایک پیاسی عورت رہ جایا کرتی تھی۔

ہر روز رات کو اُس کا پرانا یا نیا ملاقاتی اُس سے کہا کرتا تھا، ''سوگندھی میں تجھ سے پریم کرتا ہوں۔'' اور سوگندھی یہ جان بوجھ کر بھی کہ وہ جھوٹ بولتا ہے بس موم ہو جاتی تھی اور ایسا محسوس کرتی تھی جیسے سچ مُچ اُس سے پریم کیا جا رہا ہے ۔۔۔۔

پریم ۔۔۔۔ کتنا سُندر بول ہے! وہ چاہتی تھی، اُس کو پگھلا کر اپنے سارے انگوں پر مل لے اُس کی مالش کرے تا کہ یہ سارے کا سارا اُس کے مَساموں میں رَچ جائے یا پھر وہ خود اُس کے اندر چلی جائے۔ سَمَٹ سِمٹا کر اُس کے اندر داخل ہو جائے اور اوپر سے ڈھکنا بند کر دے۔ کبھی کبھی جب پریم کیے جانے کا جذبہ اُس کے اندر بہت شدت اختیار کر لیتا تو کئی بار اُس کے جی میں آتا کہ اپنے پاس پڑے ہوئے آدمی کو گود ہی میں لے کر تھپتھپانا شروع کر دے اور لوریاں دے کر اسے گود ہی میں سُلا دے۔

پریم کر سکنے کی اہلیت اُس کے اندر اِس قدر زیادہ تھی کہ ہر اُس مرد سے جو اُس کے پاس آتا تھا، وہ محبت کر سکتی تھی اور پھر اُس کو نِباہ بھی سکتی تھی۔ اب تک چار مردوں سے اپنا پریم نِباہ ہی تو رہی تھی جن کی تصویریں اُس کے سامنے دیوار پر لٹک رہی تھیں۔ ہر وقت یہ احساس اُس کے دل میں موجود رہتا تھا کہ وہ بہت اچھی ہے لیکن یہ اچھا پن مردوں میں کیوں نہیں ہوتا۔ یہ بات اُس کی سمجھ میں نہیں آتی تھی۔

ایک بار آئینہ دیکھتے ہوئے بے اختیار اُس کے منہ سے نکل گیا تھا، ''سوگندھی۔۔۔ تجھ سے زمانے نے اچھا سلوک نہیں کیا!''

یہ زمانہ یعنی پانچ برسوں کے دن اور اُن کی راتیں، اُس کے جیون کے ہر تار کے ساتھ وابستہ تھے۔ گو اُس زمانے سے اُس کو خوشی نصیب نہیں ہوئی تھی جس کی خواہش اُس کے دل میں موجود تھی۔ تاہم وہ چاہتی تھی کہ یونہی اُس کے دن بیتتے چلے جائیں، اُسے کون سے محل کھڑے کرنا تھے جو روپے پیسے کا لالچ کرتی۔ دس روپے اُس کا عام نرخ تھا جس میں سے ڈھائی روپے رام لال اپنی دلالی کے کاٹ لیتا تھا۔ ساڑھے سات روپے اُسے روز مل ہی جایا کرتے تھے جو اُس کی اکیلی جان کے لیے کافی تھے۔ اور مادھو جب پُونے سے بقول رام لال دلال، سوگندھی پر دھاوے بولنے کے لیے آتا تھا تو وہ دس پندرہ روپے خراج بھی ادا کرتی تھی! یہ خراج صرف اِس بات کا تھا کہ سوگندھی کو اُس سے کچھ وہ ہو گیا تھا۔ رام لال دلال ٹھیک کہتا تھا، اُس میں ایسی بات ضرور تھی جو سوگندھی کو بہت بھائی تھی۔ اب اُس کو چھپانا کیا، بتا ہی کیوں نہیں دیں! سوگندھی سے جب مادھو کی پہلی ملاقات ہوئی تو اُس نے کہا تھا، ''تجھے لاج نہیں آتی اپنا بھاؤ کرتے! جانتی ہے تُو میرے ساتھ کس چیز کا سودا کر رہی ہے۔ اور میں تیرے پاس کیوں آیا ہوں۔۔۔؟ چھی چھی چھی۔۔۔ دس روپے اور جیسا کہ تُو کہتی ہے ڈھائی روپے دلال کے، باقی رہے ساڑھے سات، رہے نا ساڑھے سات؟ اب اِن ساڑھے سات روپوں پر تُو مجھے ایسی چیز دینے کا وَچن دیتی ہے جو تُو دے ہی نہیں سکتی اور میں ایسی چیز لینے آیا جو میں لے ہی نہیں سکتا۔۔۔۔

مجھے عورت چاہیے پر تجھے کیا اِس وقت اِسی گھڑی مرد چاہیے؟

مجھے تو کوئی عورت بھی بھا جائے گی پر کیا میں تجھے جچتا ہوں! تیرا میرا ناتا ہی ہے کچھ بھی نہیں۔۔۔ بس یہ دس روپے، جن میں سے ڈھائی، دلالی میں چلے جائیں گے اور باقی اِدھر اُدھر بکھر جائیں گے۔ تیرے اور میرے بیچ میں بچ رہے ہیں، تُو بھی اِن کا بجا سن رہی ہے اور میں بھی۔ تیرا من کچھ اور سوچتا ہے میرا من کچھ اور۔۔۔ کیوں نہ کوئی ایسی بات کریں کہ تجھے میری ضرورت ہو اور مجھے تیری۔۔۔ پُونے میں حوالدار ہوں، مہینے میں ایک بار آیا کروں گا۔ تین چار دن کے لیے۔۔۔ یہ دھندا چھوڑ۔۔۔ میں تجھے خرچ دے دیا کروں گا۔ کیا بھاڑا ہے اِس کھولی کا؟''

مادھو نے اور بھی بہت کچھ کہا تھا جس کا اثر سوگندھی پر اِس قدر زیادہ ہوا تھا کہ وہ چند لمحات کے لیے خود کو حوالدار نی سمجھنے لگی تھی۔ باتیں کرنے کے بعد مادھو نے اُس کے کمرے کی بکھری ہوئی چیزیں قرینے

سے رکھی تھیں اور ننگی تصویریں جو سوگندھی نے اپنے سر ہانے لٹکا رکھی تھیں، بنا پو چھے کچھے پھاڑ دی تھیں اور کہا تھا، ''سوگندھی بھی میں ایسی تصویریں یہاں نہیں رکھنے دوں گا۔ اور پانی کا یہ گھڑا۔۔۔ دیکھنا کتنا مَیلا ہے اور یہ۔۔ یہ چیتھڑے۔۔۔ یہ چندریاں۔۔۔ اُف کتنی بُری باس آتی ہے، اُٹھا کے باہر پھینک اِن کو۔۔۔ اور تُو نے اپنے بالوں کا ستیاناس کر رکھا ہے۔ اور ۔۔۔ اور ۔۔۔۔''

تین گھنٹے کی بات چیت کے بعد سوگندھی اور مادھو آپس میں گھل مِل گئے تھے اور سوگندھی کو تو ایسا محسوس ہوا تھا کہ برسوں سے حوالدار کو جانتی ہے، اُس وقت تک کسی نے بھی کمرے میں بد بودار چیتھڑوں، مَیلے گھڑے اور ننگی تصویروں کی موجودگی کا خیال نہیں کیا تھا اور نہ کبھی کسی نے اُس کو یہ محسوس کرنے کا موقع دیا تھا کہ اُس کا ایک گھر ہے جس میں گھریلو پَن آ سکتا ہے۔ لوگ آتے تھے اور بستر تک کی غلاظت کو محسوس کیے بغیر چلے جاتے تھے۔ کوئی سوگندھی سے یہ نہیں کہتا تھا، ''دیکھ تو آج تیری ناک کتنی لال ہو رہی ہے زکام نہ ہو جائے تجھے۔ ٹھہر مَیں تیرے واسطے دوالا تا ہوں۔''

مادھو کتنا اچھا تھا۔ اُس کی ہر بات باون تولہ اور پاؤ رتی کی تھی۔ کیا کھری کھری سنائی تھیں اُس نے سو گندھی کو۔ اُسے محسوس ہونے لگا کہ اُسے مادھو کی ضرورت ہے۔ چنانچہ اُن دونوں کا سمبندھ ہو گیا۔ مہینے میں ایک بار مادھو پُونے سے آتا تھا اور واپس جاتے ہوئے ہمیشہ سوگندھی سے کہا کرتا تھا، ''دیکھ سوگندھی! اگر تُو نے پھر سے اپنا دھندا شروع کیا تو بس تیری میری ٹوٹ جائے گی۔۔۔ اگر تُو نے ایک بار بھی کسی مرد کو اپنے یہاں ٹھہرایا تو چُٹیا سے پکڑ کر باہر نکال دوں گا۔ دیکھ اِس مہینے کا خرچ میں تجھے پُونا پہنچتے ہی منی آرڈر کر دوں گا۔ ہاں کیا بھاڑا ہے اس کھولی کا۔۔۔''

نہ مادھو نے کبھی پُونا سے خرچ بھیجا تھا اور نہ سوگندھی نے اپنا دھندا بند کیا تھا۔ دونوں اچھی طرح جانتے تھے کہ کیا ہو رہا ہے۔ نہ سوگندھی نے کبھی مادھو سے یہ کہا تھا، ''تُو یہ کیا ٹریر کیا کرتا ہے، ایک پھوٹی کوڑی بھی دی ہے کبھی تو نے؟'' اور نہ مادھو نے کبھی سوگندھی سے پوچھا تھا، ''یہ مال تیرے پاس کہاں سے آتا ہے جب کہ مَیں تجھے کچھ دیتا ہی نہیں۔'' دونوں جھوٹے تھے۔ دونوں ایک مُلَمّع کی ہوئی زندگی بسر کر رہے تھے۔ لیکن سوگندھی خوش تھی۔ جس کو اصل سونا نہ ملے وہ مُلَمّع کیے ہوئے گہنوں ہی پر راضی ہو جایا کرتا ہے۔

اُس وقت سوگندھی تھکی ماندی سو رہی تھی۔ بجلی کا قُمقُمہ جسے آف کرنا وہ بھول گئی تھی، اُس کے سَر کے اوپر لٹک رہا تھا۔ اُس کی تیز روشنی اُس کی مُندی ہوئی آنکھوں کے سامنے ٹکرا رہی تھی۔ مگر وہ گہری نیند سو رہی تھی۔

دروازے پر دستک ہوئی۔۔۔رات کے دو بجے یہ کون آیا تھا؟

سوگندھی کے خواب آلود کانوں میں دستک بھنبھناہٹ بن کر پہنچی۔ دروازہ جب زور سے کھٹکھٹایا گیا تو چونک کر اٹھ بیٹھی۔۔۔دو ملی جلی شرابوں اور دانتوں کے ریخوں میں پھنسے ہوئے مچھلی کے ریزوں نے اُس کے مُنہ کے اندر ایسا لعاب پیدا کر دیا تھا جو بے حد کسیلا اور لیس دار تھا۔ دھوتی کے پلّو سے اُس نے یہ بدبودار لعاب صاف کیا اور آنکھیں ملنے لگی۔ پلنگ پر وہ اکیلی تھی۔ جھک کر اس نے پلنگ کے نیچے دیکھا تو اس کا کتّا سوکھے ہوئے چپلوں پر منہ رکھے سو رہا تھا اور نیند میں کسی غیر مرئی چیز کو منہ چڑا رہا تھا اور طوطا پیٹھ کے بالوں میں سر دیئے سو رہا تھا۔

دروازے پر دستک ہوئی۔ سوگندھی بستر پر سے اٹھی۔ سر درد کے مارے پھٹا جا رہا تھا۔ گھڑے سے پانی کا ایک ڈونگا نکال کر اُس نے کلّی کی اور دوسرا ڈونگا غٹا غٹ پی کر اُس نے دروازے کا پٹ تھوڑا سا کھولا اور کہا، ''رام لال؟''

رام لال جو باہر دستک دیتے ہوئے تھک گیا تھا۔ بھنّا کر کہنے لگا، ''تجھے سانپ سونگھ گیا تھا یا کیا ہو گیا تھا۔ ایک کلاک (گھنٹے) سے باہر کھڑا دروازہ کھٹکھٹا رہا ہوں کہاں مر گئی تھی۔۔۔؟'' پھر آواز دبا کر اُس نے ہولے سے کہا، ''اندر کوئی ہے تو نہیں؟''

جب سوگندھی نے کہا، ''نہیں۔۔۔تو رام لال کی آواز پھر اونچی ہو گئی۔ ''تو دروازہ کیوں نہیں کھولتی۔؟ بھئی حد ہو گئی ہے کیا نیند پائی ہے۔ یوں ایک ایک چھوکری اتارنے میں دو دو گھنٹے سر کھپانا پڑے تو میں اپنا دھندا کر چکا۔۔۔اب تو میرا مُنہ کیا دیکھتی ہے۔ جھٹ پٹ یہ دھوتی اتار کر وہ پھولوں والی ساڑھی پہن، پوڈر وو ڈر لگا اور چل میرے ساتھ۔۔۔باہر موٹر میں ایک سیٹھ بیٹھے تیرا انتظار کر رہے ہیں۔ چل چل ایک دم جلدی کر۔''

سوگندھی آرام کرسی پر بیٹھ گئی اور رام لال آئینے کے سامنے اپنے بالوں میں کنگھی کرنے لگا۔ سوگندھی نے تپائی کی طرف اپنا ہاتھ بڑھایا اور بام کی شیشی اٹھا کر اُس کا ڈھکنا کھولتے ہوئے کہا، ''رام لال آج میرا جی اچھا نہیں۔''

رام لال نے کنگھی دیوار گیر پر رکھ دی اور مُڑ کر کہا، ''تو پہلے ہی کہہ دیا ہوتا۔'' سوگندھی نے ماتھے اور کنپٹیوں پر بام ملتے ہوئے غلط فہمی دور کر دی۔

''وہ بات نہیں رام لال۔۔۔! ایسے ہی میرا جی اچھا نہیں۔۔۔بہت پی گئی۔''

رام لال کے مُنہ میں پانی بھر آیا، ''تھوڑی بچی ہو تولا۔۔۔ذرا ہم بھی مُنہ کا مزا ٹھیک کر لیں۔''

سوگندھی نے بام کی شیشی تپائی پر رکھ دی اور کہا، ''بچائی ہوتی تو یہ مُوائس میں درد ہی کیوں ہوتا۔ دیکھ رام لال! وہ جو باہر موٹر میں بیٹھا ہے اُسے اندر ہی لے آؤ۔''

رام لال نے جواب دیا، ''نہیں بھی وہ اندر نہیں آسکتے۔ جنٹلمین آدمی ہیں۔ وہ تو موٹر کو گلی کے باہر کھڑی کرتے ہوئے گھبراتے تھے۔۔۔تُو کپڑے وپڑے پہن لے اور ذرا گلی کے نکّڑ تک چل۔۔۔سب ٹھیک ہو جائے گا۔''

ساڑھے سات روپے کا سودا تھا۔ سوگندھی اِس حالت میں جب کہ اُس کے سَر میں شدت سے درد ہو رہا تھا، کبھی قبول نہ کرتی مگر اُسے روپوں کی سخت ضرورت تھی۔ اُس کی ساتھ والی کھولی میں ایک مدراسی عورت رہتی تھی جس کا خاوند موٹر کے نیچے آ کر مر گیا تھا۔ اُس عورت کو اپنی جوان لڑکی سمیت وطن جانا تھا۔ لیکن اُس کے پاس چونکہ کرایہ ہی نہیں تھا اِس لیے وہ کسمپُرسی کی حالت میں پڑی تھی۔ سوگندھی نے کل ہی اُس کو ڈھارس دی تھی اور اُس سے کہا تھا، ''بہن تُو چنتا نہ کر۔ میرا مرد پُونے سے آنے ہی والا ہے، میں اُس سے کچھ روپے لے کر تیرے جانے کا بندوبست کر دوں گی۔''

مادھو پُونا سے آنے والا تھا مگر روپوں کا بندوبست تو سوگندھی ہی کو کرنا تھا۔ چنانچہ وہ اُٹھی اور جلدی جلدی کپڑے تبدیل کرنے لگی۔ پانچ منٹوں میں اُس نے دھوتی اتار کر پھولوں والی ساڑھی پہنی اور گالوں پر سرخی پوڈر لگا کر تیار ہو گئی۔ گھڑے کے ٹھنڈے پانی کا ایک اور ڈونگا پیا اور رام لال کے ساتھ ہو لی۔ گلی جو کہ چھوٹے شہروں کے بازار سے بھی کچھ بڑی تھی، بالکل خاموش تھی۔ گیس کے وہ لیمپ جو کھمبوں پر جڑے تھے، پہلے کی نسبت بہت دھندلی روشنی دے رہے تھے۔ جنگ کے باعث اُن کے شیشوں کو گدلا کر دیا گیا تھا۔ اُس اندھی روشنی میں گلی کے آخری سرے پر ایک موٹر نظر آ رہی تھی۔ کمزور روشنی میں اِسے سیاہ رنگ کی موٹر کا سایہ سا نظر آیا اور رات کے پچھلے پہر کی بھیدوں بھری خاموشی۔۔۔سوگندھی کو ایسا لگا کہ اُس کے سَر کا درد فضا پر بھی چھا گیا ہے۔ ایک کسَیلا پن اُسے ہوا کے اندر بھی محسوس ہوتا تھا جیسے برانڈی اور بیُوڑا کی باس سے وہ بوجھل ہو رہی ہے۔

آگے بڑھ کر رام لال نے موٹر کے اندر بیٹھتے ہوئے آدمیوں سے کچھ کہا۔ اِتنے میں جب سوگندھی موٹر کے پاس پہنچ گئی تو رام لال نے ایک طرف ہٹ کر کہا، ''لیجیے وہ آ گئی۔''

''بڑی اچھی چھوکری ہے تھوڑے ہی دن ہوئے ہیں اِسے دھندا شروع کیے۔'' پھر سوگندھی سے مخاطب

ہو کر کہا، ''سوگندھی، اِدھر آؤ سیٹھ جی بلاتے ہیں۔''

سوگندھی ساڑھی کا ایک کنارہ اپنی انگلی پر لپیٹتی ہوئی آگے بڑھی اور موٹر کے دروازے کے پاس کھڑی ہو گئی۔ سیٹھ صاحب نے بیٹری اِس کے چہرے کے پاس روشن کی۔ ایک لمحے کے لیے اُس روشنی نے سوگندھی کی خمار آلود آنکھوں میں چکاچوند پیدا کی۔ بٹن دبانے کی آواز پیدا ہوئی اور بجھ گئی۔ ساتھ ہی سیٹھ کے منہ سے ''اونہہ'' نکلا۔ پھر ایک دم موٹر کا اِنجن پھر پھڑ ایا اور کار یہ جا وہ جا۔۔۔

سوگندھی کچھ سوچنے بھی نہ پائی تھی کہ موٹر چل دی۔ اُس کی آنکھوں میں ابھی تک بیٹری کی تیز روشنی گھسی ہوئی تھی۔ وہ ٹھیک طرح سے سیٹھ کا چہرہ بھی تو نہ دیکھ سکی تھی۔ یہ آخر ہوا کیا تھا۔ اُس ''اونہہ'' کا کیا مطلب تھا۔ جو ابھی تک اُس کے کانوں میں بھنبھنا رہی تھی۔ کیا۔۔۔؟ کیا؟

رام لال دلال کی آواز سنائی دی، ''پسند نہیں کیا تجھے۔۔۔ اچھا بھئی میں چلتا ہوں۔ دو گھنٹے مفت میں ہی برباد کیے۔''

یہ سن کر سوگندھی کی ٹانگوں میں، اُس کی بانہوں میں، اُس کے ہاتھوں میں ایک زبردست حرکت کا اِرادہ پیدا ہوا۔ کہاں تھی وہ موٹر۔۔۔ کہاں تھا وہ سیٹھ۔۔۔ تو ''اونہہ'' کا مطلب یہ تھا کہ اُس نے مجھے پسند نہیں کیا۔۔۔ اُس کی۔۔۔

گالی اُس کے پیٹ کے اندر سے اُٹھی اور زبان کی نوک پر آ کر رک گئی۔ وہ آخر گالی کسے دیتی، موٹر تو جا چکی تھی۔ اُس کی دم کی سرخ بتی اُس کے سامنے بازار کے اَندھیارے میں ڈوب رہی تھی اور سوگندھی کو ایسا محسوس ہو رہا تھا کہ یہ لال لال اِنگارہ ''اونہہ'' ہے جو اُس کے سینے میں برمے کی طرح اترا چلا جا رہا ہے۔۔۔ اُس کے جی میں آیا کہ زور سے پکارے۔ ''اوسیٹھ۔ ذرا موٹر روکنا اپنی۔۔۔ بس ایک منٹ کے لیے۔'' پر وہ سیٹھ، تھُڑی ہے اُس کی ذات پر، بہت دور نکل چکا تھا۔

وہ سنسان بازار میں کھڑی تھی۔ پھولوں والی ساڑھی جو وہ خاص خاص موقعوں پر پہنا کرتی تھی، رات کے پچھلے پہر کی ہلکی ہلکی ہوا سے لہرا رہی تھی۔ یہ ساڑھی اور اُس کی ریشمی سرسراہٹ سوگندھی کو کتنی بُری معلوم ہوتی تھی۔ وہ چاہتی تھی کہ اُس ساڑھی کے چیتھڑے اُڑا دے کیونکہ ساڑھی ہوا میں لہرا کر ''اونہہ اونہہ'' کر رہی تھی۔

گالوں پر اُس نے پوڈر لگایا تھا اور ہونٹوں پر سرخی۔ جب اُسے خیال آیا کہ یہ سنگار اُس نے اپنے آپ کو پسند کرانے کے واسطے کیا تھا تو شرم کے مارے اُسے پسینہ آ گیا۔ یہ شرمندگی دور کرنے کے لیے اُس

نے کچھ سوچا۔۔۔ میں نے اُس موئے کو دکھانے کے لیے تھوڑی اپنے آپ کو سجایا تھا۔ یہ تو میری عادت ہے۔۔۔میری کیا سب کی یہی عادت ہے۔۔۔ پر۔۔۔۔ پر۔۔۔۔ یہ رات کے دو بجے اور رام لال دلال اور ۔۔۔ یہ بازار۔۔۔ اور وہ موٹر اور بیٹری کی چمک۔۔۔ یہ سوچتے ہی روشنی کے دھبے اس کی حدِ نگاہ تک فضا میں ادھر ادھر تیرنے لگے اور موٹر کے انجن کی پھر پھڑاہٹ اسے ہوا کے ہر جھونکے میں سنائی دینے لگی۔ اس کے ماتھے پر بام کالیپ جو سنگار کرنے کے دوران میں بالکل ہلکا ہو گیا تھا، پسینہ آنے کے باعث اس کے مساموں میں داخل ہونے لگا۔ اور سوگندھی کو اپنا ماتھا کسی اور کا ماتھا معلوم ہوا۔ جب ہوا کا ایک جھونکا اس کے عرق آلود ماتھے کے پاس سے گزرا تو اُسے ایسا لگا کہ سر دئے دئے ٹین کا ٹکڑا کاٹ کر اُس کے ماتھے کے ساتھ چسپاں کر دیا گیا ہے۔ سر میں درد ویسے کا ویسا موجود تھا مگر خیالات کی بھیڑ بھاڑ اور اُن کے شور نے اُس درد کو اپنے نیچے دبا رکھا تھا۔ سوگندھی نے کئی بار اُس درد کو اپنے خیالات کے نیچے سے نکال کر اوپر لانا چاہا مگر ناکام رہی۔ وہ چاہتی تھی کہ کسی نہ کسی طرح اُس کا انگ انگ دُکھنے لگے، اُس کے سر میں درد ہو، اُس کی ٹانگوں میں درد ہو، اُس کے پیٹ میں درد ہو، اُس کی بانہوں میں درد ہو۔ ایسا درد کہ وہ صرف درد ہی کا خیال کرے اور سب کچھ بُھول جائے۔ یہ سوچتے سوچتے اُس کے دل میں کچھ ہوا۔۔۔ کیا یہ درد تھا؟ ایک لمحے کے لیے اُس کا دل سکڑا اور پھر پھیل گیا۔۔۔ یہ کیا تھا۔۔۔؟ لعنت! یہ تو وہی ''اونہہ'' تھی جو اُس کے دل کے اندر کبھی سکڑتی تھی اور کبھی پھیلتی تھی۔

گھر کی طرف سوگندھی کے قدم اٹھے ہی تھے کہ رُک گئے اور وہ ٹھہر کر سوچنے لگی، رام لال دلّال کا خیال ہے کہ اُسے میری شکل پسند نہیں آئی۔ شکل کا تو اُس نے ذکر نہیں کیا۔ اُس نے تو یہ کہا تھا، ''سوگندھی تجھے پسند نہیں کیا!'' اُسے۔۔۔اُسے۔۔۔۔صرف میری شکل ہی پسند نہیں آئی تو کیا ہوا؟ مجھے بھی تو کئی آدمیوں کی شکل پسند نہیں آتی۔۔۔ وہ جو اَناؤس کی رات کو آیا تھا۔ کتنی بری صورت تھی اُس کی۔۔۔ کیا میں نے ناک بھوں نہیں چڑھائی تھی؟ جب وہ میرے ساتھ سونے لگا تھا تو مجھے گِھن نہیں آئی تھی؟ کیا مجھے اُبکائی آتے آتے نہیں رک گئی تھی؟ ٹھیک ہے، پر سوگندھی۔۔۔ تُو نے اُسے دُھتکارا نہیں تھا۔ تُو نے اُس کو ٹھکرایا نہیں تھا۔۔۔ اُس موٹر والے سیٹھ نے تو تیرے منہ پر تھوکا ہے۔۔۔

اونہہ۔۔۔

اُس ''اونہہ'' کا اور مطلب ہی کیا ہے۔۔۔؟ یہی کہ اُس چھچھوندَر کے سر میں چنبیلی کا تیل۔۔۔ اونہہ۔۔۔ یہ مُنہ اور مَسُور کی دال۔۔۔ ارے رام لال تو یہ چھپکلی کہاں سے پکڑ کر لے آیا ہے۔۔۔

اِس لونڈیا کی اتنی تعریف کر رہا ہے تُو۔۔۔دس روپے اور یہ عورت۔۔۔خچّر کیا بری ہے۔۔۔ سوگندھی سوچ رہی تھی اور اُس کے پَیر کے انگوٹھے سے لے کر سَر کی چوٹی تک گرم لہریں دوڑ رہی تھیں۔ اُس کو کبھی اپنے آپ پر غصہ آتا تھا، کبھی رام لال دلال پر جس نے رات کے دو بجے اُسے بے آرام کیا لیکن فوراً ہی دونوں کو بے قصور پا کر وہ سیٹھ کا خیال کرتی تھی۔ اُس خیال کے آتے ہی اُس کی آنکھیں، اُس کے کان، اُس کی بانہیں، اُس کی ٹانگیں، اُس کا سب کچھ مُڑتا تھا کہ اُس سیٹھ کو کہیں کہیں دیکھ پائے۔۔۔ اُس کے اندر یہ خواہش بڑی شدت سے پیدا ہو رہی تھی کہ جو کچھ ہو چکا ہے ایک بار پھر ہو۔۔۔صرف ایک بار۔۔۔وہ ہولے ہولے موٹر کی طرف بڑھے موٹر کے اندر سے ایک ہاتھ بیٹری نکالے اور اُس کے چہرے پر روشنی پھینکے۔ ''اونہہ'' کی آواز آئے اور وہ۔۔۔سوگندھی اندھا دھند اپنے دونوں پنجوں سے اُس کا مُنہ نوچنا شروع کر دے۔ وحشی بلّی کی طرح جھپٹے اور۔۔۔اور اپنی انگلیوں کے سارے ناخن جو اُس نے موجودہ فیشن کے مطابق بڑھا رکھے تھے۔ اُس سیٹھ کے گالوں میں گاڑ دے۔۔۔بالوں سے پکڑ کر اُسے باہر گھسیٹ لے اور دھڑا دھڑ ٹھٹّے مارنا شروع کر دے اور جب تھک جائے۔۔۔جب تھک جائے تو رونا شروع کر دے۔

رونے کا خیال سوگندھی کو صرف اِس لیے آیا کہ اُس کی آنکھوں میں غصے اور بے بسی کی شدت کے باعث تین چار بڑے بڑے آنسو بن رہے تھے۔ ایکا ایکی سوگندھی نے اپنی آنکھوں سے سوال کیا، ''تم روتی کیوں ہو؟ تمہیں کیا ہوا ہے کہ ٹپکنے لگی ہو۔۔۔؟''

آنکھوں سے کیا ہوا سوال چند لمحات تک اُن آنسوؤں میں تیر تا رہا جو اب پلکوں پر کانپ رہے تھے۔ سوگندھی اُن آنسوؤں میں سے دیر تک اُس خلا کو گھورتی رہی جدھر سیٹھ کی موٹر گئی تھی۔

پھر پھر پھر۔۔۔یہ آواز کہاں سے آئی؟ سوگندھی نے چونک کر اِدھر اُدھر دیکھا لیکن کسی کو نہ پایا۔۔۔ ارے یہ تو اُس کا دل پھر پھرایا تھا۔ وہ سمجھی تھی موٹر کا انجن بولا ہے۔۔۔اُس کا دل۔۔۔یہ کیا ہو گیا تھا اُس کے دل کو! آج ہی روگ لگ گیا تھا اُسے۔۔۔اچھا بھلا چلتا چلتا ایک جگہ رک کر دھڑ دھڑ کیوں کرتا تھا۔۔۔بالکل اُس گھسے ہوئے ریکارڈ کی طرح جو سوئی کے نیچے ایک جگہ آ کے رک جاتا تھا: ''رات کٹی گن گن تارے۔۔۔'' کہتا کہتا تارے تارے کی رٹ لگا دیتا تھا۔

آسمان تاروں سے اٹا ہوا تھا۔ سوگندھی نے اُن کی طرف دیکھا اور کہا کتنے سندر ہیں۔۔۔وہ چاہتی تھی کہ اپنا دھیان کسی اور طرف پلٹ دے۔ پَر جب اُس نے سندر کہا تو جھٹ سے یہ خیال اُس کے دماغ میں

گوندا، ''یہ تارے ہیں پر تو کتنی بھونڈی ہے۔۔۔ کیا بھول گئی ابھی ابھی تیری صورت کو بچھٹکارا گیا ہے؟''

سوگندھی بدصورت تو نہیں تھی۔ یہ خیال آتے ہی وہ تمام عکس ایک ایک کر کے اُس کی آنکھوں کے سامنے آنے لگے۔ جو اُن پانچ برسوں کے دوران میں وہ آئینے میں دیکھ چکی تھی۔ اِس میں شک نہیں کہ اُس کا رنگ روپ اب وہ نہیں رہا تھا جو آج سے پانچ سال پہلے تھا، جب کہ وہ تمام فکروں سے آزاد اپنے ماں باپ کے ساتھ رہا کرتی تھی لیکن وہ بدصورت تو نہیں ہو گئی تھی۔ اُس کی شکل وصورت اُن عام عورتوں کی سی تھی جن کی طرف مرد گزرتے گزرتے گھور کے دیکھ لیا کرتے ہیں۔ اُس میں وہ تمام خوبیاں موجود تھیں جو سوگندھی کے خیال میں ہر مرد اُس عورت میں ضروری سمجھتا ہے جس کے ساتھ اُسے ایک دو راتیں بسر کرنا ہوتی ہیں۔ وہ جوان تھی، اُس کے اعضاء متناسب تھے۔ کبھی کبھی نہاتے وقت جب اس کی نگاہیں اپنی رانوں پر پڑتی تھیں تو وہ خود اُن کی گولائی اور گدگداہٹ کو پسند کیا کرتی تھی۔ وہ خوش خُلق تھی۔ اُن پانچ برسوں کے دوران میں شاید ہی کوئی آدمی اُس سے ناخوش ہو کر گیا ہو۔۔۔ بڑی مِلنسار تھی، بڑی رحم دل تھی۔ پچھلے دنوں کرسمس میں جب وہ گول پیٹھا میں رہا کرتی تھی، ایک نوجوان لڑکا اُس کے پاس آیا تھا۔ صبح اٹھ کر جب اُس نے دوسرے کمرے میں جا کر کھونٹی سے کوٹ اتارا تو بٹوا غائب پایا۔ سوگندھی کا نوکر یہ بٹوا لے اُڑا تھا۔ بے چارہ بہت پریشان ہوا۔ چھٹیاں گزارنے کے لیے حیدر آباد سے بمبئی آیا تھا۔ اب اُس کے پاس واپس جانے کے لیے دام نہ تھے۔ سوگندھی نے ترس کھا کر اُسے اُس کے دس روپے واپس دے دیے تھے۔۔۔

''مجھ میں کیا برائی ہے؟''

سوگندھی نے یہ سوال ہر اُس چیز سے کیا جو اُس کی آنکھوں کے سامنے تھی۔ گیس کے اندھے لیمپ، لوہے کے کھمبے، فٹ پاتھ کے چوکور پتھر اور سڑک کی اُکھڑی ہوئی بجری۔۔۔ اِن سب چیزوں کی طرف اُس نے باری باری دیکھا، پھر آسمان کی طرف نگاہیں اٹھائیں۔ جو اُس کے اوپر جُھکا ہوا تھا مگر سوگندھی کو کوئی جواب نہ ملا۔

جواب اُس کے اندر موجود تھا۔ وہ جانتی تھی کہ وہ بُری نہیں اچھی ہے، پر وہ چاہتی تھی کہ کوئی اِس کی تائید کرے۔۔۔ کوئی۔۔۔ کوئی۔۔۔ اِس وقت اُس کے کاندھوں پر ہاتھ رکھ کر صرف اتنا کہہ دے، ''سوگندھی! کون کہتا ہے، تُو بُری ہے، جو تجھے بُرا کہے وہ آپ بُرا ہے۔۔۔'' نہیں یہ کہنے کی کوئی

ضرورت نہیں تھی۔ کسی کا اتنا کہہ دینا کافی تھا، ''سوگندھی تو بہت اچھی ہے !'' وہ سوچنے لگی کہ وہ کیوں چاہتی ہے کوئی اُس کی تعریف کرے۔ اِس سے پہلے اُسے اِس بات کی اتنی شدت سے ضرورت محسوس نہ ہوئی تھی۔ آج کیوں وہ بے جان چیزوں کو بھی ایسی نظروں سے دیکھتی ہے جیسے اُن پر اپنے اچھے ہونے کا احساس طاری کرنا چاہتی ہے، اُس کے جسم کا ذرہ ذرہ کیوں ''ماں'' بن رہا ہے۔۔۔وہ ماں بن کر دھرتی کی ہر شے کو اپنی گود میں لینے کے لیے کیوں تیار ہو رہی تھی۔۔۔؟ اُس کا جی کیوں چاہتا تھا کہ سامنے والے گیس کے آہنی کھمبے کے ساتھ چمٹ جائے اور اُس کے سرد لوہے پر اپنے گال رکھ دے۔۔۔اپنے گرم گرم گال اور اُس کی ساری سردی چُوس لے۔

تھوڑی دیر کے لیے اُسے ایسا محسوس ہوا کہ گیس کے اندھے لیمپ، لوہے کے کھمبے، فٹ پاتھ کے چوکور پتھر اور ہر وہ شَے جو رات کے سَنّاٹے میں اُس کے آس پاس تھی۔ ہمدردی کی نظروں سے اُسے دیکھ رہی ہے اور اُس کے اوپر جھکا ہوا آسمان بھی جو مٹیالے رنگ کی ایسی موٹی چادر معلوم ہوتا تھا جس میں بے شمار سوراخ ہو رہے ہوں، اُس کی باتیں سمجھتا تھا اور سوگندھی کو بھی ایسا لگتا تھا کہ وہ تاروں کا ٹمٹمانا سمجھتی ہے لیکن اُس کے اندر یہ اگر بڑتی تھی۔۔۔؟ وہ کیوں اپنے اندر اُس موسم کی فضا محسوس کرتی تھی جو بارش سے پہلے دیکھنے میں آیا کرتا ہے۔ اُس کا جی چاہتا تھا کہ اُس کے جسم کا ہر مسام کھل جائے اور جو کچھ اُس کے اندر ابل رہا ہے اُن کے رستے باہر نکل جائے۔ پَر یہ کیسے ہو۔۔۔کیسے ہو؟

سوگندھی گلی کے نُکڑ پر خط ڈالنے والے لال بھکے کے پاس کھڑی تھی۔ ہوا کے تیز جھونکے سے اس بھکے کی آہنی زبان جو اُس کے کھُلے ہوئے مُنہ میں لٹکتی رہتی ہے، لڑکھڑائی تو سوگندھی کی نگاہیں ایک بیک اُس کی طرف اُٹھیں جدھر موٹر گئی تھی مگر اُسے کچھ نظر نہ آیا۔۔۔اُسے کتنی زبردست آرزو تھی کہ موٹر پھر ایک بار آئے اور۔۔۔اور۔۔۔

''نہ آئے۔۔۔بلا سے۔۔۔میں اپنی جان کیوں بے کار ہلکان کروں۔ گھر چلتے ہیں اور آرام سے لمبی تان کر سوتے ہیں۔ اِن جھگڑوں میں رکھا ہی کیا ہے مفت کی دردِ سری ہی تو ہے۔۔۔چل سوگندھی گھر چل۔۔۔ ٹھنڈے پانی کا ایک ڈونگا پی اور تھوڑا سا بام مل کر سو جا۔۔۔فسٹ کلاس نیند آئے گی اور سب ٹھیک ہو جائے گا۔۔۔سیٹھ اور اس کی موٹر کی ایسی تیسی۔۔۔''

یہ سوچتے ہوئے سوگندھی کا بوجھ ہلکا ہو گیا جیسے وہ کسی ٹھنڈے تالاب سے نہا دھو کر باہر نکلی ہے جس طرح پوجا کرنے کے بعد اُس کا جسم ہلکا ہو جاتا تھا، اسی طرح اب بھی ہلکا ہو گیا تھا۔ گھر کی طرف چلنے لگی تو خیالات

کا بوجھ نہ ہونے کے باعث اُس کے قدم کئی بار لڑ کھڑائے ۔

اپنے مکان کے پاس پہنچی تو ایک ٹیس کے ساتھ پھر تمام واقعہ اُس کے دل میں اٹھا اور درد کی طرح اُس کے رویئں رویئں پر چھا گیا۔ قدم پھر بوجھل ہو گئے اور وہ اِس بات کو شدت کے ساتھ محسوس کرنے لگی کہ گھر سے بلا کر، باہر بازار میں مُنہ پر روشنی کا چانٹا مار کر ایک آدمی نے اُس کی ابھی ابھی ہتک کی ہے۔ یہ خیال آیا تو اُس نے اپنی پسلیوں پر کسی کے سخت انگوٹھے محسوس کیے جیسے کوئی اُسے بھیڑ بکری کی طرح دبا دبا کر دیکھ رہا ہے کہ آیا گوشت بھی ہے یا بال ہی بال ہیں۔۔۔ اُس سیٹھ نے۔۔۔ پر ماتما کرے۔۔۔

سوگندھی نے چاہا کہ اُس کو بد دعا دے، مگر سوچا، بد دعا دینے سے کیا بنے گا۔ مزا تو جب تھا کہ وہ سامنے ہوتا اور وہ اُس کے وجود کے ہر ذرے پر کچھ ایسے الفاظ کہتی کہ زندگی بھر بے چین رہتا۔۔۔ اُس کے منہ پر کچھ ایسے الفاظ کہتی کہ زندگی بھر بے چین رہتا۔۔۔ کپڑے پھاڑ کر اُس کے سامنے ننگی ہو جاتی اور کہتی، ''یہی لینے آیا تھا نا تو۔۔؟ لے دام دیئے بنا لے جا اِسے۔۔۔ یہ جو کچھ مَیں ہوں، جو کچھ میرے اندر چھپا ہوا ہے وہ تو کیا، تیرا باپ بھی نہیں خرید سکتا۔۔۔''

انتقام کے نئے نئے طریقے سوگندھی کے ذہن میں آ رہے تھے۔ اگر اُس سیٹھ سے ایک بار۔۔۔ صرف ایک بار۔۔۔ اس کی مڈ بھیڑ ہو جائے تو یہ کرے نہیں، یہ نہیں، یہ کرے۔۔۔ یوں اُس سے انتقام لے، نہیں یوں نہیں، یوں۔۔۔ لیکن جب سوگندھی سوچتی کہ سیٹھ سے اُس کا دوبارہ ملنا محال ہے تو وہ اسے ایک چھوٹی سی گالی دینے ہی پر خود کو راضی کر لیتی۔۔۔ بس صرف ایک چھوٹی سی گالی، جو اُس کی ناک پر چپکو مکھی کی طرح بیٹھ جائے اور ہمیشہ وہیں جمی رہے۔

اِسی اُدھیڑ بن میں وہ دوسری منزل پر اپنی کھولی کے پاس پہنچ گئی۔ چولی میں سے چابی نکال کر تالا کھولنے کے لیے ہاتھ بڑھایا تو چابی ہوا ہی میں گھوم کر رہ گئی ! کنڈے میں تالا نہیں تھا سوگندھی نے کواڑ اندر کی طرف دبائے تو ہلکی سی چرچراہٹ پیدا ہوئی۔ اندر سے کنڈی کھولی گئی اور دروازے نے جمائی لی، سوگندھی اندر داخل ہو گئی۔

مادھو مونچھوں میں ہنسا اور دروازہ بند کر کے سوگندھی سے کہنے لگا، ''آج تُو نے میرا کہا مان ہی لیا۔۔۔ صبح کی سیر تندرستی کے لیے بڑی اچھی ہوتی ہے۔ ہر روز اِس طرح صبح اٹھ کر گھومنے جایا کرے گی تو تیری ساری سُستی دور ہو جائے گی اور وہ تیری کمر کا درد بھی غائب ہو جائے گا، جس کی بابت تو آئے دن شکایت کیا کرتی ہے۔۔۔ وکٹوریہ گارڈن تک ہو آئی ہو گی تُو۔۔؟ کیوں؟''

سوگندھی نے کوئی جواب نہ دیا اور نہ مادھو نے جواب کی خواہش ظاہر کی۔ دراصل جب مادھو بات کیا کرتا تھا تو اُس کا مطلب یہ نہیں ہوتا تھا کہ سوگندھی ضرور اُس میں حصہ لے اور سوگندھی جب کوئی بات کیا کرتی تھی یہ ضروری نہیں ہوتا تھا کہ مادھو اُس میں حصہ لے۔۔۔ چونکہ کوئی بات کرنا ہوتی تھی، اس لیے وہ کہہ دیا کرتے تھے۔

مادھو بید کی کرسی پر بیٹھ گیا۔ جس کی پشت پر اُس کے تیل سے چپڑے ہوئے سَر نے مَیل کا ایک بہت بڑا دھبہ بنا رکھا تھا۔ اور ٹانگ پر ٹانگ رکھ کر اپنی مونچھوں پر انگلیاں پھیرنے لگا۔ سوگندھی پلنگ پر بیٹھ گئی۔ اور مادھو سے کہنے لگی، ''میں آج تیرا انتظار کر رہی تھی۔''

مادھو بڑا سٹپٹایا: ''انتظار۔۔۔؟ تجھے کیسے معلوم ہوا کہ میں آج آنے والا ہوں۔''

سوگندھی کے بھنچے ہوئے لب کھُلے۔ اُن پر ایک پیلی مسکراہٹ نمودار ہوئی، ''میں نے رات تجھے سپنے میں دیکھا تھا۔۔۔ اٹھی تو کوئی بھی نہ تھا۔ سو جی نے کہا، چلو کہیں باہر گھوم آئیں۔۔۔ اور۔۔۔۔۔''

مادھو خوش ہو کر بولا، ''اور مَیں آ گیا۔۔۔ بھئی بڑے لوگوں کی باتیں بڑی پکی ہوتی ہیں۔ کسی نے ٹھیک کہا ہے، دل کو دل سے راہ ہوتی ہے۔۔۔ تُو نے یہ سپنا کب دیکھا تھا؟''

سوگندھی نے جواب دیا، ''چار بجے کے قریب۔''

مادھو کرسی سے اٹھ کر سوگندھی کے پاس بیٹھ گیا، ''اور میں نے تجھے ٹھیک دو بجے سپنے میں دیکھا۔۔۔ جیسے تو پھولوں والی ساڑھی۔۔۔ ارے بالکل یہی ساڑھی پہنے میرے پاس کھڑی ہے تیرے ہاتھوں میں۔۔۔ کیا تھا تیرے ہاتھوں میں۔۔۔! ہاں تیرے ہاتھوں میں روپوں سے بھری ہوئی تھیلی تھی۔ تُو نے یہ تھیلی میری جھولی میں رکھ دی۔ اور کہا، ''مادھو تو چِنتا کیوں کرتا ہے۔۔۔؟ لے یہ تھیلی۔ ارے تیرے میرے روپے کیا دو ہیں۔۔۔؟ سوگندھی تیری جان کی قسم فوراً اٹھا اور ٹکٹ کٹا کر ادھر کا رخ کیا۔۔۔ کیا سناؤں بڑی پریشانی ہے! بیٹھے بٹھائے ایک کیس ہو گیا ہے اب بیس تیس روپے ہوں تو انسپکٹر کی مٹھی گرم کر کے چھٹکارا ملے۔۔۔ تھک تو نہیں گئی تُو؟ لیٹ جا میری طرف پیر کر کے لیٹ جا۔''

سوگندھی لیٹ گئی۔ دونوں بانہوں کا تکیہ بنا کر وہ اُن پر سر رکھ کر لیٹ گئی۔ اور اُس لہجے میں جو اُس کا اپنا نہیں تھا، مادھو سے کہنے لگی، ''مادھو یہ کس موئے نے تجھ پر کیس کیا ہے۔۔۔؟ بیل ویل کا ڈر ہو تو مجھ سے کہہ دے، بیس تیس کیا، سو پچاس بھی ایسے موقعوں پر پولیس کے ہاتھ میں تھما دیے جائیں تو فائدہ اپنا ہی ہے۔۔۔ جان بچی لاکھوں پائے۔۔۔ بس بس اب جانے دے۔ تھکن کچھ زیادہ نہیں ہے۔۔۔ مٹھی

چاپی چھوڑ اور مجھے ساری بات سنا۔۔۔ کیس کا نام سنتے ہی میرا دل دھک دھک کرنے لگا ہے۔۔۔ واپس کب جائے گا تو؟''

مادھو کو سوگندھی کے منہ سے شراب کی باس کی آئی تو اُس نے یہ موقع اچھا سمجھا اور جھٹ سے کہا، ''دوپہر کی گاڑی سے واپس جانا پڑے گا۔۔۔ اگر شام تک سب انسپکٹر کو سو پچاس نہ تھمائے تو۔۔۔ زیادہ دینے کی ضرورت نہیں۔ میں سمجھتا ہوں پچاس میں کام چل جائے گا۔''

''پچاس!'' یہ کہہ کر سوگندھی بڑے آرام سے اٹھی اور ان چار تصویروں کے پاس آہستہ آہستہ گئی۔ جو دیوار پر لٹک رہی تھیں۔ بائیں طرف سے تیسرے فریم میں مادھو کی تصویر تھی۔ بڑے بڑے پھولوں والے پردے کے آگے کرسی پر وہ دونوں رانوں پر اپنے ہاتھ رکھے بیٹھا تھا۔ ایک ہاتھ میں گلاب کا پھول تھا۔ پاس ہی تپائی پر دو موٹی موٹی کتابیں دھری تھیں۔ تصویر اترواتے وقت، تصویر اتروانے کا خیال مادھو پر اس قدر غالب تھا کہ اس کی ہر شے تصویر سے باہر نکل نکل کر پکار رہی تھی: ''ہمارا فوٹو اترے گا۔ ہمارا فوٹو اترے گا!''

کیمرے کی طرف مادھو آنکھیں پھاڑ پھاڑ کر دیکھ رہا تھا اور ایسا معلوم ہوتا تھا کہ فوٹو اترواتے وقت اسے بہت تکلیف ہو رہی تھی۔

سوگندھی کھلکھلا کر ہنس پڑی۔۔۔ اُس کی ہنسی کچھ ایسی تیکھی اور نوکیلی تھی کہ مادھو کے سوئیاں سی چبھیں۔ پلنگ پر سے اٹھ کر وہ سوگندھی کے پاس گیا، ''کس کی تصویر دیکھ کر تو اِس قدر زور سے ہنسی ہے؟''

سوگندھی نے بائیں ہاتھ کی پہلی تصویر کی طرف اشارہ کیا جو میونسپلٹی کے داروغۂ صفائی کی تھی، ''اُس کی۔۔۔ مُنشی پالٹی کے داروغۃ کی۔۔۔ ذرا دیکھ تو اُس کا تھوبڑا۔۔۔ کہتا تھا، ایک رانی مجھ پر عاشق ہو گئی تھی۔۔۔ اونہہ! یہ مُنہ اور مسور کی دال۔'' یہ کہہ کر سوگندھی نے فریم کو اس زور سے کھینچا کہ دیوار میں سے کیل بھی پلستر سمیت اکھڑ آئی!

مادھو کی حیرت ابھی دور نہ ہوئی تھی کہ سوگندھی نے فریم کو کھڑکی سے باہر پھینک دیا۔ دو منزلوں سے فریم نیچے زمین پر گرا اور کانچ ٹوٹنے کی جھنکار سنائی دی۔ سوگندھی نے اُس جھنکار کے ساتھ کہا، ''رانی بھنگن کچرا اٹھانے آئے گی۔ تو میرے اس راجہ کو بھی ساتھ لے جائے گی۔''

ایک بار پھر اُسی نوکیلی اور تیکھی ہنسی کی پھوار سوگندھی کے ہونٹوں سے گرنا شروع ہوئی جیسے وہ اُن پر چاقو یا چھری کی دھار تیز کر رہی ہے۔ مادھو بڑی مشکل سے مسکرایا۔ پھر ہنسا۔ ''ہی، ہی، ہی۔۔۔''

سوگندھی نے دوسرا فریم بھی نوچ لیا اور کھڑکی سے باہر پھینک دیا۔ ''اس سالے کا یہاں کیا مطلب ہے۔۔۔؟ بھونڈی شکل کا کوئی آدمی یہاں نہیں رہے گا۔۔۔ کیوں مادھو؟''

مادھو پھر بڑی مشکل سے مسکرایا اور پھر ہنسا، ''ہی ہی۔''

ایک ہاتھ سے سوگندھی نے پگڑی والے کی تصویر اتاری اور دوسرا ہاتھ اس فریم کی طرف بڑھایا جس میں مادھو کا فوٹو جڑا تھا۔ مادھو اپنی جگہ پر سمٹ گیا، جیسے ہاتھ اُس کی طرف بڑھ رہا ہے۔ ایک سیکنڈ میں فریم کیل سمیت سوگندھی کے ہاتھ میں تھا۔

زور کا قہقہہ لگا کر اُس نے ''اونہہ'' کی اور دونوں فریم ایک ساتھ کھڑکی میں سے باہر پھینک دیئے۔ دو منزلوں سے جب فریم زمین پر گرے اور کانچ ٹوٹنے کی آواز آئی تو مادھو کو ایسا معلوم ہوا کہ اُس کے اندر کوئی چیز ٹوٹ گئی ہے۔ بڑی مشکل سے اُس نے ہنس کر کہا، ''اچھا کیا۔۔۔ مجھے بھی یہ فوٹو پسند نہیں تھا۔''

آہستہ آہستہ سوگندھی مادھو کے پاس آئی اور کہنے لگی، ''تجھے یہ فوٹو پسند نہیں تھا۔ پر میں پوچھتی ہوں تجھ میں ایسی کون سی چیز ہے جو کسی کو پسند آ سکتی ہے۔۔۔ تیری پکوڑا ایسی ناک، یہ تیرا بالوں بھرا ماتھا، یہ تیرے سوجے ہوئے نتھنے، یہ تیرے بڑھے ہوئے کان، یہ تیرے مُنہ کی باس، یہ تیرے بدن کا مَیل۔۔۔؟ تجھے اپنا فوٹو پسند نہیں تھا، اونہہ۔۔۔ پسند کیوں ہوتا، تیرے عیب جو چھپا رکھے تھے اُس نے۔۔۔ آج کل زمانہ ہی ایسا ہے جو عیب چھپائے وہی بُرا۔۔۔''

مادھو پیچھے ہٹتا گیا۔ آخر جب وہ دیوار کے ساتھ لگ گیا تو اُس نے اپنی آواز میں زور پیدا کر کے کہا، ''دیکھ سوگندھی، مجھے ایسا دکھائی دیتا ہے کہ تُو نے پھر سے اپنا دھندا شروع کر دیا ہے۔۔۔ اب میں تجھ سے آخری بار کہتا ہوں۔۔۔''

سوگندھی نے اُس سے آگے مادھو کے لہجے میں کہنا شروع کیا، ''اگر تُو نے پھر سے دھندا شروع کیا تو بس تیری میری ٹوٹ جائے گی۔ اگر تُو نے پھر کسی کو اپنے یہاں بلایا تو چُٹیا سے پکڑ کر تجھے باہر نکال دوں گا۔۔۔ اِس مہینے کا خرچ مَیں تجھے پُونا سے ہی منی آرڈر کر دوں گا۔۔۔ ہاں کیا بھاڑا ہے اس کھولی کا؟''

مادھو چکرا گیا۔

سوگندھی نے کہنا شروع کیا، ''میں بتاتی ہوں۔۔۔ پندرہ روپیہ بھاڑا ہے اِس کھولی کا۔۔۔ اور دس روپیہ بھاڑا ہے میرا۔۔۔ اور جیسا تجھے معلوم ہے۔ ڈھائی روپے دلال کے۔ باقی رہے ساڑھے سات۔ ہے نا ساڑھے سات؟ اِن ساڑھے سات روپیوں میں مَیں نے ایسی چیز دینے کا وَچن دیا تھا جو مَیں دے</p>

ہی نہیں سکتی تھی۔ اور تُو ایسی چیز لینے آیا تھا جو تُو لے ہی نہیں سکتا تھا۔۔۔ تیرا میرا اناتا ہی کیا تھا؟ کچھ بھی نہیں۔ بس یہ دس روپے تیرے اور میرے بیچ میں بج رہے تھے، سو ہم دونوں نے مل کر ایسی بات کی کہ تجھے میری ضرورت اور مجھے تیری۔۔۔ پہلے تیرے اور میرے بیچ میں دس روپے بجتے تھے، آج پچاس بج رہے ہیں۔ تو بھی اِن کا بجنا سن رہا ہے اور میں بھی اِن کا بجنا سن رہی ہوں۔۔۔ یہ تُو نے اپنے بالوں کا کیا ستیاناس کر رکھا ہے؟''

یہ کہہ کر سوگندھی نے مادھو کی ٹوپی انگلی سے ایک طرف اڑا دی۔ یہ حرکت مادھو کو بہت ناگوار گزری۔ اُس نے بڑے کڑے لہجے میں کہا، ''سوگندھی!''

سوگندھی نے مادھو کی جیب سے رومال نکال کر سونگھا اور زمین پر پھینک دیا۔ یہ ''چیتھڑے، یہ چندیاں۔۔۔ اُف کتنی بُری باس آتی ہے، اٹھا کے باہر پھینک اِن کو۔۔۔''

مادھو چلّایا، ''سوگندھی!''

سوگندھی نے تیز لہجے میں کہا، ''سوگندھی کے بچے تو آیا کس لیے ہے یہاں؟ تیری ماں رہتی ہے اس جگہ جو تجھے پچاس روپے دے گی؟ یا تو کوئی ایسا بڑا گبرو جوان ہے جو مَیں تجھ پر عاشق ہو گئی ہوں کُتّے، کمینے، مجھ پر رعب گانٹھتا ہے؟ مَیں تیری دبیل ہوں کیا۔۔۔؟ بھک منگے تُو اپنے آپ کو سمجھ کیا بیٹھا ہے؟ مَیں کہتی ہوں تو ہے کون؟ چور یا گٹھ کترا۔۔۔؟ اِس وقت تُو میرے مکان میں کرنے کیا آیا ہے؟ بلاؤں پولیس کو۔ پُونے میں تجھ پر کیس ہونہ ہو، یہاں تو تجھ پر ایک کیس کھڑا کر دوں۔۔۔''

مادھو سہم گیا۔ دبے ہوئے لہجے میں وہ صرف اس قدر کہہ سکا، ''سوگندھی، تجھے کیا ہو گیا ہے؟''

''تیری ماں کا۔۔۔ تُو ہوتا کون ہے مجھ سے ایسے سوال کرنے والا۔۔۔ بھاگ یہاں سے، ورنہ۔۔۔''

سوگندھی کی بلند آواز سن کر اس کا خارش زدہ کتّا جو سوکھے ہوئے چلپوں پر مُنہ رکھے سو رہا تھا، ہڑبڑا کر اٹھ بیٹھا اور مادھو کی طرف مُنہ اٹھا کر بھونکنا شروع کر دیا۔ کتے کے بھونکنے کے ساتھ ہی سوگندھی زور سے ہنسنے لگی۔

مادھو ڈر گیا۔ گری ہوئی ٹوپی اٹھانے کے لیے وہ جھکا تو سوگندھی کی گرج سنائی دی، ''خبردار۔۔۔ پڑی رہنے دے وہیں۔۔۔ تو جا، تیرے پُونا پہنچتے ہی مَیں اِس کو منی آرڈر کر دوں گی۔'' یہ کہہ کر وہ اور زور سے ہنسی اور ہنستی ہنستی کرسی پر بیٹھ گئی۔ اُس کے خارش زدہ کتے نے بھونک بھونک کر مادھو کو کمرے سے باہر نکال دیا۔ سیڑھیاں اتار کر جب کتا اپنی ٹنڈ مُنڈ دم ہلاتا سوگندھی کے پاس آیا اور اُس کے قدموں

کے پاس بیٹھ کر کان پھڑ پھڑانے لگا۔تو سوگندھی چونکی۔۔۔اُس نے اپنے چاروں طرف ایک ہولناک سناٹا دیکھا۔۔۔ایسا سناٹا جو اُس نے پہلے کبھی نہ دیکھا تھا۔ اُسے ایسا لگا کہ ہر شے خالی ہے۔ جیسے مسافروں سے لدی ہوئی ریل گاڑی سب اسٹیشنوں پر مسافرا تار کر اب لوہے کے شیڈ میں بالکل اکیلی کھڑی ہے۔ یہ خلا جو اچانک سوگندھی کے اندر پیدا ہو گیا تھا، اسے بہت تکلیف دے رہا تھا۔ اُس نے کافی دیر تک اِس خلا کو بھرنے کی کوشش کی۔ مگر بے سُود، وہ ایک ہی وقت میں بے شمار خیالات اپنے دماغ میں ٹھونستی تھی مگر بالکل چھلنی کا سا حساب تھا۔ اِدھر دماغ کو پُر کرتی تھی اُدھر وہ خالی ہو جاتا تھا۔

بہت دیر تک وہ بید کی کرسی پر بیٹھی رہی۔سوچ بچار کے بعد بھی جب اُس کو اپنا دل پُر چانے کا کوئی طریقہ نہ ملا تو اُس نے اپنے خارش زدہ کتے کو گود میں اٹھایا اور سا گوان کے چوڑے پلنگ پر اُسے پہلو میں لِٹا کر سو گئی۔

ہرنام کور

نہال سنگھ کو بہت ہی الجھن ہو رہی تھی۔۔۔سیاہ وسفید اور پتلی مونچھوں کا ایک کچھا اپنے منہ میں چوستے ہوئے وہ برابر دو ڈھائی گھنٹے سے اپنے جوان بیٹے بہادر کی بابت سوچ رہا تھا۔

نہال سنگھ کی ادھیڑ مگر تیز آنکھوں کے سامنے وہ کھلا میدان تھا کہ جس پر وہ بچپن میں برنٹوں سے کبڈی تک تمام کھیل کھیل چکا تھا۔ کسی زمانے میں وہ گاؤں کا سب سے نڈر اور جیالا جوان تھا۔ کماد اور مکئی کے کھیتوں میں اس نے کئی ہٹیلی مٹیاروں کو کلائی کے ایک ہی جھٹکے سے اپنی مرضی کا تابع بنایا تھا۔ تھوک پھینکتا تھا تو پندرہ گز دور جا کے گرتی تھی۔ کیا رنگیلا سجیلا جوان تھا۔ لہریا پگڑی باندھ کر اور ہاتھ میں چھوی لے کر جب میلے ٹھیلے کو نکلتا تو بڑے بوڑھے پکار اٹھتے، '' کسی کو سندر جاٹ دیکھنا ہے تو سردار نہال سنگھ کو دیکھ لے۔''

سندر جاٹ تو ڈاکو تھا، بہت بڑا ڈاکو جس کے گانے ابھی تک لوگوں کی زبان پر تھے لیکن نہال سنگھ ڈاکو نہیں تھا۔ اس کی جوانی میں دراصل کرپان کی سی تیزی تھی۔ یہی وجہ ہے کہ عورتیں اس پر مرتی تھیں۔ ہرنام کور کا قصہ تو ابھی تک گاؤں میں مشہور تھا کہ اس بجلی نے کیسے ایک دفعہ سردار نہال سنگھ کو قریب قریب بھسم کر ڈالا تھا۔

نہال سنگھ نے ہرنام کور کے متعلق سوچا تو ایک لحظے کے لیے اس کی ادھیڑ ہڈیوں میں بیتی ہوئی جوانی کڑ کڑا اٹھی۔ کیا پتلی چھمک جیسی ناری تھی۔ چھوٹے چھوٹے لال ہونٹ جن کو وہ ہر وقت چوستی رہتی۔۔۔ایک روز جب کہ بیریوں کے بیر پکے ہوئے تھے، سردار نہال سنگھ سے اس کی مڈ بھیڑ ہو گئی۔۔۔وہ زمین پر گرے ہوئے بیر چن رہی تھی اور اپنے چھوٹے چھوٹے لال ہونٹ چوس رہی تھی۔ نہال سنگھ نے آواز کسا۔۔۔کیہہڑے یار دا تتا دودھ پیتا۔۔۔سٹریاں لال بلّیاں؟

ہرنام کور نے پتھر اٹھایا اور تان کر اس کو مارا۔ نہال سنگھ نے چوٹ کی پروانہ کی اور آگے بڑھ کر اس کی کلائی

پکڑ لی۔ لیکن وہ بجلی کی سی تیزی سے مچھلی کی طرح تڑپ کر الگ ہو گئی اور یہ جاوہ جا۔ نہال سنگھ کو جیسے کسی نے چاروں شانے چت گرا دیا، شکست کا یہ احساس اور بھی زیادہ ہو گیا جب یہ بات سارے گاؤں میں پھیل گئی۔ نہال سنگھ خاموش رہا۔ اس نے دوستوں دشمنوں سب کی باتیں سنیں پر جواب نہ دیا۔ تیسرے روز دوسری بار اس کی مڈ بھیڑ گوردوارہ صاحب سے کچھ دور بڑ کی گھنی چھاؤں میں ہوئی۔ ہرنام کور ایک اینٹ پر بیٹھی اپنی گر گابی کی کیلیں اندر ٹھونک رہی تھی۔ نہال سنگھ کو پاس دیکھ کر وہ کرو بدکی۔ پر اب کے اس کوئی پیش نہ چلی۔ شام کو جب لوگوں نے نہال سنگھ کو بہت خوش خوش اونچے سروں میں۔ نی ہرنام کورے، اونارے۔۔۔۔ گاتے سنا تو ان کو معلوم ہو گیا کون سا قلعہ سر ہوا ہے۔۔۔ لیکن دوسرے روز نہال سنگھ زنا بالجبر کے الزام میں گرفتار ہوا اور تھوڑی سی مقدمے بازی کے بعد اسے چھ سال کی سزا ہو گئی۔

چھ سال کے بجائے نہال سنگھ کو ساڑھے سات کی قید بھگتنی پڑی کیونکہ اس کا دو دفعہ جھگڑا ہو گیا تھا۔ لیکن نہال سنگھ کو اس کی کچھ پروا نہ تھی۔ قید کاٹ کر جب گاؤں روانہ ہوا اور ریل کی پٹری طے کر کے مختلف پگڈنڈیوں سے ہوتا ہوا گوردوارے کے پاس سے گزر کر بڑ کے گھنے درخت کے قریب پہنچا تو اس نے کیا دیکھا کہ ہرنام کور کھڑی ہے۔۔۔ اور اپنے ہونٹ چوس رہی ہے۔ اس سے پیشتر کہ نہال سنگھ کچھ سوچنے یا کہنے پائے۔ وہ آگے بڑھی اور اس کی چوڑی چھاتی کے ساتھ چمٹ گئی۔ نہال سنگھ نے اس کو اپنی گود میں اٹھا لیا اور گاؤں کے بجائے کسی دوسری طرف چل دیا۔۔۔ ہرنام کور نے پوچھا، '' کہاں جا رہے ہو؟ ''

نہال سنگھ نے نعرہ لگایا، '' جو بولے سو نہال ست سری اکال۔ '' دونوں کھلکھلا کر ہنس پڑے ۔

نہال سنگھ نے ہرنام کور سے شادی کر لی اور چالیس کوس کے فاصلے پر دوسرے گاؤں میں آباد ہو گیا۔ یہاں بڑی منتوں سے چھ برس کے بعد بہادر پیدا ہوا اور بیساکھی کے روز جب کہ وہ ابھی پورے ڈھائی مہینے کا بھی نہیں ہوا تھا، ہرنام کور کے ماتا نکلی اور وہ مر گئی۔ نہال سنگھ نے بہادر کی پرورش اپنی بیوہ بہن کے سپرد کر دی جس کی چار لڑکیاں تھیں چھوٹی چھوٹی۔۔۔ جب بہادر آٹھ برس کا ہوا تو نہال سنگھ اسے اپنے پاس لے آیا۔

چار برس ہو چکے تھے کہ بہادر اپنے باپ کی نگرانی میں تھا۔ شکل صورت میں وہ بالکل اپنی ماں جیسا تھا، اسی طرح دبلا پتلا اور نازک۔ کبھی کبھی اپنے پتلے پتلے لال لال ہونٹ چوستا تو نہال سنگھ اپنی آنکھیں بند کر لیتا۔ نہال سنگھ کو بہادر سے بہت محبت تھی۔ چار شب رس اس نے بڑے چاؤ سے نہلایا دھلایا۔ ہر روز دہی سے خود اس کے کیس دھوتا، اسے کھلاتا، باہر سیر کے لیے لے جاتا، کہانیاں سناتا، ورزش کراتا مگر بہادر کو ان چیزوں

سے کوئی رغبت نہ تھی۔ وہ ہمیشہ اداس رہتا۔ نہال سنگھ نے سوچا اتنی دیر اپنی پھوپھی کے پاس جو رہا ہے،
اس لیے اداس ہے۔ چنانچہ پھر اس کو اپنی بہن کے پاس بھیج دیا اور خود فوج میں بھرتی ہو کر لام پر چلا گیا۔

چار برس اور گزر گئے۔ لڑائی بند ہوئی اور نہال سنگھ جب واپس آیا تو وہ پچاس برس کے بجائے ساٹھ باسٹھ برس
کا لگتا تھا۔ اس لیے کہ اس نے جاپانیوں کی قید میں ایسے دکھ جھیلے تھے کہ سن کر آدمی کے رونگٹے کھڑے
ہوتے تھے۔ اب بہادر کی عمر نہال سنگھ کے حساب کے مطابق سولہ کے لگ بھگ تھی مگر وہ بالکل ویسا ہی تھا
جیسا چار برس پہلے تھا۔۔۔ دبلا پتلا۔۔۔ لیکن خوبصورت۔

نہال سنگھ نے سوچا کہ اس کی بہن نے بہادر کی پرورش دل سے نہیں کی۔ اپنی چار لڑکیوں کا دھیان رکھا جو
بچھیریوں کی طرح ہر وقت آنگن میں کدکڑے لگاتی رہتی ہیں۔ چنانچہ جھگڑا ہوا اور وہ بہادر کو وہاں سے
اپنے گاؤں لے گیا۔

لام پر جانے سے اس کے کھیت کھلیان اور گھر بار کا ستیاناس ہو گیا تھا۔ چنانچہ سب سے پہلے نہال سنگھ
نے ادھر دھیان دیا اور بہت ہی تھوڑے عرصہ میں سب ٹھیک ٹھاک کر لیا، اس کے بعد اس نے بہادر کی
طرف توجہ دی۔ اس کے لیے ایک بھوری بھینس خریدی۔ مگر نہال سنگھ کو اس بات کا دکھ ہی رہا کہ بہادر کو
دودھ، دہی اور مکھن سے کوئی دلچسپی نہیں تھی۔ جانے کیسی اوٹ پٹانگ چیزیں اسے بھاتی تھیں۔ کئی دفعہ نہال
سنگھ کو غصہ آیا مگر وہ پی گیا، اس لیے کہ اسے اپنے لڑکے سے بے انتہا محبت تھی۔

حالانکہ بہادر کی پرورش زیادہ تر اس کی پھوپھی نے کی تھی مگر اس کی بگڑی ہوئی عادتیں دیکھ کر لوگ یہی
کہتے تھے کہ نہال سنگھ کے لاڈ پیار نے اسے خراب کیا ہے اور یہی وجہ ہے کہ وہ اپنے ہم عمر نوجوانوں کی
طرح محنت مشقت نہیں کرتا۔ گو نہال سنگھ کی ہرگز خواہش نہیں تھی کہ اس کا لڑکا مزدوروں کی طرح کھیتوں
میں کام کرے اور صبح سے لے کر دن ڈھلنے تک ہل چلائے۔ واہگورو جی کی کرپا سے اس کے پاس بہت
کچھ تھا۔ زمینیں تھیں، جن سے کافی آمدن ہو جاتی تھی۔ سرکار سے جواب پنشن مل رہی تھی، وہ الگ تھی۔ لیکن
پھر بھی اس کی خواہش تھی۔۔۔ دلی خواہش تھی کہ بہادر کچھ کرے۔۔۔ کیا؟ یہ نہال سنگھ نہیں بتا سکتا تھا۔ چنانچہ
کئی بار اس نے سوچا کہ وہ بہادر سے کیا چاہتا ہے۔ مگر ہر بار بجائے اس کے کہ اسے کوئی تسلی بخش جواب
نہیں ملتا، اس کی بیتی ہوئی جوانی کے دن ایک ایک کر کے اس کی آنکھوں کے سامنے آنے لگتے اور وہ بہادر
کو بھول کر اس گزرے ہوئے زمانے کی یادوں میں کھو جاتا۔

لام سے آئے نہال سنگھ کو دو برس ہو چکے تھے۔ بہادر کی عمر اب اٹھارہ کے لگ بھگ تھی۔۔۔ اٹھارہ برس

کامطلب یہ ہے کہ بھرپور جوانی۔۔۔نہال سنگھ جب یہ سوچتا تو جھنجھلا جاتا۔ چنانچہ ایسے وقتوں میں کئی دفعہ اس نے اپنا سر جھٹک کر بہادر کو ڈانٹا، ''نام تیرا میں نے بہادر رکھا ہے۔۔۔کبھی بہادری تو دکھا۔'' اور بہادر ہونٹ چوس کر مسکرا دیتا۔

نہال سنگھ نے ایک دفعہ سوچا کہ بہادر کی شادی کر دے۔ چنانچہ اس نے اِدھر اُدھر کئی لڑکیاں دیکھیں۔ اپنے دوستوں سے بات چیت بھی کی۔ مگر جب اسے جوانی یاد آئی تو اس نے فیصلہ کر لیا کہ نہیں، بہادر میری طرح اپنی شادی آپ کرے گا۔ کب کرے گا؟ یہ اس کو معلوم نہیں تھا۔ اس لیے کہ بہادر میں ابھی تک اس نے وہ چمک نہیں دیکھی تھی جس سے وہ اندازہ لگاتا کہ اس کی جوانی کس مرحلے میں ہے۔۔۔لیکن بہادر خوبصورت تھا۔ سندر جاٹ نہیں تھا، لیکن سندر ضرور تھا۔ بڑی بڑی کالی آنکھیں، پتلے پتلے لال ہونٹ، ستواں ناک، پتلی کمر، کالے بھونرا ایسے کیس مگر بال بہت ،ہی مہین۔۔۔گاؤں کی جوان لڑکیاں دور سے اسے گھور گھور کے دیکھتیں۔ آپس میں کانا پھوسی کرتیں مگر وہ ان کی طرف دھیان نہ دیتا۔

بہت سوچ بچار کے بعد نہال سنگھ اس نتیجے پر پہنچا۔ شاید بہادر کو یہ تمام لڑکیاں پسند نہیں اور یہ خیال آتے ہی اس کی آنکھوں کے سامنے ہرنام کور کی تصویر آ گئی۔ بہت دیر تک وہ اسے دیکھتا رہا۔ اس کے بعد اس کو ہٹا کر اس نے گاؤں کی لڑکیاں لیں۔ ایک ایک کر کے وہ ان تمام کو اپنی آنکھوں کے سامنے لایا مگر ہر نام کور کے مقابلے میں کوئی بھی پوری نہ اتری۔۔۔نہال سنگھ کی آنکھیں تمتما اٹھیں، ''بہادر میرا بیٹا ہے۔ ایسی ویسیوں کی طرف تو وہ آنکھ اٹھا کر بھی نہیں دیکھے گا۔''

دن گزرتے گئے۔ بیریوں کے بیر کئی دفعہ پکے۔ مکئی کے بوٹے کھیتوں میں کئی دفعہ نہال سنگھ کے قد کے برابر جوان ہوئے۔ کئی ساون آئے مگر بہادر کی یاری کسی کے ساتھ نہ لگی اور نہال سنگھ کی الجھن پھر بڑھنے لگی۔ تھک ہار کر نہال سنگھ دل میں ایک آخری فیصلہ کر کے بہادر کی شادی کے متعلق سوچ ہی رہا تھا کہ ایک گڑ بڑ شروع ہو گئی۔ بھانت بھانت کی خبریں گاؤں میں دوڑنے لگیں۔ کوئی کہتا انگریز جا رہا ہے۔ کوئی کہتا روسیوں کا راج آنے والا ہے۔ ایک خبر لاتا کہ انگریس جیت گئی ہے۔ دوسرا کہتا نہیں، ریڈیو میں آیا ہے کہ ملک بٹ جائے گا۔ جتنے منہ، اتنی باتیں۔ نہال سنگھ کا تو دماغ چکرا گیا۔ اسے ان خبروں سے کوئی دلچسپی نہیں تھی۔ سچ پوچھئے تو اسے اس جنگ سے بھی کوئی دلچسپی نہیں تھی جس میں وہ پورے چار برس شامل رہا تھا۔ وہ چاہتا تھا کہ آرام سے بہادر کی شادی ہو جائے اور گھر میں اس کی بہو آ جائے۔

لیکن ایک دم جانے کیا ہوا۔ خبر آئی کہ ملک بٹ گیا ہے۔ ہندو مسلمان الگ الگ ہو گئے ہیں۔ بس پھر کیا

تھا چاروں طرف بھگدڑ سی مچ گئی۔ چل چلاؤ شروع ہوگیا اور پھر سننے میں آیا کہ ہزاروں کی تعداد میں لوگ مارے جارہے ہیں۔ سینکڑوں لڑکیاں اغوا کی جارہی ہیں۔ لاکھوں کا مال لوٹا جارہا ہے۔

کچھ دن گزر گئے تو پکی سڑک پر قافلوں کا آنا جانا شروع ہوا۔ گاؤں والوں کو جب معلوم ہوا تو میلے کا سماں پیدا ہوگیا۔ لوگ سو سو، دو دو سو کی ٹولیاں بنا کر جاتے۔ جب لوٹتے تو ان کے ساتھ کئی چیزیں ہوتیں۔ گائے، بھینس، بکریاں، گھوڑے، ٹرنک، بستر اور جوان لڑکیاں۔

کئی دنوں سے یہ سلسلہ جاری تھا۔ گاؤں کا ہر جوان کوئی نہ کوئی کارنامہ دکھا چکا تھا حتیٰ کہ ملکھیا کا ناٹا اور کبڑا لڑکا دریام سنگھ بھی۔۔۔اس کی پیٹھ پر بڑا کوہان تھا۔ ٹانگیں ٹیڑھی تھیں، مگر یہ بھی چار روز ہوئے پکی سڑک پر سے گزرنے والے ایک قافلے پر حملہ کر کے ایک جوان لڑکی اٹھا لایا تھا۔ نہال سنگھ نے اس لڑکی کو اپنی آنکھوں سے دیکھا تھا۔ خوبصورت تھی۔ بہت ہی خوبصورت تھی لیکن نہال سنگھ نے سوچا کہ ہرنام کور جتنی خوبصورت نہیں ہے۔

گاؤں میں کئی دنوں سے خوب چہل پہل تھی۔ چاروں طرف جوان شراب کے نشے میں دھت بولیاں گاتے پھرتے تھے۔ کوئی لڑکی بھاگ نکلتی تو سب اس کے پیچھے شور مچاتے دوڑتے، کبھی لوٹے ہوئے مال پر جھگڑا ہو جاتا تو نوبت مرنے مارنے پر آجاتی۔ چیخ و پکار تو ہر گھڑی سنائی دیتی تھی۔ غرضیکہ بڑا مزیدار ہنگامہ تھا۔ لیکن بہادر خاموش گھر میں بیٹھا رہتا۔

شروع شروع میں تو نہال سنگھ بہادر کی اس خاموشی کے متعلق بالکل غافل رہا۔ لیکن جب ہنگامہ اور زیادہ بڑھ گیا اور لوگوں نے مذاقیہ لہجے میں اس سے کہنا شروع کیا، ''کیوں سردار نہال سیاں، تیرے بہادر نے سنا ہے بڑی بہادریاں دکھائی ہیں؟'' تو وہ پانی پانی ہو گیا۔

چوپال پر ایک شام کو یرقان کے مارے ہوئے حلوائی بشیشر نے دون کی چھینکی اور نہال سنگھ سے کہا، ''دو تو میرا گنڈا سنگھ لایا ہے۔۔۔ایک میں لایا ہوں بند بوتل، اور یہ کہتے ہوئے بشیشر نے زبان سے پٹاخے کی آواز پیدا کی جیسے بوتل میں سے کاگ اڑتا ہے، ''نصیبوں والا ہی کھولتا ہے ایسی بند بوتلیں سردار نہال سیاں۔''

نہال سنگھ کا جی جل گیا۔ کیا تھا بشیشر اور کیا تھا گنڈا سنگھ؟ ایک یرقان کا مارا ہوا، دوسرا تپ دق کا۔۔۔مگر جب نہال سنگھ نے ٹھنڈے دل سے سوچا تو اس کو بہت دکھ ہوا۔ کیونکہ جو کچھ بشیشر نے کہا حقیقت تھی۔ بشیشر اور اس کا لڑکا گنڈا سنگھ کیسے بھی تھے۔ مگر تین جوان لڑکیاں، ان کے گھر میں واقعی موجود

تھیں اور چونکہ بشیشر کا گھر اس کے پڑوس میں تھا۔ اس لیے کئی دنوں سے نہال سنگھ ان تینوں لڑکیوں کے مسلسل رونے کی آواز سن رہا تھا۔

گُوردوارے کے پاس ایک روز دو جوان باتیں کر رہے تھے اور ہنس رہے تھے۔

’’نہال سنگھ کے بارے میں تو بڑی باتیں مشہور ہیں۔‘‘

’’ارے چھوڑ۔ بہادر تو چوڑیاں پہن کر گھر میں بیٹھا ہے۔‘‘

نہال سنگھ سے اب نہ رہا گیا۔ گھر پہنچ کر اس نے بہادر کو بہت غیرت دلائی اور کہا، ’’تو نے سنا لوگ کیا کہتے پھرتے ہیں۔۔۔ چوڑیاں پہن کر گھر میں بیٹھا ہے تو۔۔۔ قسم واہگورو جی کی، تیری عمر کا تھا تو سینکڑوں لڑکیاں میری ان ٹانگوں۔۔۔‘‘

نہال سنگھ ایک دم خاموش ہو گیا۔ کیونکہ شرم کے مارے بہادر کا چہرہ لال ہو گیا تھا۔ باہر نکل کر وہ دیر تک سوچتا چلا گیا اور سوچتا سوچتا سوچتا کنویں کی منڈیر پر بیٹھ گیا۔۔۔ اس کی اد ھیڑ مگر تیز آنکھوں کے سامنے وہ کھلا میدان تھا جس پر برنٹوں سے لے کر کبڈی تک تمام کھیل کھیل چکا تھا۔

بہت دیر تک نہال سنگھ اس نتیجے پر پہنچا کہ بہادر شرمیلا ہے اور یہ شرمیلا پن اس میں غلط پرورش کی وجہ سے پیدا ہوا ہے۔ چنانچہ اس نے دل ہی دل میں اپنی بہن کو بہت گالیاں دیں اور فیصلہ کیا کہ بہادر کے شرمیلے پن کو کسی نہ کسی طرح توڑا جائے اور اس کے لیے نہال سنگھ کے ذہن میں ایک ہی ترکیب آئی۔

خبر آئی کہ رات کو کچی سڑک پر سے ایک قافلہ گزرنے والا ہے۔ اندھیری رات تھی۔ جب گاؤں سے ایک ٹولی اس قافلے پر حملہ کرنے کے لیے نکلی تو نہال سنگھ بھی ٹھاٹھ باندھ کر ان کے ساتھ ہو لیا۔ حملہ ہوا۔ قافلے والے نہتے تھے۔ پھر بھی تھوڑی سی جھپٹ ہوئی۔ لیکن فوراً ہی قافلے والے اِدھر اُدھر بھاگنے لگے۔ حملہ کرنے والی ٹولی نے اس افراتفری سے فائدہ اٹھایا اور لوٹ مار شروع کر دی۔ لیکن نہال سنگھ کو مال و دولت کی خواہش نہیں تھی۔ وہ کسی اور ہی چیز کی تاک میں تھا۔

سخت اندھیرا تھا، گو گاؤں والوں نے مشعلیں روشن کی تھیں مگر بھاگ دوڑ اور لوٹ کھسوٹ میں بہت سی بجھ گئی تھیں۔ نہال سنگھ نے اندھیرے میں کئی عورتوں کے سائے دوڑتے دیکھے مگر فیصلہ نہ کر سکا کہ ان میں سے کس پر ہاتھ ڈالے۔ جب کافی دیر ہو گئی اور لوگوں کی چیخ و پکار مدھم پڑنے لگی تو نہال سنگھ نے بے چینی کے عالم میں اِدھر اُدھر دوڑنا شروع کیا۔ ایک دم تیزی سے ایک سایہ بغل میں گٹھری دبائے اس کے سامنے سے گزرا۔

نہال سنگھ نے اس کا تعاقب کیا۔ جب پاس پہنچا تو اس نے دیکھا کہ لڑکی ہے اور جوان۔۔۔نہال سنگھ نے فوراً اپنے گاڑھے کی چادر نکالی اور اس پر جال کی طرح پھینکی۔ وہ پھنس گئی۔ نہال سنگھ نے اسے کاندھوں پر اٹھا لیا اور ایک ایسے راستے سے گھر کا رخ کیا کہ اسے کوئی دیکھ نہ لے۔

مگر گھر پہنچا تو بتی گل تھی۔ بہادر اندر کوٹھری میں سو رہا تھا۔ نہال سنگھ نے اسے جگانا مناسب خیال نہ کیا۔ کواڑ کھولا۔ چادر میں سے لڑکی نکال کر اندر دھکیل، باہر سے کنڈی چڑھا دی۔ پھر زور زور سے کواڑ پیٹے تا کہ بہادر جاگ پڑے۔ جب نہال سنگھ نے مکان کے باہر کھٹیا بچھائی اور بہادر اور اس لڑکی کی مڈ بھیڑ کی کپکپاہٹ پیدا کرنے والی باتیں سوچنے کے لیے لیٹنے لگا تو اس نے دیکھا کہ بہادر کی کوٹھری کے روشن دانوں میں دیئے کی روشنی ٹمٹما رہی ہے۔ نہال سنگھ اچھل پڑا۔ اور ایک لمحے کے لیے محسوس کیا کہ وہ جوان ہے۔ کماد کے کھیتوں میں ٹیاروں کو کلائی سے پکڑنے والا نوجوان۔

ساری رات نہال سنگھ جاگتا رہا اور طرح طرح کی باتیں سوچتا رہا۔ صبح جب مرغ بولنے لگے تو وہ اٹھ کر کوٹھری میں جانے لگا۔ مگر ڈیوڑھی سے لوٹ آیا۔ اس نے سوچا کہ دونوں تھک کر سو چکے ہوں گے اور ہو سکتا ہے۔۔۔نہال سنگھ کے بدن پر جھر جھری سی دوڑ گئی اور وہ کھاٹ پر بیٹھ کر مونچھوں کے بال منہ میں ڈال کر چوسنے اور مسکرانے لگا۔

جب دن چڑھ گیا اور دھوپ نکل آئی تو اس نے اندر جا کر کنڈی کھولی۔ سٹر پٹر کی آوازیں سی آئیں۔ کواڑ کھولے تو اس نے دیکھا کہ لڑکی چارپائی پر کیسری دوپٹہ اوڑھے بیٹھی ہے۔ پیٹھ اس کی طرف تھی۔ جس پر یہ موٹی کالی چٹیا سانپ کی طرح لٹک رہی تھی۔ جب نہال سنگھ نے کوٹھری کے اندر قدم رکھا تو لڑکی نے پاؤں اوپر اٹھا لیے اور سمٹ کر بیٹھ گئی۔

طاق میں دیا ابھی تک جل رہا تھا۔ نہال سنگھ نے پھونک مار کر اسے بجھایا اور دفعتاً اسے بہادر کا خیال آیا۔۔۔بہادر کہاں ہے۔۔؟ اس نے کوٹھری میں اِدھر اُدھر نظر دوڑائی مگر وہ کہیں نظر نہ آیا۔ دو قدم آگے بڑھ کر اس نے لڑکی سے پوچھا، ''بہادر کہاں ہے؟''

لڑکی نے کوئی جواب نہ دیا۔ ایک دم سٹر پٹر سی ہوئی اور چارپائی کے نیچے سے ایک اور لڑکی نکلی۔۔۔نہال سنگھ ہکا بکا رہ گیا۔۔۔لیکن اس نے دیکھا۔۔۔اس کی حیرت زدہ آنکھوں نے دیکھا کہ جو لڑکی چارپائی سے نکل کر بجلی کی سی تیزی کے ساتھ باہر دوڑ گئی تھی۔ اس کے داڑھی تھی، منڈی ہوئی داڑھی۔ نہال سنگھ چارپائی کی طرف بڑھا۔ لڑکی جو کہ اس پر بیٹھی تھی اور زیادہ سمٹ گئی مگر نہال سنگھ نے ہاتھ کے ایک جھٹکے سے اس

کا منہ اپنی طرف کیا۔ایک چیخ نہال سنگھ کے حلق سے نکلی اور دو قدم پیچھے ہٹ گیا۔

’’ہرنام کور!‘‘

زنانہ لباس، سیدھی مانگ، کالی چٹیا۔۔۔اور بہادر ہونٹ بھی چوس رہا تھا۔

والد صاحب

توفیق جب شام کو کلب میں آیا تو پریشان سا تھا۔

دو بار ہارنے کے بعد اس نے جمیل سے کہا، ''لو بھئی میں چلا۔''

جمیل نے توفیق کے گورے چٹے چہرے کی طرف غور سے دیکھا اور کہا، ''اتنی جلدی؟''

ریاض نے تاش کی گڈی کے دو حصے کر کے انہیں بڑے ماہر انداز میں پھینٹنا شروع کیا۔ اس کی نگاہیں تاش کے پھر پھراتے پتوں پر تھیں۔ لیکن روئے سخن توفیق کی طرف تھا۔ توفی، آج تم پریشان ہو ۔ ۔ ۔ خلاف معمول اوپر تلے دو بار ہارے ہو ۔ ۔ ۔ ایسا معلوم ہوتا ہے کہ آج شام کو ہسپتال میں نرس مارگرٹ نے تمہارے رومانس کو پوٹاشیم برومائڈ پلا دیا۔''

جمیل نے ایک بار پھر غور سے توفیق کے چہرے کی طرف دیکھا، ''کیوں توفی آج ٹمپریچر کیسا رہا؟''

نصیر اپنی کرسی پر سے اٹھا۔ توفیق کی انگلیوں میں پھنسا ہوا سگریٹ نکالا۔ اور زور کا کش لے کر کہنے لگا سب بکواس ہے ۔ ۔ ۔ توفی نے آج تک جتنے رومانس لڑائے ہیں۔ سب بکواس تھے ۔ ۔ ۔ یہ نرس مارگرٹ کا قصہ تو بالکل من گھڑت ہے ۔ ۔ ۔ مری کی ٹھنڈی ہواؤں سے یہاں لاہور کی گرمیوں میں آنے کے باعث سرسام ہو گیا ہے ۔ ۔ ۔''

توفیق اٹھ کھڑا ہوا، ''بکو نہیں!''

نصیر ہنسا، ''اگر نہیں ہوا تو آج کل میں ہو جائے گا۔ ۔ ۔ بتاؤ تمہارے ابا کب تک ہسپتال میں رہیں گے۔'' یہ کہہ کر وہ توفیق کی کرسی پر بیٹھ گیا۔

توفیق نے اپنے کلف لگے ململ کے کرتے کی ڈھیلی آستینوں کو اوپر چڑھا دیا اور جمیل کے کندھے پر

ہاتھ رکھ کر کہا ، ''چلو چلیں۔۔۔میری طبیعت یہاں گھبرا رہی ہے۔''

جمیل اٹھا، ''بھئی توفی، تم کوئی بات چھپا رہے ہو۔۔ضرور کوئی گڑبڑ ہوئی ہے۔''

''گڑبڑ کچھ نہیں۔۔نصیر کی بکواس سے کون ہے جس کی طبیعت نہیں گھبراتی۔ توفیق نے جیب سے باجا نکالا اور منہ کے ساتھ لگا کر بجانا شروع کر دیا۔''

نصیر نے اپنی ٹانگیں میز پر پھیلا دیں اور زور سے کہا، ''بکواس ہے۔۔۔سب بکواس ہے۔۔۔یہ دھن جو تم بجار ہے ہو رشید عطرے کی ہے۔۔۔اور رشید عطرے کی کوئی دھن سن کر آج تک کوئی اینگلو انڈین یا کرسچین نرس بے ہوش نہیں ہوئی۔۔۔بہتر ہو گا اگر تم رومال پر تھوڑا سا کلورو فام چھڑک کر لے جاؤ۔''

ریاض نے تاش کی گڈی رکھ دی اور نصیر کی ٹانگیں ایک طرف ریل دیں۔

''کچھ بھی ہو۔ لیکن ہم اتنا جانتے ہیں کہ توفی جہاں اپنی گاڑی کا ہارن بجائے تو لڑکیاں سن کر اس پر فریفتہ ہو جاتی ہیں۔''

نصیر نے سگریٹ کی گردن ایش ٹرے میں دبائی ''اور سائیکل کی گھنٹی بجائے تو آسمان سے فرشتے اترنے شروع ہو جاتے ہیں۔ ایک دفعہ اس کی کھانسی کی آواز سن کر باغِ جناح کی ساری بلبلیں اپنی نغمہ سرائی بھول گئی تھیں۔۔۔بڑا ہنگامہ ہو گیا تھا۔۔۔ماسٹر غلام حیدر نے پورا ایک مہینہ ان کو ریہرسل کرائی۔ تب جا کر وہ کہیں ٹوں ٹاں کرنے لگیں۔''

توفیق کے سوا باقی سب ہنسنے لگے۔۔۔نصیر ذرا سنجیدہ ہو گیا۔ اٹھ کر توفیق کے پاس آ گیا۔ اس کے کلف لگے ململ کے کرتے کی ایک شکن درست کی اور کہا، ''مذاق بر طرف۔۔۔اب بتاؤ ہسپتال کی لونڈیا سے تمہارا معاملہ کہاں تک پہنچا۔۔۔؟ میں تو سمجھتا ہوں وہیں کا وہیں ہو گا۔ ایک شریف آدمی اپنڈیسائٹس کا آپریشن کرائے پڑا ہے۔۔۔مقررہ اوقات پر یہ تمہاری نرس صاحبہ تشریف لاتی ہیں۔۔۔جناب صرف ایک دفعہ صبح اور ایک دفعہ شام وہاں جا سکتے ہیں۔۔۔مریض، اور وہ بھی قبلہ والد صاحب۔۔۔وہ مریض اپنڈیسائٹس اور تم مریضِ عشق۔۔۔''

ریاض نے قریب قریب گا کر کہا، ''مریضِ عشق پر رحمت خدا کی۔''

نصیر کی رگِ مذاق پھر کُر اٹھی۔ اور مریضِ عشق پر جب خدا کی رحمت نازل ہوتی ہے۔ تو وہ بینڈ ماسٹر بن جاتا ہے۔۔۔آج توفی کا منہ باجا بجا رہا ہے۔ خدا کی رحمت شاملِ حال رہی تو کل سیکسوفون بجائے گا۔۔۔آہستہ آہستہ اس کے ساتھ دوسرے مریضانِ عشق شامل ہو جائیں گے۔ پھر یہ براتوں کے ساتھ منہ میں

کلارنٹ دبائے فلمی ٹیونیں بجایا کرے گا۔ ۔۔ ہیرامنڈی سے گزرتے ہوئے اس کی کلارنٹ کا منہ اونچا ہو جایا کرے گا۔ گال دھونکنی کی طرح پھولیں گے۔۔۔ گلے کی رگیں ابھر آئیں گی۔۔۔ اور رنڈیاں کوٹھوں پر سے اس پر رحمت خداوندی کے پھول برسائیں گی،

توفیق تنگ آ گیا۔ ہاتھ جوڑ کر نصیر سے کہنے لگا ”خدا کے لیے یہ بھانڈ پنا بند کرو۔“

نصیر نے جمیل کی طرف دیکھا ”لو صاحب ہم بھانڈ ہو گئے۔۔۔ دنیا بھر کی نقلیں یہ اتاریں۔ زمانے بھر کی خرافات یہ بکیں۔۔۔ اور بھانڈ ہم کہلائیں۔۔۔ یہ تو آج انہیں منہ میں گھنگھنیاں ڈالے دیکھ کر میں نے چھیڑ خانی شروع کر دی کہ شاید اسی حیلے اُکسیں، منہ سے بولیں۔ سر سے کھیلیں۔ ورنہ جائے استاد خالی است، کجا دام رام کجا ٹیس ٹیس،“ یہ کہہ کر اس نے توفیق کے کلف لگے ململ کے کرتے کے گرتے کی شکن درست کی ”بھئی توفیق ذرا چہکو۔۔۔ کیا ہو گیا ہے تمہیں۔“

توفیق نے جیب سے سگریٹ کیس نکالا۔ ایک سلگایا اور کش لیتا کرسی پر بیٹھ گیا۔ میز پر سے تاش کی گڈی اٹھائی اور پیسنسیں کھیلنے لگا۔ لیکن نصیر نے لپک کر پتے اٹھا لیے۔ ”یہ بڈھے جرنیلوں کا کھیل ہے جو زندگی میں کئی بار اپنی تمام کشتیاں جلا چکے ہوں۔۔۔ تم اتنے مایوس کیوں ہو گئے ہو۔۔۔ مارگرٹ نہ سہی کوئی اور سہی،“ یہ کہہ کر وہ جمیل اور ریاض سے مخاطب ہوا، ”یارو بتاؤ یہ قتالہ کون ہے۔۔۔؟ خوبصورت ہے ۔۔۔؟ چندے آفتاب چندے مہتاب ہے۔۔۔؟ پانی پیتی ہے تو گردن میں سے دکھائی دیتا ہے؟“

جمیل توفیق کے پاس بیٹھ گیا، وہ فارسی کا محاورہ ہے۔۔۔ لیلیٰ بنظرِ مجنوں باید دید۔۔۔ مارگرٹ بنظرِ توئی باید دید۔۔۔، کیوں توفی؟“

توفیق خاموش رہا۔

”میں پوچھتا ہوں، خوبصورت ہے۔۔۔؟ اس کے بدن سے انڈو فارم کی بھینی بھینی بو آتی ہے۔۔۔؟ اس کی گردن دیکھ کر گردن توڑ بخار ہوتا ہے یا نہیں؟“

نصیر یہ کہتا کہتا میز پر بیٹھ گیا، ”مینڈ کیوں کو جو کام ہوتا ہے اس کا علاج تو وہ ضرور جانتی ہوگی۔۔۔ خدا کے لیے مجھ اس سے ملاؤ۔ ورنہ مجھ پر ہسٹیریا کے دورے پڑنے لگیں گے۔“

جمیل نے ریاض کی طرف دیکھا۔ ”ریاض اس کو کئی مرتبہ دیکھ چکا ہے۔“

”ریاض کے دیکھنے سے کیا ہوتا ہے۔۔۔ اس کو تو اندھ عورت ہے۔“

نصیر مسکرایا۔

’’جمیل نے پوچھا یہ اندھ عورتا کیا ہے؟‘‘

نصیر نے ریاض کے چشمہ لگے چہرے کو گھور کے دیکھا اور جمیل کو جواب دیا۔

’’جناب یہ ایک بیماری کا نام ہے۔ اس کے مریض عورتوں کو نہیں دیکھ سکتے۔ چاہے اصلی پتھر کا چشمہ لگائیں۔‘‘

ریاض مسکرا دیا۔ شاید اسی لیے مجھے مارگرٹ میں وہ حسن نظر نہ آیا جس کی تعریف میں توفی نے زمین و آسمان کے قلابے ملا رکھے تھے۔

توفیق نے اپنا جھکا ہوا سر اٹھا کر ریاض سے صرف اتنا پوچھا، ’’کیا وہ حسین نہیں تھی؟‘‘

ریاض نے جواب دیا، ’’ہرگز نہیں۔۔۔ صاف ستھری لڑکی البتہ ضرور ہے۔‘‘

’’لانڈری سے تازہ تازہ آئی ہوئی شلوار کی طرح؟‘‘ نصیر ابھی کچھ اور کہنا چاہتا تھا کہ ریاض بول پڑا، ’’ہاں یار۔۔۔ ایک لڑکی اس نے شلوار قمیض پہنی ہوئی تھی۔۔۔ ان کپڑوں میں اچھی لگتی تھی۔۔۔ میں اور توفی موٹر میں تھے۔۔۔ توفی ڈرائیو کر رہا تھا۔۔۔ موٹر ہسپتال کے پھاٹک میں داخل ہوئی تو سٹیئرنگ توفی کے ہاتھوں کے نیچے پھسلا۔۔۔ لڑکی دیکھ کر ہمیشہ اس کی یہی کیفیت ہوتی ہے۔۔۔ میں نے سامنے دیکھا تو وہ شلوار قمیض پہنے مٹکتی چلی آ رہی تھی۔ توفی نے موٹر عین اس کے پاس روکی اور کہا۔۔۔ گڈ مورنگ۔۔۔ وہ مسکرائی۔۔۔ لکھنوی انداز سے دایاں ہاتھ ماتھے تک لے گئی۔ اور کہا۔۔۔ آداب عرض۔۔۔ جیسا لباس ویسی بولی۔۔۔ لونڈیا ہے چالاک۔۔۔ توفی ابھی کوئی فقرہ موزوں کر رہا تھا کہ وہ چھوٹے چھوٹے مگر تیز قدم اٹھاتی آگے بڑھ گئی۔۔۔ توفی نے فقرے کو چوڑا اور سینے پر دو ہتڑ مار کر کہا۔۔۔ مار ڈالا۔۔۔ اتنے میں مارگرٹ کا عکس بیک ویو مرر میں نمودار ہوا۔ توفی نے بڑے تھیٹری انداز میں ایک عدد چما اس کی طرف پھینکا اور موٹر اسٹارٹ کر دی۔‘‘

تمہاری اس گفتگو سے ثابت کیا ہوا؟ نصیر نے اپنے گھنگر یالے بالوں کا ایک گچھا مروڑتے ہوئے کہا۔

بات یہ ہے کہ جب تک یہ خاکسار بقلم خود اس لونڈیا کو نہیں دیکھے گا کچھ بھی ثابت نہیں ہو گا۔۔۔ جھوٹ بولوں تو توفی ہی کا منہ کالا ہو۔‘‘

توفیق خاموش سگریٹ کے کش لیتا رہا۔

جمیل نے اپنی کرسی ذرا آگے بڑھائی اور ریاض سے پوچھا، ’’اچھا بھئی یہ بتاؤ توفی نے کبھی اسے موٹر کی سیر نہیں کرائی۔‘‘

ریاض نے جواب دیا ''ایک دفعہ اس نے کہا تھا تو اس سے مجھے یاد نہیں رہا۔اس نے کیا جواب دیا تھا۔ بات دراصل یہ ہے کہ توفی کو کھل کے بات کرنے کا موقع ہی نہیں ملا۔۔۔ ٹمپریچر لینے یا ٹیکہ لگانے کے لیے آتی ہے تو باپ کی موجودگی میں یہ اس سے کیا بات کر سکتا ہے۔۔۔ پھر بھی اشاروں کنایوں میں کچھ نہ کچھ ہو ہی جاتا ہے۔۔۔ میرا خیال ہے یہ ادائیں آج صرف اسی لیے ہیں کہ اس کے اباجان دو تین دنوں ہسپتال چھوڑنے والے ہیں کیونکہ زخم اب بالکل بھر چکا ہے۔۔۔ کیوں توفی؟''

توفیق نے صرف اتنا کہا، ''مجھے ستاؤ نہیں یار۔'' اور اٹھ کر باہر باغ میں چلا گیا۔۔۔ نصیر نے اپنی ٹھوڑی ہاتھ میں پکڑی اور چہرے پر گہری فکرمندی کے نشانات پیدا کر کے کہا، ''کہیں لمڈے کو اسک تو نہیں ہو گیا۔''

''توفی اور عشق۔۔۔ دو متضاد چیزیں ہیں۔'' ریاض کرسی پر سے اٹھا۔ اور سنجیدگی سے کہنے لگا، ''کوئی اور ہی چیز ہوئی ہے جناب کو۔۔۔ میرا خیال ہے لاہور میں اس کا جی لگ گیا تھا۔ والد ٹھیک ہو گئے ہیں تو اب اسے واپس مری جانا پڑے گا۔''

''بکواس ہے،'' نصیر چلایا ''کوئی اور ہی بات ہے۔۔۔ تم یہاں ٹھہرو۔۔۔ میں ابھی دریافت کر کے آتا ہوں۔''

نصیر اٹھ کر باہر چلنے لگا تو جمیل نے اس سے پوچھا، ''کس سے دریافت کرنے چلے ہو۔'' نصیر مسکرایا۔ گھوڑے کے منہ سے۔۔۔ انگریزی میں فروم دی ہارس ماؤتھ!'' یہ کہہ کر وہ باہر نکل گیا۔ جمیل نے ریاض کی طرف دیکھا اور سنجیدگی سے پوچھا۔ ہاں بھئی ریاض، یہ سلسلہ کیا ہے۔۔۔ توفی ایک دن بہت تعریف کر رہا تھا۔اس مارگرٹ کی۔۔۔ کہتا تھا کہ معاملہ پٹا سمجھو۔۔۔ کیا یہ ٹھیک ہے؟''

''ٹھیک ہی ہو گا۔میرا مطلب ہے ایسا کون سا چتوڑ گڑھ کا قلعہ یہ جو توفی کو سر کرنا ہے۔۔۔ ایک دن کوری ڈور میں کافی میٹھی میٹھی باتیں کر رہے تھے؟''

''کیا؟''

''میں نے پاکٹ بک میں نوٹ کی ہوئی ہیں۔کسی روز پڑھ کے تمہیں سناؤں گا۔'' جمیل کے ہونٹوں پر کھسیانی سی مسکراہٹ پیدا ہوئی، ''مذاق کرتے ہو یار۔۔۔ سناؤ۔۔۔ کوئی اور بات سناؤ۔۔۔ میرا مطلب ہے، یہ بتاؤ کہ میں کبھی اس نرس کو دیکھ سکتا ہوں۔''

''جب چاہو دیکھ سکتے ہو۔۔۔ ہسپتال چلے جاؤ، فیملی وارڈ میں تمہیں نظر آ جائے گی۔۔۔ لیکن کیا کرو گے

دیکھ کہ تمہارا قد بہت چھوٹا ہے۔وہ تم سے پوری ایک بالشت اونچی ہے۔ ‘‘

اس قد نے مجھے کہیں کا نہیں رکھا۔ ۔ ۔ بہتیرے علاج کروا چکا ہوں۔ ۔ ۔ ایک سوئی برابر اونچا نہیں ہوا۔ ۔ ۔ اچھا، میں نے کہا، ریاض۔ ۔ ۔ باپ کی موجودگی میں توفی اس سے اشارے بازی کیسے کرتا ہوگا۔ ۔ ۔ نہیں، لڑکا ہوشیار ہے! ‘‘

ریاض نے تاش کی گڈی اٹھائی اور پتے پھینٹنے شروع کیے ’’ اچھی خاصی مصیبت ہے۔ ہر وقت یہی دھڑکا کہ والد دیکھ نہ لے، تاڑ نہ جائے۔ ۔ ۔ کہتا تھا جو نہی ان کی نگاہیں میری طرف اٹھتی تھیں، میں نظریں نیچی کر لیتا تھا۔ ۔ ۔ جب وہ آتی تھی تو دس پندرہ منٹوں میں غریب کو صرف تین چار موقعے آنکھ لڑانے کو ملتے تھے۔ ‘‘

جمیل نے پوچھا، ’’ ڈی ایس پی ہیں نا توفی کے ابا جان ‘‘

’’ ہاں بھائی۔ ۔ ۔ باپ ہونا ہی کافی ہوتا ہے ۔ ۔ ۔ اوپر سے ڈی ایس پی۔ ‘‘

جمیل نے آہ بھری، ’’ میرے تمام رومانس غارت کرنے والے میرے ابا جان ہیں۔ ۔ ۔ جج سے پہلے ان کی غارت گردی اتنے زوروں پر نہ تھی، پر جب سے آپ خانہ کعبہ سے واپس تشریف لائے ہیں۔ آپ کی غارت گردی عروج پر ہے۔ ۔ ۔ سوچتا ہوں شادی کر لوں۔ ایک لڑکا پیدا کروں اور بیٹھا اس سے اپنا انتقام لیتا رہوں۔ ‘‘

ریاض مسکرایا، ’’ جج کرنے جاؤ گے؟ ‘‘

’’ ایک نہیں دس دفعہ۔ ۔ ۔ صاحب زادے کو ساتھ لے کر جاؤں گا۔ ‘‘

یہ کہہ کر اس نے میز پر زور سے مکا مارا۔ آواز کے ساتھ ہی نصیر داخل ہوا۔ ریاض اور جمیل دونوں اس کی طرف غور سے دیکھنے لگے۔ نصیر انتہائی سنجیدگی کے ساتھ کرسی پر بیٹھ گیا۔ جمیل کے دماغ میں کھد بد ہونے لگی، ’’ کچھ دریافت کیا؟ ‘‘

’’ سب کچھ ‘‘ نصیر کا جواب مختصر تھا۔

ریاض نے پوچھا ’’ توفی کہاں ہے؟ ‘‘

نصیر نے جواب دیا، ’’ چلا گیا ہے ‘‘

’’ کہاں ‘‘ یہ سوال ریاض نے کیا۔

’’ واپس مری۔ ‘‘

نصیر کا یہ جواب سن کر ریاض اور جمیل دونوں بیک وقت بولے، ’’ مری واپس۔ ‘‘

''جی ہاں۔۔۔مری واپس چلا گیا ہے۔''''اپنی موٹر میں۔۔۔ہسپتال سے سیدھا یہاں کلب آیا۔۔۔
یہاں سے سیدھا مری روانہ ہو گیا ہے۔

نصیر نے ایک ایک لفظ چبا چبا کر ادا کیا۔

جمیل بے چین ہو گیا، ''آخر ہوا کیا؟''

نصیر نے جواب دیا، ''حادثہ!''

جمیل اور ریاض دونوں بولے، ''کیسا حادثہ؟''

''بتاتا ہوں،'' یہ کہہ کر نصیر نے جیب سے سگریٹ کی ڈبیا نکالی جس میں کوئی سگریٹ نہیں تھا۔ ڈبیا ایک
طرف پھینک کر وہ ریاض اور جمیل سے مخاطب ہوا۔

''معاملہ بہت سنگین ہے؟''

جمیل نے ریاض سے کہا، ''میرا خیال ہے توفی پکڑا گیا ہو گا!''

ریاض نے کہا، ''معلوم ایسا ہی ہوتا ہے۔۔۔آدمی کب تک کسی کی آنکھوں میں دُھول جھونک سکتا ہے
۔۔۔ڈی۔ایس۔پی ہے۔۔۔فوراً تاڑ گیا ہو گا۔۔۔لیکن نصیر تم بتاؤ۔توفی نے تم سے کیا کہا۔''

''بتاتا ہوں۔۔۔ایک سگریٹ دینا جمیل،''

جمیل نے اس کو ایک سگریٹ دیا اسے سلگا کر اس نے بات شروع کی، باپ کی موجودگی میں اس کی نرس
سے اشارے بازی ہوتی تھی۔ یہ تم لوگوں کو معلوم ہے۔۔۔یہ سلسلہ اشارے بازی کا بہت دنوں سے جاری
تھا۔۔۔توفی اس میں خاصا کامیاب رہا تھا۔ باپ کی موجودگی کے باعث اسے بہت محتاط رہنا پڑتا تھا وہ ذرا
گردن گھماتے تو یہ فوراً اپنی آنکھیں نیچی کر لیتا۔ان دقتوں کے باوجود اس نے لڑکی سے ربط بڑھا ہی لیا۔
اور ڈیوٹی کے روز شام کو وہ اسے ایک مرتبہ سینما بھی لے گیا۔''

جمیل گٹکا ''واہ!''

ریاض نے کہا، ''مجھ سے اُس نے اس کا ذکر نہیں کیا۔''

نصیر نے سگریٹ کا کش لیا، ''سینما میں وہ خوب ایک دوسرے کے ساتھ گھل مل گئے۔نرس کو توفی کا چنچل
پنا بہت پسند آیا۔پرسوں کی ملاقات میں آج کی شام طے ہوئی کہ وہ توفی کے ساتھ دور تک موٹر میں سیر
کرنے چلے گی۔اور توفی اپنی عادت سے مجبور ہو کر اگر کوئی شرارت کرنا چاہے گا تو وہ بُرا نہیں مانے گی۔''

جمیل پھر گٹکا، ''واہ!''

ریاض نے اسے ٹوکا، ''خاموش رہو جمیل۔''

نصیر نے سگریٹ کا ایک لمبا کش لیا، ''پرسوں کی ملاقات میں جو کچھ طے ہوا تھا، میں آپ کو بتا چکا ہوں۔ توفی بہت خوش تھا۔ اپنے خیال کے مطابق وہ ایک بہت بڑا میدان مارنے والا تھا۔ آج دن بھر وہ اسکیم میں بناتا رہا۔ ۔ ۔ پٹرول کا انتظام اس نے کر لیا۔

کرم الٰہی نے اسے چھ کوپن دے دیئے تھے۔ اسی کی پرمٹ پر بیئر کی چھ بوتلیں بھی حاصل کر لی تھیں جو غالباً ابھی تک امتیاز کے فرجڈیئر میں ٹھنڈی ہو رہی ہیں۔ ۔ ۔ توفی کی اسکیم یہ تھی کہ چنیوٹ کے پل تک چلیں گے۔ حسن و عشق کے دریا چناب کی لہریں ہوں گے۔ ۔ ۔ موسم بھی خوش گوار ہو گا۔ ۔ ۔ گلاس راستے میں خرید لیں گے۔ ٹھنڈی ٹھنڈی بیئر اڑے گی۔ خوب سرور جمیں گے۔ ۔ ۔ لیکن۔ ۔ ۔ ''

یہ کہہ کر نصیر ایک دم خاموش ہو گیا۔

جمیل نے بے چین ہو کر پوچھا، ''سارا معاملہ غارت ہو گیا؟''

نصیر نے اثبات میں سر ہلایا، ''سارا معاملہ غارت ہو گیا۔''

جمیل نے اور زیادہ بے چین ہو کر پوچھا، ''کیسے؟''

نصیر نے سگریٹ کی گردن ایش ٹرے میں دبائی اور کہا، ''پروگرام یہ تھا کہ وہ شام کو چھ بجے ہسپتال جائے گا۔ گھنٹہ ڈیڑھ گھنٹہ اپنے باپ کے پاس بیٹھے گا۔ اس دوران میں جب مارگرٹ آئے تو وہ سیر کی بات پکی کر لے گا۔ بات پکی ہو جائے گی تو وہ سیدھا امتیاز کے ہاں جائے گا۔ ۔ ۔ کچھ دیر وہاں بیٹھے گا۔ بیئر کی ایک بوتل پیے گا۔ باقی پانچ موٹر میں رکھے اور جو جگہ مقرر ہوئی ہو گی وہاں مارگرٹ سے جا ملے گا۔ ۔ ۔ دل و دماغ سخت بے چین تھا۔ گھر سے وقت سے کچھ پہلے ہی نکل آیا۔ ہسپتال پہنچا موٹر ایک طرف کھڑی کی۔ ۔ ۔ وارڈ کی طرف چلا۔

سیڑھیاں طے کیں اور پر پہنچا۔ کمرے کا دروازہ کھولا تو کیا دیکھتا ہے ۔ ۔ ۔ ''

نصیر ایک دم رک گیا۔ جمیل اور ریاض دونوں بیک وقت بولے، ''کیا دیکھتا ہے ۔ ۔ ۔ ؟''

''دیکھتا ہے کہ ۔ ۔ ۔ ٹھہرو،'' نصیر تھوڑی دیر کے لیے رکا، ''میں توفی کے الفاظ میں بیان کرتا ہوں۔ ۔ ۔ میں نے کمرے کا دروازہ کھولا۔ کیا دیکھتا ہوں کہ ماگرٹ پلنگ پر جھکی ہوئی ہے اور والد صاحب۔ ۔ ۔ اور والد صاحب اس کے ہونٹ چوس رہے ہیں۔'' جمیل اور ریاض قریب قریب اچھل پڑے ''سچ؟''

نصیر نے جواب دیا، ''دروغ بر گردنِ راوی۔''

جمیل جس کے دل و دماغ پر حیرت مسلط تھی بڑ بڑایا، ''کمال کر دیا۔ ڈی ایس پی صاحب نے۔''

ریاض نے نصیر سے پوچھا، ''توفی نے کیا کیا؟''

نصیر نے جواب دیا، ''آنکھیں نیچی کر لیں اور چلا آیا۔''

جمیل، ریاض سے مخاطب ہوا، ''میرے والد صاحب قبلہ کبھی ایسے نظارے کا موقع دیں تو مزا آ جائے۔ پتہ نہیں توفی کیوں اس قدر پریشان تھا؟''

نصیر نے کہا، ''توفی کی والدہ صاحبہ اُس کے ساتھ تھیں۔۔۔توفی نے مجھ سے کہا میں تو نظریں نیچی کر کے چلا آیا۔ لیکن امی جان دروازہ کھول کر اندر کمرے میں چلی گئیں۔

جمیل نے پر افسوس لہجے میں کہا، ''قبلہ والد صاحب کے ساتھ یہ زیادتی ہوئی!''

2 جون 1950

وہ خط جو پوسٹ نہ کیے گئے

حوا کی ایک بیٹی کے چند خطوط جو اس نے فرصت کے وقت محلے کے چند لوگوں کو لکھے۔ مگر اُن وُجوہ کی بنا پر پوسٹ نہ کیے گئے جو اِن خطوط میں نمایاں نظر آتی ہیں۔

(نام اور مقام فرضی ہیں)

پہلا خط۔۔۔ مسز کرپلانی کے نام

خاتونِ مکرَّم،

آداب عرض! معاف فرمائیے گا۔ میں یہ سطور بغیر تعارف کے لکھ رہی ہوں۔ مگر مجھے چند ضروری باتیں آپ سے کہنا ہیں۔ آپ کو میں ایک عرصے سے جانتی ہوں۔ ہر روز صبح ساڑھے آٹھ بجے جب مَیں بستر سے اٹھ کر بالکنی میں آتی ہوں تو آپ کو بازار میں سیر سے واپس آتے دیکھا کرتی ہوں۔ مجھے تعجب ہے کہ مسٹر کرپلانی جنہیں ساڑھے آٹھ بجے گھر سے دفتر پہنچنے کے لیے نکل جانا ہوتا ہے۔ صرف ایک بڈّھی نو کرانی کی موجودگی اور آپ کی غیر حاضری میں ناشتا کیسے کرتے ہیں، کپڑے کیونکر تبدیل کرتے ہیں اور پھر آپ کا بچہ بھی تو ہے۔ اس کی دیکھ بھال کون کرتا ہے؟

اس میں کوئی شک نہیں کہ سیر آپ کی صحت کے لیے مفید ہے۔ مگر اس سیر کا اثر آپ کے شوہر پر کیا پڑے گا، کیا آپ نے اس کی بابت کبھی غور کیا ہے؟ میں نے پرسوں مسٹر کرپلانی کو دیکھا۔ ان کی حالت قابلِ رحم تھی۔ آپ نے سر پر ہیٹ الٹا لگا رکھا تھا اور اگر میری نگاہوں نے دھوکا نہیں دیا تو اُن کے بوٹ کا ایک تسمہ کھلا ہوا تھا جو بار بار ان کے پاؤں میں الجھ رہا تھا۔ کل بھی آپ کی حالت ایسی ہی تھی۔ ان کی پتلون شکنوں سے بھرپور تھی اور ٹائی کی گرہ بھی درست نہیں تھی۔ اگر آپ کی صبح کی سیر اسی طرح جاری جا رہی، تو مجھے اندیشہ

ہے ایک روز مسٹر کرپلانی اس افراتفری میں دفتر کا رخ کریں گے کہ راہ چلتی عورتوں کو اپنی آنکھیں بند کرنی پڑیں گی۔

اور ہاں، دیکھیے کل آپ نے جو ساڑی پہن رکھی تھی، وہ آپ کی نہیں ہے۔ مجھے اچھی طرح یاد ہے کہ مسز ایڈوانی نے یہ ساڑی پچھلی دیوالی پر خریدی تھی۔ دوسروں کے کپڑے پہننا بہت معیوب ہے۔ آپ کے پاس کم از کم بیس ساڑیاں موجود ہیں۔ مسز ایڈوانی کی ساڑی مُستعار لے کر آپ نے کیوں پہنی۔ یہ میں ابھی تک نہیں سمجھ سکی۔

ایک بات اور، وہ یہ کہ آپ کو بغیر آستینوں کا بلاؤز اچھا معلوم نہیں ہوتا۔ آپ کے کاندھوں پر ضرورت سے زیادہ گوشت ہے جس کی نمائش آنکھوں پر بہت گراں گزرتی ہے۔ آپ کے جسم کا یہ عیب آستینوں والے بلاؤز میں چھپ جاتا ہے۔ اس لیے آپ کو ہمیشہ اسی تراش کا بلاؤز پہننا چاہیے۔

اونچی ایڑی کا شُو آپ کیوں پہنتی ہیں۔۔۔؟ آپ کا قد ماشاء اللہ کافی اونچا ہے۔ پرسوں آپ نے غیر معمولی اونچی ایڑی کا سینڈل پہن رکھا تھا۔ معاف فرمائیے، معلوم ہوتا تھا کہ آپ کے پیروں کے ساتھ اسٹول بندھے ہوئے ہیں۔ اونچی ایڑی کا جوتا پہن کر آپ آسانی سے چل بھی نہیں سکتیں۔ خواہ مخواہ کیوں اپنے آپ کو تکلیف دیتی ہیں۔

آپ کی۔۔۔۔

دوسرا خط۔۔۔ مسز ایڈوانی کے نام

محترم بہن،

تسلیمات۔ میں نے پچھلے دنوں آپ کو باندرہ کے میلے پر چند سہیلیوں کے ساتھ دیکھا تھا۔ آپ نے پیلے رنگ کی جارجٹ کی ساڑی پہن رکھی تھی، بورڈر کے بغیر۔ بلاؤز کالی ساٹن کا تھا۔ کُھلے گلے کا، آستینوں کے بغیر۔ گلے پر زرد رنگ کی سائٹ کا پائپنگ تھا اور سامنے سینے پر اُسی رنگ کا پھول۔ پاؤں میں آپ کے سنہری سینڈل تھی۔ چھاتا سیاہ رنگ کا تھا جس کی مُونٹھ زرد رنگ کے سلولائیڈ کی تھی۔ کالے بالوں میں پیلا ربن تھا۔ سیاہی اور زردی کا یہ میل مجھے بہت پسند آیا تھا۔ آپ کے ذوق کی میں بے حد معترف ہوں۔ رنگوں کے صحیح اِلتزام کا آپ خوب سلیقہ رکھتی ہیں۔ مگر کل آپ جب بس پر سے اُتریں تو مجھے یہ دیکھ کر سخت صدمہ ہوا کہ آپ نے کالی ساڑی کے ساتھ بھوسلے رنگ کا بلاؤز پہن رکھا ہے۔ آپ کے بالوں میں نیلا ربن گُندھا ہے اور جوتا سفید کینوس کا پہن رکھا ہے۔

میری سمجھ میں نہیں آتا کہ آپ ایسی اعلیٰ ذوق رکھنے والی خاتون نے کیونکر ایسے بھونڈے لباس میں باہر نکلنا گوارا کیا۔ اور پھر غضب یہ ہے کہ آپ بس میں کہیں دُور گئی تھیں۔ آئندہ اگر میں نے آپ کو ایسے بے تکے لباس میں دیکھا تو مجھے اتنا صدمہ ہو گا کہ میں بیان نہیں کرسکوں گی۔ ایک بات اور، میری سمجھ میں نہیں آئی کہ آپ کی نوکرانی اتنا سنگھار کیوں کرتی ہے؟ اس کی عمر میرے اندازے کے مطابق اٹھارہ برس ہے۔ بظاہر وہ کنواری ہے۔ اِس عمر میں اور خاص کر کنوار پنے میں اُس کا یوں بن کر سنور کر سَود اسُلَف لینے باہر بازار میں نکلنا، اتنا خطرناک نہیں جتنا کہ اس کا آپ کے گھر میں اپنے سنگھار پر توجہ دینا ہے۔ آپ عموماً گھر سے باہر رہتی ہیں۔ اور مسٹر ایڈوانی چوں کہ دفتر نہیں جاتے، اس لیے وہ اکثر گھر ہی میں رہتے ہیں۔۔۔ آپ کی غفلت حد سے زیادہ بڑھ گئی ہے۔ میں اس سے زیادہ اور کچھ نہیں کہہ سکتی۔

میرا خیال ہے کہ آپ کی دائیں آنکھ بائیں آنکھ سے کچھ چھوٹی ہے۔۔۔ اگر آپ چشمہ پہنا کریں تو یہ عیب بالکل دور ہو جائے گا۔ کیوں کہ شیشوں میں سے یہ معمولی فرق نظر نہ آئے گا۔

ہاں، یہ آپ اپنی سہیلیوں کو اپنی ساڑیاں پہننے کے لیے کیوں دے دیا کرتی ہیں۔ آپ کو معلوم ہونا چاہیے کہ یہ بِدعَت معاشرتی نقطۂ نظر سے بہت بری ہے۔ اس کے علاوہ سہیلیاں خواہ کتنی ہی محتاط ہوں، مُستَعار کپڑے کو نہایت بے دردی کے ساتھ استعمال کرتی ہیں اگر آپ کو یقین نہ ہو تو اُس سفید ساڑی کو غور سے دیکھیے جو آپ نے ایک روز مسز کر پلانی کو پہننے کے لیے دی تھی۔ اُس کا تلے کا کام کئی جگہ سے اُکھڑ گیا ہے۔

بازار میں چلتے وقت آپ بار بار ساڑی کا پلُّو نہ سنبھالا کریں۔ مجھے اس سے بڑی اُلجھن ہوتی ہے۔

آپ کی۔۔۔

تیسرا خط۔۔۔ مسٹر ایوب خان انسپکٹر پولیس کے نام

مکرّمی مُحترمی۔ سلامِ مَسنُون۔

کیا ایسا نہیں ہوسکتا کہ آپ دن میں دو بار اپنی ڈارڑھی منڈوانا چھوڑ دیں۔۔۔ میں سمجھتی ہوں کہ نارمل آدمی کی ڈارڑھی کے بال اس نارمل حالت میں اتنی جلدی کبھی نہیں اُگتے۔ پولیس اسٹیشن جاتے ہوئے اور وہاں سے شام کو آتے ہوئے آپ کا پہلا کام یہ ہوتا ہے کہ سیلون میں داخل ہو جائیں۔۔۔ میرا خیال ہے کہ آپ کو MANIA ہو گیا ہے۔ اگر آپ کا دماغی توازن درست ہو تو کوئی وجہ نہیں کہ آپ دن میں دو بار صبح و شام اپنی ڈارڑھی پر استرا پھرائیں۔ کیا سیلون کا نائی آپ کی اس عجیب و غریب عادت پر زیرِ لب کبھی نہیں مسکرایا؟

اور پھر یہ آپ اپنے سر کے بال کس طور سے کٹواتے ہیں۔۔۔؟ واللہ بہت برے معلوم ہوتے ہیں۔ گردن سے لے کر کھوپڑی کے بالائی حصے تک آپ بالوں کا بالکل صفایا کرا دیتے ہیں اور کانوں کے اوپر تک باریک مشین پھروا کر آخر آپ کیا فیشن پیدا کرنا چاہتے ہیں۔ حضرت آپ کی گردن بہت بھدّی ہے اور آپ کے سر کے نچلے حصے پر پھوڑوں کے نشان ہیں جو صرف بال ہی چھپا سکتے ہیں اور کیا آپ نے کبھی غور فرمایا ہے کہ بار بار بال مونڈنے سے آپ کی گردن موٹی ہو جائے گی۔

آپ کے کان بہت بڑے ہیں۔ جس فیشن کی حجامت کا آپ کو شوق ہے، اِس سے یہ اور بھی زیادہ بڑے دکھائی دیتے ہیں۔ میری رائے ہے کہ آپ قلمیں رکھیں۔ اور کانوں کے قریب سے بال زیادہ نہ کٹوائیں۔ گردن پر اگر آپ تھوڑے سے بال اگنے دیں تو کوئی ہَرَج نہیں۔ اس سے آپ کو کوئی تکلیف نہ ہو گی۔ ہاتھ میں چھڑی لے کر جب آپ بازار میں چلتے ہیں تو دماغ میں اِس خیال کو جگہ نہ دیا کریں کہ ہر اسکول جانے والی لڑکی آپ کو دیکھ رہی ہے۔ کسی شائستہ مذاق لڑکی کی آنکھیں آپ کی طرف نہیں اٹھ سکتیں۔ اس لیے کہ آپ اپنے کاندھوں پر ایسا بھونڈا سر اٹھائے پھرتے ہیں جس کو آپ کے ایجاد کردہ فیشن نے اور بھی زیادہ بد نُما بنا رکھا ہے۔

بار بار آپ اپنے کوٹ سے کیا جھاڑا کرتے ہیں؟ کیا گرد و غبار کے ذرے صرف آپ ہی کے کوٹ پر آ بیٹھتے ہیں۔۔۔۔ یا پھر آپ حد سے زیادہ نفاست پسند ہیں؟ کسی نے مجھ سے کہا تھا کہ چالیس برس کے ہونے پر بھی آپ کنوارے ہیں؟ اگر یہ سچ ہے تو اس سے آپ کو عبرت حاصل کرنا چاہیے۔ میرا مشورہ لیجیے اور دن میں دو بار سیلون میں جا کر ڈاڑھی منڈوانا چھوڑ دیجیے۔ خدا آپ کی حالت پر رحم کرے۔

آپ کی مخلص۔۔۔۔

چوتھا خط۔۔۔ مس ڈی سِلوا کے نام

ڈیئر مس ڈی سِلوا،

تمہاری حالت پر مجھے بہت افسوس ہوتا ہے۔ تم روز بروز موٹی ہو رہی ہو۔ اگر تمہارا موٹاپا اِسی رفتار سے بڑھتا گیا تو مجھے اندیشہ ہے کہ تم کسی مرد کے قابل نہ رہو گی۔ اسکول جانے کے لیے جب تم ''جم'' پہن کر گھر سے نکلتی ہو تو میرے دل میں عجیب و غریب خیال پیدا ہوتے ہیں۔ میں سوچتی ہوں کہ اس کرسمس پر تم ڈانس کیسے کر سکو گی۔ ایک دو قدموں ہی میں تمہارا پسینہ چھوٹ جائے گا۔ اور تمہارا ساتھی کیوں کر تمہاری

بانہوں کو حَسبِ منشا حرکت میں لا سکے گا۔ تمہاری بغلوں کے نیچے اس قدر گوشت جمع ہو رہا ہے کہ تم ڈانس کرنے کے بالکل قابل نہیں رہی ہو۔ خدا کے لیے اپنا علاج کرو اور اس موٹاپے کو جلد از جلد ختم کرنے کی کوشش کرو۔

ایک نصیحت میری اور سن لو۔ شام کو تم ہر روز ٹیرس پر اکیلی جاتی ہو اور سامنے والے مکان پر ڈی کوسٹا کے بڑے لڑکے کو اشارے کرتی رہتی ہو۔ اوّل تو یہ شریف لڑکیوں کا کام نہیں، دوسرے یہ اشارے چربی بھرے گوشت کے مانند بھدّے اور بے لذّت ہوتے ہیں۔ تم جیسی موٹی لڑکیوں کو ایسی اشارہ بازی نہیں کرنی چاہیے۔ اِس لیے کہ اشارہ ایک لطیف یعنی باریک اور پتلی چیز کا نام ہے۔ تمہارے اشارے، اشارے نہیں ہوتے۔ اُن کے لیے مجھے کوئی اور نام تلاش کرنا ہو گا۔

جس لونڈے کے ساتھ تم رومان لڑانا چاہتی ہو، اس کے متعلق بھی سن لو۔ وہ ایک آوارہ مزاج لڑکا ہے۔ ڈھائی مہینے سے کالی کھانسی میں مبتلا ہے۔ ماں باپ نے ناقابلِ اِصلاح سمجھ کر اس کو اپنے حال پر چھوڑ دیا ہے۔ اس کے پاس صرف تین پتلونیں ہیں جن کو بدل بدل کر پہنتا ہے۔ ہر روز اپنی قمیض اور پتلون پر وہ دو بار استری کرتا ہے تا کہ باہر کے لوگوں کی نظر میں اس کی وضع داری قائم رہے۔ مجھے ایسے آدمیوں سے نفرت ہے۔

تم اپنی پنڈلیوں کے بال استرے سے نہ مونڈا کرو۔ بال اڑانے کے سب پوڈر اور سب کریمیں بھی فضول ہیں۔ بال ہمیشہ کے لیے کبھی غائب نہیں ہو سکتے اس لیے تم اپنی پنڈلیوں پر ظلم نہ کرو۔ بال رہنے دو اور لمبی جرابیں پہنا کرو۔

تمہارا دوست آج دوپہر کو اپنا پھٹا ہوا جوتا خود مرمت کر رہا تھا۔

تمہاری خیر خواہ۔۔۔

پانچواں خط۔۔۔ کوشلیا دیوی کے نام

شریمتی کوشلیا دیوی، نمسکار۔

اس میں کوئی شک نہیں: اپنے گھر میں ہر شخص کو اختیار ہے کہ وہ آرام دہ سے آرام دہ لباس پہنے اور تکلّفت سے آزاد رہے۔ مگر دیوی جی آپ مکمل کی باریک دھوتی پہن کر اس آزادی سے ناجائز فائدہ اٹھا رہی ہیں اور پھر یہ دھوتی آپ کچھ اس ''بے تکلفی'' سے پہنتی ہیں کہ جب آپ اتفاق سے نظر آ جائیں تو سوچنا پڑتا

ہے کہ آپ کو کس زاویے سے دیکھا جائے۔

آپ کو معلوم ہونا چاہیے روشنی کے سامنے کھڑے ہونے سے آپ کی مکمل کی دھوتی کا وجود ہونے نہ ہونے کے برابر ہوتا ہے۔ آپ کی عمر اس وقت چوالیس برس کے قریب ہے۔ عمر کی اس زیادتی نے آپ کے جسم کو بالکل ڈھیلا کر دیا ہے۔ یہی وجہ ہے کہ باریک دھوتی میں سے آپ کی بھدّی ٹانگوں کی نمائش آنکھوں پر ''گوہانجنی'' بن کر رہ جاتی ہے۔

آپ کے فلیٹ کا دروازہ عام طور پر کھلا رہتا ہے اور میں نے اکثر آپ کو باورچی خانہ کے پاس یہی باریک دھوتی پہنے دیکھا ہے۔ اگر آپ کو اس کا استعمال ترک نہیں کرنا ہے تو براہِ کرم اپنے فلیٹ کا دروازہ بند رکھا کریں۔

آپ کی۔۔۔۔

چھٹا خط۔۔۔مسٹر سعید حسن جرنلسٹ کے نام

جنابِ مَن۔ تسلیم۔

آپ ہر روز صبح بالکونی میں پتلون پہنتے ہیں۔ آپ کا یہ فعل کمیونزم کی بدترین مثال ہے۔ مجھے امید ہے کہ یہ خط پڑھ کر آپ ضرور شرمسار ہوں گے اور آئندہ سے پتلون، شریف آدمیوں کی طرح اپنے کمرے میں پہنا کریں گے۔

مخلص۔۔۔۔

مکرر : آپ کے بال بہت بڑھ گئے ہیں۔ سیلون آپ کے مکان کے نیچے ہے۔ ہمت کر کے آج ہی کٹوا دیں۔

ساتواں خط۔۔۔مِسز قاسمی کے نام

خاتونِ مکرّم، السلام علیکم۔

میں بہت عرصے سے آپ کو یہ خط لکھنے کا ارادہ کر رہی تھی مگر چند دَر چند وُجوہ کے باعث ایسا نہ کر سکی۔ میں نے سنا ہے کہ دو گھروں میں نفاق پیدا کرنے کے لیے آپ کو بہت سے گُر زبانی یاد ہیں۔ مسز ایڈوانی اور مسز کرپلانی کے درمیان ایک دفعہ آپ ہی کی کوششوں سے رنجش پیدا ہوئی تھی۔ اور پچھلے دنوں سیٹھ گوپال داس کی لڑکی پُشپا کے بارے میں آپ نے جو افواہیں مشہور کی تھیں ان سے سیٹھ گوپال داس اور

سیٹھ رام داس کے خاندانوں میں اچھا خاصا ہنگامہ بر پا ہو گیا تھا۔ مجھے آپ کی صلاحیتوں کا اعتراف ہے۔ مگر میں سوچتی ہوں کہ ابھی تک آپ کے اور مسز قانون گو کے درمیان کشیدگی پیدا کیوں نہیں ہوئی۔ اب تک آپ نے جس عورت کو اپنی سہیلی بنایا ہے اس سے تیسرے چوتھے مہینے آپ کی ٹُو ٹُو میَں ضرور ہوتی ہے۔ لیکن مسز قانون گو سے آپ کی دوستی کو چھ مہینے ہو گئے ہیں۔ جو کئی برسوں کے برابر ہیں۔ میں اب زیادہ دیر انتظار نہیں کر سکتی۔ اِس مہینے میں مسز قانون گو سے آپ کی چَخ چَخ ضرور ہونی چاہیے۔ آپ کو اپنی روایات برقرار رکھنی چاہئیں۔

ہاں یہ ضرور بتایئے کہ آپ کہاں پیدا ہوئی تھیں۔ یہ تو مجھے معلوم ہے کہ آپ پنجاب کی رہنے والی ہیں۔ مگر آپ کا چہرہ نیپالیوں اور تِبَتّیوں سے کیوں ملتا جلتا ہے؟ آپ کی ناک بالکل نیپالیوں کی طرح چپٹی ہے۔ اور گالوں کی ہڈیاں بھی ان ہی کی طرح ابھری ہوئی ہیں، البتہ آپ کا قد ان کی طرح پست نہیں۔ آپ نے عید پر جو ساڑی پہنی تھی، مجھے پسند نہیں آئی۔ آپ کا ذوق نہایت فضول ہے۔ اگر آپ بھڑ کیلے اور شوخ رنگوں کے بجائے ہلکے رنگ کے کپڑے انتخاب کیا کریں تو بہت اچھا ہو۔ لمبے قد کی عورتوں کو کھڑی لکیروں کی قمیص نہیں پہننی چاہیے، اِس سے وہ اور لمبی ہو جاتی ہیں۔ اسی طرح آپ کو ''پف سیلیوز'' کا بلاؤز بھی نہیں پہننا چاہیے۔ کیوں کہ لمبے قد کی عورتوں کے لیے یہ موزوں نہیں ہوتا اور پھر آپ تو ویسے ہی دبلی پتلی ہیں۔ آپ کے کاندھے پر بلاؤز کے اُٹھے ہوئے ''پف'' بہت برے معلوم ہوتے ہیں۔ آپ کی خیر اندیش۔ ۔ ۔

<h3 style="text-align:center">آٹھواں خط۔ ۔ ۔ مس راجکماری ایکٹرس کے نام</h3>

مس راجکماری!

مجھے تم سے نفرت ہے۔ تم عورت نہیں ہو۔ سوٹ کیس ہو۔

تم سے نفرت کرنے والی۔ ۔ ۔

<h3 style="text-align:center">نواں خط۔ ۔ ۔ مسٹر صالح بھائی کنٹریکٹر کے نام</h3>

جناب صالح بھائی صاحب، تسلیم۔

مجھے آپ کے خلاف کوئی شکایت نہیں لیکن پھر بھی میں آپ کو پسند نہیں کرتی۔ نہ معلوم کیا وجہ ہے کہ آپ کو

دیکھ کر میرے دل میں غیظ و غضب پیدا ہو جاتا ہے۔ آپ بہت شریف آدمی ہیں۔ آپ کی شکل و صورت بھی کوئی خاص بری نہیں۔ لیکن میری سمجھ میں نہیں آتا کہ پھر آپ کو میَں ناپسندیدگی کی نگاہ سے کیوں دیکھتی ہوں۔۔۔ آپ کے چہرے پر یتیمی برستی ہے، آپ کی چال بھی نہایت واہیات ہے۔ آپ کی ہمدرد۔۔۔

دسواں خط۔ ۔ مس رضیہ صلاح الدین کے نام

ڈیئر مس رضیہ، سلامِ مَسنُون۔

تم ابھی پنجاب کے کسی گاؤں سے آئی ہو۔ پہلے ساڑی پہننے کی عادت اختیار کرو پھر اس لباس میں باہر نکلو۔ تمہیں یہ لباس پہننے کا بالکل سلیقہ نہیں ہے۔ خدا کے لیے اپنے آپ کو تماشہ نہ بناؤ۔

تمہاری خیرخواہ۔۔۔

وہ لڑکی

سوا چار بج چکے تھے لیکن دھوپ میں وہی تمازت تھی جو دوپہر کو بارہ بجے کے قریب تھی۔ اُس نے بالکنی میں آ کر باہر دیکھا تو اُسے ایک لڑکی نظر آئی جو بظاہر دھوپ سے بچنے کے لیے ایک سایہ دار درخت کی چھاؤں میں آلتی پالتی مارے بیٹھی تھی۔

اُس کا رنگ گہرا سانولا تھا، اِتنا سانولا کہ وہ درخت کی چھاؤں کا ایک حصہ معلوم ہوتا تھا۔ سُریندر نے جب اُس کو دیکھا تو اُس نے محسوس کیا کہ وہ اُس کی قربت چاہتا ہے، حالانکہ وہ اِس موسم میں کسی کی قربت کی بھی خواہش نہ کر سکتا تھا۔ موسم بہت واہیات قسم کا تھا۔ سوا چار بج چکے تھے۔ سورج غروب ہونے کی تیاریاں کر رہا تھا لیکن موسم نہایت ذلیل تھا۔ پسینہ تھا کہ چھوٹا جا رہا تھا۔ خدا معلوم کہاں سے مَساموں کے ذریعے اتنا پانی نکل رہا تھا۔ سُریندر نے کئی مرتبہ غور کیا تھا کہ پانی اُس نے زیادہ سے زیادہ چار گھنٹوں میں صرف ایک گلاس پیا ہو گا مگر پسینہ بلامُبالغہ چار گلاس نکلا ہو گا۔ آخر یہ کہاں سے آیا!

جب اُس نے لڑکی کو درخت کی چھاؤں میں آلتی پالتی مارے دیکھا تو اُس نے سوچا کہ دنیا میں سب سے خوش یہی ہے جسے دھوپ کی پروا ہے نہ موسم کی۔

سُریندر پسینے میں لت پت تھا۔ اُس کی بنیان اُس کے جسم کے ساتھ بہت بری طرح چمٹی ہوئی تھی۔ وہ کچھ اُس طرح محسوس کر رہا تھا جیسے اُس کے بدن پر کسی نے موبل آئل مل دیا ہے لیکن اِس کے باوجود جب اُس نے درخت کی چھاؤں میں بیٹھی ہوئی لڑکی کو اُس کے جسم میں یہ خواہش پیدا ہوئی کہ وہ اُس کے پسینے کے ساتھ گھل مل جائے، اس کے مَساموں کے اندر داخل ہو جائے۔

آسمان خاکستری تھا۔ کوئی بھی وُثوق سے نہیں کہہ سکتا تھا کہ بادل ہیں یا محض گرد و غبار۔ بہر حال، اُس

گرد و غُبار یا بادلوں کے باوجود دھوپ کی جھلک موجود تھی اور وہ لڑکی بڑے اطمینان سے پِپل کی چھاؤں میں بیٹھی سَستا رہی تھی۔

سُریندر نے اب کی غور سے اُس کی طرف دیکھا۔ اُس کا رنگ گہرا سانولا مگر نَقش بہت تیکھے کہ وہ سُریندر کی آنکھوں میں کئی مرتبہ چُبھے۔ مزدور پیشہ لڑکی معلوم ہوتی تھی۔ یہ بھی ممکن تھا کہ بھکارن ہو۔ لیکن سُریندر اُس کے متعلق کوئی فیصلہ نہیں کر سکا تھا۔ اصل میں وہ یہ فیصلہ کر رہا تھا کہ آیا اس لڑکی کو اشارہ کرنا چاہیے یا نہیں۔

گھر میں وہ بالکل اکیلا تھا۔ اُس کی بہن مری میں تھی۔ ماں بھی اُس کے ساتھ تھی۔ باپ مر چکا تھا۔ ایک بھائی، اُس سے چھوٹا، وہ بورڈنگ میں رہتا تھا۔ سُریندر کی عمر ستائیس اٹھائیس سال کے قریب تھی۔ اِس سے قبل وہ اپنی دو ادھیٹر عمر کی نو کرانیوں سے دو تین مرتبہ سلسلہ لڑا چکا تھا۔

معلوم نہیں کیوں، لیکن موسم کی خرابی کے باوجود سُریندر کے دل میں یہ خواہش ہو رہی تھی کہ وہ پِپل کی چھاؤں میں بیٹھی ہوئی لڑکی کے پاس جائے یا اُسے اوپر ہی سے اشارہ کرے تا کہ وہ اُس کے پاس آ جائے، اور وہ دونوں ایک دوسرے کے پسینے میں غوطہ لگائیں اور کسی نامعلوم جزیرے میں پہنچ جائیں۔

سُریندر نے بالکنی کے کٹہرے کے پاس کھڑے ہو کر زور سے کھکارا مگر لڑکی متوجہ نہ ہوئی۔ سُریندر نے جب کئی مرتبہ ایسا کیا اور کوئی نتیجہ برآمد نہ ہوا تو اُس نے آواز دی، ''ارے بھئی۔۔ ذرا اِدھر دیکھو!'' مگر لڑکی نے پھر بھی اُس کی طرف نہ دیکھا۔ وہ اپنی پنڈلی کھجلاتی رہی۔ سُریندر کو بہت اُلجھن ہوئی۔ اگر لڑکی کی بجائے کوئی کُتّا ہوتا تو وہ یقیناً اُس کی آواز سن کر اُس کی طرف دیکھتا۔ اگر اُسے اُس کی یہ آواز ناپسند ہوتی تو بھونکتا مگر اُس لڑکی نے جیسے اِس کی آواز سنی ہی نہیں تھی۔ اگر سنی تھی تو اَن سنی کر دی تھی۔

سُریندر دل ہی دل میں بہت خفیف ہو رہا تھا۔ اُس نے ایک بار بلند آواز میں اُس لڑکی کو پکارا، ''اے لڑکی!''

لڑکی نے پھر بھی اُس کی طرف نہ دیکھا۔ جھنجھلا کر اُس نے اپنا مکمل کاکرتا پہنا اور نیچے اترا۔ جب اُس لڑکی کے پاس پہنچا تو وہ اُسی طرح اپنی ننگی پنڈلی کھجلا رہی تھی۔ سُریندر اُس کے پاس کھڑا ہو گیا۔ لڑکی نے ایک نظر اُس کی طرف دیکھا اور شلوار نیچی کر کے اپنی پنڈلی ڈھانپ لی۔

سُریندر نے اُس سے پوچھا، ''تم یہاں کیا کر رہی ہو؟''

لڑکی نے جواب دیا، ''بیٹھی ہوں''

’’کیوں بیٹھی ہو؟‘‘

لڑکی اُٹھ کھڑی ہوئی، ’’لو، اب کھڑی ہو گئی ہوں!‘‘

سریندر بوکھلا گیا، ’’اس سے کیا ہوتا ہے۔ سوال تو یہ ہے کہ تم اتنی دیر سے یہاں بیٹھی کیا کر رہی تھیں؟‘‘

لڑکی کا چہرہ اور زیادہ سنولا ہو گیا، ’’تم چاہتے کیا ہو؟‘‘

سریندر نے تھوڑی دیر اپنے دل کو ٹٹولا، ’’میں کیا چاہتا ہوں۔۔۔ میں کچھ نہیں چاہتا۔۔۔ مَیں گھر میں اکیلا ہوں۔ اگر تم میرے ساتھ چلو تو بڑی مہربانی ہو گی۔‘‘

لڑکی کے گہرے سانولے ہونٹوں پر عجیب و غریب قسم کی مسکراہٹ نمودار ہوئی، ’’مہربانی۔۔۔ کاہے کی مہربانی۔۔۔ چلو!‘‘

اور دونوں چل دیئے۔

جب اوپر پہنچے تو لڑکی صوفے کی بجائے فرش پر بیٹھ گئی اور اپنی پنڈلی کھجلانے لگی۔ سریندر اُس کے پاس کھڑا سوچتا رہا کہ اب اِسے کیا کرنا چاہیے۔ اُس نے اُسے غور سے دیکھا۔ وہ خوبصورت نہیں تھی لیکن اُس میں وہ تمام قَوسیں اور وہ تمام خطوط موجود تھے جو ایک جوان لڑکی میں موجود ہوتے ہیں۔ اُس کے کپڑے مَیلے تھے، لیکن اِس کے باوجود اُس کا مضبوط جسم اُس کے باہر جھانک رہا تھا۔

سریندر نے اُس سے کہا، ’’یہاں کیوں بیٹھی ہو۔۔۔ اِدھر صوفے پر بیٹھ جاؤ!‘‘

لڑکی نے جواب میں صرف اس قدر کہا، ’’نہیں!‘‘

سریندر اُس کے پاس فرش پر بیٹھ گیا، ’’تمہاری مرضی۔۔۔ لو اب یہ بتاؤ کہ تم کون ہو اور درخت کے نیچے تم اتنی دیر سے کیوں بیٹھی تھیں؟‘‘

’’میں کون ہوں اور درخت کے نیچے میں کیوں بیٹھی تھی۔۔۔ اس سے تمہیں کوئی مطلب نہیں۔‘‘ لڑکی نے یہ کہہ کر اپنی شلوار کا پائنچہ نیچے کر لیا اور پنڈلی کھجلانا بند کر دی۔

سریندر اُس وقت اُس لڑکی کی جوانی کے متعلق سوچ رہا تھا۔ وہ اُس کا اور اُن دو ادھیڑ عمر کی نوکرانیوں کا مقابلہ کر رہا تھا جن سے اُس کا دو تین مرتبہ سلسلہ ہو چکا تھا۔ وہ محسوس کر رہا تھا کہ وہ اُس لڑکی کے مقابلے میں ڈھیلی ڈھالی تھیں، جیسے برسوں کی استعمال کی ہوئی سائیکلیں۔ لیکن اُس کا ہر پُرزہ اپنی جگہ پر رکا ہوا تھا۔ سریندر نے اُن ادھیڑ عمر کی نوکرانیوں سے اپنی طرف سے کوئی کوشش نہیں کی تھی۔ وہ خود اُس کو کھینچ کر اپنی کوٹھریوں میں لے جاتی تھیں مگر سریندر اب محسوس کرتا تھا کہ یہ سلسلہ اُس کو اب خود کرنا پڑے

گا، حالانکہ اُس کی تکنیک سے قطعاً ناواقف تھا۔ بہر حال۔ اُس نے اپنے ایک بازو کو تیار کیا اور اسے لڑکی کی کمر میں حمائل کر دیا۔

لڑکی نے ایک زور کا جھٹکا دیا، ''یہ کیا کر رہے ہو تم؟''

سریندر ایک بار پھر بوکھلا گیا، ''میں۔۔۔ میں۔۔۔ کچھ بھی نہیں۔''

لڑکی کے گہرے سانولے ہونٹوں پر عجیب قسم کی مسکراہٹ نمودار ہوئی، ''آرام سے بیٹھے رہو!''

سریندر آرام سے بیٹھ گیا۔ مگر اُس کے سینے میں ہلچل اور زیادہ بڑھ گئی۔ چنانچہ اُس نے ہمت سے کام لے کر لڑکی کو پکڑ کر اپنے سینے کے ساتھ بھینچ لیا۔ لڑکی نے بہت ہاتھ پاؤں مارے، مگر سریندر کی گرفت مضبوط تھی۔ وہ فرش پر چت گر پڑی۔ سریندر اس کے اوپر تھا۔ اُس نے دھڑا دھڑ اُس کے گہرے سانولے ہونٹ چومنے شروع کر دیئے۔ لڑکی بے بس تھی۔ سریندر کا بوجھ اتنا تھا کہ وہ اسے اٹھا کر پھینک نہیں سکتی تھی۔ بوجہ مجبوری وہ اُس کے گیلے بوسے برداشت کرتی رہی۔ سریندر نے سمجھا کہ وہ رام ہو گئی ہے، چنانچہ اُس نے مزید دراز دستی شروع کی۔ اُس کی قمیض کے اندر ہاتھ ڈالا۔ وہ خاموش رہی۔ اُس نے ہاتھ پاؤں چلانے بند کر دیئے۔ ایسا معلوم ہوتا تھا کہ اس نے مدافَعَت کو اب فضول سمجھا ہے۔

سریندر کو اب یقین ہو گیا کہ میدان اُسی کے ہاتھ رہے گا، چنانچہ اُس نے دراز دستی چھوڑ دی اور اُس سے کہا، ''چلو آؤ، پلنگ پر لیٹتے ہیں۔'' لڑکی اُٹھی اور اُس کے ساتھ چل دی۔ دونوں پلنگ پر لیٹ گئے۔

ساتھ ہی تپائی پر ایک طشتری میں چند مالٹے اور ایک تیز چھری پڑی تھی۔ لڑکی نے ایک مالٹا اٹھایا اور سریندر سے پوچھا، ''میں کھالوں؟''

''ہاں ہاں۔۔۔ ایک نہیں سب کھالو!''

سریندر نے چھری اٹھائی اور مالٹا چھیلنے لگا، مگر لڑکی نے اُس سے دونوں چیزیں لے لیں۔

''میں خود چھیلوں گی!''

اُس نے بڑی نفاست سے مالٹا چھیلا۔ اُس کے چھلکے اتارے۔ پھانکوں پر سے سفید سفید جھلی ہٹائی۔ پھر پھانکیں علیحدہ کیں۔ ایک پھانک سریندر کو دی، دوسری اپنے مُنہ میں ڈالی اور مزہ لیتے ہوئے پوچھا، ''تمہارے پاس پستول ہے؟''

سریندر نے جواب دیا، ''ہاں۔۔۔ تمہیں کیا کرنا ہے؟''

لڑکی کے گہرے سانولے ہونٹوں پر پھر وہی عجیب و غریب مسکراہٹ نمودار ہوئی، ''میں نے ایسے ہی پوچھا

تھا۔۔۔تم جانتے ہو نا کہ آج کل ہندو مسلم فساد ہو رہے ہیں۔''

سُریندر نے دوسرا مالٹا طشتری میں سے اٹھایا، ''آج سے ہو رہے ہیں۔۔۔ بہت دنوں سے ہو رہے ہیں۔۔۔ مَیں اپنے پستول سے چار مسلمان مار چکا ہوں۔۔۔ بڑے خونی قسم کے!''

''سچ؟''، یہ کہہ کر لڑکی اٹھ کھڑی ہوئی۔ ''مجھے ذرا وہ پستول تو دکھانا!''

سُریندر اٹھا۔ دوسرے کمرے میں جاکر اُس نے اپنے میز کا دراز کھولا اور پستول لے کر باہر آیا، ''یہ لو۔۔۔لیکن ٹھہرو!''، اور اُس نے پستول کا سیفٹی کیچ ٹھیک کر دیا کیونکہ اُس میں گولیاں بھری تھیں۔ لڑکی نے پستول پکڑا اور سُریندر سے کہا، ''مَیں بھی آج ایک مسلمان ماروں گی۔'' یہ کہہ کر اُس نے سیفٹی کیچ کو ایک طرف کیا اور سُریندر پر پستول داغ دیا۔۔۔ وہ فرش پر گر پڑا اور جان کنی کی حالت میں کراہنے لگا، ''یہ تم نے کیا کیا؟''

لڑکی کے گہرے سانولے ہونٹوں پر مسکراہٹ نمودار ہوئی، ''وہ چار مسلمان جو تم نے مارے تھے، اُن میں میرا باپ بھی تھا!''

یزید

سن سینتالیس کے ہنگامے آئے اور گزر گئے۔ بالکل اسی طرح جس طرح موسم میں خلافِ معمول چند دن خراب آئیں اور چلے جائیں۔ یہ نہیں کہ کریم داد، مولا کی مرضی سمجھ کر خاموش بیٹھا رہا۔ اس نے اس طوفان کا مردانہ وار مقابلہ کیا تھا۔ مخالف قوتوں کے ساتھ وہ کئی بار بھڑا تھا۔ شکست دینے کے لیے نہیں، صرف مقابلہ کرنے کے لیے بھی نہیں۔ اس کو معلوم تھا کہ دشمنوں کی طاقت بہت زیادہ ہے۔ مگر ہتھیار ڈال دینا وہ اپنی ہی نہیں ہر مرد کی توہین سمجھتا تھا۔

سچ پوچھیے تو اس کے متعلق یہ صرف دوسروں کا خیال تھا، ان کا، جنہوں نے اسے وحشی نما انسانوں سے بڑی جاں بازی سے لڑتے دیکھا تھا۔ ورنہ اگر کریم داد سے اِس بارے میں پوچھا جاتا کہ مخالف قوتوں کے مقابلے میں ہتھیار ڈالنا کیا وہ اپنی یا مرد کی توہین سمجھتا ہے تو وہ یقیناً سوچ میں پڑ جاتا۔ جیسے آپ نے اُس سے حساب کا کوئی بہت ہی مشکل سوال کر دیا ہے۔

کریم داد، جمع، تفریق اور ضرب تقسیم سے بالکل بے نیاز تھا۔ سن سینتالیس کے ہنگامے آئے اور گزر گئے۔ لوگوں نے بیٹھ کر حساب لگانا شروع کیا کہ کتنا جانی نقصان ہوا، کتنا مالی، مگر کریم داد اس سے بالکل الگ تھلگ رہا۔ اس کو صرف اتنا معلوم تھا کہ اس کا باپ رحیم داد اس جنگ میں کام آیا ہے۔ اس کی لاش خود کریم داد نے اپنے کندھوں پر اٹھائی تھی۔ اور ایک کنویں کے پاس گڑھا کھود کر دفنائی تھی۔ گاؤں میں اور بھی کئی واردتیں ہوئی تھیں، سینکڑوں جوان اور بوڑھے قتل ہوئے تھے، کئی لڑکیاں غائب

ہو گئی تھیں۔ کچھ کی بہت ہی ظالمانہ طریقے پر بے آبروئی ہوئی تھی۔جس کے بھی یہ زخم آئے تھے، روتا تھا، اپنے چھوٹے نصیبوں پر اور دشمنوں کی بے رحمی پر، مگر کریم داد کی آنکھ سے ایک آنسو بھی نہ نکلا۔اپنے باپ رحیم داد کی شہ زوری پر اسے ناز تھا۔ جب وہ پچیس تیس برچھیوں اور کلہاڑیوں سے مسلح بلوائیوں کا مقابلہ کرتے کرتے نڈھال ہو کر گر پڑا تھا اور کریم داد کو اس کی موت کی خبر ملی تھی تو اس نے اس کی روح کو مخاطب کر کے صرف اتنا کہا تھا،

’’ یار تم نے یہ ٹھیک نہ کیا۔ میں نے تم سے کہا تھا کہ ایک ہتھیار اپنے پاس ضرور رکھا کرو۔ ‘‘

اور اس نے رحیم داد کی لاش اٹھا کر، کنویں کے پاس گڑھا کھود کر دفنا دی تھی اور اس کے پاس کھڑے ہو کر فاتحہ کے طور پر صرف یہ چند الفاظ کہے تھے،

’’ گناہ ثواب کا حساب خدا جانتا ہے۔ اچھا تجھے بہشت نصیب ہو ! ‘‘

رحیم داد جو نہ صرف اس کا باپ تھا بلکہ ایک بہت بڑا اد دوست بھی تھا، بلوائیوں نے بڑی بے دردی سے قتل کیا تھا۔ لوگ جب اس کی افسوسناک موت کا ذکر کرتے تھے تو قاتلوں کو بڑی گالیاں دیتے تھے، مگر کریم داد خاموش رہتا تھا۔ اس کی کئی کھڑی فصلیں تباہ ہوئی تھیں۔ دو مکان جل کر راکھ ہو گئے تھے۔ مگر اس نے اپنے ان نقصانوں کا کبھی حساب نہیں لگایا تھا۔ وہ کبھی کبھی صرف اتنا کہا کرتا تھا،

’’ جو کچھ ہوا ہے، ہماری اپنی غلطی سے ہوا ہے۔ ‘‘ اور جب کوئی اس سے اس غلطی کے متعلق اِستِفسار کرتا تو وہ خاموش رہتا۔

گاؤں کے لوگ ابھی سوگ میں مصروف تھے کہ کریم داد نے شادی کر لی۔ اُسی مٹیار جیناں کے ساتھ جس پر ایک عرصے سے اس کی نگاہ تھی۔ جیناں سوگوار تھی۔ اس کا شہتیر جیسا کڑیل جوان بھائی بلووں میں مارا گیا تھا۔ ماں، باپ کی موت کے بعد ایک صرف وہی اس کا سہارا تھا۔ اس میں کوئی شک نہیں کہ جیناں کو کریم داد سے بے پناہ محبت تھی مگر بھائی کی موت کے غم نے یہ محبت اس کے دل میں سیاہ پوش کر دی تھی، اب ہر وقت اس کی سدا مسکراتی آنکھیں نمناک رہتی تھیں۔

کریم داد کو رونے دھونے سے بہت چِڑ تھی۔ وہ جیناں کو جب بھی سوگ زدہ حالت میں دیکھتا تو دل ہی دل میں بہت کُڑھتا۔ مگر وہ اس سے اس بارے میں کچھ کہتا نہیں تھا، یہ سوچ کر کہ عورت ذات ہے۔ ممکن ہے اس کے دل کو اور بھی دکھ پہنچے، مگر ایک روز اس سے نہ رہا گیا۔ کھیت میں اس نے جیناں کو پکڑ لیا اور کہا،

’’ مُردوں کو کفنائے دفنائے پورا ایک سال ہو گیا ہے اب تو وہ بھی اس سوگ سے گھبرا گئے ہوں گے ۔۔۔۔

چھوڑ میری جان! ابھی زندگی میں جانے اور کتنی موتیں دیکھنی ہیں۔ کچھ آنسو تو اپنی آنکھوں میں جمع رہنے دیں۔،،

جینا کو اس کی یہ باتیں بہت ناگوار معلوم ہوئی تھیں مگر وہ اس سے محبت کرتی تھی، اس لیے اکیلے میں اس نے کئی گھنٹے سوچ سوچ کر اس کی ان باتوں میں معنی پیدا کیے اور آخر خود کو یہ سمجھنے پر آمادہ کر لیا کہ کریم داد جو کچھ کہتا ہے ٹھیک ہے ۔۔۔!

شادی کا سوال آیا تو بڑے بوڑھوں نے مخالفت کی مگر یہ مخالفت بہت ہی کمزور تھی۔ وہ لوگ منامنا کرا تنے نحیف ہو گئے تھے کہ ایسے معاملوں میں سو فیصدی کام یاب ہونے والی مخالفتوں پر بھی زیادہ دیر تک نہ جمے رہ سکے ۔۔۔ چنانچہ کریم داد کا بیاہ ہو گیا۔ باجے گاجے آئے، ہر رسم ادا ہوئی اور کریم داد اپنی محبوبہ جیناں کو دلہن بنا کر گھر لے آیا۔

فسادات کے بعد قریب قریب ایک برس سے سارا گاؤں قبرستان سا بنا تھا۔ جب کریم داد کی برات چلی اور خوب دھوم دھڑکا ہوا تو گاؤں میں کئی آدمی سہم سہم گئے۔ ان کو ایسا محسوس ہوا کہ یہ کریم داد کی نہیں، کسی بھوت پریت کی برات ہے۔ کریم داد کے دوستوں نے جب اس کو یہ بات بتائی تو وہ خوب ہنسا۔ ہنستے ہنستے ہی اس نے ایک روز اس کا ذکر اپنی نئی نویلی دلہن سے کہا تو وہ ڈر کے مارے کانپ اٹھی۔

کریم داد نے جیناں کی سُوہے چوڑے والی کلائی اپنے ہاتھ میں لی اور کہا،

،،یہ بھوت تو اب ساری عمر تمہارے ساتھ چمٹا رہے گا۔۔۔ رحمان سائیں کی جھاڑ پھونک بھی اتار نہیں سکے گی۔،، جیناں نے اپنی مہندی میں رچی ہوئی انگلی دانتوں تلے دبا کر اور ذرا شرما کر صرف اتنا کہنا،

،،کیہے، تجھے تو کسی سے بھی ڈر نہیں لگتا۔،، کریم داد نے اپنی ہلکی ہلکی سیاہی مائل بھوری مونچھوں پر زبان کی نوک پھیری اور مسکرا دیا،

،،ڈر بھی کوئی لگنے کی چیز ہے!،،

جیناں کا غم اب بہت حد تک دور ہو چکا تھا۔ وہ ماں بننے والی تھی۔ کریم داد اس کی جوانی کا نکھار دیکھتا تو بہت خوش ہوتا اور جیناں سے کہتا،

،،خدا کی قسم جیناں، تو پہلے کبھی اتنی خوبصورت نہیں تھی۔ اگر تو اتنی خوبصورت اپنے ہونے والے بچے کے لیے بنی ہے تو میری اس سے لڑائی ہو جائے گی۔،، یہ سن کر جیناں شرما کر اپنا اٹھلیا سا پیٹ چادر سے چھپا لیتی۔ کریم داد ہنستا اور اسے چھیڑتا،

’’چھپاتی کیوں ہو اس چور کو۔۔۔ میں کیا جانتا نہیں کہ یہ سب بناؤ سنگھار صرف تم نے اسی سور کے بچے کے لیے کیا ہے۔‘‘

جیناں ایک دم سنجیدہ ہو جاتی، ’’کیوں گالی دیتے ہو اپنے کو؟‘‘

کریم داد کی سیاہی مائل بھوری مونچھیں ہنسی سے تھرتھرانے لگتیں، ’’کریم داد بہت بڑا سور ہے۔‘‘

چھوٹی عید آئی، بڑی عید آئی، کریم داد نے یہ دونوں تہوار بڑے ٹھاٹ سے منائے۔ بڑی عید سے بارہ روز پہلے اس کے گاؤں پر بلوائیوں نے حملہ کیا تھا اور اس کا باپ رحیم داد اور جیناں کا بھائی فضل الٰہی قتل ہوئے تھے، جیناں ان دونوں کی موت کو یاد کر کے بہت روئی تھی، مگر کریم داد کی صدموں کو یاد نہ رکھنے والی طبیعت کی موجودگی میں اتنا غم نہ کر سکی، جتنا اسے اپنی طبیعت کے مطابق کرنا چاہیے تھا۔

جیناں کبھی سوچتی تھی تو اس کو بڑا تعجب ہوتا تھا کہ وہ اتنی جلدی اپنی زندگی کا اتنا بڑا صدمہ کیسے بھولتی جا رہی ہے۔ ماں باپ کی موت اس کو قطعاً یاد نہیں تھی۔ فضل الٰہی اس سے چھ سال بڑا تھا۔ وہی اس کا باپ تھا وہی اس کی ماں اور وہی اس کا بھائی۔ جیناں اچھی طرح جانتی تھی کہ صرف اسی کی خاطر اس نے شادی نہیں کی۔ اور یہ تو سارے گاؤں کو معلوم تھا کہ جیناں ہی کی عصمت بچانے کے لیے اس نے اپنی جان دی تھی۔

اس کی موت جیناں کی زندگی کا یقیناً بہت ہی بڑا حادثہ تھا۔ ایک قیامت تھی جو بڑی عید سے ٹھیک بارہ روز پہلے اس پر یکایک ٹوٹ پڑی تھی۔ اب وہ اس کے بارے میں سوچتی تھی تو اس کو بڑی حیرت ہوتی تھی کہ وہ اس کے اثرات سے کتنی دور ہوتی جا رہی ہے۔

محرم قریب آیا تو جیناں نے کریم داد سے اپنی پہلی فرمائش کا اظہار کیا۔ اسے گھوڑا اور تعزیے دیکھنے کا بہت شوق تھا۔ اپنی سہیلیوں سے وہ ان کے متعلق بہت کچھ سن چکی تھی۔ چنانچہ اس نے کریم داد سے کہا،

’’میں ٹھیک ہوئی تو لے چلو گے مجھے گھوڑا دکھانے؟‘‘

کریم داد نے مسکرا کر جواب دیا،

’’تم ٹھیک نہ بھی ہوئیں تو لے چلوں گا۔۔۔ اس سور کے بچے کو بھی!‘‘

جیناں کو یہ گالی بہت ہی بری لگتی تھی۔ چنانچہ وہ اکثر بگڑ جاتی تھی۔ مگر کریم داد کی گفتگو کا انداز کچھ ایسا پر خلوص تھا کہ جیناں کی تلخی فوراً ہی ایک ناقابل بیان مٹھاس میں تبدیل ہو جاتی تھی اور وہ سوچتی کہ سور کے بچے میں کتنا پیار کوٹ کوٹ کے بھرا ہے۔

ہندوستان اور پاکستان کی جنگ کی افواہیں ایک عرصے سے اڑ رہی تھیں۔ اصل میں تو پاکستان بنتے ہی بات

گویا ایک طور پر طے ہوگئی تھی کہ جنگ ہوگی اور ضرور ہوگی۔ کب ہوگی، اس کے متعلق گاؤں میں کسی کو معلوم نہیں تھا۔ کریم داد سے جب کوئی اس کے متعلق سوال کرتا تو وہ یہ مختصر سا جواب دیتا،

’’جب ہونی ہوگی ہو جائے گی۔ فضول سوچنے سے کیا فائدہ!‘‘

جیناں جب اُس ہونے والی لڑائی بھڑ رائی کے متعلق سنتی تو اس کے اوسان خطا ہو جاتے تھے۔ وہ طبعاً بہت ہی امن پسند تھی۔ معمولی ٹُو ٹُو مَیں سے بھی سخت گھبراتی تھی۔ اس کے علاوہ گزشتہ بلووں میں اس نے کئی کشت و خون دیکھے تھے اور اُنھی میں اس کا پیارا بھائی فضل الٰہی کام آیا تھا۔ بے حد ہم کر وہ کریم داد سے صرف اتنا کہتی،

’’کیمے، کیا ہوگا!‘‘

کریم داد مسکرا دیتا،

’’مجھے کیا معلوم، لڑکا ہوگا یا لڑکی۔‘‘

یہ سن کر جیناں بہت ہی زِچ پَچ ہوتی مگر فوراً ہی کریم داد کی دوسری باتوں میں لگ کر ہونے والی جنگ کے متعلق سب کچھ بھول جاتی۔ کریم داد طاقت ور تھا، نڈر تھا، جیناں سے اس کو بے حد محبت تھی۔ بندوق خریدنے کے بعد وہ تھوڑے ہی عرصے میں نشانے کا بہت پکا ہو گیا تھا۔ یہ سب باتیں جیناں کو حوصلہ دلاتی تھیں مگر اس کے باوجود ترنُجبوں میں جب وہ اپنی کسی خوف زدہ ہمجولی سے جنگ کے بارے میں گاؤں کے آدمیوں کی اڑائی ہوئی ہولناک افواہیں سنتی تو ایک دم سُن سی ہو جاتی۔

بختو دائی جو ہر روز جیناں کو دیکھنے آتی تھی۔ ایک دن یہ خبر لائی کہ ہندوستان والے دریا بند کرنے والے ہیں۔ جیناں اس کا مطلب نہ سمجھی۔ وضاحت کے لیے اس نے بختو دائی سے پوچھا،

’’دریا بند کرنے والے ہیں۔۔۔؟ کون سے دریا بند کرنے والے ہیں۔‘‘

بختو دائی نے جواب دیا،

’’وہ جو ہمارے کھیتوں کو پانی دیتے ہیں۔‘‘

جیناں نے کچھ دیر سوچا اور ہنس کر کہا،

’’موسی تم بھی کیا پاگلوں کی سی باتیں کرتی ہو، دریا کون بند کر سکتا ہے۔۔۔ وہ بھی کوئی موریاں ہیں۔‘‘

بختو نے جیناں کے پیٹ پر ہولے ہولے مالش کرتے ہوئے کہا،

’’بی بی مجھے معلوم نہیں۔۔۔ جو کچھ میں نے سنا تمھیں بتا دیا۔ یہ بات اب تو اخباروں میں بھی آ گئی ہے۔‘‘

’’ کون سی بات؟ ‘‘ جیناں کو یقین نہیں آتا تھا۔

بختو نے اپنے جھریوں والے ہاتھوں سے جیناں کا پیٹ ٹٹولتے ہوئے کہا،

’’ یہی دریا بند کرنے والی۔ ‘‘ پھر اس نے جیناں کے پیٹ پر اس کی قمیض کھینچی اور اٹھ کر بڑے ماہرانہ انداز میں کہا،

’’ اللہ خیر رکھے تو بچہ آج سے پورے دس روز کے بعد ہو جانا چاہیے ! ‘‘

کریم داد گھر آیا تو سب سے پہلے جیناں نے اس سے دریاؤں کے متعلق پوچھا۔ اس نے پہلے بات ٹالنی چاہی، پر جب جیناں نے کئی بار اپنا سوال دہرایا تو کریم داد نے کہا،

’’ ہاں کچھ ایسا ہی سنا ہے۔ ‘‘

جیناں نے پوچھا،

’’ کیا؟ ‘‘

’’ یہی کہ ہندوستان والے ہمارے دریا بند کر دیں گے۔ ‘‘

’’ کیوں؟ ‘‘

کریم داد نے جواب دیا،

’’ کہ ہماری فصلیں تباہ ہو جائیں۔ ‘‘

یہ سن کر جیناں کو یقین ہو گیا کہ دریا بند کیے جا سکتے ہیں۔ چنانچہ نہایت بے چارگی کے عالم میں اس نے صرف اتنا کہا،

’’ کتنے ظالم ہیں یہ لوگ۔ ‘‘ کریم داد اس دفعہ کچھ دیر کے بعد مسکرایا،

’’ ہٹاؤ اس کو، یہ بتاؤ مَوسی بختو آئی تھی۔ ‘‘

جیناں نے بے دلی سے جواب دیا،

’’ آئی تھی ! ‘‘

’’ کیا کہتی تھی؟ ‘‘

’’ کہتی تھی آج سے پورے دس روز کے بعد بچہ ہو جائے گا۔ ‘‘

کریم داد نے زور کا نعرہ لگایا،

’’ زندہ باد ! ‘‘

جیناں نے اسے پسند نہ کیا اور ربڑ بڑائی، ''تمہیں خوشی سوجھتی ہے، جانے یہاں کیسی کربلا آنے والی ہے۔''

کریم داد چوپال چلا گیا۔ وہاں قریب قریب سب مرد جمع تھے۔ چودھری نتھو کو گھیرے، اس سے دریا بند کرنے والی خبر کے متعلق باتیں پوچھ رہے تھے، کوئی پنڈت نہرو کو پیٹ بھر کے گالیاں دے رہا تھا۔ کوئی بد دعائیں مانگ رہا تھا۔ کوئی یہ ماننے ہی سے یکسر منکر تھا کہ دریاؤں کا رخ بدلا جا سکتا ہے۔ کچھ ایسے بھی تھے جن کا یہ خیال تھا کہ جو کچھ ہونے والا ہے وہ ہمارے گناہوں کی سزا ہے۔ اُسے ٹالنے کے لیے سب سے بہتر طریقہ یہی ہے کہ مل کر مسجد میں دعا مانگی جائے۔

کریم داد ایک کونے میں خاموش بیٹھا سنتا رہا۔ ہندوستان والوں کو گالیاں دینے میں چودھری نتھو سب سے پیش پیش تھا۔ کریم داد کچھ اس طرح بار بار اپنی نشست بدل رہا تھا جیسے اسے بہت کوفت ہو رہی ہے۔ سب یک زبان ہو کر یہ کہہ رہے تھے کہ دریا بند کرنا بہت ہی اوچھا ہتھیار ہے، انتہائی کمینہ پن ہے، رذالت ہے، عظیم ترین ظلم ہے، بدترین گناہ ہے، یزید پن ہے۔

کریم داد دو تین مرتبہ اس طرح کھانسا جیسے وہ کچھ کہنے کے لیے خود کو تیار کر رہا ہے۔ چودھری نتھو کے منہ سے جب ایک اور لہر موٹی موٹی گالیوں کی اٹھی تو کریم داد چیخ پڑا، ''گالی نہ دے چودھری کسی کو۔''

ماں کی ایک بہت بڑی گالی چودھری نتھو کے حلق میں پھنسی کی پھنسی رہ گئی، اس نے پلٹ کر ایک عجیب انداز سے کریم داد کی طرف دیکھا جو سر پر اپنا صافہ ٹھیک کر رہا تھا، ''کیا کہا؟''

کریم داد نے آہستہ مگر مضبوط آواز میں کہا، ''میں نے کہا گالی نہ دے کسی کو۔''

حلق میں پھنسی ہوئی ماں کی گالی بڑے زور سے باہر نکال کر چودھری نتھو نے بڑے تیکھے لہجے میں کریم داد سے کہا، ''کسی کو؟ کیا لگتے ہیں وہ تمہارے؟'' اس کے بعد وہ چوپال میں جمع شدہ آدمیوں سے مخاطب ہوا، ''سنا تم لوگوں نے ـــ کہتا ہے گالی نہ دو کسی کو ـــ پوچھو اس سے وہ کیا لگتے ہیں اس کے؟''

کریم داد نے بڑے بڑے تحمل سے جواب دیا، ''میرے کیا لگتے ہیں؟ میرے دشمن لگتے ہیں۔'' چودھری کے حلق سے پھٹا پھٹا سا قہقہہ بلند ہوا۔ اس قدر زور سے کہ اس کی مونچھوں کے بال بکھر گئے، ''سنا تم لوگوں نے ـ دشمن لگتے ہیں۔ اور دشمن کو پیار کرنا چاہیے۔ کیوں برخوردار؟'' کریم داد نے بڑے برخوردانہ انداز میں جواب دیا، ''نہیں چودھری! میں یہ نہیں کہتا کہ پیار کرنا چاہیے۔ میں نے صرف یہ کہا ہے کہ گالی نہیں دینی چاہیے۔'' کریم داد کے ساتھ ہی اس کا لنگوٹیا دوست میراں بخش بیٹھا تھا۔ اس نے پوچھا، ''کیوں؟'' کریم داد صرف میراں بخش سے مخاطب ہوا، ''کیا فائدہ ہے یار ـــ وہ پانی بند کر کے تمہاری زمینیں

بنجر بنانا چاہتے ہیں۔اور تم اُنہیں گالی دے کر یہ سمجھتے ہو کہ حساب بے باق ہوا۔ یہ کہاں کی عقلمندی ہے۔ گالی تو اس وقت دی جاتی ہے۔ جب اور کوئی جواب پاس نہ ہو۔''

میراں بخش نے پوچھا، ''تمہارے پاس جواب ہے؟''

کریم داد نے تھوڑے توقف کے بعد کہا، ''سوال میرا نہیں۔ ہزاروں اور لاکھوں آدمیوں کا ہے۔ اکیلا میرا جواب سب کا جواب نہیں ہو سکتا۔۔۔ایسے معاملوں میں سوچ سمجھ کر ہی کوئی پختہ جواب تیار کیا جا سکتا ہے۔۔۔وہ ایک دن میں دریاؤں کا رخ نہیں بدل سکتے۔ کئی سال لگیں گے۔ لیکن یہاں تو تم لوگ گالیاں دے کر ایک منٹ میں اپنی بھڑاس نکال باہر کر رہے ہو۔'' پھر اس نے میراں بخش کے کاندھے پر ہاتھ رکھا اور بڑے خلوص کے ساتھ کہا، ''میں تو اتنا جانتا ہوں یار کہ ہندوستان کو کمینہ، رذیل اور ظالم کہنا بھی غلط ہے۔''

میراں بخش کے بجائے چودھری نتھو چلایا، ''لو اور سنو؟''

کریم داد، میراں بخش ہی سے مخاطب ہوا، ''دشمن سے میرے بھائی رحم و کرم کی توقع رکھنا بے وقوفی ہے۔ لڑائی شروع ہو اور یہ رونا رویا جائے کہ دشمن بڑے بور کی رفلیں استعمال کر رہا ہے۔ ہم چھوٹے بم گراتے ہیں، وہ بڑے گراتا ہے۔ تو اپنے ایمان سے کہو یہ شکایت بھی کوئی شکایت ہے۔ چھوٹا چاقو بھی مارنے کے لیے استعمال ہوتا ہے، اور بڑا چاقو بھی۔ کیا میں جھوٹ کہتا ہوں۔''

میراں بخش کی بجائے چودھری نتھو نے سوچنا شروع کیا مگر فوراً ہی جھنجھلا گیا، ''لیکن سوال یہ ہے کہ وہ پانی بند کر رہے ہیں۔۔۔ہمیں بھوکا اور پیاسا مارنا چاہتے ہیں۔''

کریم داد نے میراں بخش کے کاندھے سے اپنا ہاتھ علیحدہ کیا اور چودھری نتھو سے مخاطب ہوا، ''چودھری جب کسی کو دشمن کہہ دیا تو پھر یہ گلہ کیسا کہ وہ ہمیں بھوکا پیاسا مارنا چاہتا ہے۔ وہ تمہیں بھوکا پیاسا نہیں مارے گا۔ تمہاری ہری بھری زمینیں ویران اور بنجر نہیں بنائے گا تو کیا وہ تمہارے لیے پلاؤ کی دیگیں اور شربت کے مٹکے وہاں سے بھیجے گا۔ تمہاری سیر، تفریح کے لیے یہاں باغ بغیچے لگائے گا۔''

چودھری نتھو بھنّا گیا، ''یہ تو کیا بکواس کر رہا ہے؟''

میراں بخش نے بھی ہولے سے کریم داد سے پوچھا، ''ہاں یار یہ کیا بکواس ہے؟''

''بکواس نہیں ہے میراں بخشا۔'' کریم داد نے سمجھانے کے انداز میں میراں بخش سے کہا، ''تو ذرا سوچ تو سہی کہ لڑائی میں دونوں فریق ایک دوسرے کو پچھاڑنے کے لیے کیا کچھ نہیں کرتے، پہلوان جب

لنگر لنگوٹ کس کے اکھاڑے میں اتر آئے تو اسے ہر داؤ استعمال کرنے کا حق ہوتا ہے۔۔۔''

میراں بخش نے اپنا گھٹا ہوا سر ہلایا، ''یہ تو ٹھیک ہے!''

کریم داد مسکرایا، ''تو پھر دریا بند کرنا بھی ٹھیک ہے۔ہمارے لیے یہ ظلم ہے، مگر ان کے لیے روا ہے۔''

''روا کیا ہے۔۔۔۔جب تیری جیب پیاس کے مارے لٹک کر زمین تک آ جائے گی تو میں پھر پوچھوں گا کہ ظلم روا ہے یا نا روا۔۔۔جب تیرے بال بچے اناج کے ایک ایک دانے کو ترسیں گے تو پھر بھی یہ کہنا کہ دریا بند کرنا بالکل ٹھیک تھا۔''

کریم داد نے اپنے خشک ہونٹوں پر زبان پھیری اور کہا، ''میں جب بھی کہوں گا چودھری۔۔۔تم یہ کیوں بھول جاتے ہو کہ صرف وہ ہمارا دشمن ہے۔ کیا ہم اس کے دشمن نہیں۔ اگر ہمارے اختیار میں ہوتا، تو ہم نے بھی اس کا دانہ پانی بند کیا ہوتا۔۔۔لیکن اب کہ وہ کر سکتا ہے، اور کرنے والا ہے تو ہم ضرور اس کا کوئی توڑ سوچیں گے۔۔۔بے کار گالیاں دینے سے کیا ہوتا ہے۔دشمن تمہارے لیے دودھ کی نہریں جاری نہیں کرے گا چودھری نتھو۔۔۔اُس سے اگر ہو سکا تو وہ تمہارے پانی کی ہر بوند میں زہر ملا دے گا، تم اسے ظلم کہو گے، وحشیانہ پن کہو گے اس لیے کہ مارنے کا یہ طریقہ تمہیں پسند نہیں۔۔۔عجیب سی بات ہے کہ لڑائی شروع کرنے سے پہلے دشمن سے نکاح کی سی شرطیں بندھوائی جائیں۔۔۔اس سے کہا جائے کہ دیکھو مجھے بھوکا پیاسا نہ مارنا، بندوق سے اور وہ بھی اتنے بور کی بندوق سے، البتہ تم مجھے شوق سے ہلاک کر سکتے ہو۔ اصل بکواس تو یہ ہے۔۔۔ذرا ٹھنڈے دل سے سوچو۔''

چودھری نتھو جھنجھلاہٹ کی آخری حد تک پہنچ گیا، ''برف لا کے رکھ میرے دل پر۔''

''یہ بھی میں ہی لاؤں۔'' یہ کہہ کر کریم داد ہنسا۔ میراں بخش کے کاندھے پر تھپکی دے کر اٹھا اور چوپال سے چلا گیا۔

گھر کی ڈیوڑھی میں داخل ہو ہی رہا تھا کہ اندر سے بختو دائی باہر نکلی۔ کریم داد کو دیکھ کر اس کے ہونٹوں پر پوپلی مسکراہٹ پیدا ہوئی۔

''مبارک ہو کیمے۔ چاند سا بیٹا ہوا ہے، اب کوئی اچھا سا نام سوچ اس کا؟''

''نام؟'' کریم داد نے ایک لحظے کے لیے سوچا، ''یزید۔۔۔یزید!''

بختو دائی کا منہ حیرت سے کھلا کا کھلا رہ گیا۔ کریم داد نعرے لگاتا اندر گھر میں داخل ہوا۔ جیناں چارپائی پر لیٹی تھی۔۔۔پہلے سے کسی قدر زرد، اس کے پہلو میں ایک گل گوتھنا سا بچہ چیڑ چیڑ انگوٹھا چوس رہا

تھا۔ کریم داد نے اس کی طرف پیار بھری فخر یہ نظروں سے دیکھا اور اس کے ایک گال کو انگلی سے چھیڑتے ہوئے کہا، ''اوئے میرے یزید!''

جیناں کے منہ سے ہلکی سی متعجب چیخ نکلی۔۔۔ ''یزید؟''

کریم داد نے غور سے اپنے بیٹے کا ناک نقشہ دیکھتے ہوئے کہا، ''ہاں یزید۔۔۔ یہ اس کا نام ہے۔''

جیناں کی آواز بہت نحیف ہوگئی، ''یہ تم کیا کہہ رہے ہو کیسے۔۔؟ یزید''

کریم داد مسکرایا، ''کیا ہے اس میں؟ نام ہی تو ہے!''

جیناں صرف اس قدر کہہ سکی، ''مگر کس کا نام؟''

کریم داد نے سنجیدگی سے جواب دیا، ''ضروری نہیں کہ یہ بھی وہی یزید ہو۔۔۔ اس نے دریا کا پانی بند کیا تھا۔۔۔ یہ کھولے گا!''

More by Ghazal Sara Dot Org

Title	Description
Aankh Bhar Asman – (Hardcover , Paperback, eBook)	Adult poetry of Yawar Maajed
Aafat Ki Ziyafat – Hindi – (Hardcover, Paperback, eBook)	Children's bedtime poetry book by Yawar Maajed in Hindi
Aafat Ki Ziyafat – Urdu – (Hardcover, Paperback, eBook)	Children's bedtime poetry book by Yawar Maajed in Urdu
Kulliyat e Allama Iqbal – (Hardcover, Paperback)	Classical poetry by Sir Allama Iqbal, one of the greatest Urdu poets of the 20th century
Taar o Paud – (Paperback, eBook)	Short stories by Balwant Singh, a legendary fiction Urdu writer
Pehla Patthar – (Paperback, eBook)	Short stories by Balwant Singh, a legendary fiction Urdu writer
Manto Ke Hashiye – (Hardcover , Paperback, eBook)	Most controversial short stories by Saadat Hasan Manto, for which he was dragged in the court of law
Kulliyat e Manto – (Hardcover , Paperback, eBook)	This series comprises nine books that feature all of the short stories written by Saadat Hasan Manto throughout his career.
Kulliyat e Ghazal - Mirza Ghalib – (eBook)	Complete collection of all Ghazals of Mirza Ghalib
Kulliyat e Mir Taqi Mir – (eBook)	Complete collection of all Ghazals of Mir Taqi Mir

Purchase our books at

https://ghazalsara.org/shop

Scan the QR code below to visit the site. Our paperback and hardcover books are available on Amazon in every country that Amazon sells in. Additionally, all eBooks are available on Amazon Kindle, Apple Books for iPhone/iPad and Google Playbooks for Android platforms.